고우,
후궁으로
깨어나다

五

교수, 후궁으로 깨어나다

五

코양희 장편소설

블라썸

차례

26장

때로는 무거운 진실

"내 생각에는……."

"반숙이 너는 누님과 한 마디도 나눠본 적이 없지 않으냐. '천소여'가 입궁했을 때도 누님은 이미 없었고."

"그건 그런데."

"한데 왜 가짜라 생각하지?"

다행히 떡돌이는 아직 기분이 나빠 보이진 않는다. 아니 '다행히'가 아닌지도 몰라. 내 의심을 농담으로 들을 정도면, 정말 한 치도 의심하지 않고 있단 거니까. 솔직하게 말해도 될까?

"공주 전하가 내 궁에 산책하다 들어왔는데."

"그래. 들었다. 마주쳤다면서."

"말을 이상하게 하더라고."

"원래도 장난기가 많은 분이라. 연기도 잘하고."

"그게…… 결정적인 게 하나 더 있어."

말해보라는 듯 떡돌이가 나를 따뜻하게 내려다보았다. 아직도 기분 나빠 보이진 않는다. 이걸 듣고서도 저 기분이 그대로일진 모르겠지만. 그래도 말해야겠지?

"너무 말을 이상하게 하기에 한 번 더 확인하러 공주 전하 처소에 가봤거든. 거기서 실은 누굴 봤어.”

“누구를?”

“네가 싫어하는 사람.”

내 손을 조물거리던 떡돌이의 손이 순감 움찔했다. 그가 내 손을 얼른 놓았다.

“고궐?”

“어.”

“……넌 고궐 얼굴을 본 적 없잖아.”

“공주 전하가 대놓고 고궐이라 부르던걸.”

“!”

“공주 전하, 그러니까 전하 안에 들어간 사람 말이야. 일부러 들어간 건 아닌 거 같았어. 혼란스러워하고 있었거든. 절대로 그쪽은 고의가 아니야. 근데 공주 전하 몸을 깨운 건 고궐이 맞아. 둘이 그 이야기를 하고 있었어.”

“…….”

떡돌이는 아무런 말도 하지 않았다. 그리고 때로는 침묵이 더 무서울 때도 있다. 나는 연신 뒤돌아 그의 표정을 살폈으나, 떡돌이는 말과 함께 표정도 사라져 있었다.

“그리고 고궐 말이야. 네가 무림인일 거라 했잖아. 네 말이 맞아. 나도 아는 얼굴이었어.”

그건 또 무슨 소리냐는 듯, 떡돌이가 나를 한결 기운 없어진 눈으로 내려다보았다.

“누군데?”

“용화노라고. 나만큼 악명을 떨치던 무림인.”

‘나만큼’이란 말은 뺄걸. 짧게 후회하지만 말은 무를 수 없다. 나는 이불을 만지작거리면서 그가 반응하길 기다렸다.

좀 긴 시간이 지난 후. 떡돌이는 옅게 한숨을 내쉬었다.

"네가 뭘 염려하는지 알겠다, 반숙아. 하지만 누이는 진짜야."

"그렇지만 본인 입으로……."

"난 내 누이를 못 알아볼 만큼 바보가 아니다. 내가 사랑하는 사람들은, 어떤 모습을 하고 나타나도 알아봐."

"……."

"하지만 고궐에 대해선 알아보마. 그자가 무슨 목적인지. 누님을 이용하려는 건 아닌지."

그래. 실컷 알아봐라. 몰라. 난 할 수 있는 건 다 말해줬다. 그걸 어디까지 받아들이는진 떡돌이 네 몫이지.

고개를 끄덕이고서 나는 몸을 옆으로 굴려 내 자리로 간 다음 이불을 끌어당겼다. 두꺼운 이불을 이마까지 덮자, 이불 밖에서 부스럭거리는 소리가 났다.

그가 내 이름을 부르는 것 같았지만, 모른 척 뒤돌아 누워버렸다.

나는 심신이 노곤해. 잘 거다. 말 걸지 말라.

다음날. 떡돌이가 먼저 일어나 주섬주섬 옷을 입고 나가는 기척이 느껴졌지만, 나는 눈을 감고서 아는 척하지 않았다. 떡돌이가 돌아가고 반각 정도를 더 침대에 머문 후에야 나는 천천히 몸을 일으키고서 배에 손을 얹었다.

"마마? 괜찮으세요?"

원웅은 세수할 물을 운반해 오다가 그걸 보고는, 세숫물을 탁자에 내려놓고 놀라서 다가왔다.

"배가 아프세요?"

"아니 아픈 건 아니고. 속이 좀 안 좋아. 어제 너무 많이 먹었나."

아닌 거 같은데.

"탕 궁의를 불러올까요?"

"아니, 괜찮아."

배가 아픈 것도 아닌데 뭘.

손을 젓자 원웅은 발을 동동 구르다가 말했다.

"회임을 하면 막 입덧도 하고 하잖아요. 그래서 그런가 봐요, 마마."

"그런가?"

"네."

구역질이 나오진 않지만, 구역질도 속이 안 좋으니 나오는 거겠지? 그러면 임신 때문에 이런 게 맞나보다. 내가 배에서 손을 떼자, 원웅이 그제야 세숫물 담은 대야를 발치로 가져와 깨끗한 천에 물을 적셔 내 얼굴을 닦아주었다.

"혹시 모르니 식사는 가볍게 드시는 게 낫겠어요, 마마."

원웅이 부성에게 말을 전한 건지, 이후 나온 식사는 죽이었다. 막상 식사를 하고 나니 그래도 몸이 좀 괜찮아져서, 나는 근처에 산책도 다녀왔다. 그런데 책이나 읽을까, 싶어서 침상에 기대어 앉자마자 태후 마마가 보낸 궁녀가 찾아와 말했다.

"태후 마마께서 장공주 전하께서 오신 걸 기념하신다고, 식구들이 모두 모이는 식사 자리를 마련하고자 하십니다, 천빈 마마."

"그런가."

"예. 하지만 천빈 마마께선 회임하셨으니, 몸 상태를 여쭙고 상태가 좋지 않으면 쉬라 하셨습니다."

나는 잠시 배를 쳐다보았다.

다행히 지금은 속이 괜찮아서, 고개를 끄덕였다.

"알았네. 나도 갈게."

궁녀가 떠나자 원웅은 바로 걱정부터 했다.

"그냥 쉬시는 게 낫지 않을까요? 아까 속도 안 좋으셨는데."

"그런데 지금은 멀쩡한걸."

게다가 떡돌이가 장공주가 자기 누이라고 필사적으로 내 말을 반대해서인가. 장공주 쪽도 한 번 더 보고 싶고…….

하지만 가마를 타고 금룡궁으로 가는 도중부터 나는 내 결정을 후회했다. 다시 속이 안 좋아진 탓이었다.

"마마, 괜찮으세요?"

괜찮다고 했지만 결국 식사를 하면서도 내내 표정을 풀지 못했다.

"그 팔찌는 선황제 폐하께서 공주에게 준 보물이로군. 공주가 천빈에게 주었느냐?"

태후 마마가 내 팔찌를 알아보고, 장공주와 내가 사이가 좋은 것 같다며 기뻐했지만 같이 박자를 맞추기도 어려웠다. 결국 식사를 마치자마자 나는 속이 안 좋다 말하고서 다시 내 방으로 돌아왔다.

"역시 궁의를 불러야 하지 않을까요, 마마?"

"괜찮아. 배가 아픈 건 아닌걸. 구역질도 안 나고."

그런데 두시진 정도 지나갔을까. 속이 가까스로 좀 편해져서 시원한 공기나 쐴까, 생각하고 있는데 뜻밖에도 장공주가 나를 찾아왔다.

"아까 보니 표정이 안 좋아 보여서. 걱정이 되어 와 보았네."

커다란 과일을 한가득 가져온 장공주는 궁녀를 시켜 부성에게 과일 바구니를 전하고는 내 쪽으로 천천히 다가왔다.

"몸이 많이 안 좋은가?"

"지금은 괜찮아졌어요, 공주 전하."

"어의를 부르는 게 낫지 않을까?"

"속만 좀 안 좋은 거여서요. 회임하면 이런 증세가 있다고들 하고요."

"그런가."

장공주는 걱정스러운 얼굴로 나를 살폈다. 조금 쉬고 싶었지만 여기까지 걱정되어 온 사람에게 가라고 하긴 뭐해서, 나는 탁자를 가리켰다.

"차 한 잔 마시고 가세요, 전하."

장공주는 그 제안을 받아들이는 게 실례가 아닐지, 제안을 거절하고 가주는 게 실례가 아닐지 눈에 띄게 주저하다가, 결국 내가 가리킨 자리에 조심스레 앉았다.

"얼른 한 잔만 마시고 가겠네."

얼른 마시고 간다더니. 장공주는 자리에 앉자마자 부성이 내온 차를 정말 빠른 속도로 마시기 시작했다. 뜨거울 텐데도.

그걸 보고 있자니, 딱 보면 안다고, 장공주는 자기 누이가 확실하다던 떡돌이의 어제 말이 다시 떠올랐다. 나는 내 차를 한 모금 한 모금 홀짝이며 장공주를 유심히 살폈다.

화려하게 아름다운 얼굴은 떡돌이와 많이 닮아 있었다. 개원이랑 개시시만큼 쏙 닮은 건 아니지만, 누가 봐도 혈연 같아.

문득 장공주 안에 들어 있는 사람에게 고궐에 관해 물어보면 어떤 반응이 나올까 궁금해졌다. 가짜 장공주는 고궐의 목적을 알까? 진짜 장공주라면 정색하겠지만 가짜 장공주는 과연?

떡돌이는 장공주가 진짜라 확신하고 있지만, 역시 나는 이 사람이 자기 입으로 장공주가 아니라고 하는 걸 봐서인가. 가짜 같다. 그리고 그 배후에 고궐이 있단 게 몹시 신경 쓰인다.

떡돌이를 봐봐. 장공주가 본인 입으로 자신이 장공주가 아니라 했나는 데도 내 말을 믿지 않잖아. 고궐이 이런 관계를 이용하려 들면? 그러면 어쩌지? 한 번 더 떠볼까?

하지만 내가 떠봐도 될까? 떡돌이는 내가 무슨 말을 해도 이 사람을 장공주라 생각하는데. 내가 떠보면 기분 나빠하지 않을까?

고민하고 있자니, 차 한 잔을 다 마신 장공주가 나를 보며 물었다.

"왜 그렇게 빤히 쳐다보는가? 내게 할 말이 있는가?"

주저하다가, 딱 한 번만 더 떠보자 싶어 나는 슬그머니 물어보았다.

"저기, 그런데 공주 전하는요. 고궐과는 어떻게 만난 거예요?"

고궐은 장공주에게 있어서는 발바닥에 박힌 가시이자 역린 같은 존재지. 이 사람이 진짜 장공주라면 뭔가 큰 반응이 있을 거다. 가짜라면 별로 없을 거고.

장공주는 어느 쪽도 아니었다. 그녀는 표정이 굳었지만 아무 말도 하지 않았다. 어색하게 탁자를 내려다보며 찻잔을 손톱으로 긁을 뿐.

"나는……."

그러다가 드디어 그녀가 입을 열었지만.

"이만 가보겠네."

그건 대답이 아니었다. 장공주는 고궐에 대해 자기 생각을 들려주는 대신, 머뭇거리더니 천천히 몸을 일으켰다.

"몸이 안 좋아 보여 걱정되어 온 건데. 되레 더 방해만 하고 가는 게 아닌가 미안하군."

장공주가 돌아가자 부성이 찻잔을 치우며 아주 작은 목소리로 물었다.

"대놓고 그런 말을 해도 괜찮을까요?"

15

"뭐 좀 확인한다고."

"뭐를요?"

"……아니야."

어쨌든 이젠 여기까지. 당분간은 더 손대지 말아야겠어. 나중에 속이 좀 가라앉으면 고궐, 용화노 쪽을 조사해보든가 해야지.

저절로 배 위에 손이 올라갔다. 사실 장공주나 고궐 일은 나와 직접적으로 관련된 건 아니지. 예전이라면 그냥 그러려니 넘어갔을 거다. 하지만 지금은 내 배속에 떡돌이와 사이에서 태어나는 아이가 있잖아.

고궐이 나쁜 의도를 가지고 떡돌이에게 해를 끼치려 든다면, 이 아이에게도 피해가 오게 된다. 장공주가 진짜인지 가짜인지는 떡돌이에게 중요한 일이니 더 나서지 않더라도…… 고궐 쪽은 나도 더 알아봐야겠어.

저녁이 되자 다시 속이 좋지 않아져서 침상에 드러누워 뒹굴뒹굴하고 있을 때였다.

"황제 폐하 납시오."

문밖에서 오 공공의 목소리가 나더니 떡돌이가 들어왔다. 평소와 달리 잠옷 차림도 아니었고, 편한 복장을 들고 따라온 태감도 없었다.

"왔어?"

어쨌건 그를 맞이하기 위해 몸을 일으키는데, 떡돌이가 손을 저어 원웅과 부성에게 나가라 지시했다.

두 사람이 나가자 떡돌이는 내 곁에 오더니, 침상에 걸터앉으며 잠시 시간을 끌었다.

"왜 그래?"

쉬이 말문을 열지 못하는 게 의아해서 묻자, 떡돌이가 무거운 목소리로 입을 열었다.

"기분 나쁘게 듣진 않았으면 좋겠는데, 반숙아. 이건 짐이 얘기해야 할 것 같아서 왔다."

"뭐가?"

"누님께 고걸 이야기는 하지 않아 줬으면 좋겠는데."

"!"

"누님께 고걸은 네게…… 그자와 같다. 누님을 궁지까지 몰아간 사람이고, 누님은 물론 우리 온 식구에게 상처를 준 사람이다."

"……"

"짐을 걱정하는 건 알겠지만, 그 이야기는 하지 않았으면 좋겠다. 너무 기분 나쁘게 듣진 말고."

기분 나쁘게 듣지 말란 소리가 두 번이나 나왔단 건, 말하는 사람도 알고 있단 거다. 자기가 기분 나쁘게 들릴 소리를 하고 있단 걸.

나는 입을 네모나게 벌리고 그를 쳐다보았다. 떡돌이는 내 시선이 길어질수록 점점 움츠러들었다.

하지만 말을 바꾸지는 않는 걸 보니, 정말로 신신당부하기 위해 온 모양이었다. 여기서 뭐라고 하겠는가.

"그럼 오지 말라 해."

"!"

떡돌이는 좀 놀란 눈으로 나를 바라보다가 한숨을 내쉬며 달래는 투로 말했다.

"누이는 네가 걱정되어 온 건데, 반숙아. 그저 고걸 이야기만 안 꺼냈으면 하는 거지 않으냐. 다른 이야기를 하지 말란 것도 아니고. 그런데 그런 말을 듣기 싫으면 오지 말라니……"

"고궐 이야기를 해보면 공주 전하가 가짜인지 진짜인지 알 수 있을 거라 생각했어."

"솔직히 말하자면, 반숙아. 너는 내 누이가 가짜이든 진짜이든, 무어라고 할 처지가 아니잖느냐."

"!"

이번에는 내가 놀란 눈으로 그를 쳐다보았다. 솔직히 인정하자면 맞는 말이었다. 그리고 때로는 맞는 말이라 더 화날 때가 있는 법이다. 떡돌이는 자기도 그 말을 꺼낸 게 좀 후회가 되는 듯 바로 사과했다.

"미안."

나는 내 배를 손으로 감싸고서 그에게서 몇 걸음을 떨어져 앉았다.

"장공주가 진짜인지 가짜인진, 맞아. 상관없어. 하지만 고궐이 얽혀 있잖아. 그자가 내 아이한테 해를 끼치면 어쩔 건데?"

떡돌이가 나가고서 내가 침상에 움츠려 있자니, 원웅이 주저하다가 무슨 일이냐고 물었다.

"폐하께서 마마께 안 좋은 말씀을 하신 건가요? 안색이 나쁘세요."

"속이 안 좋아서 그래. 그리고 폐하는…… 나쁜 말씀은 안 했어. 그냥 나더러, 장공주 앞에서 고궐 이야기를 꺼내지 말라 한 거지."

부성은 내 눈치를 보다가 조심스레 말했다.

"저도 그 이야기는 꺼내지 않는 게 좋았다고 생각해요, 마마. 어쨌든 그 일로 목숨까지 잃었던 분이잖아요."

알아. 떡돌이가 왜 나한테 그런 말을 했는지도 안다. 떡돌이는 장공주를 진짜 누이라 믿으니, 당연히 내가 그런 말을 꺼내는 게 싫겠지.

하지만 나라고 뭐 좋아서 말했겠어? 내가 장공주 상처받으라고 일부러 소금을 뿌렸겠냐고. 고궐 그놈이 내 새끼에게 피해를 끼칠까 봐 신경 쓰이는 걸 어떡해. 떡돌이가 '잘 살피겠다'고 갔으면 모를까, 철석같이 장공주가 진짜라고 믿는 상황이었잖아.

배를 감싸고 무릎에 이마를 대고 있자니, 갑자기 "악!" 하는 소리가 났다. 고개를 들자 원웅이 커다란 호랑이처럼 씩씩거리고 있었다.

"원웅?"

황당해서 이름을 부르자, 원웅은 두 손으로 허공을 마구 휘저으면서 외쳤다.

"너무 화나요! 장공주 완전 여우 같아요! 마마께서 그 얘기한 걸 폐하게 그대로 고자질한 거잖아요! 그런 얘기 하지 말라고 직접 말하던가! 굳이 폐하를 통해서 그런 말 하는 게 너무 얄미워요!"

"천빈 마마가 장공주 전하께서 고자질한 거라 오해하면 어쩌지?"

장공주의 상궁녀 유월이 걱정스레 하는 말에 치월은 코웃음을 쳤다.

"무슨 상관이야? 황후 마마도 아니고 그깟 후궁 하나를 우리 전하께서 두려워해야 한단 거야?"

"천빈은 회임을 했잖아. 천빈이 이 일로 마마를 오해해서 사이가 틀어지면 어떡해."

"회임을 하면 입을 함부로 놀려도 된대? 그리고 천빈이 고궐 개자식 이야기를 꺼낼 때부터 이미 사이는 틀어진 거였어. 고궐 이야기를 알고 있으면서 왜 굳이 전하께 그 얘기를 꺼내냐고."

유월은 치월이 황제에게 천빈과 고궐 이야기를 꺼낸 게 신경 쓰였다.

천빈은 유일하게 회임한 후궁이었다. 황제의 총애는 언제 사라질지 모른다지만, 천빈이 낳은 아이가 첫째 아이라는 건 절대로 변하지 않을 사실 아닌가. 그런 천빈이 장공주를 미워하게 되면, 지금은 아니어도 나중에 안 좋지 않을까?

후일을 생각해서라도 그냥 여기서 욕하고 말았어야 할 일 같은데. 일이 너무 크게 번지는 게 무서웠다.

치월은 그런 동료의 표정을 보고서 콧김을 내뿜었다.

"우리가 안 나서면 공주 전하는 험한 소리를 듣고도 그냥 웃고 넘기셨을 거야. 그런 분이니까. 그러다가 어떻게 됐어? 결국……."

말을 다 잇기도 전에 치월의 눈가에 눈물이 맺혔다.

"결국 상처받고 돌아가셨어. 늘 참기만 하고 속내를 안 털어놓으니, 결국 큰 상처는 혼자 감당이 안 되어 돌아가신 거라고."

"치월아."

"이번에는 절대로 그런 일이 없게 할 거야. 전하는 속상해도 참는 성정이시니, 내가 나서서 지켜드릴 거야."

소란스러워 눈을 떠보니 원옹과 부성이 울고 있었다. 눈을 깜빡이다가 옆을 보자, 탕 궁의가 내 손목을 진맥하고 있고.

"무슨 일이야?"

목소리도 잠겼네. 큼큼 목을 가다듬고 있자니, 부성이 훌쩍이며 대답해주었다.

"주무신다고 하셨는데 통 깨질 않으셔서요. 처음엔 늦잠을 주무시는가 했는데, 아무리 기다려도 안 일어나시고, 무례를 무릅쓰고 깨워도 깨어나지 않으셔서 어의를 불러왔어요."

"정말? 나는 하나도 기억이 안 나."

"마마는 계속 기절해 계셨으니까요."

기절한 줄도 몰랐는데. 오히려 푹 자서인가? 몸이 가뿐하다.

탕 궁의를 보자, 그는 신중하게 진맥하던 걸 멈추고는, 내 손목에서 손을 떼고 하얀 천을 도로 회수하며 말했다.

"달리 병은 없으십니다, 마마. 심장이 느리게 뛰지만 이건 예전부터 있던 증세니까요."

"그런데 왜 마마께서 쓰러지시고 정신을 못 차리시는 거예요?"

원웅이 항의하듯 묻자, 탕 궁의는 쩔쩔매며 의료 도구를 챙겨 넣었다.

"글쎄요. 회임해서 그러신 게 아닐까요. 어쨌든 몸은 괜찮으십니다. 하지만 식사는 좀 더 잘 챙기시는 게 낫겠습니다, 마마. 기력이 쇠한 걸 보니 식사량이 부족하십니다."

"자꾸 속이 안 좋아서."

"그래도 잘 드셔야지요. 뭐든 드시고 싶은 걸 말씀하시고, 드시고 싶은 위주로 드십시오."

탕 궁의가 나가자 원웅이 배웅하러 나갔고, 부성은 진맥을 하느라 잠시 빼두었던 팔찌를 도로 내게 끼워주었다.

"곧 탕약을 올릴게요, 마마."

"지금은 몸이 많이 나아졌는데."

"그래도요. 기운을 보하는 탕약인 데다 태아에게도 아무 문제가 안 되는 약이라니 곧 올릴게요."

회임이란 게 생각보다 훨씬 힘든 일이구나. 아직 초기인데도 이 정도라니. 아무래도 목표를 바꾸어야겠다. 아이는 하나만 낳아야겠어.

약효가 시간이 지나서 도는 건가? 멀쩡하던 속은 오히려 약을 먹고 나니 더욱 좋지 않아져서, 나는 다시 침상에 누워 끙끙댔다.

속이 안 좋은 건 팔다리에 부상을 입은 것과는 다른 방식의 고통이었다. 못 참을 정도는 아니지만, 온몸에 기운이 쭉 빠져서 의욕이 아예 싹 사라지는 듯했다.

결국 보다못한 궁인들이 커다란 욕조 안에 따뜻하게 데운 물을 넣고 거기에 심신 안정에 좋다는 이름 복잡한 잎들을 마구 채워 넣어주었다.

"따뜻한 물에 몸을 푹 담그고 나면 괜찮아질 거예요, 마마."

"손가락 하나 까딱하고 싶지 않은데."

"까딱하지 마세요. 들고 갔다 들고 와드릴게요."

내가 늘어져서 중얼거렸지만, 원웅과 부성은 잠의를 벗긴 다음 목욕할 때 입는 얇은 옷으로 갈아입혀 주었고, 귀자는 나를 욕조까지 운반해 주었다. 어쨌건 효과는 있어서, 따뜻한 물에 목까지 푹 담그고 나자 얼마 지나지 않아 기분이 금세 좋아졌다.

"괜찮다!"

내가 활짝 웃고서 외치자, 두 궁녀는 내 어깨 위로 물을 찰박찰박 얹어 주었다.

"물장구치지 말고 푹 담그고 계세요, 마마."

"하지만 넓어서 좋은걸. 게다가 몸이 바로 좋아졌어."

"벌써요?"

"그럼."

"우리 때문에 일부러 좋은 척하시는 건……"

"아니야. 정말 가뿐해. 아니면 약효가 이제 도나?"

나는 흐뭇하게 웃고서 몇 번 더 욕조 안을 왔다 갔다 수영하며 돌아다 녔다. 그러다가 좀 쉬기 위해 변두리에 갔을 때는데, 분위기가 어째 좀 이상했다.

원웅과 부성이 자기들끼리 수군거리는데, 원웅은 좀 화난 얼굴이고 부성은 걱정하는 얼굴이었다.

"왜 그래?"

뭔가 싶어 묻자, 부성은 "아닙니다." 하고 바로 대답했지만 원웅은 "뭐가 아냐."라고 톡 쏘고서 무릎을 굽혀 내 귀 부근에 대고 말했다.

"마마. 장공주님이 주신 팔찌가 좀 수상해요."

"팔찌?"

"네. 마마께서 속이 안 좋다 하신 것도 팔찌를 착용한 이후부터고, 마마께서 속이 괜찮다 하신 것도 팔찌를 잠시 뺐다가 끼었을 때뿐이잖아요. 못 일어나고 계실 때도 진맥하러 팔찌를 빼니까 괜찮아지셨는데. 지금도 목욕하느라 팔찌를 빼고 오니 또 괜찮아지셨어요."

"어라."

처음에는 원웅이 뭐라 하건 '말도 안 돼, 무슨 소리야'라고 말하려 했는데. 듣고 보니 좀 그런 것도 같다.

손목을 보았다. 지금 내 손목에는 아무 장신구가 없었다. 수상쩍긴 해서 빈 손목을 보고 있자니, 원웅이 화를 꾹 참으며 말했다.

"몇 시진을 지나도 속이 괜찮으시다면 그 팔찌 때문이 확실해요."

진짜로 팔찌 때문인지는 모르겠지만, 목욕을 마친 후에도 내 속은 아주 멀쩡했다. 간만에 식욕도 돌아와서 음식도 가득 먹었고. 멀쩡해진 상태로 잠의로 갈아입고 나자, 원웅은 화가 나서 팔찌를 꺼내다가 거의 깨부술 뻔했다.

"안 돼!"

부성이 몸으로 막지 않았다면 아마 진짜 부쉈을 것이다.

"안 되긴! 장공주가 이런 흉한 물건을 줘서 마마가 편찮으셨는데!"

"그래서 지금 안 끼잖아. 그러면 됐지 뭘 부수고 그래."

"방에 두는 것도 불길하잖아!"

"부쉈다가 선황제 폐하께서 장공주님한테 하사한 물건을 부쉈다고 혼나면 어쩔 건데? 제대로 간수하지 못했다고!"

"그건…… 그렇다고 안 좋은 기운이 나오는지도 모르는 걸 여기 두라고? 마마께 악영향이 갈지도 모르는데? 네 말대로라면 버릴 수도 없고 남한테 줄 수도 없잖아."

그 말을 하면서 원웅이 팔을 휘둘렀는데, 갑자기 뭔가 부서지는 소리가 났다. '콰득' 하고 우그러지는 소리. 라서 바라보니, 팔찌가 원웅의 손안에서 두 동강이 나 있었다.

"!"

부성이 기겁해 쳐다보자, 원웅은 더 당황해서 손을 내저었다.

"나 이렇게 힘 안 세!"

팔찌를 어떻게든 붙여 보기 위해서 궁인들이 모여서 끙끙대고 있으려니, 밖에서 "황제 폐하 납시오!" 하는 오 공공의 목소리가 들려왔다.

젠장! 이럴 때 오다니!

나와 궁인들을 서로를 쳐다보다가, 동시에 움직이기 시작했다.

궁녀들은 접착용 풀과 작은 붓, 부러진 팔찌 등을 황급히 감추었고, 귀자는 내 앞에 서책을 아무거나 빼서 놓아주었다. 나는 서책을 보는 척 신중하게 종이에 팔을 올렸다.

그 상태로 있자니 곧 문이 열리고서 떡돌이가 들어왔다.

"천빈. 쓰러졌다 들었다."

잠행을 나갔다가 급히 오기라도 한 건지, 몹시 숨이 차 보였다.

"괜찮으냐?"

"괜찮아. 아주 괜찮다."

나는 아무렇지 않게 웃으면서 서책을 덮다가, 서책 아래에 팔찌 부스러기가 조금 떨어져 있는 걸 발견하고서 서책을 도로 펼쳤다.

"공부 중이었어 공부."

젠장. 실망한 것처럼 나가 놓고서는 그새 또 오다니. 뭐 어쩌란 건지 모르겠네.

"공부?"

"그럼."

나는 떡돌이가 그만 돌아가 주길 바라면서, 바빠 죽겠는 척 계속 서책을 내려다보았다. 하지만 떡돌이는 눈치라고는 전혀 없는지, 내 등을 보듬어주면서 걱정했다.

"몸이 안 좋은데 공부는 무슨. 더 피로하기만 하지. 누워서 쉬거라. 아니면 같이 산책을 하자."

고개를 저었지만 떡돌이 이놈은 청개구리라도 되나. 싫다는데 굳이 내 서책을 덮어버렸다.

"별로!"

순식간에 손을 뻗어 도로 펼쳤지만, 그 사이에 떡돌이는 팔찌 파편을 봐버린 듯했다. 잠시 주춤하는가 싶던 그가 나를 물끄러미 바라보았다.

봤나? 봐서 이러는 거겠지? 비난 어린 시선은 아니었으나 여기서 딱 잡아떼자니 그것도 이상해서, 나는 결국 서책을 탁 덮고서 그에게 반만 거짓말했다.

25

"내가 힘이 좋아서 부쉈어."

"돌을?"

"그래."

떡돌이는 미묘한 표정으로 팔찌 부스러기를 집었다.

"이걸 네가 부쉈다고?"

"그래."

내가 부순 건 아니지만 이렇게 하는 게 낫겠지. 원웅이 부쉈다고 하면 실수라도 큰 벌을 받을지도 모르잖아.

하지만 내가 애써 거짓말로 넘기려는데, 뜻밖에도 원웅이 갑자기 떡돌이 앞에 무릎을 꿇더니 몹시 억울하단 얼굴로 외쳤다.

"제가 화나서 휘두르다 부쉈습니다, 폐하. 하지만 저 팔찌 때문에 마마께서 몇 번이나 쓰러지셨어요! 저 팔찌는 마마께 좋지 않습니다, 폐하!"

날씨가 점점 무더워지고 있었다.

장공주의 두 궁녀는 점점 많아지는 풀벌레들이 혹시 방 안에 들어오기라도 할까 봐, 한쪽에 벌레를 쫓는 향을 피우고 부채질을 하고 있었다.

그러다 멀리서 여러 개의 등롱불이 줄지어 다가오는 걸 보자, 그들은 얼른 계단 아래로 내려가 황제를 맞이할 준비를 했다.

등롱 사이에서 나타난 건 역시나 황제였다.

"누이는?"

황제는 오자마자 장공주부터 찾았고, 궁녀들은 얼른 두 손으로 전각을 가리켰다.

"안에서 쉬고 계십니다. 몸이 부쩍 약해지셨어요."

황제는 말없이 그들 사이를 지나쳐갔다. 궁녀들은 웃고 있다가, 황제가 안으로 들어가자 서로를 쳐다보았다.

그들은 오랫동안 궁중에서 일해왔기에 주위 분위기를 살피는 데 아주 섬세하고 예민했다. 윗사람의 표정이나 말투, 동작만으로도 재빠르게 상황이 파악될 정도였는데, 그들이 느끼기에 지금 황제의 태도가 심상치 않았다.

치월은 오 공공을 따라 들어가려는 온 태감을 낚아채다 물었다.

"무슨 일이야? 폐하께서 왜 저리 서늘하셔?"

온 태감은 주위 눈치를 살피다가 입술을 거의 움직이지 않고 말했다.

"천빈 마마께서 쓰러지셔서 지금 몹시 화나셨어요. 자세한 이야기는 저도 못 해요."

"천빈?"

온 태감은 고개를 빠르게 젓고서 얼른 안쪽으로 들어갔다. 온 태감이 들어가자, 오원요는 그에게 눈을 부릅떴다. 헛소리하지 말란 뜻이었다. 온 태감은 고개를 작게 끄덕이고서 얼른 말단 자리로 가 섰다.

황제는 이미 장공주와 마주 보고 서 있었는데, 아까만큼은 아니지만 표정이 이전보다는 어두웠다.

"무슨 일입니까?"

장공주의 질문에 황제가 오원요에게 눈짓하자, 오원요는 손을 휘저어서 대기 중이던 궁인들을 모두 밖으로 물렸다. 그러고서 자신도 나가자 장공주는 의아한 얼굴로 물었다.

"왜 그러십니까, 폐하?"

황제는 가져온 팔찌를 내밀었다. 장공주는 팔찌를 받아 들고 놀랐다.

"이건 내가 천빈에게 준 아바마마의 파독 팔찌가 아닙니까."

그녀의 눈길이 팔찌의 깨진 부분을 맴돌았다. 팔찌는 완전히 두 동강이 난 건 물론, 그 사이도 자잘하게 깨져 있었다.

"이게 왜……?"

"천빈의 궁녀가 쥐었는데 깨졌다고 합니다."

"궁녀가? 아니, 얼마나 힘이 세길래?"

"평범한 궁녀입니다. 그래서 본인도 당황한 것 같았지요. 팔찌의 문제인 것 같습니다."

장공주는 떨떠름해서 옥으로 된 팔찌와 황제를 번갈아 보았다.

"그게 무슨 말입니까?"

"천빈이 이 팔찌를 받은 후부터 내내 시름시름 앓았습니다. 어의도 다녀갔다 하고요."

"천빈이요?"

"그러다 팔찌를 빼보니, 천빈은 멀쩡해지고 팔찌가 부서졌다는군요."

장공주는 몹시 당혹스러운 얼굴로 동생을 멍하게 바라보았다. 그녀는 궁중 사람이지만, 황후 소생의 적녀인데다 선황제가 가장 아끼는 자식이라 다른 이들과 많은 암투를 벌일 필요가 없었다.

후궁들은 대부분 그녀와 잘 지내고 싶어 했고, 황후는 친딸이니 당연히 천금 만금보다 귀하게 여겼다. 선황제는 그녀가 불면 날아갈세라 어여삐 여겼고, 그녀는 자신이 받은 모든 애정을 잘 간직하다가 동복동생인 월요 황제를 보살피며 베풀었다. 그녀는 이런 일에 얽힌 게 처음이라 영 얼떨떨하기만 했다.

"나는…… 나는 잘 모르겠습니다. 천빈에게 주기 전엔 내가 계속 착용하고 있던 팔찌였는걸요."

"누이가 나쁜 마음으로 준 건 아니라 믿겠습니다. 누이는 형제자매들 중 제 유일한 혈육이니, 후궁들과 다툴 필요가 없으니까요."

"!"

"혹시 누이. 이 팔찌를 천빈에게 주도록 누군가 조언을 했습니까?"

월요의 질문에 장공주는 아무 말도 할 수가 없었다.

장공주는 고개를 저었다.

"그건 내 생각이었다. 천빈은 독을 먹은 적도 있다 하니, 주면 좋을 것 같았어."

한숨을 내쉰 월요는 앞으로 주의해 달라며 팔찌를 내려놓고 돌아갔다.

월요가 나가자, 장공주는 눈가가 뜨끈해져서 침상에 털썩 앉았다. 억울하고 부끄러워서 입술이 저절로 떨렸다.

장공주는 정말로 이게 무슨 일인가 알지 못했다. 그녀는 동생이 총애하는 여인에게 호의를 표현하고 싶었을 뿐이었고, 이 팔찌를 받을 당시 수많은 이들이 부러워한 걸 떠올렸을 뿐이었다.

독살의 위험이 흉흉한 궁중에서 파독 팔찌는 아주 귀한 거니까. 그런데 호의로 베푼 일이 부메랑처럼 돌아와 머리를 후려치니, 저절로 눈물이 나올 것 같았다.

고궐 역시 이 일과는 관련이 없다. 그녀는 갑자기 자신을 되살려내고는 후회하는 척 구는 고궐을 지켜보며 상황을 파악하느라, 일부러 다른 사람인 척 그를 혼란스럽게 만들고 있었다.

하지만 그 목적이 무엇이든 아직 고궐은 그녀에게 무언가를 해달라 한 적이 없었다. 뒤에서는 모르겠지만 최소한 앞에서는.

멍하게 팔찌를 부여잡고 있자니, 황제 일행을 배웅한 궁녀 둘이 안으로 들어왔다가 깜짝 놀라 다가왔다.

"왜 그러십니까, 공주 전하?"

"폐하께서 뭐라고 하셨습니까?"

"뭔가…… 오해가 있던 모양이다."

"오해라니요?"

"이 팔찌를 끼고 있더니 천빈의 몸이 쇠약해졌다더군. 팔찌를 빼니 다시 원래대로 돌아왔다 하고."

치월은 화가 나서 외쳤다.

"꾀병입니다. 그게 말이 되나요?"

유월도 분에 차 씩씩거렸다.

"그 팔찌는 마마께서 선황제 폐하께서 받으신 후 내내 착용하고 계셨고, 돌아오신 후에도 늘 끼고 계시던 건데 나쁜 물건일 리가 없잖아요."

장공주는 팔찌를 물끄러미 내려다보다 지시했다.

"후궁들을 담당하는 어의를 찾아가 천빈이 정말로 몸 상태가 나빠졌던 건지 알아보아라."

다음날, 유월은 은밀히 탕 궁의를 찾아가 물었다.

"천빈이 몸이 안 좋다 들었는데, 괜찮은 건가요?"

"혼절해 깨어나지 못하셔서 찾아뵈었지요. 다행히 병이 있거나 이상한 걸 드신 건 아니었습니다. 하지만 영양이 너무 부족하셔서, 몸을 보하는 탕약을 처방해 드리고 왔지요."

유월이 돌아와 이 이야기를 전하자 치월은 확신에 차 씩씩거렸다.

"꾀병이네요. 마마께서 팔찌를 주자마자 음식을 안 먹고 버텨서 쓰러진 거예요. 이 팔찌가 정말 해로운 물건이라면 어의가 알아차렸겠지요!"

치월은 장공주의 앞에 무릎을 꿇고 애원했다.

"천빈은 자기에게 관심이 집중되지 않으면 못 견디는 여자가 틀림없습니다. 그러니 마마와는 총애를 다툴 필요가 없는데도 그러는 거예요."

"제 생각에도 천빈은 멀리하시는 게 낫겠습니다, 전하."

장공주는 부러진 아버지의 유품을 만지작거리다가 한숨을 내쉬었다.

"천빈은 홑도도 아닌데다 몇 번 해를 입어 쓰러진 적이 있다지. 낯선 날뭘 보고 믿겠느냐. 반갑다고 생각 없이 다가가버린 내가 경솔했다."

30

장공주는 부러진 팔찌 조각을 천으로 싸며 힘없이 웃었다.

"너희들 말처럼 거리를 두는 게 낫겠다. 너희도 괜히 근처에 가지 말거라. 이 일로 비연궁 궁녀들과 싸우지도 말고."

장공주는 이 일을 여기서 마무리 짓고자 했지만, 유월과 치월은 그럴 수 없었다. 이미 한 차례 장공주는 저런 태도를 보이다가 고궐에게 세게 뒤통수를 맞고 죽은 적이 있다. 여기서 또 물러섰다간 같은 일이 벌어질지도 모른단 생각을 하는 것만으로도 그들은 괴로워졌다.

"천빈은 공주 전하가 폐하와 가까운 게 싫어서 누명을 씌운 거야."

"한 번 누명을 씌운 사람이 이대로 물러날 리가 없어. 분명 또 해코지를 하려 하겠지."

"공주 전하는 고궐 그놈 때문에 다른 사람과 혼인할 마음도 없으시고, 폐하와 태후 마마께선 공주님에게 원치 않는 재가를 강요하지 않을 거야. 그러니 계속 여기서 사셔야 하는데, 천빈에게 괴롭힘을 당하면서 지낼 순 없어."

"지금도 저러는데, 적장자를 낳아서 기르면 얼마나 목이 빳빳해지겠어? 공주님을 괄시해대겠지. 그러다 아이가 크면……."

"천빈이 또 공주님을 적대하면 천빈이 낳은 아이를 뺏어오자. 천빈은 냉궁에 쳐넣거나 쫓아내버리고. 그러면 아이가 크더라도 괜찮아. 공주님을 따를 테니까."

두 궁녀가 몰래 숨어서 속닥이는 소리는 장공주의 침상까진 들려오지 않았으나, 근처 나무 위에 숨은 고궐에겐 들려왔다.

'천빈?'

고궐은 천빈이란 여자가 장공주에게 누명을 씌운단 이야기에 불쾌해져서 인상을 찌푸렸다. 후궁 하나를 죽이는 건 손쉬운 일. 순간이지만 그는 밤중에 천빈을 죽여버릴까, 하는 생각도 했다.

하지만 두 궁녀가 떠드는 소리를 듣고 난 고궐은 마음이 바뀌었다. 지금 장공주는 기억이 없다며 자신이 다른 사람이라 주장하지만, 그는 분명 장공주의 영혼을 불러오는 방법을 썼다. 기억이 없다 하더라도 그녀는 장공주였다.

그리고 기억을 찾는다면, 장공주는 아마 두 궁녀의 말처럼 사내라면 질색할 것이다. 더이상 다른 이와 재가하지도 않을 거고. 그보다 훨씬 더 좋은 사내를 만나 사랑한다면 좋겠지만……. 천빈이 낳은 아이를 기르는 게, 외로운 장공주에게 힘이 될지도 몰랐다.

고궐은 궁녀의 말을 계속해서 주워 담다가, 담벼락 너머로 내려서며 눈을 빛냈다.

'어쨌든 그 천빈이란 여자. 경고를 한 번 해두는 게 낫겠군.'

'고궐 그 새끼. 지나가다 잡히면 내가 왜 악적 중에서도 제일 악적으로 악명이 더 높았는지 알려주마.'

태교를 위해서 시집을 펼치자, 마음에 쏙 드는 단어가 들어왔다.

돌. 물. 흙.

시를 쓴 시인은 말했다. 이 세 가지 안에 모든 답이 있다고. 정말 맞는 말이다. 나도 그 단어들을 보자, 고궐을 상대할 해답이 주르륵 펼쳐진다.

돌. 이 돌로 고궐의 머리를 찍어버리리라.

물. 이 물에 고귈의 머리를 담가버리리라.

흙. 이 흙에 고귈의 머리를 묻어버리리라.

역시 옛 성인들은 위대하고 시인들은 시원하다. 한 자 한 자 아주 깊은 뜻이 담긴 것이, 여기를 봐도 고귈을 해칠 마음이 샘솟고 저기를 봐도 고귈을 해칠 마음이 샘솟아 무척 흐뭇했다.

"그 시가 마음에 드시나 봐요, 마마. 표정이 많이 밝아지셨어요."

"응 원웅. 이 시인 참 마음에 드네."

내가 흐뭇하게 웃자, 원웅과 부성은 회임을 하고 나니 내가 좀 더 인자하고 멋진 마마가 된 것 같다며 감탄했다.

나는 뿌듯하게 고개를 끄덕이고서 다시 뒷장을 펼쳤다. 뒷장에 나온 게 보자…… 칼과 도끼로군?

충심은 칼같이. 암, 칼 좋지. 결단은 도끼로 찍듯이. 아, 도끼 좋지.

그런데 재밌게 시집을 반 정도 읽었을 때였다. 누군가 창문을 긁어대는 소리가 났다. 하지만 창문을 열어도 아무도 없고…….

"마마? 왜 그러세요?"

나는 잠시 생각하다가 시집을 덮고 일어났다.

"산책을 좀 해야겠어."

원웅과 부성은 동그란 부채를 들고 따라나서서, 양옆에서 내게 부채질을 해주었다. 나는 사방에서 불어오는 바람을 받으며 천천히 거닐다가, 나뭇잎 사이에서 반짝거리는 빛을 보자마자 얼른 두 사람의 부채를 아래로 누르며 지시했다.

"혼자서 바람을 쐬고 싶으니까 둘 다 들어가 봐."

"하지만 마마, 회임도 하셨는데……."

"더우실 거예요."

"비연궁엔 다른 후궁들은 오지 못하잖아. 괜찮아. 산책 끝나고 먹게 얼음 넣고 시원한 음료수나 만들어 줘."

내가 부채 하나를 가져다 쥐고서 얼른 돌아가라고 허공에 부채질을 하자, 두 사람은 마지못해 물러났다. 그들이 멀어지자 나는 구름이 움직일 때마다 희미하게 반짝여대는 나무 아래로 걸어갔다.

거기서 위를 올려다보니, 나무 사이에 비원이 몹시 불편한 자세로 몸을 움츠리고 있었다. 창문 긁어대길래 얘가 온 줄 알았지.

"무슨 일이야?"

내 질문에 비원이 대답했다.

"단주님께서 수도에 오셨습니다. 마마께서 뵙고 싶어하신다는 말을 전했더니, 태안루에 오실 수 있는지 물으셨고요."

"갈게. 가야지."

내가 대번에 허락하자 비원은 그럴 줄 알았다는 듯, 약속 시각을 알려주고서 얼른 그 자리를 빠져나갔다.

나도 고개를 내리고서 마저 산책하듯 유유히 근처를 거닐다가 처소 안으로 돌아가 원웅이 타 준 과일즙 섞은 얼음물을 마셨다.

약속한 날. 나는 밖에서 입을 옷을 한 겹 입고 그 위에 후궁들이 입는 겉옷을 한 겹 더 입었다. 여름이라 두 겹을 껴입으니 몹시 더웠지만 중간에 갈아입는 것보단 이게 낫겠지.

"네가 잘해야 해, 귀자야."

"물론입니다. 저만 믿으십시오."

다행히 궁 하나를 혼자 사용하는 데다 귀자가 내 편이어서, 몰래 빠져

나가는 게 그리 어렵지는 않았다. 나는 이리저리 돌아다니다가 외궁까지 걸어가고, 그곳의 인적 드문 구석에 간 다음 겉옷을 벗어 귀자에게 건네며 당부했다.

"내가 올 때까지 여기 있어야 해. 네가 없어도 일각 정도는 나도 널 기다릴게. 볼일이 급하면 어쩔 수 없으니까."

"물론입니다, 마마."

신신당부를 한 다음, 나는 몇 겹이나 쌓인 담을 넘었다. 담을 빠져나가고 나니 참. 바람이나 공기는 안이나 여기나 같지만 그래도 뿌듯해진다.

처음 천소여 몸에 들어왔을 때는 기술만 남고 내공과 근력이 부족해서 제대로 무공을 사용하지도 못했는데. 이젠 담벼락도 넘어갈 수 있게 됐다. 이조차도 귀자의 도움이 없으면 힘들긴 하지만, 그래도 이게 어디야?

나는 흐뭇한 기분으로 옷매무새를 정돈하고, 태안루를 찾아 걸어갔다.

'어디 가는 거지?'

천빈에게 경고하러 왔다가 여기까지 쫓아오게 된 고궐이 그녀의 뒷모습을 유심히 살펴보았다.

고궐은 천빈의 옷을 들고서 서성이는 한 내관과 신이 나서 걸어 나가는 천빈의 뒷모습을 번갈아 보다가 천빈 쪽을 따라갔다.

태안루에는 전에도 온 적이 있어서 길을 헤매지 않고 바로 찾아갈 수 있었다.

게다가 웬일? 전에는 입구를 가로막고 서서 자기들 기준에 부합하는 사람들만 안에 들여보내 주던 이들이 오늘은 날 보자마자 그냥 들여보내 주기까지 했다.

떨떠름해서 쳐다보자 웃으면서 손을 흔들어주는 걸 보니, 뭔가…… 얘기가 된 건가? 의아하지만 같이 손을 흔들어주고서 안으로 들어갔다.

'너무 넓어.'

하지만 이렇게 넓은 다루 안에서 타천천을 바로 찾기는 어려워서, 나는 지나가는 점소이에게 여우같이 생긴 손님이 혹시 여기 어디에 있는지 물어보기로 했다.

"이보게. 말 좀 묻겠소."

"네…… 아아! 당신! 전에 손님 머리를 쟁반으로 때린!"

마침 붙잡은 이가 또 구면이라, 아주 잘된 일이었다.

"반갑소. 우리 이렇게 또 보는군."

"반갑소? 반갑소? 아니 제 손님 머리를 그렇게 후려쳐 놓고 반갑단 소리가 나오십니까?"

"내 머리를 맞은 게 아니니까."

"그런! 그렇지만!"

나는 챙겨온 돈을 수북이 점소이의 손에 쥐여주었다. 점소이는 나만큼 마음이 넓어서, 그걸 받자마자 바로 우리의 과거를 미화시켜 주었다.

"이렇게 또 뵈니 참 좋습니다. 이번엔 누구 머리를 노리신다고요?"

"여우같이 생긴 손님."

"음. 한 세 마리, 아니, 세 분 정도 봤습니다. 여자 하나에 사내 둘이었지요. 다 다른 일행이고요."

"내가 찾는 건 사내요. 아, 키가 이만큼 크고 아주 잘생겼소."

"하나는 못난 여우였으니 남는 건 딱 한 분이네요. 잘생긴 여우는 3층에 방에 계실 겁니다."

"안내해주면……."

점소이는 고개를 다부지게 저었다. 내가 또 자기 앞에서 손님 머리를 내려칠까 봐 걱정이 되나 보다.

하지만 이 점소이는 알아야 한다. 내가 정보호의 머리를 내려친 건, 그놈이 내 위치를 정파 개자식들에게 팔아먹으며 돈을 벌기 때문이었다.

그는 보이지 않은 뒤통수로 몇 번이나 나를 때렸으니, 나도 보이는 쟁반으로 그놈을 한 번 내려쳤을 뿐이고.

그렇지만 이런 말을 해봐야 소용없겠지. 나는 순순히 계단에 혼자 발을 디뎠다.

"안에서 세 번째 방 오른쪽입니다, 손님."

"고맙소."

"쟁반 하나 드릴까요?"

"괜찮소."

그런데 점소이와 대화를 나누며 계단을 올라가고 있자니, 인기척이 바로 앞에 느껴졌다. 얼른 고개를 돌리고 멈춰 서서 올려다보자 마침 같은 방향에서 다른 사람이 내려오고 있었다.

"루주님!"

점소이가 외치는 소리가 뒤에서 들려온다.

마주친 사람은 나도 아는 얼굴이었다. 태안루주. 전에 봤을 때도 감탄했지만, 이번에도 역시 보석으로 온몸을 치장하고 있네. 그가 나를 빤히 보기에, 나는 방긋 웃고서 옆으로 비켜주었다.

"나는 대인, 나는 대인."

나는 '내 앞길을 막지 마'며 길에서 부딪쳤다고 행패를 부리는 악적이 아니다. 아주 너그러운 악적이지. 그런데 그를 스쳐 지나가고 있자니, 코

앞에 풍성한 꽃다발이 내밀어지는 게 아닌가. 얼결에 그걸 받고 쳐다보자 태안루주는 덤덤히 말했다.

"선물."

그러고는 저벅저벅 내려가는데…… 뭐지? 웬 꽃? 의아해서 꽃다발을 내려다보고 있자니, 계단 위쪽에서 무시무시한 시선이 느껴졌다. 얼결에 그쪽을 보니, 아주 고귀한 차림을 한 여인이 나와 태안루주를 죽일 듯 노려보고 있었다.

왜 그러나 싶어서 같이 쳐다보자, 여인은 점차 눈이 아픈지 눈가를 부들부들 떨다가 결국 눈을 깜빡이고는 휙 돌아서 다른 데로 가버렸다.

'뭐지?'

참 별일이 있네. 차 마시고 취했나.

의아했지만 일단 꽃다발을 들고 3층까지 올라가서 점소이가 알려준 대로 가장 안쪽 세 번째 오른쪽 방으로 들어갔다.

문을 열자 타천천이 혼자 앉아 차를 마시다, 힐긋 나를 보면서 웃었다.

"녕녕!"

반갑게 손을 흔들던 그는 내가 든 꽃다발을 보더니 감격해서 물었다.

"내게 주는 거야?"

이걸 들고 궁전에 돌아갈 수도 없는 노릇이기는 해서 나는 순순히 그에게 꽃다발을 건넨 다음 맞은편에 앉았다. 타천천은 꽃다발을 품에 안고서 냄새를 맡아보더니 배시시 웃으면서 인사했다.

"고마워 녕녕. 여기서 녕녕의 향기가 나."

아냐, 그건 태안루주의 향기야.

"날 왜 만나자고 했어, 녕녕? 보고 싶어서? 이거 주려고?"

"물어볼 게 있어서 왔어."

"그럼 이건 뇌물이야?"

"그건 그냥 주는 거야. 오다 주웠어."

"녕녕은 부끄럼이 많구나."

진짜로 오다 주운 건데. 정확히는 오다 받은 거지만. 어쨌건 이건 중요한 게 아니라, 나는 그가 꽃다발을 내려놓기를 기다렸다가 물었다.

"혹시 용화노가 사하비단에 들어간 적이 있어?"

타천천은 꽃다발이 그리 좋은지, 풍성하고 자잘한 꽃망울을 쓰다듬으면서 말했다.

"녕녕이 선물을 줬으니 알려주지. 잠시 들어왔다가 빠르게 나갔어."

"왜?"

"애초에 노리는 바가 있어 온 거거든."

굉장해, 용화노. 뒤통수의 화신인가. 여기저기서 뒤통수를 날리고 다니는구나.

"노리는 게 혹시 혼령술 비법이었어?"

타천천은 나를 힐긋 보더니, 눈이 초승달처럼 휘어져서 웃었다.

"뭐 아는 게 있구나, 녕녕."

"죽은 장공주가 돌아왔어. 용화노가 그 근처를 머물고 있었고. 장공주는 그자가 자기를 이렇게 만들었다고 했어."

"오호라. 재능 있는걸. 바로 성공하다니."

"성공……인진 모르겠어. 장공주 안에 든 사람은 자기가 장공주가 아니라 주장했거든. 용화노는 그래도 안 믿는 것 같았지만."

타천천은 히죽히죽 웃으면서 또 꽃다발을 쓸었다.

"처음부터 그자는 혼령술을 노리고 왔지."

"그럼 어쨌든 고……용화노가 무슨 방법을 알긴 아는 거네?"

"방법을 알아냈으니 달아났겠지."

"너랑은 관련이 없는 일이고?"

"내가 공주님을 깨워서 뭐에 쓰겠어."

그건 그렇다. 장공주가 돌아와서 혼란스러운 건 떡돌이와 태후 마마뿐이지. 고개를 끄덕이고 있자니 타천천이 묘한 말투로 중얼거렸다.

"하지만 원하지 않은 엉뚱한 영혼이 장공주 몸에 들어왔다면 흥미롭네. 세 번째인가."

"뭐가? 세 번째?"

"녕녕, 그 장공주란 사람 몸 상태 어떤지 가끔 내게 알려줄 수 있어?"

"내가 왜?"

말하고 나니 나는 타천천에게 질문할 게 아직 남아 있었다.

나는 얼른 말을 정정했다.

"좋아."

타천천은 그럴 줄 알았다는 듯 웃었다.

"고마워."

"물어볼 게 하나 더 있어."

"말해봐 녕녕. 우리 사이에 비밀이 어딨어."

널렸겠지. 속으로 혀가 차졌지만, 지금 질문은 장공주에 대한 질문 이상으로 중요하기에 나는 신중하게 물었다.

"혹시 말이야. 내가…… 이렇게 지내다가 갑자기 다른 몸에 들어갈 수도 있어?"

"원래 몸?"

"아니, 정말로 다른 몸. 튕겨 나가는 것처럼 이 몸에서 빠져나와 다른 사람이나 동물 몸에 들어갈 수도 있어?"

"가고 싶어, 녕녕?"

씩 웃는 그의 미소가 너무 변태 같아서, 나는 치를 떨며 손을 저었다.

"가고 싶어서 묻는 게 아니라 걱정되어서 묻는 거야. 갑자기 다른 사람

몸에 가게 되면 그것도 힘들잖아."

타천천은 꽃다발에서 손을 떼고서 내 얼굴을 물끄러미 바라보았다. 원래의 내 얼굴과 지금의 내 얼굴을 비교하려는 것처럼.

그 순간은 잠시 진지한 얼굴이었으나, 시선을 떼자마자 타천천은 히죽히죽 웃는 얼굴로 돌아와 말했다.

"내가 제대로 혼령술을 했다면 그럴 일은 없어, 녕녕. 하지만 전에도 말했던가? 내 혼령술은 아주 불완전해서 이것저것 아직도 시험 중이라. 어떤 일이 벌어질지 잘 모르겠어. 장공주 몸 상태를 알려달란 것도 내가 아직 미숙하기 때문이고."

"그럼 갑자기 다른 사람이 될 가능성도 있는 거네?"

타천천이 고개를 끄덕이는데 섬뜩하면서 저절로 배에 시선이 내려갔다. 절대로 안 될 일이었다. 두려움인지 투지인지 알 수 없는 기분이 솟아서, 나는 주먹을 꽉 쥐고서 입술을 씹었다.

타천천은 차를 한 모금 마시면서 그런 내 모습을 구경하다가 말했다.

"내가 이 정도이니 속성으로 혼령술을 훔쳐 배운 용화노는 더 심할 거야, 녕녕. 장공주 몸이 돌아왔다 했지? 장공주는 죽은 지 몇 해가 지났으니 멀쩡한 몸일 리 없어. 그런 상태인데 미숙한 용화노가 손을 댔으니, 어떤 부작용이 몰려들지 몰라."

"부작용? 어떤 건데?"

"놀리는 게 아니라, 정말로 나도 몰라 녕녕."

"!"

"그러니 문제가 생기면 꼭 알려줘."

뭐야. 그렇게 말하면 무섭잖아. 하지만 타천천은 평소와 달리 지금은 장난치는 얼굴이 아니었다. 결국 나도 고개를 끄덕일 수밖에 없었다.

그와 비원이 염 귀인을 죽게 한 것 때문에 이제는 상대도 하지 않으려 했는데. 결국 내 몸이 걸려 있으니 이렇게 또 얽히게 되는구나. 안타깝고 갑갑했지만 어쩔 수 없겠지. 이런 상태가 평생 계속되진 않아야 할 텐데.

"그럼 이만 갈게."

"벌써 갈 거야, 넝넝? 나랑 같이 놀지 않을래?"

마지막 말에 대답을 피하고서 밖으로 나오자, 아까 나를 노려봤던 그 돈 많아 보이는 여인이 나를 또 쏘아보았다.

왜 저러는지 모르겠지만 저래 봐야 자기 눈알만 아플 텐데. 그냥 무시하고 지나간 다음, 나는 계단을 내려와 다루를 빠져나왔다.

이제 돌아가야지. 너무 오래 돌아다니면 내 궁녀들이 걱정할 거야. 회임도 했잖아.

그런데 내가 빠져나온 그 담벼락을 찾아 걸어가느라 인적 드문 곳으로 향하고 있자니, 옆에서 살기 담긴 인기척이 느껴졌다.

모르는 척 쭉 걸어가고 있자, 주위에 사람이 없어진 틈을 타 내내 살기를 보내던 사람이 골목길 사이에서 나와 내 목에 검을 들이밀었다.

옆을 보자 와! 용화노였다. 앤 절대로 복면을 안 쓰네.

눈이 마주치자 그가 고개를 기웃하며 물었다.

"너. 정체가 뭐지?"

"넌 정체가 뭔데?"

나는 대답 대신 되물었다. 목에 닿은 검 끝이 위협적으로 살을 조금 파고들어 왔다.

"질문은 내가 한다. 너는 대답만 해라."

그 상태로 용화노는 차갑게 말했다. 일말의 온정조차 없는 날카로운 목소리는 그의 악명과 꼭 어울렸다.

저런 주제에 '고궐'로 지낼 때는 초기 평판 관리를 잘한 게 신기할 정도다. 나중에야 다들 뒤통수를 맞고 고궐에게 이를 갈았다지만, 처음에는 다들 고궐을 사랑에 목을 매는 선량한 청년으로 여겼다니까.

하지만 고궐이 악명이 높건 악명을 잘 숨기건 목소리가 차갑건, 나와는 전혀 관련 없는 이야기였다. 왜냐. 나는 용화노보다 악명이 더 높으니까.

용화노의 차가운 목소리가 떨어지자마자, 나는 순순히 고개를 끄덕인 다음 재빨리 몸을 틀어 그의 팔을 꺾고, 뒤통수를 벽으로 눌렀다.

아플 정도로 세게 이마를 벽에 부딪친 그가 반격을 위해 팔에 힘을 주었으나, 그의 팔은 이미 내가 꺾기 딱 좋게 자세가 잡혀 있었다. 이런 자세의 장점은 용화노가 힘을 쓰면 쓸수록 본인 팔이 부러질 위험이 더 커진단 거지.

그가 작게 이를 갈았다. 욕을 뱉는 것 같기도.

"이제 대답은 네가 해야겠구나."

나는 위엄 있게 말하고서 용화노의 뒤통수를 더욱 세게 눌렀다.

'이거 참.'

하지만 용화노의 대답은 들을 수 없었다. 하필 멀지 않은 곳에서 순찰을 도는 위병들이 나무판 두드리는 소리가 들려온 것이다.

"운이 좋구나."

내가 혀를 차고서 그의 머리를 놓아주자, 용화노는 나를 확 뿌리치듯 돌아서서는 바짝 날을 세웠다. 그 순간, 나는 단도를 휘둘러 그의 이마에 금을 그었다.

"!"

별 이유는 없었다. 이렇게 해두면 나중에 그가 숨더라도 찾아내기 쉬울 것 같아서. 못 찾아내더라도 혼자 아프긴 하겠지.

눈을 마주 보고서 방긋 웃자, 그의 눈에 이채가 돌았다. 그가 입술을 몇 번 달싹이더니 잠시 인상을 찡그렸다.

아차. 혹시 내가 너무 천년비처럼 행동한 건 아니겠지?

……아닐 거야. 용화노와 싸운 적이 몇 번 있지만 이마에는 금을 안 그었어. 목에 그었지.

그러는 동안에도 순찰을 도는 위병들의 나무판 소리는 더욱 가까워졌다. 나는 그를 놓아주고 방긋 웃고서 어깨를 두드려 신호했다.

"먼저 앞장서시게."

'어딘가…… 말하는 게 익숙한 느낌이었는데.'

고궐은 이마에 소매를 댄 채 사용하지 않는 건물 뒤편에 잠시 앉아 생각했다. 이마에 상처는 크지 않았지만 위치가 문제였다. 눈 위쪽이다 보니 자꾸 이마에서 흐르는 피가 눈 위로 흘러내렸다.

평범하게 궁에서 일하는 사람이라면 눈 위로 피가 흐르건 말건 상관없지만, 그는 숨어 지내는 처지였다. 오래전부터 궁전에 머문 사람은 그의 얼굴을 알지도 모르니, 이 상태로 돌아다니기 힘들었다.

결국 고궐은 한참을 그 자리에서 머뭇거리며 지혈하다가, 피가 느리게 새어나갈 즈음이 되어서야 몸을 일으켰다.

장공주의 처소로 가니 그녀는 마당에 평상을 놓고 앉아 여름 공기를 쐬고 있었다.

고궐은 잠시 나무 옆에 우두커니 서서 그녀를 넋 놓고 바라보았다. 두 사람이 함께 즐겁게 지낼 적, 장공주는 더운 날이면 치마를 무릎까지 올리고 얼음물에 발을 담갔다.

고궐은 옆에서 부채질을 해주었고, 궁녀들은 장공주에게 체통이 상한다며 제발 치마 좀 내려주십사 부탁했다. 장공주는 그럴 때마다 오만가지 핑계를 대며 절대로 다리를 가리지 않았다.

그러다가 고궐과 눈이 마주치면 쑥스럽게 웃으면서 부채에 날아가는
척 몸을 휙 옆으로 뉘었다.

"……."

얼마나 그러고 있었을까. 시선을 느낀 장공주가 고개를 돌렸다. 잠시
웃는가 싶던 그녀는 고궐의 이마를 보더니 놀라서 손가락으로 그를 가리
켰다. 입모양으로 '상처'라고 말하는 듯했다.

고궐이 이마 위로 손을 올리자, 그녀가 평상에서 내려와 그의 곁으로
다가왔다.

"이마가 왜 그래요?"

고궐은 자기 이마를 얼결에 가리며 거짓말했다.

"못에 베었습니다."

그는 베인 상처를 두고 넘어졌다거나 하는 말도 안 되는 거짓말은 하지
않았다. 주도면밀한 변명에 장공주는 "아파 보여." 하고 중얼거렸다.

기억을 잃기 전 장공주는 늘 그에게 하대했기에, 고궐은 그녀의 지금
말투가 너무 어색했다. 기억을 찾으면 원래 말투가 돌아올까?

고궐은 한 손을 계속 이마에 둔 채 부탁했다.

"괜찮으시면 연고를 받아 갈 수 있겠습니까?"

"방으로 들어가요. 내가 치료해줄게요."

장공주는 선뜻 말했지만 고궐은 놀라서 뒤로 몸을 뺐다.

"방에 피 냄새가 뱁니다."

"지금은 별로 피 안 나는 거 같던데."

"그래도 밸 겁니다. 게다가 궁녀들은 제 얼굴을 압니다. 안 들어가는
게 옳습니다."

"하지만 많이 베인 거 같아요."

"이마 주위에 피가 굳어서 그렇지, 실제로는 거의 다치지 않았습니다."

고궐이 딱 잘라 거절하자, 장공주는 그럼 여기에 있어 보라며 방 안으로 홀로 들어갔다.

방에 들어가니, 공주의 측근 상궁 두 명이 각기 수를 놓고 장부를 적고 있었다.

"유월. 외상에 바르는 월고약이랑 호문가루를 가져와."

장공주가 긴 침상에 앉으며 지시하자, 유월은 얼른 장부를 내려놓고 비상약들을 쌓아두는 곳으로 갔다.

하지만 유월이 바로 약을 찾아오지 못하자, 치월도 수틀과 바늘을 내려놓고 슬며시 유월이 있는 곳으로 갔다.

"잘 왔어. 너무 많아서 찾기 어렵네. 외상약들은 거의 쓰지 않잖아. 같이 좀 찾아줘."

유월이 안도해서 말하자 치월은 유월과 정반대 방향에서부터 작은 서랍에 붙은 글씨를 하나하나 살피며 말했다.

"그런데 외상약은 왜 가져오라 하시는 거야? 게다가 두 종류나? 보통은 하나만 쓰지 않나?"

"나야 모르지."

장공주는 두 궁녀가 돌아올 때까지 창밖에 시선을 던진 채로 기다렸다. 그 표정은 싸늘하고 눈빛은 냉담했지만, 방 안에는 사람이 없으니 아무도 그녀의 낯빛을 볼 수 없었다.

일각 정도가 지나자 마침내 유월이 나무 쟁반에 뚜껑 덮인 작은 상자 두 개를 들고 들어와 장공주에게 내밀었다.

"여기 있어요, 전하."

장공주는 아까의 차가운 표정을 금세 지우고 평소처럼 따뜻하게 웃으며 받아들었다.

"고마워. 그리고 목이 말라서 그런데. 유월, 모후께 가서 그제 내게 타

주셨던 차가 뭐였나 여쭤보고 받아와. 밤이니까 치월, 너도 같이 가고.”

“공주 전하는…….”

“나는 이 안에만 있을 건데 뭘. 그리고 혼자 있는 걸 좋아하니 괜찮아.”

장공주의 명령에 두 궁녀를 서로를 한 번씩 쳐다보고 밖으로 나갔다.

궁녀들을 따돌린 장공주는 월고약 뚜껑을 연 다음 거기에 호문가루를 뿌리고서 조그만 나무 절구로 둘을 잘 섞었다.

이후 다시 월고약 뚜껑을 덮고서 밖으로 나가자, 어두워서 잘 보이지 않는 나무 아래가 유독 더 새까맣게 보였다.

그곳으로 가자 고궐이 벽에 몸을 기대고 있다가 앞으로 반보 나왔다.

“이걸 이마에 바르면 빨리 나을 거예요.”

장공주가 월고약을 내밀자 고궐은 꾸벅 인사하고서 두 손으로 약통을 받아들었다.

“바르고 돌려드리겠습니다.”

“괜찮아요. 나는 새로 받아오면 되니까. 그쪽이 가져가서 매일 약을 발라요. 궁녀들이 언제 돌아올지 모르니 나는 먼저 들어가 볼게요.”

친절하게 웃은 장공주는 돌아서서 방 안으로 들어갔다.

고궐은 그 뒷모습을 애달프게 바라보다가, 장공주 처소에서 멀리 떨어지지 않은 빈 전각으로 들어갔다. 버려진 전각이라 청소도 되어 있지 않고 여기저기 먼지가 자욱했지만, 여름이라 이런 곳에서 자도 얼어 죽을 일은 없었다.

고궐은 문 근처에 앉아 약 뚜껑을 열고 검지에 약을 찍었다. 그러나 약을 이마에 바르려던 찰나. 그는 호문가루 냄새를 맡고 손을 멈칫했다.

“…….”

외상약에 호문가루를 뿌리면 약효는 더욱 좋아지지만, 둘 다 성분이 강하다 보니 독성 또한 강해졌다. 돌팔이가 아니라면 두 개를 합쳐서 사용하게 하는 의원은 없었다.

고궐은 손을 주춤하다가 착잡한 눈으로 장공주가 건넨 약상자를 가만히 바라보았다.

잠시 죽은 공주가 살아 돌아와 궁궐이 떠들썩해지긴 했지만, 그리고 아직도 떠들썩하지만, 상대적으로 내명부는 빨리 진정되었다.

그녀는 황제의 동복 누이이지 후궁은 아니었고, 본인도 평소 태후와 잘 지낼 뿐 후궁들과 어울리려 하지 않았다. 만날 일이 없으니 후궁들은 장공주에 관해 호기심이 빠르게 식었고, 동쪽 구역은 다시 평화로워졌다.

나 역시 장공주와 얽히는 일이 사라졌다. 파독 팔찌 사건 이후 장공주는 내 방에 찾아오지 않고 나를 부르지도 않았다.

태후 마마께 문안을 가도 태후 마마만 있지 장공주는 없어서, 아예 마주칠 일이 없었다.

원웅과 부성은 이런 상황에 안도했다.

"팔찌 건으로 폐하께 한소리들은 게 분명해요."

"또 허튼 수를 쓰다가 폐하께 밉보일까 봐 몸을 숙이고 있는 거예요."

두 궁녀의 추측이 맞는지는 모르겠다. 하지만 시간이 지날수록 이번에는 내 쪽에서 장공주를 만나고 싶어졌다. 타천천 때문이다. 그가 장공주의 몸 상태를 확인하고 자기에게 한 번씩 알려달라 해서.

장공주는 혼령술에 미숙한 고궐이 되살려냈으니, 어디에서 부작용이 나올지 모르는 상태라 했지. 부작용이 나타난다면 타천천이 빨리 알고 연구를 해야 한다. 그래야 부작용을 줄일 방법도 찾을 수 있고, 혹시 내 몸에 나타날지 모를 부작용도 잡을 수 있다.

그런데 장공주와 얼굴조차 못 보고 지내면, 부작용이 나타나도 알아챌 시기를 놓치는 거 아닐까?

게다가 고퀼. 그날 이후 밤에 여기저기 돌아다녀 봐도 코빼기도 안 보이는 걸 보니 장공주 처소 근처에 숨어 있는 모양인데…….

'도무지 속내를 모르겠어.'

하지만 팔찌를 돌려보낸 내가 장공주를 만나자고 하면 이번엔 그쪽에서 날 안 만나려 하겠지?

장공주를 피해 놓고, 이번에는 장공주를 어떻게 자연스럽게 다시 만나나…… 고민하면서 연못을 멍하게 보고 있을 때였다.

뜻밖에도 거북이가 보였다.

"저거 거북이잖아?"

연못에 거북이도 키워?

놀라서 귀자를 보자, 귀자가 아부하는 투로 물었다.

"잡아드릴까요?"

거북이 잡아서 뭐 어쩌려고. 나는 됐다고 손을 저으려다가, 문득 떠오른 생각에 도로 손을 내렸다.

"마마?"

거북이! 거북이 하니까 떡돌이랑 주고받은 말이 생각나네. 타천천이랑 한 말도 생각나고.

타천천이 그랬지. 내 몸은 장공주 몸보다는 안정적이지만, 자기도 혼령술이 완벽한 건 아니라 다른 데로 영혼이 튀어 나갈 부작용이 아예 없다고는 못 하겠다고.

떡돌이는 내가 거북이 몸에 들어가면 어쩐다 했더라.

잘 길러준다 했던가.

"……."

"마마? 왜 거북이를 그리 노려보시는지……"

"귀자야."

"예."

"하나만 잡아 와. 다치지 않게."

귀자는 의아해하면서도 거북이를 잡아다 주었다.

"이걸로 뭘 하시려고요?"

뜬금없이 거북이를 가져오라니 궁금한 얼굴이었지만, 나는 설명해주지 않았다.

정확히는 설명할 수 없는 거지만.

어쨌든 잘됐어.

그날 밤. 나는 떡돌이 옆에서 곤히 자다가, 떡돌이가 완전히 잠에 곯아 떨어졌을 때 슬그머니 침상 밖으로 나갔다. 그러고서 병풍 뒤로 가서 아까 대야에 넣어둔 거북이를 들어 올린 다음, 그걸 내가 누워 있던 자리에 옮겨두었다.

자. 이렇게 해두면 떡돌이가 내가 거북이가 됐을 때 날 어떻게 대할지 알 수 있겠지.

나는 재빨리 잠행복으로 갈아입은 다음 천장 위로 올라가 몸을 숨기고 인기척을 최대한 죽였다.

그 상태로 몇 시진이 지나자 마침내 떡돌이가 천천히 눈을 떴다. 떡돌이는 늘 새벽에 일어나지만, 여름이라 이미 날은 밝았다.

나는 떡돌이의 표정과 눈동자를 똑똑히 주시했다. 처음에 떡돌이는 옆을 보아도 내가 없단 걸 눈치채지 못했다. 아래는 안 봤으니까. 그는 태연히 하품을 하고서 자기 이마만 문질렀다.

그러다가 좀 더운 듯 이불을 아래로 내리고서 다시 옆을 보았다가, 또 정면을 보았다가…… 갑자기 멈칫했다.

"?"

그 상태로 열 정도를 세었을 즈음. 떡돌이는 엄청난 속도로 옆에 놓인 거북이를 쳐다보았다.

"!"

떡돌이는 동공이 커다래진 채 거북이를 계속 쳐다보았다. 제대로 건드리지도 못하는 걸 보니, '얘가 천빈인가?' 의심하는 게 분명했다. 이윽고 그가 주위를 마구 둘러보아서, 나는 기둥 사이로 내 옷자락이 보이지 않도록 몸을 바싹 움츠렸다.

한참 그러다가 떡돌이는 주저하며 거북이 등껍질을 손가락으로 톡 두드렸다. 거북이는 놀랍게도 목을 뒤로 빼는 대신 고개를 들어 떡돌이를 보았다. 눈이 마주쳤나. 황제는 한 손으로 자기 입가를 가렸다.

희미하게 '반숙'이라 중얼거리는 소리가 나는 듯했지만, 너무 작아서 확신할 수는 없었다.

잠시 그 상태로 시간이 멎은 듯했다. 거북이는 계속 떡돌이를 보며 눈을 깜빡거렸다. 혹시 저 안에 진짜 다른 사람이 들어 있는 게 아닌가 의심스러울 정도였다.

'내가 주웠을 땐 모가지도 안 내밀려 했으면서!'

잠시 후, 떡돌이는 입에서 손을 떼더니 두 손으로 조심스럽게 거북이를 집어 들어올렸다.

거북이의 얼굴과 떡돌이의 얼굴이 아주 가까워졌다.

설마 입 맞추려는 건 아니지? 그 모습에 잠시 비명이 나올 뻔했으나 그건 아니었다. 떡돌이는 거북이의 얼굴을 유심히 보는 듯했다.

뭐 그렇게 쳐다보면 거기에 내 얼굴이 있겠냐. 거북이 얼굴이 다 거기서 거기지!

하지만 떡돌이는 신중하게 굴었다.

그리고 더 놀라운 일이 벌어졌다.

거북이가 머리를 더 쭉 빼더니, 황제를 향해 헤엄쳐가려는 것처럼 두 손과 다리를 허우적대기 시작한 것이다.

'저 거북이, 사람 얼굴을 보잖아?'

자못 거북이란 사람이 코앞에 있으면 머리를 숨겨야 하지 않나?

충격을 받은 건 나만이 아니었다. 어쨌든 저 얼굴 밝히는 거북이의 행동 때문에, 떡돌이는 오해가 더욱 깊어진 게 분명하다.

그는 슬픈 표정으로 거북이를 바라보더니 품에 거북이를 안고서 문밖을 향해 "오원요!"하고 외쳤다.

'저 거북이 새끼, 왜 가만히 있지?'

오 공공은 떡돌이 목소리에 어린 슬픔을 눈치챈 건지 다급히 들어 왔다가, 황제가 품에 꼭 안은 거북이를 보고는 넘어질 뻔했다. 그는 벽을 짚고서야 가까스로 균형을 도로 잡더니 떨떠름한 표정으로 물었다.

"폐하? 웬 거북이를 안고 계십니까?"

황제는 거북이를 조심스럽게 두 손으로 받쳐 들고서 오 공공을 향해 보이며 물었다.

"어떤 거 같지?"

오 공공은 눈치가 좋았지만, 사람이 거북이로 변했으리란 짐작은 눈치 가지고는 할 수 없는 법이다.

"아, 혹시 거북이 요리를……."

"오원요!"

황제가 버럭 하고 소리를 지르자 오 공공은 황급히 입을 다물고 무릎을 꿇었다.

"송구하옵니다, 폐하."

하지만 여전히 어리둥절해 보였다. 황제는 다시 한번 거북이를 그를 향해 얼굴을 내보이며 물었다.

"오원요. 이 거북이, 누구 닮지 않았느냐?"

"예?"

오 공공은 황제의 뜻을 전혀 짐작할 수 없는 듯 우물우물하다 찍었다.

"폐하를 닮은 것 같습니다."

"자세히 보아라."

"……."

"천빈을 닮지 않았느냐?"

"천빈 마마요?"

"눈이 맹하고 눈 끝이 내려갔다. 이목구비가 오밀조밀 예쁜데, 자꾸 나한테 달라붙으려 해. 천빈 같다. 아무리 보아도 천빈이야."

오 공공이 눈을 비볐다. 한참 만에야 그는 떨떠름하게 중얼거렸다.

"송구하옵니다, 폐하. 소신의 눈에는 예쁜 이목구비는커녕 코가 보이지도 않습니다."

"이런."

한숨을 내쉰 떡돌이는 한 손에 거북이를 올려놓고 물끄러미 보다 한숨을 내쉬었다. 그걸 본 오 공공은 자신이 최측근답지 않은 행동을 했다 자책했는지 얼른 들뜬 목소리로 말했다.

"천빈 마마를 닮아서 이 거북 공을 데려오신 거로군요. 폐하께선 정말로 천빈 마마를 아끼십니다."

"아니, 닮아서 데려온 게 아니야. 이 거북이가 천빈이다, 오원요."

"!"

오 공공의 표정이 다시 불경해졌다. 그의 눈은 누가 봐도 '폐하가 제정신이신가?'로 보였다.

떡돌이도 그런 기색을 눈치채고서 도끼눈을 떴다.

오원요는 재차 두 손을 모으고 고개를 숙였지만, 볼이 평소보다 부풀어 있는 걸 보니 할 말이 가득한 모양이었다. 아마 다 불만이겠지.

잠시 뒤. 떡돌이는 거북이를 안아 들고서 침상에서 일어났다.

"우선 돌아가자."

떡돌이가 그렇게 나가 버리니, 그 뒤 내 방은 어떻게 됐을까.

"마마?"

"우리 마마는요?"

"마마!"

"마마?"

황제가 다녀갔는데 갑자기 내가 사라지자, 내 궁녀인 원웅과 부성은 기겁해서 난리가 났다. 두 사람은 펄쩍 뛰면서 이리저리 뛰어다녔고, 나는 둘이 잠시 나간 사이 천장에서 내려와 야행복을 재빨리 벗고 잠의로 갈아입었다.

"마마가 없어……."

원웅은 반각쯤 뒤에 다시 내 방에 울먹이며 돌아왔다가, 나를 보자 당황해서 멈춰 섰다.

나는 두 사람에게 쉬고 싶으니 세 시진 정도는 내 방에 들어오지 말라 당부한 뒤, 다시 옷을 잠행복으로 갈아입고 방을 나섰다.

하지만 떡돌이의 침전 쪽에는 사람들이 너무 빼곡해서 안을 엿볼 수 없었다. 밖에는 호위들이 빼곡하고, 안에는 그림자들이 빼곡하다.

나는 거리를 두고 나무 위에 서서 떡돌이가 다시 나오기를 기다렸다.

다리가 저릴 즈음, 떡돌이는 옷을 갈아입고서 밖으로 나왔는데, 이번에는 거북이를 들고 있지 않았다.

나는 그가 호위와 그림자들을 이끌고 멀어지기를 기다렸다가, 얼른 그의 방 안으로 숨어 들어갔다.

'거북이를 어디 뒀지?'

거북이는 그의 방 한가운데에 있었다. 방바닥에 커다란 대야를 두고 그 안에 물과 수중식물을 넣은 다음 거북이를 거기 풀어둔 거였다.

가까이 가서 살피니, 거북이 등에 비단을 묶어 헷갈리지 않게 표시까지 해두었지 뭔가. 즐겁게 노는 거북이를 보자 안심이 되었다.

그래도 떡돌이, 내가 거북이가 된다고 바로 버릴 것 같지 않으니 다행이야. 옆에 끼고 자진 못해도 방에 두고 길러 주긴 하려나 봐.

그런데 안도하는 순간.

"이제 되었느냐?"

웃음기 어린 목소리가 멀지 않은 곳에서 들려왔다. 문 너머에서.

놀라서 안쪽 문을 쳐다보자, '드르륵' 소리를 내며 문이 열리더니 그곳 긴 의자에 편안하게 기대듯 옆으로 앉은 떡돌이가 보였다.

"!"

내가 놀라서 입을 벌리고 쳐다보자, 떡돌이는 빙그레 웃더니 몸을 일으키고서 내 곁으로 다가오며 놀렸다.

"어디서 너랑 이렇게 똑 닮은 거북이를 가져왔을까. 정말로 놀랐다."

"내, 내가 거북이를 가져다 둔 걸 어떻게 알았어? 속은 줄 알았는데!"

그 놀란 표정은 연기로 나오는 게 아니었다고!

내 항의에 떡돌이는 순순히 인정했다.

"처음엔 속았지."

"그럼 언제 알았는데?"

"내 침실에 돌아오고서."

"왜?"

그땐 난 아예 여기 따라오지도 않았는데, 어떻게? 어리둥절해 그를 보자 떡돌이가 손가락으로 승언이 위치를 가리켰다.

"승언이 천장 기둥으로 가려다가 선객이 있어서 못 갔다더라. 여기 와서 그 얘길 전해주어서 넌 줄 알았지."

이럴 수가 있나! 입을 벌리고 그를 쳐다보자, 떡돌이가 머리맡 접시에 놓아둔 떡을 조금 뜯어 내 입에 넣어주었다.

우물우물 씹고 있자니 그가 내 배를 문지르며 물었다.

"그래, 재미있으셨소 부인?"

"재밌기는. 그냥 시험을 해본 거야. 내가 거북이가 되었을 때 내 남편이 과연 어떻게 나오나 본 거지."

"시험 결과는 어떤가. 만점인가."

"한 구 점 정도."

"구 점밖에?"

"십 점 만점에."

흥 소리를 내며 덧붙이자, 떡돌이는 눈꼬리가 휘어지도록 만족스럽게 웃더니 내 허리를 끌어당겼다. 어딜!

나는 회임한 몸이기에 막 허리 만지고 배 만지고 그러면 안 된다. 내가 찰싹 손등을 치자, 떡돌이는 자기가 직접 일어나 두 팔을 뻗어 나를 자기 품에 넣고 이마를 비벼댔다.

"내 아내는 왜 이렇게 엉뚱할까."

"그래서 싫어?"

"싫을 리가!"

딱 잘라 말한 떡돌이는 대야에서 거북이를 건지더니, 거북이 등을 한 손가락으로 긁고서 장난스럽게 말했다.

"어쨌든 이렇게 되었으니 우리 거북빈은 내가 계속 길러야겠지?"

"왜?"

"연습 삼아 미리 길러두는 것도 좋지."

그런가? 하긴. 그런 것 같기도 해.

마지못해 고개를 끄덕여 수긍하자, 떡돌이는 거북이를 도로 대야에 내려놓고서 내 손을 꽉 잡고 손등에 입을 맞추었다.

"주기적으로 하나씩 바꿔가면서 해줄게, 떡돌아."

"그러진 마라. 심장이 떨어지는 줄 알았다."

"하지만 내가 꼭 거북이가 된단 보장은 없는걸!"

"······안 바뀔 수도 있지 않을까?"

"확신할 수 없대."

"누가?"

타천천 이야기를 해도 되나? 내가 잠시 우물거리자, 떡돌이가 그 찰나를 눈치채고서는 눈을 가느스름하게 떴다.

그때였다.

"폐하."

문밖에서 오 공공의 목소리가 들려왔다.

"장공주 전하께서 오셨습니다."

오 공공의 말이 끝나자마자, 나는 떡돌이를 힐긋 보았다. 떡돌이 역시 마침 내 쪽을 보고 있었다.

입은 꼭 다물려 있고 눈썹 양 끝이 내려갔는데 눈동자만 커다래진 걸 보니, 내가 장공주와 사이가 좀 그런 걸 알기에 당혹스러운 눈치였다.

그러다가 떡돌이는 문 너머를 향해 말했다.

"나중에……."

'들라 하라'고 말하려는 듯했으나, 나는 그의 입을 내 손바닥으로 막아 버렸다.

"!"

떡돌이가 말을 하다가 멈추자, 오 공공이 다시 "폐하?"하고 불렀다.

내가 손을 떼자, 떡돌이가 의아한 눈으로 나를 보았다. 나는 고개를 젓고서 작게 말했다.

"괜찮으니까 들어오시라 해. 나 때문에 안 그래도 돼."

떡돌이는 좀 놀란 표정이 되었다.

"정말이냐?"

"그래."

"하지만 넌 누이를……."

곧 떡돌이는 눈이 더 커다래지더니, 경악한 눈으로 거북빈과 나를 번갈아 보기 시작했다.

'진짜 바뀐 거 아냐?' 하고 의심하는 눈이라, 나는 그의 배를 콱 집는 시늉을 하고서 다부지게 말했다.

"그런 거 아니야. 전에는 내가 아기를 가진 것도 처음이고 속이 안 좋은 것도 처음이라 좀 당황한 거 같아. 생각해보니까 파독 팔찌는 오랫동안 묻혀 있으면서 효과가 떨어졌는데 공주 전하가 그걸 몰랐던 걸 수도 있잖아. 당황해서 너무 급하게 일이 처리된 거 같아서 그래."

내가 무슨 말을 하는지 잘 모르겠다. 이게 방금 막 꾸며낸 말이어서 그렇다. 사실 내가 장공주를 다시 만나고 싶어 하는 건 타천천이 한 말 때문이니까.

하지만 막말을 뱉고 보니 꽤 그럴듯했다. 어쩌면 정말 팔찌는 고의가 아니었을지도 몰라. 생각해보니 팔찌를 내게 주기 전, 그녀는 그 팔찌를 자기가 착용하고 있었잖아.

떡돌이는 내 한 손을 꼭 잡고 아프지 않을 정도로 힘을 주다가, 고개를 끄덕이더니 고개를 숙이고서 말했다.

"드시라 해라."

목소리가 촉촉한 걸 보니 내 대인의 풍모에 감탄한 게 분명하다.

나원 참. 떡돌이 얘는 대체 전생에 뭔 복을 쌓았길래 황제로 태어난 데 다 나처럼 좋은 여자를 아내로 맞이했을까?

……아냐, 전생 얘긴 하지 말자. 그러면 내가 태어나자마자 부모도 없이 이리저리 돌처럼 굴러다니면서 어렵게 크고, 다 커서는 악적 취급을 받으며 쫓긴 게 전생의 업보 같잖아.

그러는 사이. 문이 드르륵 열리고 오랜만에 보는 장공주가 모습을 드러냈다. 장공주는 인자한 얼굴로 들어오다가 뒤늦게 나를 발견하고 좀 놀란 표정이 되었다.

곧 그녀는 몸을 뒤로 뺐다. 딱 보니 달아나려는 태세여서, 나는 얼른 그쪽으로 다가가 내가 장공주를 배척하고 있지 않단 걸 보여주기 위해 함박웃음을 지으며 그녀의 팔짱을 잡고 살짝 당기며 웃었다.

"장공주 전하, 전에는 제가……."

그런데 말이 끝나기도 전. 장공주의 팔이 쏙 빠졌다.

아이고?

"!"

장공주의 팔이 빠지자 놀란 건 나만이 아니었다. 장공주 본인은 나보다 더 놀라서 눈이 금붕어만큼 튀어나왔고, 떡돌이 역시 당황해서 들고 있던 떡을 떨어뜨렸다.

"어…… 이게 왜 빠지지……?"

나는 웬만한 일로는 이렇게 놀라지 않는다. 하지만 팔짱을 끼자마자 사람 손이 빠지는 건 '악적 천년비'로 살면서도 겪은 적이 드문지라, 안 놀랄 수가 없었다.

주저하다가 얼결에 장공주의 팔을 도로 들어 끼워주자 뜻밖에도 팔을 다시 붙었다.

"!"

장공주는 더 놀랐고 떡돌이는 아예 의자에서 미끄러졌다. 이 자리에서 여유로운 건 거북빈뿐.

나는 장공주의 팔에서 슬그머니 손을 떼고서 장공주의 눈치를 살폈다. 그 상태로 이러지도 저러지도 못하고 있자니, 장공주가 자기 손을 주섬주섬 움직여보는 게 보였다.

빠졌던 팔의 다섯 손가락을 접었다 폈다 반복하는데, 다행히 다 움직이는 듯하다. 그걸 보자 좀 안심이 되면서도 여전히 민망해서 나는 조심스럽게 물었다.

"안 아프세요……?"

장공주는 떨떠름해서 대답했다.

"아, 아프진 않네. 아프진 않은데 어…… 신기해서."

나와 장공주가 멍하게 서로를 보고 있자니, 뒤늦게 황제가 비명을 지르며 달려와 장공주의 소매를 걷어 올렸다. 소매 안에서 드러난 팔은 겉보기엔 멀쩡했다.

"아프지 않습니까, 누이?"

"어어, 괜찮아."

장공주가 얼결에 반말로 대답했으나, 떡돌이는 그런 걸 신경 쓸 새가 없는 듯 다급히 외쳤다.

"오원요! 어의를 급히 불러오라!"

떡돌이는 장공주를 오른쪽에서 부축했고, 나도 얼른 왼쪽에서 부축했다. 우리는 떡돌이가 아까 앉아서 나를 놀리던 그 의자로 장공주를 데려가 앉혔다.

"아니, 다리는 멀쩡한데……."

장공주는 당혹스러운 듯 중얼거렸으나, 나와 떡돌이는 그녀의 몸이 또 어디 툭 빠지기라도 할까 봐 불안했다. 내가 떡돌이 마음까지 다 아는 건 아니지만 표정을 보니 아마 그럴 거다.

잠시 뒤, 땀을 뻘뻘 흘리며 달려온 황보 궁의는 황제의 침실 의자에 앉은 장공주를 보자 대번에 사태를 파악하고 그녀 쪽으로 다가가 물었다.

"어디가 편찮으신지요, 공주 전하?"

"전체적으로 살펴보라."

떡돌이는 차마 내가 장공주 팔을 뺐다 끼웠단 말을 하기가 뭐한지 두루뭉술하게 명령했다.

"예, 폐하."

황보 궁의는 얼른 인사하고서 조심스레 장공주의 맥을 짚고, 팔과 다리, 어깨, 발목 등에 두꺼운 천을 깐 다음 꾹꾹 눌러보았다.

거의 이 각 정도를 그런 후에야 황보 궁의는 의료 도구를 치우고 일어났다. 그의 표정은 난처해 보여서, 떡돌이는 다급히 물었다.

"무슨 일이냐. 왜 그러느냐. 누이께 문제라도 있는 거냐."

"병이 있진 않습니다, 폐하. 하지만 몸 여기저기가 많이 쇠락해지셨습니다. 당장 부러져도 이상하지 않을 정도로요."

찔리는구먼.

"심각한가?"

자기 일인데도 장공주는 차분하게 물었다. 황보 궁의는 장공주를 향해 다시 돌아서서 허리를 조금 숙이고 대답했다.

"몸이 많이 약하십니다. 천빈 마마께서도 맥이 약하신 편인데, 공주 전하께선 그보다 더 심하십니다."

"……"

"하지만 몇 년이나 누워……계셨던 걸 생각하면, 사실 지금 이렇게 돌아다니시는 것도 기적이지요. 차츰 나아질 겁니다, 전하. 폐하. 마마."

황보 궁의는 장공주와 떡돌이, 나에게 돌아가며 말을 마무리 지었다.

떡돌이는 잠시 착잡한 눈으로 공주와 나를 번갈아 보다가, 황보 궁의에게 탕약을 지어 오라 지시하고 손을 내저었다.

어의가 나가자 장공주는 밝은 목소리로 말했다.

"죽었던 사람이 깨어났는데 이 정도는 당연한 거지. 아니면 매일 운동하면서 건강을 유지하는 사람들이 뭐가 되겠어?"

그러고서 내 쪽을 보기에, 나는 이번에는 얼른 제대로 사과했다.

"아까는 일부러 그런 게 절대 아니에요, 공주 전하. 지난번 일을 사과드리고 싶어서 친한 척하려 한 건데, 설마 팔이 빠지실 줄은 몰랐어요. 정말 죄송해요."

장공주는 '팔이 빠진다'는 부분에서 웃음을 터트리더니, 내 손을 꼭 잡으며 상냥하게 말했다.

"괜찮네. 천빈이 힘을 주지 않은 건 내가 누구보다 잘 알아. 게다가 들었잖은가. 내 몸은 부러지기 쉽다고. 그래도 부러진 것보단 빠진 것이 낫지. 도로 끼울 수 있으니까."

"누이!"

장공주의 말에 떡돌이는 그게 말이냐는 듯 불렀지만, 장공주는 나를 보며 그저 위로하듯 웃기만 했다. 그 모습은 전혀 가짜 같지 않고 진짜 장공주처럼 보여서, 나는 잠시 멍하게 그녀를 보고 말았다.

"천빈? 그렇게 보면 민망한데."

"공주 전하. 전하는 정말 좋은 분이세요."

"어?"

"빠졌다 붙은 건 공주 전하의 팔이 아니라 제 마음인가 봐요."

"응?"

"공주 전하가 방금 전 제 마음에 걸어들어오셨어요."

"으응? 내가?"

공주의 담대한 모습에 감동을 받아 중얼거리자, 장공주는 어색하게 웃으면서 떡돌이를 보았고, 떡돌이는 나와 장공주의 손을 떼고서 단호하게 말했다.

"누이는 도로 내보내라 천빈. 그 자린 짐의 자리다."

"아, 나, 벌써 쫓겨나는 건가."

장공주가 서운한 듯 중얼거리는 말에 떡돌이는 어쩔 수 없는 일이라며 고개를 끄덕였고, 나는 안도해서 그의 이마에 내 이마를 기댔다.

다행이야. 내가 힘이 너무 세져서 공주 팔을 뽑은 줄 알았는데, 죽었다 깨어난 거라 그런 거라니.

아니, 다행이 아닌가? 혹시 이게 타천천이 말한 그 부작용 아니야?

장공주와는 얼결에 사과까지 해버렸지만, 이 일은 타천천과 상의해 보아야겠다.

나는 비원을 통해 타천천을 만나고 싶단 연락을 보내고, 이전처럼 약속을 잡아 태안루주로 그를 찾아갔다. 타천천은 전의 그 방에서 나를 기다리고 있다가, 내 빈손을 보자 서운한 목소리로 물었다.

"오늘은 꽃다발이 없네, 녕녕?"

"물어볼 게 있어."

"빠르기도 해라. 밥은 먹고 왔어? 배 안 고파?"

"용화노가 장공주를 살려냈다 했잖아. 내가 장공주 팔짱을 끼니까 힘을 안 줬는데도 팔이 빠지더라고. 놀라서 도로 끼우니까 잘 움직였어."

"내 말 들리는 거 맞지, 녕녕?"

"어의 말로는 장공주 몸이 전체적으로 굉장히 약하대. 병은 없고. 혹시 이게 부작용이야?"

질문을 연달아 던지고 나니 타천천이 드러누워 자는 척하기 시작했다.

"꽃다발 없고 밥 먹고 왔고 네 말 들었어."

뒤늦게 그가 한 질문에 다 대답해주자, 타천천은 그제야 몸을 일으키더니 웃으면서 말했다.

"부작용 맞는 거 같은데."

"왜 그러는 거야? 나는 맥이 약할 뿐이었지 그런 적은 없어. 내 몸에 들어간 사람, 누구지, 하여튼 그 사람도 몸이 튼튼해 보였는데 장공주 몸은 왜 그래?"

"죽은 지 오래된 사람을 부활시켰으니까."

"몇 년 안 됐잖아."

"몇 년이면 썩지."

"장공주 몸에 썩은 부분은 없던데. 다 본 건 아니지만."

적어도 팔은 아주 멀쩡했다.

타천천은 어깨를 으쓱했다.

"강시로 만들면서 여기저기 보수했겠지."

"좀 더 제대로 만들 수는 없어?"

"어떻게?"

타천천은 내 질문을 듣더니, 탁상에 팔을 괴고서 우습다는 듯 물었다.

"장공주한테 내 이야기를 하고 데려오려고?"

"그건⋯⋯."

안 되겠지. 타천천 이야기는 떠돌이에게도 하지 못하고 있으니까. 이러지도 저러지도 못하고 쳐다보자, 타천천은 어깨를 으쓱하고서 술을 한 잔 마셨다.

"그래도 괜찮잖아? 내가 생각한 부작용보단 훨씬 나은데, 넝녕."

"넌 무슨 부작용을 생각했는데?"

타천천은 그 부분은 설명할 마음이 없는 듯 웃기만 하다 물었다.

"정말 배 안 고파?"

장공주의 팔을 뺐다가 도로 끼워준 이후로 나와 장공주 사이는 부쩍 가까워졌다.

태후 마마에게 놀러 갈 때는 제외하면 늘 혼자 있는다던 장공주는, 사실은 외로웠던 모양이다. 그녀는 나와 사이가 가까워지자 하루가 멀다 하고 놀러 와서 이런저런 이야기를 하다 갔다.

내 궁녀들은 영 장공주를 의심스러워하는 모양이었지만, 그 애들은 내가 장공주 팔을 뺐다 끼운 걸 몰라서 그런다. 그걸 알면 원웅과 부성도 감동할 텐데!

어쨌든 장공주가 워낙 밝아서 같이 어울리면 즐겁고 좋았다. 게다가 분명 그녀가 가짜인 걸 아는데. 가끔 장공주가 떠돌이와 마주쳐서 둘이 대화하는 걸 보면, 아무리 봐도 장공주가 진짜처럼 보여서 이상했다.

나와 달리 장공주는 온갖 옛날 일들을 다 알고 있는 것도 그렇고.

그러는 사이 시간이 빠르게 지나갔고, 영빈의 생일이 가까워졌다.

"아니, 영빈 생일 얘기를 왜 지금 말해?"

"죄송해요, 마마. 마마께선 늘 영빈 마마 생일에 그냥 가지고 있는 비녀라거나 장신구 같은 걸 선물하셔서요……. 다 되어갈 즈음해서 말씀드리면 된다고 생각했어요."

원웅과 부성은 영빈의 생일 나흘 전 내게 생일 이야기를 해주었다.

내가 비연궁이 아니라 다른 궁에서 지냈더라면 소란스러운 분위기 때문에라도 미리 알았을 텐데. 궁도 따로 떨어져 있다 보니, 유독 늦게 알게 된 것이다.

"이번에는 다른 선물을 준비하시려고요, 마마?"

"언제까지 사이 나쁘게 지낼 수는 없잖아."

'천소여'와는 사이 나쁜 이복자매라지만, 그래도 내 아이가 태어나면 아이에게는 영빈이 이모가 될 건데. 아이에게 아군은 많은 게 좋지 않을까?

게다가 천소여가 영빈을 냉담하게 대해 둘 사이가 나빠진 거라면, 지금은 잘 처신하면 이전보다는 좋아질 수 있지 않을까?

"마마께서는 시간이 지날수록 더욱 인품이 고아지시는 거 같아요."

원웅은 내 말에 감탄했고, 부성도 고개를 끄덕였다.

"그렇지? 그런데 선물은 정말 뭐로 한다……."

열심히 고민한 끝에, 영빈이 좋아하는 색 보석이 여기저기 들어간 머리 장식을 선물하기로 했다. 어쩔 수 없었다. 달리 선물할 게 없는걸.

어쨌든 선물은 준비되었고, 눈 깜짝할 사이 영빈의 생일날이 되었다.

생일날에는 연회가 열렸지만 큰 규모는 아니었다. 황후의 생일이라면 연회가 크겠지만, 후궁은 수가 많지 않은가.

후궁의 생일마다 큰 연회를 여는 건 현실적으로 힘들다고 해서, 영빈의 생일 연회는 경치가 좋은 곳에 상을 차려놓고 내명부 사람들이 모이고 손님 몇을 초대해 식사하는 정도였다.

후궁들이 거의 다 모였을 즈음, 황제가 오지 않았지만 음악이 흘러나오고 연회가 시작되었다.

떡돌이는 오늘도 일이 많기에 나중에 들른다고만 하고, 언제 올지에 대해서는 알리지 않았다고 했다. 최대한 가겠지만 못 올 수도 있으니 먼저 연회를 하고 있으라 했다던가.

후궁들은 영빈에게 찾아가 가져온 선물을 내밀었고, 영빈은 평소보다는 좀 더 친절하게 선물을 받았다.

내가 머리 장식을 선물했을 때도 보고 웃으면서 말했다.

"언니는 회임 중이라 시침도 못 들 텐데. 그래도 옆에 폐하를 붙여두는 걸 보면 수완이 대단한가 봐?"

"응, 쑥스럽네."

"……."

그런데 한창 즐겁게 먹고 노는 와중이었다. 양옆에 앉은 촉비, 온 귀인과 수다를 떨고 있는데 이상한 시선이 느껴졌다.

쳐다보자 외부에서 온 여자 손님들이 모여 있는 곳에, 어디서 본 것 같은 여자가 나를 힐긋힐긋 노려보고 있는 게 아닌가.

그러니까…… 어디서 봤더라.

아아! 태안루!

내가 눈치챈 순간. 그 여자가 갑자기 몸을 옆으로 돌리더니, 곁에 앉은 사람에게 나를 눈짓하며 무어라 속삭였다.

뭐라 말한 건지 모르겠지만, 옆 사람은 눈이 커다래져서 덩달아 나를 쳐다보았다.

저 표정은 나도 잘 안다. 누가 '저 자식 개자식이래'라고 말하면 놀라서 '저 사람이 개자식이라고?' 할 때 나오는 표정이다. 즉, 태안루에서 날 노려보던 저 여자는 자기 옆자리에 앉은 여자에게 내 욕을 한 거다.

그걸 보자 기분이 나빠 인상을 찌푸리는데, 갑자기 옆에 앉은 촉비가 내 귀에 손과 입을 가까이 가져가더니 "재밌는 말이라도 들은 것처럼 웃어요." 하고 말했다.

의아하지만 시키는 대로 "하하하!"하고 웃으며 옆을 보니, 촉비는 눈웃음을 지으면서 나를 노려보던 그 여자 쪽을 부드럽게 바라보고 있었다.

그러자 놀랍게도 그 여자와 그 옆자리 여자가 흠칫하더니 몹시 기분 나빠하는 게 아닌가.

그러고서는 자기들끼리 또 소곤거리려는데, 촉비가 나와는 비교도 안 될 정도로 낭랑하게 까르르 웃으면서 "어머, 설마. 그럴 리가요." 하고 내 어깨를 두드리는 게 아닌가.

평소에는 '어머' 같은 말은 쓰지도 않으면서!

그런데 놀랍게도, 촉비가 그러고 나자 날 노려보던 여자는 더욱 표정이 굳어 있었다.

촉비는 맑게 웃으면서 부채를 들어 한번에 '차르륵' 펴더니, 유유자적 흔들면서 부채 뒤에서 한쪽 입꼬리만 올려 웃으며 작게 중얼거렸다.

"어디서 눈에 힘을 주고 있어, XX XXX들이."

"!"

촉비…… 욕 잘하는구나. 하긴. 촉비가 명문세가 딸은 맞지만 이래저래 고생 좀 하고 컸다 했지. 강하구나.

멍하게 감탄하다가 나는 다시 태안루에서 본 그 여자를 쳐다보았다.

한데 웬걸? 이번에는 그 여자가 자기 자리에서 일어나 내 쪽으로 걸어 오는 게 아닌가. 걸음걸이는 나긋나긋하고 부드러웠지만, 두 눈은 전투 의지로 빛나고 있었다.

아니, 대체 왜? 전에 태안루에서도 그렇고 지금도 그렇고 왜 저렇게 날 노려보는 거야? 물어본다고 대답해 줄 리가 없겠지. 물어볼 수도 없지만.

어쨌든 그 사이에 여자는 내 앞으로 다가와서는 예의 바르게 인사를 올렸다.

"천빈 마마를 뵙습니다. 소녀는 온씨 가문의 수연이라 합니다."

황후 가문 사람이구나. 옆에 앉은 온 귀인을 슬쩍 보았다. 사이가 좋진 않은 듯 온 귀인은 팔을 괴고서 온수연을 못마땅하게 보고 있었다.

다시 온수연을 보자, 그녀는 즐거워하는 눈으로 나를 한 번 내 배 쪽 을 한 번 보더니 물었다.

"갑자기 찾아와 죄송합니다, 천빈 마마. 하지만 전에 가까이서 뵌 적이 있는 분이라, 너무 반가운 마음이 들어 오게 되었어요."

아까 노려볼 때와 달리 친근한 목소리였다. 눈은 여전히 힘이 들어가 있었지만. 여보시게. 목소리보다 눈부터 어떻게 좀 해봐.

"그런가."

"그때 혼자서 다루를 돌아다니고 계셨지요. 사내들에게 꽃다발도 받고 하면서요. 귀한 집 소저로 보이는 분이 호위나 시비조차 데리고 다니지 않기에 참 특이하다고 생각했는데. 그게 천빈 마마셨군요?"

사내'들'이라니.

앞에 놓인 구운 파를 씹으면서 쳐다보자 온수연은 재차 웃더니, 주위 사람들에게만 작게 들릴 만한 목소리로 덧붙였다.

"그래도 다음부턴 그러지 마세요, 마마. 바깥에 홀로 나와 사내들과 어 울려 돌아다니다가, 배 속의 아기씨가 다른 사내 아기씨라고 오해받으면 안 되잖아요?"

그 말이 끝나자마자 나는 탁상 아래에 있는 온수연의 다리를 걸어찼다. 내공은 신지 않았지만 정강이를 찼더니 꽤 아픈지, 온수연은 웃다가 바로 비명을 질렀다.

"아!"

무공 익히지 않은 사람은 웬만해서 건드리지 않지만, 배 속 아기를 가지고 시비를 거는 건 참을 수 없다. 저건 위험한 발언이잖아?

온수연은 잠시 다리를 감싸고 끙끙대다가, 통증이 가라앉자 믿을 수 없단 눈으로 나를 쳐다보며 물었다.

"지금 소녀를 때리셨어요?"

"아니."

덤덤하게 대답하자, 온수연은 화가 나서 조금 언성을 높였다.

"방금 절 때리셨잖아요!"

그러고서 온수연은 옆의 촉비와 온 귀인을 번갈아 보았으나, 두 사람은 각기 팔을 괴고 다른 방향을 쳐다보고 있었다.

옆에 있는 둘이 자기편을 들어주지 않을 것 같자, 온수연은 입술을 깨물더니 확 돌아서서 아까 자기가 앉아 있던 자리로 돌아갔다.

구운 파를 하나 더 집고 씹으면서 보니, 자리로 돌아간 온수연은 다리를 감싸 쥐고 몇 번이나 끙끙거리다가, 나중에는 아예 절뚝거리며 황후 쪽으로 가고 있었다.

황후 곁으로 가자, 황후는 옆자리에 앉은 사람과 대화 나누길 멈추고 그녀를 보았다. 곧 황후의 인상이 찌푸려졌다. 무어라 말하는지는 들리지 않지만, 얼핏 보니 '왜 꼴이 그러냐'라고 묻는 모양이었다.

온수연은 무어라 무어라 마구 떠들어대면서 눈으로 나를 가리켰다. 살짝 눈가를 소매로 닦는 걸 보니 운 것 같기도 하다.

황후가 입 모양으로 '천빈?' 하는 게 느껴졌다. 내가 때렸다고 했나 봐. 황후는 반사적으로 내 쪽을 쳐다보았다.

나도 반사적으로 웃어주자 황후는 인상을 조금 찡그리더니, 온수연과 나를 번갈아 보다가 손수건으로 입가를 가리고서 또 뭐라고 말하기 시작했다. 그게 효과가 있었나.

잠시 뒤. 황후의 측근 시녀가 다가오더니 온화한 목소리로 말했다.

"천빈 마마. 황후 마마께서 물어보실 게 있다고 와보시라 하십니다."

온수연이 과연 뭐라 했을까, 싶어서 나는 알겠다고 일어서려 했다.

하지만 내가 일어서기 전. 촉비가 내 팔을 눌러 잡더니, 측근 시녀보다 더욱 배려심 깊게 들리는 목소리로 말했다.

"어쩌지, 영영? 천빈이 입덧을 하느라 제대로 먹지도 못하고 힘들어하고 있어서. 저기까지 가려니 너무 먼데."

그 말에 영영은 촉비를 한 번, 싹싹 빈 내 앞 접시들을 한 번 보더니 싸늘하게 웃으며 대답했다.

"그렇게 전하지요."

촉비는 영영이 돌아서 가자마자 자기 접시에서 음식을 덜어 내 앞에 놓았고, 온 귀인도 말없이 자기 접시에서 음식을 덜어 내 접시에 놓았다.

"다들 고마워요. 이거 다 내가 좋아하는 음식 맞아요."

그 배려에 고마워 인사하자, 촉비는 "먹지 마요. 이따 도로 회수해 갈 거예요." 하고 단호히 말하더니, 입술을 거의 움직이지 않고서 충고했다.

"황후 마마께서 오시면 입덧 때문에 움직이기 어렵다고 해요."

"도로 가져간다고요?"

"입덧."

촉비가 눈을 부라리기에 입가에 손을 대고 구토하는 시늉을 하자, 그녀가 살짝 고개를 끄덕인다.

이게 뭔가…… 하면서도 시키는 대로 하고 있자니, 촉비의 말처럼 황후가 직접 이쪽으로 다가왔다.

황후가 다가오자 촉비와 온 귀인이 일어나고, 나도 슬그머니 따라 일어섰다. 황후는 내 앞에 음식물이 남들보다 두 배로 쌓인 접시를 빠르게 보더니, 곧 빙그레 웃으며 내 어깨를 눌렀다.

"회임했는데 조심해야지. 앉거라."

"감사합니다, 황후 마마."

온 귀인이 부축하는 시늉을 해주어서 얼결에 아픈 사람처럼 앉으면서 보니, 황후 뒤에서 영영이 내 접시를 쳐다보며 고개를 기웃거리고 있다.

나는 모른 척 다시 황후를 보았다. 황후의 옆에는 온수연이 붙어 있었다. 내가 온수연을 보자, 황후는 내게 무뚝뚝한 목소리로 물었다.

"듣자 하니 내 사촌 동생이 천빈에게 무례를 저지른 모양이던데. 맞나?"

그 말에 '네'라고 대답하려는데 뒤에서 손이 다가오더니, 내 어깨를 감싸 쥐면서 대신 대답했다.

"황후 마마의 동생이라면 예절 바른 규수일 텐데, 그럴 리가 있나요."

힐긋 어깨를 보니 길쭉하고 아름다운, 그야말로 섬섬옥수 같은 손이었다. 슬쩍 고개를 들자 연비가 서 있었다.

어느새 주위는 모두 조용해져 있었다. 아니, 대체 이게 뭔 일이래?

당황했지만 일단 고개를 끄덕이자, 황후는 잠시 가만히 있다 웃더니 온수연의 어깨에 팔을 올려 앞으로 끌어당기며 말했다.

"내 사촌 동생이 천빈에게 무례를 저질러서, 천빈이 홧김에 이 아이의 발목을 걸어찼다 들었는데."

그 말이 끝나자 몇몇 사람들이 뭐가 그리 놀랍다고 수군거리는 소리가 들려왔다.

"정말로 치마에 흙이 묻어 있네요."

"꼭 걷어찬 것처럼 저 부분만 구겨졌잖아요."

저 수군거리는 사람들. 온수연 뒤쪽에 서 있으면서 치마 앞부분이 보인단 건가.

황후는 나를 바라보며 다시 빙그레 웃더니 다독이듯 말했다.

"아무리 화가 나도 천빈, 회임한 몸으로 다른 사람을 걷어차는 건 좋지 않아. 아이가 뭘 보고 배우겠나."

그 말에 몇몇이 웃음을 터트렸다.

나는 단호하게 거짓말했다.

"저는 걷어찬 적이 없어요. 황후 마마."

그 말에 황후가 웃으면서 달래듯 말했다.

"그럼 내 사촌 동생이 처음 보는 자네에게 왜 그런 거짓말을 하겠나."

내가 무어라 대답하기 전. 이번에는 촉비가 말했다.

"황후 마마, 온 소저가 아까 이 앞으로 와서 천빈에게 인사를 올렸지요. 천빈은 회임을 해서 다리가 자주 붓고 발이 잘 저리답니다. 발을 펼칠 때 앞에 섰다가 조금 부딪쳐 놓고 뭔가 오해를 한 모양이군요."

황후는 촉비를 보며 눈살을 찌푸렸다가 펴더니 웃으면서 반박했다.

"설마 차는 것과 부딪치는 걸 구분하지 못하려고."

촉비 역시 웃으며 또 대답했다.

"황후 마마의 말씀처럼, 처음 보는 사이에 누가 군이 걷어차고 그러겠어요? 온 소저가 천빈에게 못할 말을 한 게 아니라면 그렇게 생각하진 않을 거예요."

그 말이 끝나자 온 귀인이 갑자기 "세상에."라고 깜짝 놀란 목소리를 내어 사람들 관심을 자기에게 붙잡더니, 내 팔을 살짝 쥐며 말했다.

"그러고 보니 온 소저가 천빈 마마 앞에서 복중 아기씨가 누구 아기인지 어떻게 아냐는 식으로 막 빈정거렸어요. 그 말을 하고 나니 겁이 나서 황후 마마께 거짓말한 걸까요?"

같이 들었으면서 촉비가 "정말이야, 동생?"하고 묻자, 갑자기 촉비 동생이 된 온 귀인이 "네, 언니! 제가 똑똑히 들었어요!" 하고 대답했다.

뒤에서 연비는 좀 화난 목소리로 물었다.

"정말이냐, 온 소저?"

놀랍게도 셋이서 말을 몇 마디 주고받더니, 황후가 내게 질문하는 분위기를 온수연을 추궁하는 분위기로 만든 것이다.

돌아가는 판에 끼지 못하고 눈을 굴리고 있자니, 생일 주빈의 특권으로 황후 바로 아래 상석에 앉아 있던 영빈이 다가오며 화를 냈다.

"할 말이 있고 못 할 말이 있지! 누가 감히 폐하의 첫 번째 아기씨를 두고 그딴 말을 하지?"

영빈은 연비 앞에서는 살살 기지만, 연비가 누구랑 싸운다 하면 갑자기 마교 행동대장처럼 변한다. 영빈의 목소리는 힘이 있는 데다 까칠하고 좀 무섭기까지 해서, 온수연은 쥐 죽은 듯이 조용해졌다.

상황이 이렇게 되자 황후도 어쩌지 못하겠나 보다. 그녀는 온수연을 보더니 차갑게 혼을 냈다.

"온 귀인 말이 사실이냐?"

온수연은 "아, 아니에요!" 하고 부정했지만, 영빈은 악어처럼 한 번 입에 문 먹이는 놓지 않았다.

"그러면 처음 본다는 내 언니에겐 왜 갑자기 찾아간 거지? 정말 인사만 하러 간 거면 그런 오해도 하지 않겠지!"

"저는……."

"집안 교육을 어떻게 받아먹은 거냐!"

와. 한 번에 온씨 가문 전체를 다 쥐어박았어. 이번에는 온 귀인까지도 움찔한다.

황후가 서늘한 눈으로 쳐다보자, 영빈은 웃으면서 덧붙였다.

"황후 마마께서 입궁하신 후로 본보기가 될 좋은 사람이 없다 보니 이렇게 망가졌나 봅니다."

"저, 저 거짓말 한 거 아니에요 황후 마마!"

엉엉 우는 사촌 동생을 보며 황후는 한 대 쥐어박고 싶어졌다. 하지만 치마 아래 정강이에 파랗게 멍이 든 걸 보니 쥐어박을 마음도 빠르게 사라져서, 그녀는 한숨을 내쉬고 실질적으로 충고했다.

"맞아도 사람들 보는 앞에서 맞아라."

"설마 걷어찰 줄은 몰랐어요, 황후 마마!"

"나도 네가 사람들 앞에서 그런 말을 할 줄 몰랐다! 아기씨가 폐하의 아기씨가 아니라니!"

"그게……."

"잘못했으면 그대로 끌려갈 수도 있는 말이었어. 네가 제정신이냐?"

"죄송해요, 황후 마마."

영영이 온수연의 멍든 다리에 연고를 힘있게 바르자, 온수연은 다시 눈물을 펑펑 쏟았다. 그녀는 손수건으로 눈가를 연신 닦으면서 말했다.

"하지만 전 그것도 거짓말한 거 아니에요, 황후 마마. 태안루 주인 사내가 진짜 진짜 잘생기고 아름다운데요…… 그 사내랑 천빈이 분명 놀아나고 있었다고요!"

황후는 온수연이 태안루 주인 사내에 대해 긴 수식어를 붙이는 걸 듣자마자, 그를 연모하는 건 천빈이 아니라 이 등신 같은 사촌이란 걸 알아차렸다.

"온수연!"

황후가 탁자를 내리치며 소리치자, 온수연은 딸꾹질을 하며 입을 다물었다. 눈물이 주룩주룩 흘러내렸다.

"마, 마마……."

"설마 다루의 사내를 연모하는 건 아니겠지?"

"아, 아니에요."

"넌 저번에도 어느 노비가 늠름한 부엉이처럼 생겼다고 반해서 난리 친 적이 있었지. 그전에는 어느 집안 호위가 듬직하고 매력적이라면서 난리 친 적이 있었어."

"이번엔 절대 아니에요, 마마!"

온수연이 서둘러 두 손을 내저었으나, 이미 황후는 의심스럽게 그녀를 노려보고 있었다.

결국 온수연은 울음을 터트리며 이실직고했다.

"너무 잘생겨서 좀 눈여겨본 건 사실이에요. 하지만 그 사내는 천빈이랑 서로 희롱하며 놀고 있었다고요!"

한숨을 내쉰 황후는 관자놀이를 누르고서 손을 내저었다.

"돌려보내라."

"네, 마마."

황후의 측근 궁녀인 영영은 온수연을 부축해주었으나, 그 손길에는 짜증스러운 힘이 들어가 있었다.

황후는 아무리 천빈에게 화가 나도 때를 기다리며 조용히 인내하는데, 이 철부지 소저 때문에 황후까지 난처한 입장에 처할지도 모른단 생각을 하자 몹시 화가 났다.

"온수연."

"네에……."

"당분간 외출 금지다."

"마마!"

"데리고 나가."

영영이 온수연을 데리고 나가자 황후는 재차 한숨을 내쉬었다. 다른 궁녀가 재빨리 방금 막 끓여 달콤한 향이 나는 차를 가져왔다.

황후는 차를 마시며 속을 조금 가라앉히다가, 영영이 돌아오자 차갑게 지시했다.

"태안루란 곳에 가서 천빈 같은 사람이 그곳을 오갔는지 알아보거라."

"눈썹이 처지고 미인상의 여자요? 저는 본 적이 없습니다, 나리."

"저도 본 적이 없습니다."

"전 너무 많아서…… 저희 다루는 귀부인 손님들이 많습니다. 당연히 눈썹이 처진 분도 있고 올라간 분도 있죠. 대단한 미인이라면 손꼽히게 보았지만, 약간 미인이라면 많이 봤습니다."

황후의 명령을 받은 이들은 태안루의 곳곳을 다니며 천빈의 인상착의를 말했지만, 그곳 종업원들은 다들 고개를 기웃거렸다. 대부분은 모르겠다 했고, 몇몇은 여자 손님이 하나둘이 아닌데 어떻게 그 정도 가지고 알아듣냐고 되려 갑갑해 했다.

하지만 황후의 심복들은 실망하지 않았다.

"나는 본 거 같은데. 좀 잘 사는 집 소저처럼 차려입고 왔지. 커다란 꽃다발을 안고서는 어느 방 안에 들어갔어."

"두 번이었나 본 거 같은데."

"귀한 집 소저가 호위도 없이 홀로 다니기에 참 독특하다 생각해서 기억이 납니다."

종업원과 달리 손님 몇몇은 '눈썹이 처진 미인'을 본 적이 있다고 한 것이다. 물론 그들이 말하는 사람과 천빈이 동일인인지는 모르겠으나, 어쨌든 보고할 만한 성과이긴 했다.

심복들은 이 일을 영영에게 전하고, 영영은 황후에게 전했다.

황후는 이야기를 듣고서 눈을 가늘게 떴다.

"수연이가 아주 헛말을 한 건 아닌 모양이다. 종업원들이 모두 다 말을 맞추었단 건 위에서 내려온 명령이 있단 거지. 정말 태안루주와 천빈이 관계가 있긴 있는지도."

영영은 기쁘기도 하고 흥분되기도 해서 물었다.

"이 일을 폐하께 말씀드려야 합니다, 마마. 폐하께서 천빈의 실체를 아셔야 해요. 실제로 천빈 배 속 아기가 폐하의 아기씨라 해도, 이런 사실만으로도 의혹은 불러일으킬 수 있습니다."

아기가 황제를 쏙 빼닮아서 태어나는 게 아니라면, 설령 진짜 황제의 아기라 해도 태안루주의 아기라고 우기고 보면 그만이다.

일단 의혹을 뿌린 다음, 아기가 황제를 닮았으면 의혹을 접고, 아기가 천빈을 닮았으면 태안루주의 아이일지도 모른다고 바람을 넣으면 그만 아닌가.

그러나 황후는 곰곰이 생각해보다가 고개를 저었다.

"아니. 이 일은 폐하께 알리면 그냥 묻어버리실 거다. 이미 촉비 사건 때 몇 번 천빈을 위해 일을 묻은 전적이 있으시니."

"그럼 소문을……."

"소문을 내면 온수연 그 아이가 화를 입겠지."

황후가 차갑게 말하자, 영영은 황급히 입을 다물었다.

"소인이 실언하였습니다."

황후는 한숨을 내쉬고 고개를 저었다. 그녀라고 온수연이 예뻐서 보호 해주려는 건 아니었다. 하지만 온수연은 그녀와 같은 온씨 가문 사람이었고, 온 귀인과 달리 먼 친척도 아니었다.

사촌 동생이다. 심지어 그녀의 아버지는 온수연의 아버지를 퍽 예뻐했다. 온수연을 위해서가 아니라 가문을 위해서 보호할 수밖에 없었다.

"일단 태안루 근처에 사람들을 보내서 천빈이 또 오는지 지켜보다가 현장에서 잡아야 한다. 소란을 일으켜서. 그러면 천빈도 발뺌할 수 없지."

"예, 마마."

얼결에 온수연이 거는 시비에서도 벗어났고, 영빈의 생일로부터도 며칠이 지났다. 날씨는 점점 더 무더워지고 있어서, 초여름인데도 이 정도이면 나중에는 얼마나 더워지려나 무서울 정도였다.

나는 회임했기 때문인지 다시 속이 안 좋아져서, 평상에 드러누운 채 궁녀들로부터 부채질만 받았다.

평상 위에는 태후 마마께서 보내준 빙로란 물건이 놓여 있었다. 빙로는 안에 얼음을 넣어둔 상자인데, 상자에 구멍이 여기저기 나 있어서 차가운 기운이 그쪽으로 빠져나왔다.

그런데 평상에 늘어져 있자니, 또다시 나무 어딘가에서 빛이 반짝인다. 비원이 내게 할 말이 있다고 부르는 표시.

'어휴 귀찮게.'

하지만 궁금하긴 해서, 나는 억지로 몸을 일으켰다.

"산책 좀 다녀올게."

"괜찮으시겠어요? 많이 더우시다면서요, 마마."

"좀 걸어야 체력이 안 떨어지지."

마음에도 없는 소리를 한 다음, 나는 궁녀들이 곁에서 함께 다니면 더 덥단 핑계를 대고서 홀로 빛을 낸 나무 근처로 걸어갔다. 나무 위쪽에는 역시나. 비원이 가지에 엎드려 있었다.

그러다 나를 보자, 비원은 근처에 사람이 없는 걸 확인하고서 풀쩍 아래로 뛰어내려 말했다.

"태안루에 누군가 그쪽 뒷조사를 하고 있습니다."

"누가?"

"그건 저도 모르지요. 하지만 황실 사람입니다. 당분간 그쪽엔 안 오는 게 좋겠습니다."

비원이 돌아간 뒤. 나는 반 바퀴를 마저 산책한 다음 평상에 다시 앉아서, 혼자 부채질을 하며 그가 전한 말을 다시 되짚어보았다.

황실 사람이 내 뒤를 추적한다고? 누가?

그날 밤, 내 방에 들어온 떡돌이가 이렇게 말했다.

"황후가 눈에 불을 켜고 있을 텐데. 당분간 몰래 마실 다니는 건 그만두는 게 어떻겠느냐?"

나는 침상에 누운 채 한 손으로 배를 쓸다가 놀라서 그를 보았다.

내가 몰래 마실 다니는 걸 어떻게 알았데? 당황해서 입을 뻐끔거리고 있자니, 그가 미묘하게 웃으며 덧붙였다.

"태안루에 누굴 만나러 갔는지 말해주면 더욱 좋고."

뭐야…… 태안루에 날 조사하러 돌아다닌 게 떡돌이 부하들이야?

"태안루에 내 뒷조사를 한 사람이 폐하야?"

"뒷조사?"

"누가 내 뒷조사를 했다던데. 그게 폐하야?"

내 질문에 떡돌이는 '이게 무슨 소리냐'는 눈으로 나를 보다가 단호하게 부인했다.

"아직은 아닌데."

"아직은?"

"황후가 이미 움직였나 보군."

"그럼 아직은 폐하가 아닌 거야?"

"그래."

떡돌이는 진지하게 대답하고서 이마를 구겼다. 어딘가 불쾌해하는 표정이었다.

그 표정을 보자 조금 걱정이 되었다. 난 온수연이 한 말이 너무 말도 안 되는 말이어서, 당연히 아무도 믿지 않을 거라고 여겼다. 그런데 황제가 저렇게 진지한 얼굴을 하고 있자, 슬며시 걱정이 되었다. 혹시…….

"폐하. 폐하도 우리 달걀이 아빠가 다른 사람이라 의심해?"

그런 거라면 정말로 화가 날 것 같다. 만약 떡돌이가 우리 달걀이의 아빠가 누구인지 의심한다면, 나는 떡돌이를 호떡으로 만들어버릴 생각이다. 나는 충분히 그럴 능력과 힘이 있는 악적이다. 그러니 넌 대답을 잘해야 할 거야.

내가 흉흉하게 눈을 뜨고 쳐다본 덕일까. 떡돌이는 웃으며 말했다.

"아니."

"그냥 하는 말……."

"아니라니까. 절대로 그런 오해는 하지 않는다."

그러면 다행이긴 해. 바짝 어깨에 들어간 힘이 조금 내려간다.

그러면 떡돌이가 이 얘기를 꺼낸 건 그냥 날 조심시키기 위해선가? 황후가 쳐다보고 있으니 태안루에 가지 말라고?

"하지만 네가 만난 사람이 네 몸 상태와 관련 있는 사람일 거라고는 생각하는데, 반숙아."

"!"

안심하자마자 떡돌이 이놈이 나를 뒤집어 버리는구나. 호떡은 그가 아니라 내가 됐네.

긴장해서 쳐다보자, 떡돌이가 웃으면서 덧붙였다.

"네 적도 아닐 거다. 누군가 네 뒷조사를 하고 있단 걸 네게 알려줄 정도라면. 그리고 그자는 너와 계속 연락을 주고받는 사이야. 그렇지?"

떡돌이 쟤는 무슨 머리가……. 이 정도쯤 되니 좀 무서워질 정도다.

내가 입을 벌리고 멍하게 놀라 있자, 떡돌이는 슬그머니 내 손을 가져가더니 진지하게 물었다.

"반숙아. 짐은 네 편이고 너는 짐의 편 아니냐. 그러니 짐에게 할 말이 있다면 하도록 해라. 그래야 같이 고민하고 할 수 있지."

말을 하는 목소리가 평소보다 좀 더 부드럽다. 까끌한 설탕처럼 단 목소리였다. 게다가 얼마나 침착하고 믿음직스러운지.

내 마음을 술렁이게 해서 내가 태안루에 가서 만난 사람이 누구인가 알아보려는 게 틀림없었다.

실제로도 사실대로 말을 해줄까, 하는 생각이 들긴 했다. 예쁘게 휘어진 떡돌이의 눈동자를 보기 전까지는.

나는 좀 더 생각하다가 고개를 가로저었다.

"고민해볼게."

떡돌이는 좀 더 얘기를 나누다가 나를 한 품에 끌어안고는, 내 등에 이마를 기대고 잠들었다.

하지만 나는 쉬이 잠들지 못하고 계속해서 고민했다.

그럴 수밖에. 타천천은 사하비단 사람인데, 사하비단은 최근에 여러 가지로 행패를 부리고 다녔잖아.

원래 무림과 관은 서로 안 건드리고 모른 척하는 게 관례다. 하지만 그것도 일반 사람들에게 피해가 없을 때 일이지.

사하비단은 최근 내내 멀쩡한 길을 헤집으면서 무림계의 두더지처럼 굴었다. 국가 돈으로 토목공사를 하고 길을 보수하는데, 사하비단이 그걸 다 헤집어 놨으니 떡돌이가 그들을 좋아할 리가 없다. 원래 떡돌이는 무림인을 싫어하기도 하니, 아마 싫어함이 두 배는 됐겠지.

그런 상황에서 타천천이 날 살렸고 지금도 좀 도움을 주지만, 그와 아무 사이도 아니라고 하면 믿어줄까?

게다가 타천천은 내 진짜 몸까지 가지고 있는데…… 혹시 내가 타천천과 한패라고 여기진 않을까?

그런 걸 생각하면 쉬이 입이 열리지 않는다. 어쩌지?

27장

반격을 기다리는 천년비

다음날 새벽.

고민하느라 늦게 잠이 든 천빈을 두고 먼저 일어나 월요는 의복을 차려입고 밖으로 나갔다. 그는 비연궁을 벗어나자마자 차갑게 중얼거렸다.

"온씨 가문이 대체 얼마큼 설쳐대는 거냐. 얼마큼 설쳐대기에 아무 지위도 없는 사람이 천빈 앞에서 그따위 막말을 하는 거냐."

오원요는 면사가 떨리는 걸 보고서 얼른 대답했다.

"황후 마마께서 불러다가 혼내시고 한 달간 집 밖으로 나오지 말라 명령하셨다 합니다."

"외출 금지?"

그러나 황제는 그 말에 넘어가지 않았다.

"천빈의 행실을 모욕하고 짐의 아이를 엉뚱한 작자 아이로 바꾸려 했는데, 외출 금지? 그 일이 잘못 전해졌으면 천빈은 목숨을 잃을지도 모르는데, 외출 금지? 황후는 짐이 그 정도로 이 일을 넘어가리라 여겼다더냐."

오원요는 황후가 아니니 황후의 속내는 당연히 몰랐다. 하지만 황제 앞에서 이렇게 말할 수는 없는지라, 그는 억울해도 얼른 눈치껏 대답했다.

"그럴 리가요. 괜한 소문이 났다가 천빈 마마의 명성에 해가 갈까 조용히 묻으려 하셨을 겁니다."

"그 자리에 있던 손님이 수십 명이다. 조용히 묻어? 조용히 소문이 퍼지겠지. 되었다. 오늘 회의에서 운월에게 이 소문을 짐에게 고하라 해라."

"폐하, 영빈 마마의 생일 축하 연회 때 한 소저가 천빈 마마의 앞에서 마마의 복중 아기씨를 두고 무엄한 말을 하였는바, 이 일이 후궁들 처소를 넘어 소신의 귀까지 들어왔습니다."

회의 도중, 갑자기 앞으로 나선 운월이 또박또박 뱉는 말에 대신들의 입이 쩍 벌어졌다. 아니, 저자가 미쳤나?

이런 이야기는 귀로 듣고도 절대로 삐끔하지 말아야 할 종류의 소문이었다. 소문을 말한 사람도 전한 사람도 고한 사람도 어떻게 엮어 들어갈지 모르는 소문.

그런데 소문을 듣자마자 어전에서 대번에 고해바치다니. 머리 굵은 대신들이 당황할 만도 했다.

"등룡. 등룡."

그의 친우는 슬그머니 옷자락을 잡아당기며 말렸다. 그러나 운월은 거침없이 말을 퍼부었다.

"폐하, 그 무엄한 말을 뱉은 소저는 내명부 사람이 아니며, 당시 그 자리에 있던 이들 중엔 외명부에서 온 손님들도 많았습니다. 그 이야기를 듣고 외부에서도 전했을 테니, 모진 소문이 백성들의 귀에까지 흘러갈까 신은 그게 염려됩니다."

어전 안이 싸늘할 정도로 조용해졌다. 바람이 불어 잎이 떨어진다면 그 소리조차 들릴 것이다. 다들 돌처럼 굳은 채 눈동자를 이리저리 굴려 댔다. 웬 신입 하나가 갑자기 폭탄을 들고 와서 어전 회의실에 집어 던진 거나 다름없는 상황이었다.

잠깐의 정적 후.

"뭐라 하였느냐."

황제가 서늘한 목소리로 물으며 앞의 탁자를 '쾅' 소리가 나게 주먹으로 내리쳤다. 대신들은 더욱 조용해졌다.

궁궐 안의 소문은 몹시 빠르다. 그들 모두 등룡 운월이 뱉은 소문에 대해 들었다. 누구는 혀를 찼고, 누구는 이용할 수 있을까 고민해보고, 누구는 고개를 저었으나, 어쨌든 증좌조차 없는 한 소저의 주장일 뿐이었다. 진위여부도 확실치 않은 주장.

아직 그들은 그 이야기가 사실인지 제대로 조사해보지도 못했다. 조사하려는 움직임이 있단 말은 들었지만. 그런데 뭐 조사도 대처 방법도 없는 상황에서 저 주둥이 가벼운 신입이 다짜고짜 저런 소문을 고해바치다니!

"폐하, 그런 소문이야 온갖 기이한 것들이 많고 사람들도 헛된 말을 장난삼아 내뱉지요. 운 등룡이 아직 나이가 어려 폐하 앞에서 괜한 소리를 하였습니다."

"그 소저가 그런 말을 했단 것부터가 헛소문일 확률이 높지요."

온씨 가문 사람들은 조금 정신이 들자마자 재빨리 소문과 함께 온수연에 대한 이야기도 전부 거짓으로 넘겨버렸다. 소문의 진위여부를 확인하지 못한 건 아쉽지만, 진위여부를 알기도 전에 온수연이 끌려 나오는 건 위험했다.

중립파 역시 뭐가 뭔지 모르는 상황에서 일단 그런 소문이 도는 것만으로도 좋지 않단 생각에 온씨 가문을 조금 두둔했다.

"운 등룡이 나이가 젊어 폐하께 모든 걸 다 고해바치고 싶은가 봅니다."

"운 등룡, 폐하 앞에서 할 말이 있고, 못 할 말이 있네. 저잣거리 소문을 하나하나 다 고해바치면 폐하의 눈과 귀를 어지럽힐 수 있단 걸 왜 모르는 것인가."

그래도 운월이 눈을 빳빳하게 뜨고서 멀뚱히 황제만 보고 있자, 대신들은 속으로 비명을 지르며 황제의 눈치를 보았다.

황제는 시간이 지날수록 면사 위로 드러난 눈빛이 점점 더 어두워지고 서늘해지고 있었다.

그러다 어느 순간. 황제가 소리쳤다.

"그런 소문이 많고, 사람들이 장난삼아 떠들어? 또 그런 이야기가 들린 적이 있단 말이냐? 짐의 빈을 어찌 알기에 이런저런 소문을 떠들어대!"

'나 오늘 제일 열심히 일했다'라고 하면 '너 빼고 다 놀았단 말이냐, 너만 일했냐, 다른 사람은 놀았냐'라고 꼬투리를 잡는 사람들이 있다.

지금 황제의 말이 꼭 그러했다.

대신들은 황제의 호통에 깜짝 놀라 눈을 휘둥그렇게 떴다.

"폐하, 소신은 그런 뜻으로 한 말이 아니라……."

"그런 소문이 돈 건 이번이 처음이옵니다, 폐하. 그저 그만큼 허무맹랑한 소문이 많단 이야기를 한 것입니다."

"그럼 이런 소문이 돈 게 처음인데 짐에게 얘기하지 않으려 했단 뜻인가. 천빈과 짐의 아이에 대한 이야기인데?"

"그게, 아니, 그게 아니라……."

"공들이 보기엔 짐의 아이에 대한 헛소문이 장난삼아 떠들어도 되는 소문이란 뜻인가!"

"망극하옵니다, 폐하!"

대신들은 황제가 복식호흡으로 외치자 황급히 절을 했다.

"제대로 소문에 대해 말하라, 등룡. 감히 그런 헛소문을 시작한 이가 누구이냐."

"온씨 가문의 소저인 수연이라 하옵니다."

운월이 이름까지 고해바치자 온씨 가문 대신들의 표정이 붉으락푸르락 변했다.

"헛소문일 것입니다, 폐하."

"그런 일이 있었다면 왜 다들 이리 조용하겠습니까. 천빈 마마께서도 진즉에 화를 내고 온 소저를 벌하셨을 겁니다."

그러나 황제는 더욱 세게 탁자를 두드리며 외쳤다.

"영빈의 생일 축하 선물을 전하러 간 짐의 태감이 그 이야기를 들었다. 짐의 태감이! 이래도 헛소문이라 우길 셈이냐!"

황제의 호통에 황후파 대신들의 안색이 빠르게 파래졌다.

황제의 태감이 직접 들은 거라고?

"짐은 그 이야기를 듣고 몹시 화가 났는데, 짐에게 그런 헛된 소리를 전해주는 이는 운월뿐이로구나. 나머지는 짐의 귀가 먹었다 여기는가."

다시 어전 안이 조용해졌다.

"자진케 하라!"

황제가 차갑게 외치자, 대신들의 얼굴에선 더욱 핏기가 사라졌다.

좌칙승상은 조카가 말 좀 함부로 했다가 죽을 위기에 처하자 기겁해서 외쳤다.

"폐하, 그 아이는 아직 철부지 아이입니다. 말을 하면서도 그게 옳은 말인지 제대로 판단조차 못 할 정도입니다. 아이가 경솔하게 말했다고 하나, 그 일로 이미 황후 마마께서 크게 벌……."

"그러니까 공은, 황후가 알고 크게 벌 내린 일을 두고. 그런 일은 없었다 한 건가."

"!"

황제는 말꼬리를 잡는 데 선수였다.

좌칙승상이 말을 잇지 못하자 지켜보던 우칙승상이 조심스레 나섰다.

"폐하. 비록 그 소저가 말을 함부로 하였으나, 아직 어린 소저이고 그 자리에서 황후 마마께서 직접 나서 매듭지으신 일이니, 부디 황후 마마의 체면을 보아서라도 기회를 주시길 청하옵니다."

우칙승상의 말에 좌칙승상은 이를 갈았다. 얼핏 들으면 자기편이지만, 교묘하게 일의 책임을 온수연에서 황후로 돌리고 있지 않은가. 아무리 우칙승상이 조카를 위해 나섰다지만 그래도 그의 친딸은 황후였고 온수연은 조카딸이었다. 좌칙승상의 두둔이 기분 좋을 리가 없었다.

하지만 여기서 '말한 사람이 책임져야지요'라고 나서면 가문 전체가 우스갯거리가 될 처지라, 그는 주먹을 꽉 쥐고 말을 삼켰다.

월요는 그 모습을 내려다보며 면사 아래로 차갑게 웃었다. 원래 온수연을 이 일로 자진시킬 생각까진 없었다. 그들을 한 번 흔들어보기 위해 한 말일 뿐.

"좋다. 황후의 체면을 보아 자진하진 않아도 좋다."

월요의 누그러진 말투에 온씨 가문 사람들이 잠시 안도하는 찰나.

"하나."

덧붙여진 말에 그들이 다시 긴장했다.

"그 철없이 던진 말에 짐의 아이와 천빈은 불경한 소문에 휩싸이고, 그 소문으로 큰 오해를 살 수도 있었다. 황후가 빠르게 일을 마무리해 헛소문이란 걸 그 자리에서 확인하고 벌하지 않았다면 필시 그리되었겠지."

좌칙승상은 혀를 깨물었다. 또 이렇다. 이번엔 황제가 황후를 방패막이로 쓰고 있다. 황후가 나서서 그 소문이 헛소문인 걸 밝히기라도 한 것처럼 몰아가지 않는가.

누군가 이 일을 또 거론한다면 황후가 온수연을 제대로 단속하지 못한 거라 몰아갈 셈이 분명했다.

"그 아이는 입이 가볍고 헛소문 만들기를 좋아하는 듯하니, 앞으로 30년

간 입을 열지 말라 하라."

입을 다물란 명령은 온수연이 받았으나 대신들 모두가 조용해졌다.

그 사이, 가장 먼저 폭탄을 던진 운월은 대신들 틈에 조용히 숨어 봄을 수그렸다.

"뭐? 그게 벌이야?"

식사를 하고 있으려니, 부성이 온수연이 큰 처벌을 받게 되었단 이야기를 내게 전해주었다. 말을 하는 내내 부성은 아주 기쁜 얼굴이었다.

내 질문에 오히려 원웅이 "그럼요!" 하고 외쳤다.

나는 이해가 가지 않았다.

"왜? 사람들 없는 데서 말하면 되잖아."

그러나 부성은 바로 부정했다.

"그렇게 쉽지 않아요, 마마. 당연히 감시할 사람을 옆에 붙이지요."

"그래?"

"네. 옆에 감시하는 사람을 둔 채 입을 계속 달고 살아야 하는 거라고요. 당연히 혼인도 못 할 테지요."

"혼인은 왜?"

"옆에 감시하는 사람이 있으니까요."

아하. 이 벌의 핵심은 입을 막는 게 아니라, 옆에 감시자를 붙여두는 거구나. 게다가 온수연은 온씨 가문 사람이니, 자연스럽게 떡돌이의 사람도 그 가문에 같이 따라가서 온갖 걸 보고 들을 수 있겠어.

당연히 온씨 집안사람들은 황제의 귀를 옆에 달고 다니는 온수연을 피하겠지. 온수연은 상처 하나 입히지 않고도 그 집안에서 고립되는 것이다. 혼인도 같은 맥락으로 못 하겠지. 온수연과 결혼하면 신방에도 황제의 감시자가 따라 들어와 옆에 있을 건데, 어느 미친 자가 자기 아들을 그런 신부와 혼인시키고 싶어 할까.

친구도 사귀기 어려울 거다. 무슨 말을 하든 감시자가 있는 건데, 누가 그녀에게 말을 걸려 할까. 이거 참. 황실 사람들은 별의별 수로 사람을 괴롭히는 데 도가 텄구나.

"아주 잘 됐어요. 그러게 함부로 그딴 말을 왜 해서는."

"그러니까요."

그런데 한창 두 궁녀와 이야기를 나누고 있을 때였다. 귀자가 안으로 들어오더니 내게 다급히 알려주었다.

"마마. 황후 마마께서 이리로 오십니다."

원웅과 부성은 입을 비죽였으나, 황후가 온다는 데 가만히 있을 수는 없었다. 두 사람은 밖으로 나가 황후에게 인사를 올렸고, 나도 자리에서 일어나 섰다.

잠시 뒤, 황후가 처소 안으로 들어왔고 나는 그녀에게 꾸벅 인사했다.

"황후 마마께 인사 올립니다."

황후는 어두운 얼굴이었다. 황후도 자기 사촌 이야기를 들었구나. 하긴. 나보다 먼저 들었겠지. 더 정보력이 좋을 테니. 그런데 나는 왜 찾아온 거지?

눈치를 보고 있자니, 황후가 손을 저어 알아서 사람들을 물렸다. 긴히 할 말이 있나 봐.

두 손을 모으고서 가만히 있자, 황후는 앉으라 하더니 자신도 상석으로 가 앉으며 물었다.

"천빈. 온수연에 대한 이야기는 들었느냐."

"들었습니다, 마마."

역시 황후도 온수연에 대해 들었구나. 그런데 온수연 이야기를 듣고 왜 날 찾아왔지?

의아하지만 가만히 있자니, 황후가 무거운 얼굴로 입을 열었다.

"천빈. 회임했을 땐 마음을 너그럽게 가져야 한다 들었네."

"그런가요?"

"듣기 싫은 말 한마디 때문에 태교를 망치지 않는 게 좋지 않을까."

"그런가요?"

"……폐하께서 군이 벌을 내리지 않더라도 온수연 그 아이는 이미 폐하의 진노를 산 게 사방에 알려졌으니, 집안에서 입지가 낮아질 거네. 폐하의 미움을 샀으니 격이 맞는 집안의 적자들은 그 아이와 혼인하지 않으려 들겠지. 군이 이런 벌을 내리지 않더라도 이미 그 아이는 이전처럼 살 수 없어."

"아아. 그렇군요."

적당히 응수는 하고 있는데 황후가 내게 왜 이런 말을 하는지 역시 모르겠다. 일단 반사적으로 고개만 끄덕이고 있자니, 황후가 마침내 본론을 꺼냈다.

"폐하께서는 천빈의 말은 잘 들어주시지. 특히 회임까지 하였으니 더욱. 천빈. 공덕을 쌓는 셈 치고, 폐하께 천빈이 잘 말씀드려 온수연에게 내려진 벌을 거두어 줄 수 없겠느냐?"

"죄송합니다, 황후 마마. 저는 이런 걸 잘 몰라서요. 폐하께서 적절히 처벌하시지 않으셨을까요?"

"폐하께선 이성적인 분이시지만, 천빈을 아끼는 마음이 강하시지. 홧김에 엄한 처벌을 할 수도 있지 않을까?"

아니, 그럼 직접 말하던가. 자기는 황후잖아. 떡돌이가 내 말을 잘 들어주긴. 걔는 자기 말만 잘 듣는다고.

"……싫은 모양이군."

"사람은 누구나 말실수를 할 수 있는 게 맞아요, 황후 마마. 하지만 황후 마마, 제가 누구나 할 수 있는 말실수를 황후 마마께 한다면, 황후 마마께선 절 너그럽게 용서해주실 건가요? 아무 벌도 안 주시고요?"

"당연하지."

"구라."

"!"

"이렇게요?"

황후는 나를 새파래진 안색으로 쳐다보았다.

"용서해주실 건가요?"

그러다가 내가 웃으면서 청하자, 그녀는 잠시 가만히 있다가 무뚝뚝하게 고개를 끄덕였다.

"용서해주지."

"고맙습니다, 황후 마마. 마음이 넓으시네요."

"그래. 이젠 네가 온수연을 용서할 차례인가."

"전 마음이 안 넓어요, 황후 마마."

하지만 황후의 무뚝뚝한 얼굴은 내가 온수연 용서하기를 거부하자 대번에 변했다. 그녀는 내가 자기 얼굴에 똥 묻은 행주를 집어 던지기라도 한 표정으로 날 쳐다보았다.

별로 모욕할 생각은 아니었는데.

"오신 김에 같이 차 마시고 가실래요?"

너무 대놓고 거절했나 싶어서, 결국 이번에는 내가 몸을 숙이고 조심스럽게 제안했다. 황후랑 싸워서 좋을 건 없으니까.

"눈치가 없구나."

별로 효과는 없었지만.

"아니에요."

"그래서 뻔뻔하고."

에고. 화났나 봐. 황후가 일어선다.

"오늘 일을 기억해두마. 너도 기억해두어라. 그래야 다음에, 네가 용서를 청할 일이 있을 때 양심껏 입을 다물지."

"전 어떤 기억이 머리에 남을지 미리 구분하지 못해요, 마마. 시간이 지나 봐야 알아요."

황후는 내가 말을 한마디 할 때마다 싫은가보다. 그녀는 이를 꼭 깨물고 나를 무섭게 노려보더니, 휙 몸을 돌려 그대로 나가버렸다.

"황후 마마를 배웅합니다."

인사도 안 받아줘······.

게다가 밖에 나가서도 그런 표정이었나. 황후가 돌아가자, 원웅과 부성이 다급히 안으로 들어와 물었다.

"마마, 괜찮으세요?"

"황후 마마께서 굉장히 무서운 얼굴로 나가셨어요."

"무슨 일 있는 거 아니지요?"

무슨 일은 없었지. 그냥 대화한 것뿐인걸.

"별로. 근데 내가 싫으신가 봐."

"그건 당연하고요."

"왜?"

"집안끼리도 사이가 나쁘고. 오늘 일도 있고. 황후 마마는 혼인한 지 오래도록 아이가 없는데, 마마께선 바로······ 물론 마마도 바로는 아니지만 그래도 회임도 하셨고. 결국 장손은 마마께서 가지셨고. 같은 편도 아니고. 좋기가 더 힘들지 않을까요?"

"그런가?"

"마마, 가마에⋯⋯."

"되었다."

황후는 가마에 오르지 않고 터덜터덜 걸어갔다.

황후의 측근 상궁인 영영은, 그 기운 없이 걸어가는 황후의 뒷모습을 안타깝게 바라보다 이를 갈았다.

"대체 천빈 그년이 뭐라 한 거야."

"쉿. 아직 비연궁 근처입니다."

태감인 징봉이 놀라서 손가락을 입에 댔지만, 영영은 화를 누르지 못하고 계속 씩씩거렸다.

그러는 동안에도 황후는 정처 없이 걸어가다가 근처에 있는 호수에 가서야 멈추어 섰다. 겨울이라면 어두울 시각이지만 여름이라 날이 밝았다. 황후는 호숫가에 가만히 서 있다가 영영을 보며 지시했다.

"영영. 다들 거리를 두고 물러나라."

영영이 불안해서 호숫물을 보자, 황후는 웃으면서 손을 내저었다.

"뛰어들지 않아. 조용히 있고 싶을 뿐이니 물러나거라."

황후의 사람들이 결국 명령을 받아 멀찍이 물러나 서자, 황후는 그제야 힘을 뺀 표정으로 새파란 호수를 하염없이 바라보았다.

황제의 사랑을 받는 황후는 아니었지만, 그래도 적당히 후궁들을 잘 다스리면서 무난하게 지내오고 있다고 생각했는데. 지나치게 총애받는 후궁도 지나치게 냉대받는 후궁 없이 그렇게 잘.

그러나 갑작스럽게 툭 튀어나온 천빈의 존재에 모든 게 혼란에 빠져 버렸다. 황제를 사랑하는 건 아니지만, 온 국민이 정실 아내인 그녀가 황제의 마음을 한 조각도 받지 못한 걸 아는 상황은 그것만으로도 자존심이

상할 일이었다.

그런데 무거운 한숨을 내쉬고 있자니, 가까이에서 무언가 꺾는 소리가 났다. 황후가 그쪽을 쳐다보니, 황제의 복장에 얼굴에 까만 면사를 쓴 이가 서 있었다.

황후는 그 눈빛을 보자마자 연금이란 걸 알아차렸다. 황제의 대역으로 선정된 인물이니만큼 연금은 눈이나 입매가 황제와 흡사했으나, 확연히 다른 게 하나 있다면 바로 그 눈빛이었다.

그녀를 볼 때 황제의 눈빛과 연금의 눈빛은 완전히 달라서, 황후는 연금과 황제를 정확하게 구분해냈다.

황후가 몸을 돌려 그를 보자, 연금은 주저하다 천천히 다가오더니 손에 든 꽃을 건넸다. 수레국화였다. 황후는 얼결에 그걸 받아들었다.

"무엇이냐."

"슬퍼하시는 듯해……."

대답하는 연금의 목소리는 어두웠다.

황후는 그가 먼발치에서 자신을 보고 왔단 걸 알아차리고서 입술을 꾹 닫았다. 그녀는 연금이 건넨 수레국화를 가만히 바라보았다.

연금은 그 내리깐 눈꺼풀을 살피다가 조심스럽게 위로했다.

"아파하지 않으셨으면 좋겠습니다."

하지만 그 위로가 황후를 더욱 자존심 상하게 만들었다. 약한 모습을 보이고 싶지 않은 사람에게 비참한 모습을 보였다는 게 고통스러웠다.

이를 알아차린 연금은 눈치를 보다가 물러서려 했지만, 그보다 앞서 황후가 수레국화를 호수에 툭 던져버렸다.

"!"

보라색 수레국화가 호수 물 위에 둥둥 떠서 흘러가자, 자신이 황후를 불쾌하게 만들었단 걸 알아차린 연금이 황급히 무릎을 꿇었다.

"꿇지 마라."

그러나 무릎을 다 굽히기 전, 황후의 목소리가 그를 붙잡았다. 연금은 주춤 멈추고 황후를 올려다보았다. 황후는 그를 쳐다보지도 않고 있었다.

"남들이 볼지 모른다. 그 모습을 하고서 비굴하게 굴지 마라."

"마마."

그 시선 그대로 황후는 눈길도 주지 않고 가버렸다.

황후가 자신이 두고 온 궁인들 쪽으로 가자, 연금은 그 모습을 가슴 아프게 바라보았다. 그러다 황후가 가마에 올라 떠나버리자, 연금은 호수에 아직 떠 있는 수레국화를 바라보았다.

수레국화는 바람이 불 때마다 조금씩 뒤로 밀려나서, 처음보다 거리가 더 멀어져 있었다. 연금은 그쪽으로 손을 뻗어 보았다. 하지만 아슬아슬하게 닿지 않았다.

그래도 연금은 물에 빠지지 않으려 애쓰며 손을 최대한 뻗어서, 어떻게든 그걸 건지려 해보았다. 그러다 손끝에 닿을락 말락 하는 순간, 휘청이면서 물에 빠지려는 그를, 누군가 황급히 팔을 잡아 끌어당겼다.

천년비를 보러 가다가 놀라 뛰어온 비원이었다.

"괜찮으십니까?"

비원은 놀랐으나, 방금 전 물에 빠지려 했으면서도 연금은 태연히 고개를 끄덕였다. 비원은 자기가 더 놀라 숨을 몰아쉬다가, 연금이 손에 쥔 물에 젖은 꽃과 손등의 상처를 발견했다.

'저 꽃을 건지려다가 다치신 건가?'

아무래도 호수 안쪽에서 뾰족하게 올라와서 수면 위로는 잘 보이지 않는 바위에 긁힌 듯했다.

"놀랐습니다. 홀로 이런 위험한 행동을 하시다니요."

"괜찮다. 잠시 마음이 어지러웠을 뿐."

비원은 황제에게 손이 다쳤단 이야기를 할까 말까 망설였으나, 그사이 연금은 바로 돌아서서 가버렸다.

하지만 수레국화는 놓지 않고 쥐고 있다.

비원은 그 뒷모습을 의아하게 바라보았다.

"뭐냐. 표정이 왜 그러냐."

또다시 거울을 이용해서 날 불러낸 비원은 자기가 불러놓고 자기가 몹시 귀찮단 표정이었다.

덩달아 뚱하게 묻자, 그는 손을 저었다.

"아니, 오다가 폐하를 뵈었는데 표정이 어두워서 말입니다."

"아, 그래?"

"싸웠습니까?"

"나야 모르지."

"예?"

그 삐돌이가 어디서 삐졌다가 어디서 풀리는지 내가 어떻게 알아. 삐지면 쫓아낼 뿐. 그런데 떡돌이가 이 근처에 왔던가?

"그보다 난 무슨 일로 부른 건데?"

"단주님께서 전하라셨습니다."

"타천천이?"

비원이 쪽지를 내밀어서, 나는 그걸 받아 펼쳐보았다.

죽은 지 오래된 몸으로 만든 강시는 쉽게 바스러짐.

장공주의 팔이 쉽게 빠진 것도 비슷한 부작용 같음.

만약 같은 종류의 부작용이라면, 전에는 당겨서 빠졌지만,
어쩌면 가만히 있어도 무너질지도 모름.

장공주의 몸이 무너져내릴지도 모른다고?

방에 돌아왔는데도 타천천이 쓴 편지 때문에 영 심란했다.

진짜인가? 그래서 고궐이 장공주 곁을 떠나지 않고 머무르는 건가?

아니, 그런데 고궐은 장공주를 배신한 나쁜 놈이잖아? 아니, 나쁜 놈이
라도 일부러 곁에 머무를 수도 있긴 해. 자기 목적을 이루기 위해서는 장
공주 몸이 멀쩡해야……

아니지, 혼령술과 강시술을 더 많이 아는 타천천도 아직 그 분야에 미
진하다는데. 타천천한테 방법을 훔쳐 가서 장공주를 부활시킨 고궐이 여
기까지 생각을 하긴 했을까?

고민하고 있자니, 밖에서 "황제 폐하 납시오!" 하는 소리 들려온다.

얼른 벌떡 일어서자, 떡돌이가 곧장 안으로 들어오다가 물었다.

"응? 표정이 왜 그러하냐?"

"내 표정이 왜?"

"표정이 어두운데? 무슨 일이 있었느냐? 황후가 다녀갔다던데…… 그
때문이냐?"

"아니. 황후 마마가 오히려 기분 상해서 나갔어. 왜인지는 모르겠지만."

"그런데 왜 이러지?"

"그러는 폐하는 이젠 괜찮아?"

내 궁녀들 말로는 떡돌이가 어전 회의 때 굉장히 무섭게 화를 냈다던

데. 고함치는 소리가 밖에까지 들릴 지경이었다고. 게다가 비원도 떡돌이 표정이 안 좋다 했고.

"화났지. 감히 그런 헛된 말을 내뱉다니. 하지만 차라리 그 소저가 생각 없이 말을 뱉어 다행이다 싶다."

"왜?"

떡돌이는 겉옷을 벗어 옆에 두고 침상에 앉더니 내 배를 쓸며 말했다.

"그 소저가 영민하게 굴었으면 네가 태안루에 다니다가 현장에서 발각됐을지도 모르니까."

"그런가?"

"그래."

"그럼 앞으론 변복하고 얼굴도 가리고 다녀야겠어."

"안 다닐 생각은?"

"없는데!"

떡돌이 표정이 어두워진다. 내 대답이 마음에 안 드나 보다.

나는 그가 표정이 어두워지자마자, 내 배를 내보이며 계란이에게 말을 거는 척해 보였다.

"응, 계란아. 계란이는 아빠가 웃는 게 좋다고? 엄마도 그래."

원웅이 알려준 방법인데, 효과가 좋았다. 떡돌이가 멍하게 보다가 웃음을 터트렸으니까.

"점점 머리를 잘 쓴다니까."

그러다 궁녀들이 들어와서 탁자에 저녁 식사를 차려놓자, 떡돌이는 손을 저어서 시중을 들려고 대기 중인 궁녀와 태감들을 물렸다. 그러고는 궁인들이 모두 나가자, 자기가 손수 조기구이 살을 발라서 내 그릇에 놓아주었다.

내가 받아 먹자, 이번에는 계란을 통째로 양념해서 구운 걸 반 잘라서 입에 넣어주었고, 그것도 잘 먹자 떡돌이는 또 생선 살을 발라주었다.

하지만 내가 음식을 받아먹으면서도 연신 그의 눈치를 살피자, 떡돌이는 대번에 눈치채고서 물었다.

"왜 그러느냐?"

"태안루 말이야."

태안루 소리가 나오자 떡돌이는 젓가락질을 멈추더니, 나중에는 아예 내려놓으면서 놀렸다.

"이제 말할 생각이 드나 보구나. 조기구이에 넘어오다니."

"뭐래. 조기 때문이 아니거든요?"

타천천이 서신으로 보낸 장공주 몸 때문이지.

내가 말을 멈추자, 떡돌이가 자기는 절대로 입을 안 열겠다고 손으로 제 입을 가리더니, 계속 말해보라 손짓했다.

주저하다가 나는 말을 계속했다.

"태안루에는 내 영혼을 다른 데로 옮겨준 사람이 있어서 보러 간 거야."

"거기까진 짐작했다."

"그 사람이 타천천이야."

"……."

"안 놀라네?"

"'천년비'가 사하비단과 접점이 없다가 그쪽에 갔단 말을 들었을 때. 네가 그 안에 다른 사람이 있다고 했을 때. 어느 정도 짐작은 했지."

"뭐야? 근데 왜 안 말했어?"

"짐작을 한 거지 확신한 건 아니었다."

그게 그거지. 어쨌든 안 놀라니까 말하긴 쉽네.

"내가 천소여 몸에 들어오는 걸 의도한 건 아니지만 어쨌건 은인이긴 하고, 앞으로 내 몸이 어떻게 될지도 모르니까. 뭐라 말하기가 좀 그랬어. 사하비단이 요즘 사고도 많이 친다며."

슬그머니 변명을 하며 살피니, 떡돌이는 내 말이 그럴듯하다고 수긍하고 있다.

다행이야. 안심하고 있자니, 떡돌이가 다시 젓가락을 들며 물었다.

"한데 그자는 왜 널 도운 거지?"

"몰라, 그 변태."

내게 생선을 또 발라 주려는 것 같았는데. 그는 내 말을 듣자마자 젓가락을 내려놓더니 눈썹이 위로 쭉 올라가 되물었다.

"변태?"

"아니 이유가 있어서 변태라 부르는 건 아니고. 그냥 맨날 웃어서. 걘 맞아도 웃거든. 그래서."

떡돌이 눈이 생선 가시처럼 뾰족해진다.

"진짜야. 그 변, 아니, 타천천이 왜 날 도운 건지는 나도 몰라. 알던 사이긴 한데. 그리 사이좋지도 않았거든."

나는 다시 부정했다. 거짓말이 아니다. 사실이다. 오히려 이전에 나와 타천천 사이를 떠올리면 타천천이 나를 구해준 게 신기할 정도이지.

떡돌이는 생각에 잠긴 얼굴로 조용해졌고, 나는 혼자서 생선 가시를 발라 먹으면서 그를 곁눈질했다.

그러다가 떡돌이는 내가 밥 한 공기를 다 비우고 나서야 입을 열었다.

"혹시 내가 그자를 잡으면. 네게 해로울까."

"꼭 그건 아닌데. 혼령술에 대해 잘 아는 게 그자뿐이니 살아 있는 게 좋긴 해. 어떤 부작용이 올지도 모르고."

떡돌이 표정이 어두워진다.

젠장. 괜히 말했나?

사하비단은 떡돌이에게 있어선 나라를 엉망으로 만드는 나쁜 단체인데. 혹시 나 때문에 잡고 싶어도 못 잡게 된다거나, 그러려나?

"그자는 되도록 생포해야겠군."

일단 못 잡는 건 아닌가 봐. 역시. 떡돌이가 그러면 그렇지.

대체 황후는 어딜 보고서 떡돌이가 내 요구대로 움직여준다고 생각하는지 모르겠다. 떡돌이는 늘 자기 마음대로 하는데.

"아, 폐하. 하나 더 있어."

"하나 더? 무엇이?"

"장공주 전하 말이야."

"고걸 건이라면 계속 조사하고 있다. 하지만 눈에 띄는 자가 없어."

당연하지. 그자가 그래 봬도 무림 악적 넷 중 하나인걸. 그자에 대한 그간 소문을 떠올리면, 여기서 사고 안 치고 가만히 숨어다니는 게 신기할 정도다.

하지만 난 고걸 이야기를 하려는 게 아니야.

"고걸은 타천천한테서 혼령술 방법을 훔쳐서 장공주 전하를 부활시킨 거잖아. 죽은 지 오래된 몸인 데다 훔쳐 배운 거라서 장공주 전하 몸이 무너질지도 모른대."

"몸이 무너지다니?"

"이것도 확실하진 않아. 어쨌든 이래저래 타천천은 안 죽이는 게 나아."

월요는 잠든 천빈이 쌕쌕 자는 모습을 옆에서 물끄러미 바라보았다.

조그만 코, 축 처진 눈썹, 꼭 닫은 입술, 발그레한 뺨…… 이 모습을 하나하나 뜯어보다가, 그는 그녀의 관자놀이에 가볍게 입을 맞추었다.

황궁 사람을 아무도 믿지 못하는 그에게 나타난, 무림에서 뚝 떨어진

이 여인의 존재는 가끔 갑자기 사라질 환상 같아서 불안했다.

사실 월요는 장공주 이야기를 들었을 때, 천년비에게 묻고 싶은 게 있었다. 너는? 이라고. 너는 괜찮은 거냐고. 그런데 이건 입 밖에 꺼내기도 두려워서 차마 말하지 못했다.

다음날. 월요는 잠든 천빈을 깨우지 않기 위해 슬그머니 빠져나와서 겉옷만 걸치고 나갔다. 자신의 침실에 돌아간 후에야 씻고 의복을 갈아입은 그는 식사를 간략하게 마치고 집무실로 가서 지시했다.

"오원요. 흑합과 기몽을 불러와라."

"예, 폐하."

월요가 상소문을 보고 있자, 얼마 지나지 않아 흑합과 기몽이 들어왔다. 아직 이른 시간이라 둘 다 얼굴이 좀 부어 있었으나, 의욕은 가득해 보였다. 황제는 두 사람이 서서 인사 올리길 기다렸다가, 둘이 나란히 인사를 올리자마자 물었다.

"정파인 조사는. 어떻게 되었지?"

월요는 전에 무림인들이 사하비단을 꺼리면서도 황실과 관의 개입이 두려워서 사하비단을 감싸는 걸 막기 위해 사하비단을 칠 만한 정파인을 조사해오라 지시했다. 이 답을 묻는 것이었다.

기몽은 안 그래도 답변을 준비하던 중이었기에 자신만만하게 말했다.

"최근 무림에, 고수 천년비와 대결이 될 만큼 강한 이가 나타났다 합니다. 개원과도 친하다니 정의감도 있을 겁니다. 개원을 쓰기 싫으시다면 그자가 어떨까요?"

말을 마친 기몽은 흑합을 거만하게 한번 보고 말을 이었다.

"천반숙이라 합니다."

그러나 노렸던 흑합은 덤덤했고, 오히려 천반숙이라는 이름에 놀란 월요가 붓을 들다가 손을 삐끗해서 글씨가   번졌다.

괜히 성질이 난 월요가 기몽을 쳐다보자, 기몽은 황제가 왜 저러는가 의아해서 눈을 끔뻑였다.

황제는 기몽을 무시하고 이번에는 흑합에게 물었다.

"너는?"

흑합은 기몽이 무시당한 게 기뻤지만 차분하게 대답했다.

"사하비단 자체가 큰 문파는 아니지만, 관이 개입하는 걸 무림인들이 뭉쳐서 막는 게 문제입니다. 하지만 이를 해결하기 위해 이미 커다란 문파나 집단, 예를 들어 무림맹 같은 곳에 힘을 실어준다면 오히려 그쪽의 힘이 과해져 무도한 생각을 할까 염려됩니다. 해서 신은, 역시 가장 적당한 건 개원이 있는 정영문 같습니다."

월요가 눈살을 찌푸렸고 기몽이 타박했다.

"폐하께서 그자는 싫으시다지 않나."

"정영문에 사람이 그자뿐이진 않습니다, 폐하."

월요는 천빈의 전 연인이 개원이라 얽히기 싫단 말을 할 수 없어 조용히 숨만 골랐다. 차마 나랏일에 사감을 섞는 중이라 알리긴 힘들었다.

그 와중에도 기몽과 흑합이 서로를 노려보고 있자니, 월요는 한참 더 생각하다가 어렵게 지시했다.

"좋다. 그럼 정영문을 불러보지."

흑합은 그 말에 미소를 지었으나, 반대로 기몽은 얼굴이 썩었다.

"하지만 이곳에 대표로 오는 건 다른 사람이었으면 하는데."

월요도 속은 기몽만큼 썩었다. 그러나 불안해도 어쩔 수 없었다. 어차피 일을 시켜도 천빈은 회임도 하였으니, 다시 무림에 나가 그들과 싸울 일은 없다. 반면 당장 정영문에겐 일을 맡겨야 한다.

그러니 정영문에서 사람이 올 때만 천빈이 이 근처에 못 오게 하면 괜찮지 않을까?

월요는 억지로 좋은 방향으로 생각했다.

그리고 상념에 젖어 붓을 쥐는 황제의 손등을, 멀지 않은 곳에서 황제가 나누는 이런저런 대화를 기록하던 비원이 보고 흠칫했다.

'상처가 없다?'

큰일이다. 장공주 몸이 언제 부서질지 모른단 생각을 해서인가? 같이 나들이하러 나왔는데 심장이 두근거려서 제대로 놀 수가 없다. 게다가 신경 쓰고 봐서인가. 자꾸 장공주 얼굴이 창백해 보인다. 이를 어쩌지?

"왜 자꾸 그렇게 쳐다보는가?"

"안색이 좀 창백한 거 같아요, 전하."

"내가?"

"네. 안에 들어가서 쉬는 게 낫겠어요."

"정말 괜찮은데."

"제가 쉬고 싶어서 그래요."

결국 나는 장공주가 감당이 안 되어서, 일부러 내가 힘들다는 핑계를 대고서 평상에 앉혔다. 그리고서 장공주에게 직접 부채질을 해주자, 장공주는 얼굴이 빨개져서 손을 휘저었다.

"안 그래도 되는데."

"더위 먹을까 봐 그래요, 전하."

"더위는 회임한 천빈이 조심해야지. 나는 정말 괜찮네."

"그래도요."

그러다 장공주가 원웅이 잘라온 수박을 먹으려다 떨어뜨리기에, 나는 얼른 수박도 허공에서 잡아채주었다.

"괜찮으세요?"

"어…… 천빈, 자네 참 손이 빠르군."

그러고서 장공주가 떨어뜨리려 했던 수박을 들면서 "이거 무겁죠? 드실 동안 제가 들고 있을까요?"라고 묻자, 장공주는 얼굴이 더 붉어졌다.

"어? 아니, 그렇진 않네. 그리고 정말 괜찮아. 그렇게 안 해도."

원웅은 이를 지켜보다가 웃음을 터트렸다.

"장공주 전하를 아기처럼 대하시잖아요. 미리 연습하시는 거예요?"

"그게 아니라……."

팔이 떨어질까 봐 그러지! 하지만 장공주가 머쓱하게 웃는 걸 보니 내가 너무 과하게 챙겼나 싶기도 하다.

나는 장공주에게 수박을 건네고서 걱정스럽게 그녀를 살폈다.

장공주 몸이 갑자기 햇살 받은 눈사람처럼 녹아내릴까 봐 얼마나 조마조마한데.

그러나 한 번 나쁘게 보고 나면 다 나쁘게 보인다고, 장공주의 측근 궁녀들은 천빈의 행동 하나하나가 전부 다 가식적으로 보였다.

"전에는 없던 죄를 뒤집어씌워서 전하를 몰아가려 하더니. 안 통하니까 방법을 바꿨나 봐."

"정말 보고만 있어도 짜증 나는 얼굴이라니까?"

"태후 마마가 장공주 전하를 어여삐 여기시고 황제 폐하도 공주 전하와 사이가 좋으니까 일부러 저러는 거야. 저래야지 나중에 높은 자리까지 올라갈 수 있을 테니까."

"황후 자리를 노리는 거 아니야?"

"말조심해."

"하지만 정말 그럴 만한 여자야. 며칠 전엔 황후 마마랑 같은 가문이란 이유로 가엾은 소저 하나 인생을 박살 냈잖아. 그걸 꼬투리 잡아서 황후 마마한테도 막 뭐라고 했대. 황후 마마가 돌아가는 길에 우는 걸 본 사람이 하나둘이 아니야."

두 궁녀는 자기들끼리 천빈이 가식적이라고 마구 욕했다. 그러다 돌아가는 길. 장공주가 두 궁녀의 부축을 받고서 가다가 갑자기 풀썩 쓰러지자, 두 궁녀는 비명을 질렀다.

마침 근처에 있던 황후의 궁녀들이 소란을 듣고 와서 이들을 황후궁에 들여보내 주었다.

"이게 무슨 소란이냐."

황후는 놀라서 서책을 보다가 달려 나왔다.

"장공주?"

실려 온 사람이 장공주란 걸 확인한 황후는 더욱 놀라서 장공주와 궁녀들을 번갈아 보다가 황급히 외쳤다.

"빨리 어의를!"

"네!"

몇몇 궁인들이 어의를 부르러 뛰어가자, 황후는 얼른 침실 안쪽을 눈으로 가리켰다.

"이쪽으로."

황후는 장공주를 자기 침상에 눕게 했다. 그러고는 궁녀들이 의식 없는 장공주를 침상에 눕히자, 두 궁녀에게 차갑게 물었다.

"이게 무슨 일이냐."

"여름이라······."

유월은 장공주가 잠시 더위를 먹은 것 같다고 넘기기 위해 조심스럽게 운을 뗐다. 그러나 이를 지켜보던 치월은 참지 못하고 끼어들고 말았다.

"공주 전하께서는 방금 전 천빈 마마와 식사하셨습니다, 황후 마마. 그런데 갑자기 이렇게 쓰러지시다니. 말도 안 되는 걱정이지만, 솔직히 걱정이 됩니다."

치월이 흐느끼자, 황후는 표정이 굳었다. 유월 역시 얼굴이 새파래졌으나, 치월은 이미 죄다 고해바친 후였다.

황후는 가까스로 호통쳤다.

"그게 무슨 소리냐. 공주가 천빈과 식사하고 쓰러진 거라니?"

유월은 치월을 말리려 했지만 치월은 무릎까지 꿇어버렸다.

"송구하옵니다, 황후 마마. 원래 두 분은 산책하고 있었는데, 천빈 마마께서 직접 공주 전하를 데리고 식사를 하러 들어가셨습니다."

황후는 떨면서도 절대로 물러서지 않는 치월의 정수리를 유심히 보다가 일어서라 손짓했다.

그 사이, 어느새 어의가 도착했다. 황후는 어의가 장공주를 진맥하는 사이, 자신의 측근들에게 지시해 혜비와 규빈, 승빈, 안비, 우 답응을 불러오게 했다.

그러고서 어의에게 돌아가자, 어의는 장공주 진맥을 막 끝내고 진료 가방을 정리하고 있었다.

"탕 궁의. 장공주의 증세는 어떤가? 무슨 일로 쓰러진 거지?"

어의는 얼른 두 손을 모으고 대답했다.

"워낙 기운이 약하신 데다 최근 몸도 약해지셔서 쓰러지신 모양입니다. 별다른 병이 있는 건 아닙니다."

"이상한 걸 먹진 않았고?"

"아, 그러실 수도 있습니다. 체기도 좀 있으시고, 소화도 잘되지 않으시는 것 같으니까요."

"독 종류는?"

"아닙니다."

어의가 물러난 지 얼마 지나지 않아 황후가 부른 후궁들이 모였다. 황후는 그들이 장공주를 한 번씩 보게 한 뒤, 따로 데리고 가 지시했다.

"장공주의 두 궁녀가 말하길, 천빈이 장공주에게 이상한 걸 먹였다고 한다. 어의는 뭘 잘못 먹었을 수는 있지만 독은 아니라 하고. 하지만 궁녀들은 장공주가 천빈이 건넨 걸 먹고 쓰러진 거라 주장하고 있어."

후궁들은 사색이 되었다.

"그러면 폐하게 말씀드려야 하지 않나요?"

"말씀드리면? 폐하께선 천빈 일이라면 무조건 편을 드실 테고. 오히려 우리가 모함을 한다고 몰아가실 건데?"

"그래도……."

"천빈이 더 악행 저지르는 걸 막아야 한다. 그러니 다들 방법을 강구해 보아라."

그런데 말이 끝나는 순간. 안쪽에서 "으악! 공주 전하! 팔이!"하고 외치는 소리가 들려왔다.

"?"

"이게 무슨 소리냐?"

놀라 외친 황후는 황급히 방 안으로 들어갔다가 더욱 놀라 비명을 질렀다. 그 뒤를 따라온 후궁들도 크고 작은 비명을 지르며 뒤로 물러섰다.

"황, 황후 마마. 황후 마마. 제가 아닙니다. 제가 아니에요."

끔찍한 광경이었다. 아직 의식이 없는 장공주의 소매가 축 늘어져 있고, 황후의 상궁 영영은 팔 한 짝을 안고 후들후들 떨고 있었다. 팔은 장공주의 팔인 듯했는데, 영영은 그걸 내려두지도 어쩌지도 못하고 공포에 질려 있었다.

"황후 마마!"

"황후 마마!"

충격받은 황후가 비틀하자 황급히 후궁들이 그녀를 부축했다. 황후가 너무 놀라 숨도 제대로 쉬지 못하자 혜비가 그녀를 긴 의자에 앉히며 호통쳤다.

"어떻게 된 일이냐. 상궁, 그대가 왜 공주 전하의 팔을 가지고 있는가!"

영영은 황급히 팔을 장공주의 발치에 내려놓고 무릎을 꿇었다.

"억울합니다, 혜비 마마. 소신은 그저 약을 먹여야 해서 공주 전하의 팔을 잡고 상체를 일으켜드렸을 뿐입니다."

"부축을 하는데 팔이 왜 빠진단 말이냐!"

영영이 울면서 입술을 깨물었다.

그 모습은 정말로 놀랍고 비통해 보였다.

"혜비 마마, 황후 마마, 주위에 이렇게 사람이 많은데 소신이 미치지 않고서야 장공주 전하의 팔을 세게 잡아당길 리가 있겠습니까!"

가까스로 충격에서 벗어난 황후가 안비의 부축을 받고 의자에서 몸을 일으켰다. 그녀는 이마를 짚고서, 곤경에 빠진 자신의 충복을 바라보았다. 영영은 정신이 반쯤 나간 듯 보였다. 그 모습을 보다가 황후는 뒤늦게 깨닫고 중얼거렸다.

"함정이다."

"예?"

안비를 비롯해 후궁들이 황후를 돌아보았다.

"함정이라니요?"

"사람 팔은 쉽게 빠지지 않는다. 적어도 이 많은 사람들 앞에서 영영이 자연스럽게 잡아당겨 뺄 수 있을 정도는 아니지. 하지만 부축한 것만으로 팔이 빠질 정도라면……."

승빈이 외쳤다.

"천빈이 이미 뭔가를 해둔 거로군요!"

황후는 주먹을 꽉 쥐었다. 하지만 이건 심중일 뿐, 아직 이렇다 할 증거가 없었다.

"장공주 전하께서 깨어나셨을 때 여쭈어보면……."

"공주 전하께선 내내 기절해 계셨는데 어찌 아시겠나. 심지어 지금도 정신을 못 차리시는데."

황후는 눈물로 얼굴이 흠뻑 젖은 최측근을 보며 마음이 아파왔다. 이대로 그냥 덮기엔 목격자가 너무 많았다. 황후궁 사람들만 있다면 모를까. 이곳엔 다른 후궁들의 궁인들도 많지 않은가. 게다가 팔을 끼우기 위해 의원도 불러야 한다. 이 모두의 입을 다물게 할 수는 없었다.

"황후 마마……."

영영은 울면서 바닥에 엎드렸다.

장공주가 깨어났을 때 이미 그녀는 자신의 처소였다. 깨어난 장공주는 자신의 팔에 붕대가 감겨 있는 걸 보고 당황했고, 곁에 있던 태후가 상황을 설명해주었다.

"네가 쓰러져서 황후궁에서 널 데려갔는데, 황후의 상궁이 네게 약을 먹이려다가 팔을 세게 잡아당겨 네 팔이 빠졌단다."

"아, 제 팔은……."

"아무리 좋은 의도라고 해도 조심성 없이 사람 팔을 빼다니. 네 몸이 약해진 건 모두가 아는 일 아니냐. 조심했어야지."

궁녀들에게 물어서 상황을 좀 더 자세히 알게 된 장공주는 어이가 없고 허탈해서 침상 기둥에 머리를 대고 눈을 감았다.

"황후 마마께선 천빈이 전하께 이상한 걸 먹였다고 의심하고 계세요. 저희도 곁에 있었지만, 정말로 영영이 세게 잡아당기진 않았거든요. 하지만 심증뿐인 데다 영영이 전하께 해 끼치는 건 수많은 사람이 보았으니 처벌하지 않으실 수 없었지요."

"그럼 황후 마마의 상궁은?"

"지금 수사방에 끌려갔답니다. 황후 마마께서 꼭 천빈의 짓이란 걸 밝혀서 빼내 주겠다 약조하셨지만…… 그러기까진 좀 고생하겠지요."

"천빈은 내게 이상한 걸 먹이지 않았다. 그 궁녀도 죄가 없어. 내 몸이 약한 탓이지."

장공주의 파리한 얼굴을 본 궁녀들은 번갈아 그녀를 위로했지만, 장공주는 고개를 젓고 침상에 도로 누워버렸다.

그녀는 눈을 꽉 감아버렸다. 아무것도 보기 싫다는 듯.

장공주의 지붕 위에 누워 이야기를 들은 고궐은 감았던 눈을 떴다.

'좀 더 타천천의 곁에 있어야 했나.'

하지만 장공주는 죽은 지 이미 오래라, 하루하루 시간이 지날수록 성공 가능성이 빠르게 낮아졌다. 더 시간을 끌었다가는 아예 그녀를 되살리지 못할 수도 있었다.

고궐은 이를 악물었다.

얼마나 오래 그러고 있었을까. 고궐은 아래에서 나는 아주 희미한 인기척에 눈을 번쩍 떴다.

'천빈?'

변복하고 멋대로 밖을 쏘다니고 무공을 사용해 그를 협박하던 그 괴상한 후궁?

보통 사람의 인기척은 아니었다. 그조차 조금만 방심해도 놓칠 만큼 작은 인기척이니.

고궐은 몸을 조금 일으키고서 지붕 아래쪽으로 시선을 던졌다. 아래를 본 그의 눈이 커다래졌다.

'공주?'

인기척을 거의 내지 않고 나가는 건 장공주였다.

"정말 미친 거 아니에요? 장공주 전하 팔을 빼버리다니."

"본인은 억울하다고, 그냥 부축하려 했는데 빠졌다 주장하나 봐요. 제정신인가. 누가 그 말을 믿어요?"

때론 못 믿을 일이 많긴 하지. 원웅과 부성이 아침에 전해준 소식은 아주 놀랍기 그지없다. 아침 식사를 하면서 저 이야기를 들으니 기분이 이래저래 참 이상하구먼.

영영은 진짜 억울할 거야. 하지만 장공주가 자연적으로 살아 돌아온 게 아니라 몸이 강시가 되어 살아 돌아온 긴 비밀로 부쳐야 하니,

'원래 잘 빠지는 몸이라고 말하기도 그렇겠지. 내 경우엔 운 좋게도 나와 장공주, 황제 셋만 있을 때 벌어져서 떡돌이가 잘 무마해 줬지만…….

이거 참. 고궐 그놈은 장공주를 부활시킬 거면 몸이라도 좀 잘 부활시키던가.

동시에 장공주가 부작용에 시달릴수록 내 마음 한편에도 불안감이 커져간다. 나는? 나는 괜찮은가?

"……."

"마마? 왜 그러세요?"

"아니. 아니야."

나는 방 안에만 있으니 몸이 찌뿌둥하단 핑계를 대고서 밖으로 나왔다. 산책을 핑계로 좀 돌아다니면서, 지금 장공주에게 가는 게 좋을지 아닐지 혼자 좀 생각해 볼 셈이었다.

마음이 결정되면 장공주에게 가든가 내 방에 돌아가든가 정해야지. 그런데 뒷짐을 지고 천천히 걸어 다니다 보니 수상해 보이는 인간 하나가 사람들이 안 보는 틈을 타 구석진 곳을 전력 질주하는 게 아닌가.

경공을 써서 뛰어가는 걸 보니 무공을 익힌 사람이다.

'혹시 고렬인가?'

속도가 제법 빠른 데다 낮인데도 사람들 시선이 안 닿는 부분만 골라서 움직이는 모습이 숨어다니는 데 전문가 같은데.

"마마, 왜 그러세요?"

"저기 이상한 사람이 보였어."

"이상한 사람이요?"

나는 고개를 끄덕이고 그쪽으로 걸어갔다. 혹시나 싶은지 귀자도 우리에게 좀 더 가까이 붙었다. 그렇게 도착한 곳 바닥엔 피가 떨어져 있었다. 그뿐. 그 외엔 아무것도 없었다.

"얼른 가요, 마마."

무서운지 원웅이 내 팔을 다른 쪽으로 끌었다. 조금 고민하다가 나는 궁녀들의 말에 따르기로 하고서 귀자에게 지시했다.

"우리는 돌아갈 테니 넌 폐하께 이 일을 말씀드려라."

"네, 마마."

수상한 피를 발견한 일은 며칠이 지나자 내 머릿속에서 흐릿해졌고, 궁녀들 역시도 안정을 찾아갔다.

장공주는 그 일 이후 계속해 두문불출하고 있다 했고, 황후도 자기 상궁이 수사방에 들어가서인지 문안마저 거부하고 조용히 지내고 있었다.

온수연에 대한 일도 잊었다.

그런데 어느 날 태교용으로 시를 읽으면서 침상에서 쉬고 있는데 갑자기 밖에서 비명이 들려왔다.

'뭐지?'

꽤 요란한 비명이기에 무슨 일인가 싶어 나도 나가려는데, 다 나가기도 전에 원웅이 안으로 들어오더니 황급히 내 앞을 가로막으며 말리는 게 아닌가.

"마마, 보지 않는 게 낫습니다."

"왜 그래?"

"밖에 누가 시체를 버려두고 갔어요."

"시체? 무슨 소리야?"

나는 원웅이 막는 걸 물리고 시체가 발견된 쪽으로 달려가 보았다.

나는 비연궁을 혼자서 사용하는데, 누가 여기까지 와서 시체를 버리고 갔단 말인가. 누가 범인이든 악의적이었다. 여기까지 굳이 온 거 보니.

범인이 악의적으로 여기에 시체를 버렸단 예감은 꼭 맞아떨어졌다. 시체의 얼굴을 보는 순간 알 수 있었다.

죽은 사람은 온수연이었다.

심장이 없는 온수연.

"반숙아!"

침상에 앉아 하품을 하고 있자니, 급하게 문이 열리고 떡돌이가 들어왔다. 나는 읽던 책을 내리고서 한 손을 들어 올렸다.

"여. 떡돌이."

떡돌이는 내 앞으로 다가와서는 내 얼굴을 유심히 살폈다.

"코도 멀쩡하고 눈도 멀쩡하고 입도 멀쩡해. 왜 그래?"

그 태도에 의아해 묻자. 떡돌이는 한숨을 내쉬더니 내 옆에 앉으며 인상을 썼다.

"네가 시체를 보았다고 해서 놀라 왔더니."

"내가 시체를 한두 개 본 것도 아니고."

"……그렇군. 듣고 보니 그렇긴 하구나."

"떡돌이는 마음이 여리네."

옆으로 옮겨 앉으며 자리를 만들어주자 떡돌이는 한숨을 내쉬었다.

"네 반응을 보니 놀라 달려온 내가 멍청해진 기분이다."

"아니야, 폐하가 바로 와줘서 기뻐."

"그래, 말만이라도 고맙다."

떡돌이가 내가 읽는 서책을 보기에 그에게 마음껏 보라고 책을 건넸다. 떡돌이는 잠깐 서책 앞뒤를 살폈지만 관심이 있는 건 아닌지 옆에 치워 두고 물었다.

"대체 어떻게 된 일이냐?"

"보고 받은 그대로일걸. 나도 몰라. 갑자기 밖에서 비명을 질렀어. 나가 보니 온수연이 죽어 있었고."

"온수연이 여기에 왜?"

어깨를 으쓱했다.

"나야 모르지. 폐하는 몰라? 온수연한테 사람을 붙여두지 않았어? 입을 여나 안 여나 확인하려고? 그 사람은 온수연이 여기에 왜 온 건지 봤대?"

"죽었다."

"죽었다고?"

고개를 끄덕인 떡돌이의 인상이 굳었다.

"그자는 어디서?"

"온수연의 집에서."

"왜?"

"글쎄. 병사나 사고는 아니었지."

"그럼 누가 그자를 죽이고 온수연을 죽여서 내 처소에 놓아둔 거야? 아니…… 하지만 그렇다기엔 온수연 시체가 너무 조용히 왔는데."

"이 일은 짐이 생각할 테니 너는 생각하지 않는 게 좋겠다, 반숙아."

"내 집 앞에서 일어난 일이잖아."

"그래도 시체 생각은 안 하는 게 낫다."

그가 가볍게 내 배 위에 손을 얹었다.

결국 마지못해 고개를 끄덕였다.

"그리고……."

떡돌이가 무어라 더 말하려 할 때였다. 갑자기 문밖에서 "폐하!"하고 부르는 소리가 났다. '

곧 오 공공이 황급히 안으로 들어오더니 다급하게 알렸다.

"황후 마마께서 온 소저 소식을 듣고 혼절하셨다 합니다."

월요가 황후궁 안에 들어가자 그곳 궁인들의 눈시울이 죄다 붉어졌다.

"황후는?"

"아직 깨어나지 못하셨습니다."

월요는 황후의 침실 안으로 들어갔다. 황후는 장막이 거두어진 침상에 누워 있었다. 얼굴엔 핏기가 하나도 없었고, 곁에는 영영을 대신해 황후를 모시는 다른 궁녀가 훌쩍이고 있었다.

"폐하."

월요는 미간을 찌푸리고서 침상 가까이 걸어갔다.

"어의는?"

"다녀가셨습니다. 직접 약을 조제하시겠다고 지금은 의방으로 돌아가셨고요."

"뭐라 하더냐."

"몸과 마음이 모두 지치셨다 합니다. 최근에 여러 가지로 힘든 일들이 많으셨으니까요."

월요는 파리하다 못해 아예 피부 너머로 핏줄이 들여다보이는 황후를 보고 한숨을 내쉬었다.

온수연은 철없이 사고를 치지, 사가에서부터 데려온 영영은 장공주 일로 끌려갔지, 이 와중에 온수연이 죽어 발견되었으니 여러 가지로 힘들긴 했을 것이다.

영영이 장공주 일과 관련이 없단 걸 알다 보니 월요도 이 부분이 신경쓰였다. 특히 황후는 영영에게 많은 걸 의지했으니까. 적당한 핑계를 대어서 영영은 꺼내주어야 하지 않을까…… 잠시 생각하고 있자니, 황후가 천천히 눈을 떴다.

너무 울어서 이미 눈가가 퉁퉁 부은 황후는 황제를 보자 또 눈물을 흘리고 말았다.

"폐하."

황후가 잠긴 목소리로 그를 부르자, 월요는 의자를 가져오게 해 곁에 앉고서

이불을 끌어 올려 주었다.

"어의가 약을 가져온다고 하니 더 자도록 하시오."

황후를 사랑하는 건 아니었으나 어쨌건 그녀는 오랫동안 그의 옆에서 부인으로 있어 준 이였다. 게다가 연금에 관한 일을 가족들에게도 알리지 않고 입을 다물 정도로 그와 신의가 있었다.

이 때문에 황제도 황후와 시침을 하진 않아도, 의무인 날엔 꼭 그녀를 찾아가 밤새 얘기를 나누고 오는 게 아니던가. 이런 모습을 보니 걱정되지 않을 수 없었다.

"폐하."

황후는 그런 월요를 퀭한 눈으로 보다가 힘겹게 입을 열었다.

"수연이가 제게 서신을 보냈습니다."

"서신이라니?"

"천빈이 궁으로 와서 자신에게 제대로 사과하라 했답니다. 그러면 폐하께 용서를 청해줄 거라고요. 자존심이 상해도 따르는 게 나을지, 제게 물어보는 서신을 보냈습니다. 그런데 죽은 채 발견되다니……."

"천빈이 온수연에게?"

"네."

"온수연이 보낸 서신을 보여주시오."

황후가 눈짓하자 태감이 서랍 안에서 비단으로 싼 서신을 꺼내 바쳤다. 월요는 서신을 받아 중앙에 묶인 끈을 잡아당겼다. 그러자 비단이 펼

123

처지며 안에 꾹꾹 눌러쓴 글씨가 나타났다.

"……."

내용은 황후가 말한 대로였다. 천빈이 자신에게 용서를 빌라 요구했던 내용. 그대로 따라주면 벌을 거둘 수 있을지, 혹시 모욕만 당하고 가문에 피해를 끼치는 건 아닐지 황후에게 조언을 구한다는 내용이었다. 충분히 쓸 법한.

"서신을 가져가도 되겠소?"

"예."

월요는 서신을 가지고 밖으로 나가 오원요에게 건네며 지시했다.

"기몽에게 이걸 주고 온수연의 필적이 맞나 확인하게 해라."

"예, 폐하."

다음날 오후. 기몽은 월요를 찾아와 온수연의 서신을 다시 바치며 보고했다.

"온 소저의 그간 필적과 흡사합니다. 화가 나서 힘이 들어가 있긴 하지만, 필적이 다를 정도는 아닙니다."

월요는 눈살을 찌푸렸다. 서신을 받을 때 상황을 들었던 기몽은 황제의 안색을 살피다 조심스레 물었다.

"천빈 마마께서 온 소저를 부르셨다 생각하십니까?"

"그럴 리가."

월요의 단답에 기몽은 조심스럽게 수긍했다.

"저도 천빈 마마께서 온 소저를 부른 건 아닐 거라 생각합니다."

기몽이 나간 뒤에도 월요는 생각에 잠겨 홀로 서재에 머물렀다.

"온수연에게 붙여둔 그림자는 죽기 전까지 천빈에 관한 이야기를 하지 않았다. 하지만 온수연은 며칠 전에 황후에게 서신을 보냈다고 했지. 그땐 그림자가 살아 있을 때이니, 천빈이 온수연에게 접근했다면 그림자가 이미 보고했을 거다."

오원요는 황제의 빈 잔에 차를 따라주며 황제가 중얼거리는 동안 심각한 표정으로 고개를 끄덕였다.

월요는 차에는 손도 대지 않고 등받이 의자에 몸을 기대며 눈을 가늘게 떴다.

"온수연은 누구를 만난 적도 없어. 하지만 서신을 받은 적은 있지……."

오원요도 그 일은 알았다.

며칠 전, 온수연에게 붙인 사람이 보고하기를, 온수연이 서신을 받았는데 뒷간에서 그걸 읽고 처리까지 하고 온 터라 내용을 보지 못했다고 했다. 당시엔 그저 사적인 내용이라 여겼는데.

"폐하께선 그 서신이 천빈이 쓴 거라 여기십니까?"

"아니. 천빈이 쓴 서신이라면 지금 황후가 가지고 있겠지. 아니면 온수연이 보관했을 거다. 하지만 온수연은 제 손으로 그걸 직접 없앴어."

월요의 목소리가 낮아졌다.

"온수연에게 서신을 보낸 이가 범인일 확률이 높다. 비연궁 주위엔 호위가 많아. 자발적으로 온 게 아니라면 반드시 눈에 띄지. 서신을 보낸 자가 온수연을 근처로 오게 유도한 다음 죽여서 비연궁에 둔 거다."

월요는 미간을 찌푸렸다. 상황은 짐작이 갔다. 문제는 범인이 짐작이 가지 않는단 점이었다.

"온씨 가문에서 저지른 짓은 아닐까요?"

승언이 조심스럽게 물었다.

"평생을 눈총을 받으며 살아야 하니, 이런 식으로……."

"그것도 가능하지."

하지만 그 의심은 하루를 채 가지 못했다.

온수연의 모친이 자결한 것이다.

천빈이 황제 폐하의 총애를 믿고 황후 마마를 핍박해
내 딸을 살해했다.

온수연의 모친은 이런 서신을 쓰고 목을 매 자결했다.

연달아 온씨 가문의 두 사람이 죽자, 천빈에 대한 여론은 급격히 나빠
졌다. 비연궁에서 온수연 시체가 발견되었을 때만 해도 천빈을 가엾게 여
기던 이들은, 온수연의 모친까지 자진하자 천빈을 향해 의심스러운 시선
을 슬며시 던졌다.
"그럼 천빈께서 온씨 소저를 잡아다 죽이기라도 했단 말이오? 그런 거
라면 온씨 소저 시체를 왜 비연궁에 그대로 두셨겠소?"
"꼭 손으로 직접 죽이는 것만 죽이는 겁니까? 온 소저는 천빈 마마를
다루에서 본 것 같단 말을 한마디 했다가 큰 벌을 받았습니다. 그 상황에
서 괴로워 자결한 걸지도 모르지요."
"누가 자결을 제 심장을 뽑아서 하는데요?"
"말 잘했습니다. 그럼 살해당했을 텐데, 왜 시체가 천빈 외엔 아무도 지
내지 않는 비연궁에서 발견됐답니까?"
대신들은 천빈이 끔찍한 시체를 처리하게 된 피해자이냐, 온수연이 죽
게 몰아간 범인이냐를 두고서 자기들끼리 내내 싸워댔다.
보다 못한 월요는 천소여의 부친인 천 총서서에게 눈짓했다.
너도 나서라.
세력이 강한 외척일수록 경계하는 황제로서는 답지 않은 일이었다.
답답한 마음을 억지로 누르고 있던 천 총서서는 황제가 나서도 좋다

허락하자, 앞으로 대여섯 걸음 나서며 언성을 높였다.

"천빈 마마께선 폐하의 비호 아래 늘 방에 틀어박혀 지내시는데 어떻게 온수연이 죽게 몰아가고, 죽인단 말이오! 내 눈엔 온수연이 제 발로 걸어와 거기서 자결한 것 같소. 함부로 폐하의 아기씨를 모욕한 죄를 하나도 뉘우치지 못하고 말이오!"

"지금 그, 그걸 말이라 하시오?!"

온수연의 부친이 목에 핏대가 서서 외쳤으나 천 총서서는 당당하게 코웃음 쳤다.

"30년간 벌을 받으며 살려니 막막해서 죽음으로 천빈에게 복수한 걸지도 모르지!"

"저 작자가!"

온수연의 부친이 천 총서서에게 뛰어들려는 걸 주위 대신들이 가까스로 잡았다.

그러나 내내 입을 다물고 있던 천 총서서는 거기서 멈추지 않았다.

"혹시 황후 마마의 상궁이 장공주 전하를 해한 일로 온씨 가문이 위험해지자 일부러 온수연을 방패로 내세워서 화살을 돌린 건 아니오?"

"저자가 지금 뚫린 입이라고!"

분노한 온수연의 부친이 주위 대신을 뿌리치고 천 총서서에게 달려들어 수염을 잡아챘다.

지지 않고 천 총서서가 온수연 부친의 머리카락을 잡아당기면서 몸싸움이 벌어지자, 대신들은 둘을 말리느라 덩달아 뛰어들어야 했다.

하지만 천빈의 부친이 천 총서서가 나서면서, 다들 의심은 하면서도 차마 내뱉지 못했던 가능성 역시 제대로 표면에 드러났다.

그 이야기를 들은 황후는 모욕감에 입술을 물어뜯었다.

"정말로 끔찍한 가문이고 끔찍한 부녀지간이구나. 어떻게 감히 그런 식으로……!"

"고정하세요, 마마. 탕 궁의께서 최대한 안정을 취해야 한다 했습니다."

"지금 안정이 되겠느냐? 우리 가문이 그 애를 죽인 거라니! 어떻게 감히 그런 말을!"

"마마……."

황후가 다시 비틀거리자, 궁녀는 또 황후가 쓰러질까 무서워 눈물을 글썽였다.

황후는 가까스로 호흡을 고르고서 침상에 몸을 기대며 지시했다.

"천빈 근처에 사람을 붙여라. 천빈이 어딜 가는지, 무슨 짓거리를 하는지 전부 다 알아내. 처음은 장공주, 그다음은 수연이. 또 무슨 행동을 할지 모른다."

"마마, 괜찮으세요?"

내가 멍하게 창밖을 보고 있자니 원웅이 과일을 앞에 내려두다가 걱정스럽게 물었다.

"응."

하지만 나는 정말로 괜찮았기에 괜찮다고 대답했다. 남들이 뭐라고 하건 신경 쓰지 않는다. 말로만 떠들어대는 자들. 궁에선 어쨌든 떡돌이만 안 흔들리면 되는걸.

내가 신경 쓰이는 건······.

"왜 심장일까?"

"네?"

"왜 굳이 심장을 빼서 죽였을까?"

처음엔 온수연이 혹시 용고를 먹고 죽었나 싶었다. 하지만 부검해보니 독은 안 나왔다고 했어.

그렇다면 정말로 굳이 굳이 심장을 뺀 건데. 왜?

경험자 입장에서 그건 정말이지 귀찮은 방식이었다.

원웅은 과일을 깎다 말고 한숨을 내쉬었다.

"마마께선 정말로 전혀 신경 쓰지 않으시네요. 저는 시체가 있던 곳 주위만 걸어가도 심장이 섬뜩해요, 마마."

"그런 식으로 따지면 사람이 죽지 않은 곳은 이 세상엔 존재하지 않아 원웅아."

"으악, 마마! 그런 얘기 무서워서 싫어요!"

무서워하는 원웅을 좀 더 놀리려고 신이 나서 부채를 뺏어들 때였다.

"천빈 마마. 장공주 전하께서 오셨습니다."

귀자가 들어와서 장공주의 방문을 알려주었다.

웬일이지? 전에 황후 궁녀가 팔을 뺀 이후 두문불출한다더니?

의아하지만 반가워서 얼른 들어오라고 하자, 곧 시원한 옷차림의 장공주가 안으로 들어왔다.

"천빈."

장공주는 들어오자마자 나를 부르더니, 다가와서 바로 포옹해주었다.

"이야기를 듣고 바로 왔네. 좀 늦게 알았어. 많이 놀랐겠지?"

"온수연 이야기를 듣고 와주신 건가요?"

장공주는 고개를 끄덕이고서 내 팔을 잡고 걸어갔다. 혹시 팔이 또 떨어질까 봐 놀라서 유심히 살폈지만, 다행히 팔이 떨어질 것 같진 않았다.

게다가…… 맞은편에 앉아서 잘 보니, 전에 보았을 때보다 안색이 많이 밝아진 것 같기도 하고. 푹 쉬어서 그런가?

"공주 전하께선 요즘 몸은 좀 괜찮으세요?"

"나는 많이 좋아졌네. 이 와중에 나 혼자 괜찮아져서…… 그것도 좀 신경 쓰이지만."

장공주는 그렇게 말하더니, 궁인들이 물러간 틈을 타 내게 머리를 가까이 붙이고서 속삭였다.

"당겨봤는데 지금은 팔도 빠지지 않는다네."

"다행이에요. 안 그래도 계속 신경 쓰여서……?"

"왜 그러는가?"

고궐. 고궐이야! 급격히 몸이 나빠진 장공주. 무림 고수 같은 이가 지나가고 그 자리에 떨어져 있던 피. 며칠 뒤 죽은 온수연. 갑자기 몸이 괜찮아진 장공주.

고궐이 장공주를 고치기 위해 무언가 수를 쓴 거야! 그놈은 나랑 밖에서 부딪친 적도 있으니, 날 노렸을 만도 하고!

떡돌이 그림자들은 무능한가 봐. 대체 수가 몇인데 아직도 고궐을 발견하지 못한 거야?

물론 나도 발견하지 못했다. 고궐 그놈은 숨어다니는 데 도가 텄나. 하지만 난 무능하지 않다. 나는 한 명이니까. 그림자들은 숫자가 많잖아?

고궐이 범인이라고 의심한 지 일주일. 이번엔 비연궁 다른 장소에서 태감 시체가 발견되었다. 이번에도 심장이 없는 시체였다.

그 때문에 요즘 궁궐 궁인들은 우리 비연궁 궁인들만 보면 꺼림칙하다고 피해 다닌단다. 이번 시체는 담벼락 바로 아래 떨어져 있어서 누가 봐도 그냥 담벼락 뒤에서 던진 건데도.

어쨌든 이 때문에 떡돌이는 내게 호위들을 붙여주고서 늘 그들과 함께 다니게 했다. 그래서 내 주위에는 내 원래 궁인들이 한 겹 있고, 떡돌이가 붙여준 호위들이 그 주위로 한 겹 있고, 좀 거리를 둔 곳에 황후가 붙인 감시자들이 한 겹 있다.

"좀 놀라게 해서 거리를 두게 할까요? 폐하의 호위야 그렇다 쳐도. 황후 마마께서 붙인 감시자들은 마마를 헐뜯기 위해 모여 있는 걸 텐데요."

귀자는 이게 싫은지 내게 물었지만 나는 놔두라고 했다.

"알아. 하지만 그냥 둬. 상관없어."

"의외로 마음이 좋으십니다, 마마. 왜 저자들을 봐주시는 겁니까?"

"고궐이 습격하면 방패로 쓰려고."

"……방금 한 말을 취소해도 될까요?"

귀자는 자기가 한 말을 바로 취소해 버렸지만, 나는 말을 막 취소하는 그런 사람이 아니다.

정말 방패로 쓰려는 건 아니지만, 내가 황후가 붙인 사람들을 굳이 달고 다니는 데는 큰 뜻이 있긴 하다.

음. 나는 황후 사람들이 직접 고궐을 발견하게 만들 생각이다. 그러니까, 날 잡으려고 뛰어다녔는데 막판에 발견한 건 엉뚱한 사람이란 상황 말이다. 그러면 고궐을 발견하더라도 공치사를 하진 못할 거야.

게다가 그 과정에서 좀 다치고 죽겠지. 고궐은 강하니까. 하지만 상관없다. 내 적들 일이니까.

사실 다른 궁인들이 우리 궁인들을 피해 다니는 데는 나도 한몫 하고 있다. 황후궁 사람들이 날 계속 의심하도록 하기 위해 요즘 외출할 때마다 검은 피풍의를 입고 다니는 건 물론, 수상쩍어 보일 장소만 다니거든.

물론 그냥 놀러 다니는 건 아니다. 나는 요즘 고귈이 또 시체를 비연궁에 두고 간다면 이번엔 어느 쪽에서 올까, 이걸 찾아다니는 중이다. 고귈이 남긴 흔적이 있나 없나도 좀 살피고.

그렇게 다시 일주일이 지났을 무렵. 나는 또다시 고귈이 무언가 행동을 할 시기란 걸 눈치챘다.

"전하. 안색이 안 좋으세요."

장공주의 안색이 다시 창백해진 것이다. 일주일에서 열흘 간격으로 상태가 안 좋아지는 건가.

"그러네요."

장공주는 맞은편에서 차를 마시다 찻잔도 무겁다는 듯 내려놓더니, 무거운 한숨을 내쉬면서 눈두덩이를 눌렀다.

"요즘 다시 몸이 좀 무겁고 정신이 멍해요."

"들어가서 쉬는 게 좋겠어요, 전하. 그러다 또 쓰러지면 안 되잖아요."

"그럴게요. 또 영영 같은 사람이 나올 수도 있으니."

장공주는 고개를 끄덕이고서 순순히 일어나 나갔다. 나는 그녀를 배웅하자마자 검은 피풍의를 꺼내 걸치며 귀자를 불렀다.

"귀자야. 네게 시킬 일이 있다."

"보름 가까이 지켜보았는데 이상한 점이 아무것도 없다고?"

황후의 차가운 질문에 장태감이 황급히 허리를 숙였다.

"이상한 점은 많습니다, 황후 마마. 천빈은 늘 수상쩍은 장소를 돌아다니니까요. 하지만 그 곁엔 폐하께서 붙여두신 호위들이 함께 있고, 시체가 나타날 시각엔 천빈은 늘 제 방에 있으니 문제입니다."

"그 수상쩍은 장소에 쪽지를 놔둔다거나 암호를 표시해 두어서 자기 부하와 신호를 주고받을 가능성은?"

"그래서 천빈이 다녀간 곳은 늘 샅샅이 뒤졌지만, 아직 그런 정황은 발견하지 못하였습니다."

"수상한 장소만 돌아다닌다면 이유가 있을 게 아니냐."

"송구하옵니다."

장태감이 만족스러운 대답을 들려주지 못하자 황후는 이불을 움켜쥐고서 침상 기둥에 머리를 기댔다.

죽은 두 태감에 관한 건 모르겠으나, 황후는 온수연을 죽인 건 분명 천빈이라 확신했다. 무언가 수를 써서 그녀를 죽게 몰아간 거라고.

설령 온수연이 정말 세간의 말처럼 자결한 거라 해도 마찬가지였다. 온수연이 자결할 정도로 상심한 건 반은 천빈의 탓 아니던가.

그때였다.

"황후 마마. 황후 마마."

밖에서 조심스럽게 그녀를 부르는 소리가 났다.

황후는 얼른 상체를 일으키고 소리의 주인을 안으로 들이라 눈짓했다.

잠시 뒤, 태감 복장을 하였으나 눈빛이 서늘한 사람이 들어와 곁에 무릎을 꿇었다.

황후가 천빈을 쫓아다니라 붙인 사람 중 대장 격인 인물이었다.

"알아보았느냐?"

황후가 다급히 묻자, 부하는 얼른 보고했다.

"천빈이 홀로 밖으로 나갔습니다."

"쫓아라."

"예."

황후의 지시에 부하는 인사하고 다시 밖으로 나갔다.

부하가 나가자 장태감이 기쁘게 웃으며 황후를 위로했다.

"드디어 천빈이 꼬리를 밟히려나 봅니다, 황후 마마."

"그래야 할 텐데."

황후는 힘없이 중얼거리고서 다시 침상에 머리를 기댔다.

황후가 붙인 이들은 밤중에 호위조차 붙이지 않고 홀로 빠져나간 천빈을 소리 죽여 쫓았다.

천빈이 홀로 쓰는 비연궁에서 발견된 시체만 셋이었다. 시체를 가져다 두는 게 천빈을 노린 이의 짓인지, 아니면 천빈이 시체를 처리하기도 귀찮아 담벼락에 버린 건지 아직 모르는 일. 황후는 후자로 생각하고 있다. 그러니 확실한 증거를 잡아야 했다.

황후의 그림자들은 기척을 최대한 감춘 채 천빈에게 들키지 않도록 일정한 간격을 유지하고 계속해 걸어갔다. 그렇게 얼마쯤 걸어갔을까. 그들은 짙은 피 냄새를 느끼고서 멈추어 섰다.

그림자들은 시선을 빠르게 교환했다. 약간 팔다리를 다쳐서 나올 수 있는 피 냄새가 아니었다. 그들은 고개를 끄덕이고서 황급히 속력을 빠르게 내어 천빈이 앞서 춤추듯 걸어간 곳을 향해 달려갔다.

그곳에 있는 건 시체였다. 심장이 뜯겨 있는 시체.

그 부근에서 흘러나온 피가 사방으로 번져가며 여름날 밤, 짙은 피 냄새를 풍기게 된 것이다.

그림자들은 본능적인 거부감에 치를 떨었다.

"천빈은?"

"보이지 않습니다."

그림자 중 가장 우두머리 격인 이는 앞으로 나서서 쓰러져 죽어 있는 이의 얼굴을 확인했다. 처음에 온수연. 그다음에는 태감 둘이더니. 이번에는 궁녀였다. 공통점이라고는 거의 없는 사람들.

"흩어져서 천빈을 찾아라. 현장에서 잡아서 데려가야 한다."

우두머리 부하는 명령을 내리고서 굽혔던 허리를 펼쳤다.

그 순간. 멀지 않은 곳에서 비명이 터져 나왔다.

부하는 궁녀를 내버려두고 황급히 그쪽으로 달려갔다.

"으악!"

그곳엔 아까 그의 명령을 받던 부하가 똑같이 심장이 뜯긴 채 누워 있었다. 우두머리 부하는 뒷걸음질 치다 고개를 젓고 상황을 살폈다.

"대체 이게 무슨……."

마을 다 끝맺기도 전에 이번엔 다른 쪽에서 비명이 터져 나왔다.

그쪽으로 가보자 또 다른 부하 역시 심장이 사라진 채 누워 있었다.

"!"

우두머리 부하는 물론 다른 부하들까지 놀라서 한곳에 모여들었다.

"천, 천빈이 아닌 거 같습니다."

"움직임이……."

움직이는 이는 보이지 않는데 죽어 나가는 이만 있다.

부하들은 서로 등을 맞대고 무기를 들어 올린 채 상황을 주시했다.

귀신에 홀린 듯 상황이 섬뜩하기만 했다.

그러다 그들은 보고 말았다.

어둠 속에서 입가에 피를 묻히고 선 그것을.

"대, 대장, 대장, 저분은……!"

그때.

"무슨 일입니까?"

누군가의 목소리가 골목 너머에서 들려오더니, 인기척이 여럿 느껴졌다. 등롱불을 든 사람들인 듯 옆 골목 즈음에서 아른한 빛이 보였다.

여러 사람의 소리와 함께 빛이 다가오자, 몸을 숨긴 짐승처럼 그들을 지켜보던 '그것'도 빠르게 모습을 감췄다.

곧 여러 개의 등롱 빛이 멀리서부터 다가왔다. 다가온 사람은 기몽 장군과 휘하의 부하들이었다. 기몽 장군은 그들의 뒤편으로 보이는 쓰러진 사람들을 보고 눈을 커다랗게 떴다.

"무슨 상황입니까."

"일이 좀 이상하게 되었습니다, 마마."

귀자와 둘이서 검은 피풍의를 눌러쓰고 황후가 보낸 사람들을 목표한 장소로 보내다가, 먼저 내 처소로 돌아와 수박을 먹고 있을 때였다.

조금 늦게 돌아온 귀자는 피풍의를 내게 돌려주고서 혼란스러운 얼굴로 입을 열었다.

"왜? 오늘은 고귈이 나타나지 않았어?"

심지어 수박 하나를 내밀자 그는 치를 떨며 뒤로 물러나기까지 했다.

"왜 그래?"

정말로 무슨 일이 있나 싶어 묻자, 귀자는 주저하다가 말했다.

"마마께서 말씀하신 대로 황후가 붙인 사람들을 장공주님 처소 부근으로 데려갔습니다."

고귈이 장공주를 위해서 사람들을 사냥한다면 장공주 처소 부근에서할 거라고 생각했다.

장공주가 언제 쓰러질지 모르니, 그쪽에서 사냥을 하고 시체는 비연궁에 가져다 두는 거라고.

그래서 장공주 처소 인근으로 유도해 데려가 보라 한 건데.

"그게 왜? 아무 일이 없으면 그자들이 허탕 치게 뒤도 좋으니 그냥 돌아오라 했잖아."

"일이 있긴 있었습니다. 그자들이 죽은 궁녀를 발견하고, 그자들 중 몇몇도 죽었으니까요."

"기몽은?"

"제때 나타나 주었습니다. 마마께서 직접 함정을 파고 그자들을 잡으려 하신다고, 말려도 안 듣는다고 도와달라고 하니 와 주었습니다."

"그럼 잘 된 거 아니야?"

"범인은 잡지 못했습니다."

"고궐을 놓쳤어?"

"그게……."

"왜 그래?"

귀자의 안색이 촛불을 바로 옆에 서 있는데도 창백한 티가 났다.

"얼핏 장공주 전하를 뵌 것 같습니다."

"!"

날이 밝고 평소처럼 아침이 찾아왔으나 분위기는 몹시 어수선했다. 이번엔 사람 여럿이 동시에 시체로 발견되었으니 그럴 만도 하지.

나는 한숨도 잠들지 못한 채 침상에 누워 귀자가 한 말을 떠올렸다.

귀자는 장공주가 범인인지 아닌지는 확실하지 않다고 했다. 하지만 얼핏 본 장공주의 입가에 피가 묻어 있었다고 했어.

게다가 몹시 빠르게 움직였다고……

그럼 고궐이 나서서 장공주의 몸이 무너져가는 걸 고쳐준 게 아니라 장공주가 스스로 고치고 다닌 건가?

하지만 그렇다면 왜 장공주는 자기가 죽인 이들의 시체를 내게 버렸지? 내가 자기 팔을 빼서……는 아닐 텐데.

게다가 장공주가 범인이라면 내 방에 자주 찾아와서 몸이 약해질 때와 강해질 때가 언제인지 굳이 보여주려 할 리가 없잖아?

그럼 내가 보았던 그 무공 실력 뛰어나던 남자는? 그자가 지나간 곳에 피 웅덩이……?

'아!'

장공주가 죽이면 고궐이 시체를 처리한 거 아니야? 장공주, 안색이 안 좋아질 즈음엔 늘 정신이 멍하다 했어.

설마 장공주. 몸 상태가 안 좋아지면 이성이 사라지는 건가? 그래서 뒤처리를 고궐이?

"그게 무슨 소리이냐"

서재로 조심스럽게 찾아온 기몽이 은밀히 전한 말에 월요의 안색이 창백해졌다.

"황후 마마께선 온 소저와 태감 둘을 죽인 데 천빈 마마께서 관련 있다 확신하셨답니다. 이에 천빈 마마께 사람을 붙여 두었고요."

"그건 나도 알고 있다. 천빈도 눈치챘고"

"천빈 마마께선 황후 마마의 사람들이 진범을 잡게 하고 싶으셨다 합니다. 그래서 폐하께서 천빈 마마께 내려주신 태감에게 천빈 마마의 겉옷을 걸치게 하고서, 다음 살인 사건이 일어날 법한 곳으로 유인하게 하셨고요. 그 태감이 제게도 미리 알려주어서, 저도 혹시 위험할까 싶어 현장으로 바로 달려갔습니다. 하지만 이미 여럿이 죽은 후였지요. 조사를 위해 황후 마마께서 천빈 마마께 붙인 사람들은 증인 겸 용의자로 모두 수사청에 데려갔습니다. 그런데 그자들이 말하기론……."

"사람들을 죽인 게 짐의 누이다?"

기몽이 송구하다는 듯 고개를 숙이고 대답했다.

"데려왔을 때부터 각기 다른 방에 가둬 수사하고 있으나, 아예 못 본 이들 외에는 같은 주장을 하고 있습니다. 장공주 전하께서 그 자리에 계셨고 손과 입에…… 피가 묻어 있었다고요."

"일단 이 일은 함구하고. 말이 새어나가지 않게 막아라."

"예."

기몽을 내보낸 월요는 초조하게 서재 밖으로 나가 가마에 올라탔다.

"누이, 아니 천빈에게 가자."

태감들이 가마를 운반하는 동안 월요는 가만히 있지 못하고 계속해서 주먹을 쥐었다 펴기를 반복했다.

누군가 천빈을 음해하려 한단 건 알았지만 여기서 장공주에 관한 일이 나올 줄은…….

하지만 헛소리를 들었다 여기고 넘기기엔 목격자 수가 하나둘이 아니었다. 게다가 걸리는 점도 있었다.

장공주가 부활한 데 따른 부작용.

천빈이 여러 번 말했던 이야기.

'설마 이런 식으로 나오는 건가?'

입맛이 나지 않아 멍하게 서책을 펼친 채 앉아 있기만 할 때였다.

"황제 폐하 납시오!"

밖에서 오 공공의 목소리가 들리더니 대답을 하기도 전에 떡돌이가 들이닥쳤다. 표정이 굳은 걸 보니 아무래도 기몽에게 이야기를 죄다 들은 모양이었다.

나는 원웅과 부성에게 눈짓으로 나가라 신호하고서 떡돌이를 방 안쪽으로 끌었다.

초조한 얼굴로 들어온 그는 말없이 내 손을 쥐고서 이불만 내려다보았다. 아무런 말도 하지 않았다. 그저 그 상태로 앉아 있기만 했다.

그러다가 한참 만에야 그가 입을 열었다.

"너도…… 들었느냐?"

"귀자한테 들었어. 현장에서 장공주 전하를 보았다고."

떡돌이는 이불을 꽉 잡고서 시선을 한곳에 두지 못했다. 그의 손이 잘게 떨리고 있었다.

한참 만에야 그는 가까스로 입을 열었다.

"누이의 입가에 피가 묻어 있었다고 한다. 누이는 피를 무서워해 사냥 대회조차 보러 가지 않는 사람인데."

"……."

나를 붙잡고 울지도 모른다 여겼지만 떡돌이는 울지 않았다. 혼자 이불을 붙잡고서 식은땀만 흘릴 뿐.

그 모습을 보다가 조심스럽게 내 생각을 알려주었다.

"내 생각엔 장공주 전하는 몸이 나빠질 때 의식이 사라지시는 거 같아. 그래서 뒤처리를 안 하고 그냥 떠나시고, 고궐이 그 처리를 비연궁에

하고 가는 거 같고."

"천빈. 천년비."

"응……."

어떻게 위로해야 할지 모르겠다.

어떻게 위로할지 몰라 주저하고 있자니, 월요가 이불에서 손을 떼고는 내 손을 꼭 쥐고서 말했다.

"타천천 그자와 약속을 잡아줄 수 있겠느냐?"

28장

둘 중 하나를 선택한다면

황후는 놀라 되물었다.

"현장에서 모두 수사청에 잡혀가다니?"

천빈의 범죄 행각을 목격하라고 보낸 이들은 단 한 명도 돌아오지 않았다. 이게 무슨 일인가 알아내기 위해 수시로 사람들을 여기저기 보내며 노력했는데. 그들이 전부 수사청에 잡혀가 있다고?

사람 여럿이 시체로 발견되었단 말에 심장이 수란스럽긴 했다. 혹시 그 일에 천빈이 얽혀서 측근들이 오지 않는가, 이런 생각도 했다. 그런데 전부 다 수사청에 잡혀가 있다니?

"어떻게 된 일이냐?"

황후가 다급하게 묻자, 태감이 송구스러워하며 작게 대답했다.

"저도 정확히 어쩐 일인진 모르겠습니다. 상황을 알아보기 위해 수사청에 가 보았지만 가로막혔습니다. 기몽 장군의 부하들이 심각한 사안이라면서 들여보내 주질 않았습니다."

"심각한 사안?"

"예."

황후는 초조하게 손수건을 문질렀다.

'심각한 사안이라는 걸 보니 아무래도 그녀가 보낸 이들은 모두 그 사건에 얽힌 모양이다. 하지만 이상한 게 있다면……

"천빈은 왜 수사청에 가지 않았지?"

부하들은 모두 천빈을 따라다녔을 테니, 어떤 일에 연루되었다면 분명 같이 연루되었을 텐데?

"모르겠습니다."

"비연궁 앞에 가 보았느냐?"

"예. 하지만 비연궁은 평소와 다른 바 없었습니다, 마마."

황후는 손수건을 내려놓았다.

"사람들이 죽어 나갔는데 천빈에겐 해가 가지 않았다……? 내 부하들은 천빈을 따라 다녔는데 수사청에 잡혀갔고……?"

차라리 둘 다 돌아오거나 둘 다 잡혀갔다면 같은 사건에 얽혔겠거니 할 텐데. 왜 한쪽은 아무렇지 않고 한쪽은 잡혀간 것일까.

황후는 초조하게 탁상을 두드렸다.

이 일에 함정은 없는 건가?

"다른 범인이 있었나 봅니다, 황후 마마."

"하지만 괜찮습니다, 마마. 어쨌든 범인을 잡은 거라면 좋은 일을 한 거 아닙니까. 이건 마마의 공적이 될 겁니다."

"그러면 좋지만……."

황후는 결국 한 시진 뒤, 옷을 갈아입고 몸소 수사청을 찾아갔다.

수사청 앞에는 수많은 이들이 몰려 있었는데, 황후를 보자 다들 자리를 비켜주었다.

좀 더 늦은 시각에 올 걸 그랬나.

황후는 사람들의 눈길이 자신에게 몰리자 너무 가볍게 움직인 건가 싶어 잠시 후회되었다.

"황후 마마."

146

그러나 이미 황후가 왔단 소식을 들은 기몽이 가까이 오고 있었다.

더 물러설 수가 없자, 황후는 미소를 띠고서 그를 기다렸다가 기몽이 바로 앞으로 와 인사하자 물었다.

"일하는 도중에 내가 괜히 찾아온 건 아닌지 모르겠군."

기몽은 여상하게 대답했다.

"아닙니다. 이번에 잡혀온 사람들이 황후 마마의 측근들이라지요. 황후 마마께서 관심을 가지시는 게 당연합니다."

흠잡을 데 없는 말이었으나 기몽은 그렇게 말하면서도 황후가 들어설 수 있게 길을 비켜주지 않았다. 들어가지 말란 신호였다.

자신이 나서서 출입을 거절하면 황후의 체면이 상하니, 그냥 말도 마시라는 뜻.

하지만 그 표정에 송구스러워하는 기색은 없었다.

황후는 기몽의 덤덤한 표정을 보다가 알아차렸다.

일단 그녀의 사람들이 누명을 쓰거나 할 일은 없는 모양이다.

"황후 마마. 무슨 일인지 알아내셨습니까?"

황후를 부축해 황후궁으로 돌아오자마자 궁녀가 서둘러 신을 벗겨주며 물었다.

"왜 우리 쪽 사람들이 갇힌 겁니까?"

다들 이 문제를 알 길이 없으니 애가 탔던 모양이었다.

황후는 고개를 저었다.

"모르겠다. 하지만 죄인 취급 받는 건 아닌 듯했어. 천빈도 이 일엔 관련이 없는 것 같고……."

며칠 뒤. 나는 떡돌이의 부탁으로 그가 타천천과 만나는 자리를 마련했다. 물론 대놓고 타천천에게 '황제가 너 좀 만나재'라고 부르진 않았다.

비원을 통해서 나와 그가 만날 약속 장소를 잡은 다음, 황제와 잠행을 나가는 척 데리고 나갔다. 잠행이라고는 해도 오늘은 그리 신이 나진 않았지만.

타천천에게 손님을 데려간단 이야기는 했지만, 아무래도 황제를 데려간단 이야기는 하지 않았으니까. 많이 놀라겠지? 황제란 걸 알아볼까?

그러는 사이, 마침내 우리는 약속한 식당 앞에 도착했다. 떡돌이가 미리 지시해 둔 대로 한 층 전체를 텅 비워서인가. 식당은 고요했다.

"손님, 오늘은 한 층 전체를 예약하신 분께서……."

"그 사람과 만나기로 했네."

"예? 정말이십니까?"

놀라는 점소이에게 고개를 끄덕여 보이고서 나는 떡돌이와 함께 3층으로 올라갔다.

타천천은 커다란 탁자 앞에 홀로 앉아 술인지 차인지 알 수 없는 걸 마시고 있었다. 그러다 고개를 돌렸는데, 내 뒤에 누군가 있는 걸 보더니 눈썹을 치켜올렸다.

"이게 누구야."

몸을 일으킨 타천천은 내 옆에 얼굴을 가리고 따라온 떡돌이를 보더니 묘한 미소를 지으며 중얼거렸다.

뭐야 저거. 나한테 한 말이야 떡돌이한테 한 말이야?

내가 타천천의 맞은편에 앉고 떡돌이는 내 옆에 앉았다.

탁자를 두고 마주 앉자 떡돌이는 죽립을 벗어 옆에 두었다. 그래도 면사를 매고 있어서 얼굴은 보이지 않지만.

하지만 타천천은 그것만으로도 흥미가 드는 듯 미소를 지으면서 월요를 바라보았다. 그러고는 나에게 물었다.

"데려오고 싶단 손님이 이 사람이야, 녕녕?"

'녕녕'이란 말에 월요가 눈썹을 날카롭게 올린다. 기분이 상했나 봐.

하지만 타천천은 얼굴을 면사로 가려도 눈썹은 보일 텐데. 아무것도 모른다는 듯 사방을 둘러보더니, 이곳을 둘러싼 수많은 사람들을 발견하고서 웃었다.

"황제라도 온 거야, 녕녕? 한 명 데려오는 게 아니잖아? 이렇게 줄줄이 사람들을 데려오다니."

"!"

말이 끝나자마자 승언이 타천천의 목 앞에 검을 들이밀었다.

"인내심이 없는 친구를 데려왔네, 녕녕."

타천천은 여전히 눈 하나 깜짝하지 않았지만.

"검을 거두어라."

월요가 명령을 내리자 타천천은 오히려 "응?" 하고 놀란 시늉을 하더니, 푸하하 웃음을 터트렸다.

"뭐야 녕녕. 정말 황제를 데려왔어?"

나는 월요의 눈치를 살폈다. 월요는 타천천의 말에 이렇다 아니다 대답하는 대신 승언에게 지시했다.

"호위들을 주위에서 물려 대화 소리가 들리지 않게 해라."

"예."

승언이 나서기도 전에 이미 주위의 다른 호위들은 거리를 두고 있었다.

대화를 나누어도 다른 사람이 들을 수 없을 만큼 공간이 확보되자, 월요는 그제야 타천천을 바라보았다.

타천천은 생글생글 웃으며 그 모습을 지켜보다가 물었다.

"대체 이게 무슨 일이야, 넝녕? 너무 궁금한데."

나는 눈으로 떡돌이를 가리키고서 말했다.

"여기가 내가 데리고 오겠다는 손님. 나머지는 다 호위."

물론 이 정도는 데리고 올 때부터 알겠지만. 타천천은 미소를 짓고서 월요를 물끄러미 바라보았다.

월요는 가만히 앉아 있다가 타천천과 눈이 마주치자 말을 돌리지 않고 물었다.

"장공주를 고칠 방법을 알고 싶다."

떡돌이…… 굳이 자기가 황제가 아니란 걸 감출 마음이 없구나. 면사는 왜 쓴 거야?

타천천은 잠시 멍하게 떡돌이를 보다가, 뭐가 재미있는지 다시 푸하하 웃음을 터뜨렸다. 몹시 즐거워 보였다. 뭐가 재미있는진 모르겠지만.

하지만 타천천도 굳이 떡돌이에게 '황제시죠?' 하고 정확히 묻진 않았다. 대신 차를 한 모금 마시고서, 사전에 주고받아야 할 법한 대화를 죄다 생략하고 물었다.

"그러면 제가 뭘 받을 수 있을까요?"

월요는 미리 생각해 온 바가 있는지 바로 대답했다.

"사면."

그 덤덤한 목소리에 타천천은 한 대 맞은 표정을 지었다가 다시 으하하하 웃더니, 자기 말고는 아무도 웃지 않고 있자 날 보며 물었다.

"들었어, 넝녕? 날 사면해 주신다네."

난 두 손으로 내 입을 가리고서 월요를 눈길로 가리켰다.

월요랑 얘기해. 난 이 일에 대해선 몰라. 그리고 네가 나한테 '넝녕'이라 부를 때마다 떡돌이 표정이 점점 안 좋아지잖아.

타천천은 방정맞은 웃음을 그치고는 월요에게 물었다.

"제가 장공주 전하를 고치면 절 사면해 주시겠단 말씀이시지요?"

"그래."

"한데 궁금합니다. 제가, 폐하께서 사면씩이나 해줘야 할 그런 죄가 있던가요?"

빈정거린다기보다는 정말로 궁금해하는 말투였다.

잔뜩 흐트러진 타천천과 미동도 하지 않는 월요 사이의 분위기는 물과 불이 부딪히는 현장 같다. 나는 그 사이에서 뿜어나오는 수증기를 뒤집어쓰는 중이고.

월요는 고저 없는 목소리로 또 대답했다.

"많을 텐데."

타천천의 입꼬리가 히죽 올라갔다.

"무엇일까요?"

"그대도 나도 이미 아는 걸 굳이 말해야 할까?"

"제 죄를 말하려면 천빈 마마께서 가짜란 것부터 알려야 하고, 장공주 전하께서 괴물이란 걸 알려야 하지요."

"!"

"두 분이 죄가 없다면, 저도 죄가 없습니다. 아닌가요?"

타천천은 또 소리 내어 웃진 않았지만 지금 미소만으로도 아주 방정맞아 보였다.

"소신은 미천해 아는 게 적지만, 길을 헤집고 다닌 정도는 그렇게 큰 죄가 아닌 건 알고 있답니다."

나는 힐긋 월요의 눈치를 살폈다.

월요는 장공주가 사람들을 죽이고 심장을 먹었을지도 모른단 걸 안 후부터 말이 극도로 적어졌다. 타천천이 앞에서 이렇게 깐죽거리기까지 하

151

니, 그가 속이 뒤집어지진 않을까 싶어 염려되었다.

하지만 월요는 별 표정 변화 없이 무심하게 대답했다.

"어지간히 성군들만 상대했나 보구나."

"!"

그 말에 내내 재밌어하던 타천천이 처음으로 움찔했다. 다행이야. 월요가 타천천과 말을 주고받을 정신이 있나 봐.

월요가 반격하는 걸 보니 이제야 조금 마음이 놓인다. 나는 젓가락을 집어서 앞에 놓인 음식을 소리 내지 않고 조금씩 먹었다.

"하하. 폐하께선 성군이 아니신지요?"

"살해당한 종친들이 사하비단과 접근했단 건 그냥 넘어가려 하는군."

"역시 알고 계셨군요?"

"알면서도 넘어가려 했나."

"혹시 모르실 수도 있으니까요."

타천천 저놈. 대체 무슨 생각이야? 떡돌이가 아는 거라도 종친 살해에 대한 건 그냥 무조건 부정하는 게 낫지 않…….

뭐라고? 종친 살해? 저놈 미쳤나? 황족들을 살해하고 있었다고? 하나 둘 죽인 게 아니야?

저놈 저거, 무림과 관을 동시에 적으로 돌릴 셈이야? 사파들끼리 힘을 모아서 정파놈들이 바싹 날이 서게 만들고도 있잖아? 그런데 한편에선 종친들을 건드려? 젠장. 진짜 무슨 생각이야?

약간 돋았던 입맛이 다시 떨어졌다. 생각보다 일이 더 커지고 있다.

타천천 저놈이 종친들을 연달아 죽이고 있고 그걸 월요가 알고 있단 걸 알았다면 절대로 이 자리를 만들지 않았을 거다.

나는 승언을 보았으나 승언은 온몸을 반짝 긴장하고서 타천천의 움직임만 주시하고 있었다.

하지만 폭탄 같은 발언을 해놓고 월요는 혼자 멀쩡하게 물었다.

"뭘 원하지?"

"사면해 주신다더니요."

"관심 없어 보여서."

"하하."

타천천은 웃으면서 차를 한 잔 마시더니 잠시 바닥을 보았다.

승언 역시 반사적으로 같이 바닥을 보았다. 바닥에 암살 무기라도 있나 확인하려는 모양이다.

타천천은 아무 행동도 하지 않았다. 다시 고개를 들고서 월요를 볼 뿐.

하지만 뜸을 들인 뒤에 나온 소리는 너무나 엄청났다.

"폐하의 목숨은 어떨까요?"

찻잔으로 내가 타천천의 머리를 내려칠 뻔했다. 저절로 월요의 반응을 살피게 되었다. 그러나 월요는 이번에도 별 반응이 없었다.

타천천은 그게 마음에 들지 않는 듯 또 월요를 자극했다.

"누이를 살리기 위해 폐하의 목숨을 주실 수 있으십니까? 폐하의 목숨을 주신다면 장공주님을 천빈 마마만큼 건강하게 만들어 드리지요."

월요는 말없이 타천천을 바라보다가 건조하게 지시했다.

"끌고 가라."

지시가 내려지자마자 곁에 있던 승언이 손짓을 하고, 물러서 있던 호위들이 우르르 몰려들었다.

황제의 그림자들이 타천천을 강제로 일으켜 세웠다. 보통 사람이라면 저절로 겁에 질릴 만큼 무서운 광경이었으나, 타천천은 여유로웠다.

그는 내 예상이 맞는다면 여기서 달아날 정도로는 강할 텐데. 조금도 반항하지 않고 순순히 끌려갔다. 아니, 정확히 따지자면 황제의 부하들을 따라갔다. 그가 떠나간 뒤 남겨진 건 쌉싸름한 공기뿐이었다.

나는 눈치를 보다가 젓가락을 슬며시 내려놓았다.

"이제 어떻게 할 셈이야?"

"어떻게 해야 할까."

"아무 생각 안 하고 끌고 가라 했어?"

"생각은 했다. 그런데 너무 많아."

난 이럴 때 참 곤란해. 뭐라고 위로해 줘야 할지 모르겠어.

"폐하."

"응."

"나랑 비무할까?"

하지만 한바탕 검을 휘두르다 보면 조금 기분이 가실지 모른다.

내 제안에 떡돌이는 주춤하다가 피식 웃으면서 고개를 저었다.

"아니. 되었다."

"폐하."

"응."

"아니야. 아무것도."

타천천을 끌고 가라 하긴 했지만 그가 장공주를 고칠 가능성이 있는 유일한 사람인지라, 떡돌이도 그 이상 손을 대진 못했다.

떡돌이는 고문을 해서라도 타천천을 움직이려 했지만 내가 말렸다.

"고문하기도 전에 자결할 거야. 그러지 마."

떡돌이는 믿지 않으려 했지만 사실이다. 비밀을 간직한 자들은 적에게 잡히면 자결해 버린다. 대의가 커서가 아니라, 그편이 수월하니까.

사실을 털어놓는다고 해도 적이 아량을 베풀어 살려줄 가능성은 적으

니, 고문당한 뒤 입막음 당해 죽을 바에야 그냥 정보를 안 주고 죽어버리
겠단 태도 때문이었다.

떡돌이가 타천천을 자극하면 그는 그냥 죽어버릴 확률이 높았다.

그 상태로 하루 정도가 지난 뒤. 타천천이 아직도 마음을 바꾸지 않았
다는 걸 알게 된 나는 직접 그를 만나러 감옥 안에 들어갔다.

"이야, 넝녕."

타천천은 감옥 안에서도 여유롭게 앉아 있다가 내가 나타나자 웃으면
서 인사했다. 손을 뒤로해 묶고 있는데도 여유로운 태도였다.

떡돌이가 정말로 고문하진 않았는지 몸에 별다른 상처가 생긴 것 같지
도 않고.

내가 가까이 다가가자 그는 안타까워하는 목소리로 말했다.

"인사하고 싶은데 손이 뒤로 묶여서. 손을 못 흔드네, 넝녕."

"안 흔들어도 돼."

"그러면 서운하잖아. 팔을 빼서라도 흔들어줄까?"

"뭐 물어보러 왔어."

"알아. 넌 항상 뭔가를 물어보러 오니까."

내가 가까이 다가가자 먼발치에 서 있던 간수 하나가 간이용 의자를
가지고 다가왔다. 간수가 의자를 감옥 안에 놓아주고 멀리 떨어지자 타
천천이 웃음을 터트렸다.

"몰래 보러온 건 아닌가 봐."

"누구랑 달라서."

"신뢰받고 있구나, 넝녕."

"노력하는 중이야."

"이곳 생활이 마음에 드나 봐?"

타천천은 계속 질문하려는 태세였다. 하지만 나는 대답하는 대신 그를 찾아온 이유를 밝혔다.

"뭘 원하는 거야?"

"뭐가?"

"타천천. 그땐 도망칠 수 있는데도 도망치지 않았잖아. 왜 여기까지 순순히 잡혀 왔어?"

타천천은 나를 물끄러미 바라보더니 고개를 기울이며 웃었다.

"그거 물어보러 왔어?"

나는 고개를 끄덕였다.

"응. 네가 그랬잖아. 폐하의 목숨을 주면 장공주를 치료해주겠다고."

당시에는 너무 놀라서 별달리 생각나는 게 없었는데. 시간이 가시자 타천천이 한 말이 의심스러워졌다. 아무리 생각해보아도 타천천이 떡돌이 목숨을 노릴 일이 없는 탓이었다.

"아니잖아. 너 폐하 목숨 원하는 거 아니잖아."

결국 이 부분을 대놓고 지적하자. 타천천은 빙그레 웃더니 철창 사이로 활짝 웃었다.

"나에 대해 잘 아네, 녕녕."

"뭘 가지면 장공주를 도와줄 거야?"

"글쎄."

타천천은 웃으면서 말을 돌렸다.

"말할 생각이었다면 진작 말했겠지, 녕녕?"

"장공주 전하를 도우면 안 될 이유는 있어?"

"장공주 전하의 동생이 날 여기 가두었잖아, 녕녕."

어쩐지 여기 마주하고 있어 봐야 아무 소용이 없을 거란 생각이 들었다. 결국 나는 그에게 더 묻길 포기하고서 자리에서 일어섰다.

멀찍이 떨어진 간수를 부르기 전. 그가 말했다.

"사모해, 녕녕."

자주 뱉는 말이지만, 이럴 때 뱉으니 정말 어울리지 않는 말이었다.

힐긋 고개를 돌리자 그가 배시시 웃었다.

그 미소를 보다가 나는 전에도 몇 번 한 말을 한 번 더 해주었다.

"네가 아무리 연극을 해도 안 믿어. 갑자기 왜 또 그 말을 하는 건진 모르겠지만…… 어차피 너도 알잖아. 내가 널 믿지 않는 거."

한때, 아주 잠시지만 그가 날 연모한다고 여긴 적도 있었다.

개원이처럼 연인 관계가 된 건 아니지만, 그가 날 연모한다는 착각은 잠시 했지. 아니라는 걸 바로 알게 되었지만.

그 이후로 나는 타천천이 농담처럼 저런 말을 해도 절대로 휘말리지 않는다. 그러고서 이번에는 진짜로 나가려는데 타천천이 다시 말했다.

"내가 원하는 건 황제가 줄 수 없는 거야, 녕녕. 내가 원하는 건 나만이 줄 수 있어."

"뭐?"

"그러니 내게 대가를 주고 장공주를 고쳐달라 해도…… 글쎄. 마음이 움직이지 않아서."

그럼 떡돌이한테도 그렇게 말하라고 반박하려는데, 갑자기 타천천이 슬픈 표정으로 중얼거렸다.

"하지만 네가 날 배신한 건 좀 슬프다, 녕녕."

그 말을 듣는데 아주 조금 양심에 타격이 왔다.

그가 왜 장공주를 고쳐주지 않을 거라면서 황제의 목숨을 달라느니 어쩌니 하는 엉뚱한 말을 뱉는진 모르겠지만, 어쨌건 용고를 먹고 죽은 날 구한 건 실제로 타천천 아니던가.

그러니 나도 비원이 후궁들 사이에서 수상한 짓을 하고 다닌단 걸 알면서도 떡돌이에게 타천천에 대해 함구하고 있었고. 그런데 그걸 딱 정면으로 찌르다니.

"⋯⋯."

말없이 서 있자 타천천은 슬픈 표정으로 고개를 저었다.

"혹시나 해서. 알고 있으라고 말해준 거야, 넝넝."

천년비가 조금 시무룩해진 걸음으로 나가자, 슬픈 빛을 띠고 있던 타천천의 얼굴에 바로 미소가 돌아왔다.

'내 귀여운 넝넝. 누군가의 악행에 꼭 정당한 이유가 있진 않아.'

타천천은 닫힌 문을 보며 생각하다가 얼마 지나지 않아 도로 문이 열리자 기대 어린 눈길로 그쪽을 보았다.

이번에 들어온 건 황제 쪽이었다. 가라앉은 표정의 황제. 면사로 얼굴의 반을 가렸지만 충분히 표정을 짐작할 수 있다.

"번갈아 보네."

타천천은 웃으면서 중얼거렸다. 월요 황제가 창살 근처로 가자 간수가 다시 의자를 가져오려 했다. 그러나 월요 황제는 손을 들어 의자를 가져오지 못하게 했다.

"곧 나갈 거다."

간수가 물러서자 월요는 뒷짐을 지고 타천천을 보았다.

장공주를 고쳐주면 그를 사면해 주겠다는 제안은 월요 입장으로서는 꽤 파격적인 제안이었다.

사하비단에 대한 조사는 착실히 이루어지고 있었고, 곧 정파를 움직여 그들을 몰아낼 것이다. 거기에서 수장인 타천천을 빼주겠단 것이니, 절대로 작은 제안이 아니었다.

그러나 타천천은 그걸 거부했다. 승언과 오원요는 타천천이 그의 목숨을 요구했다며 몹시 분개했지만, 월요 역시 타천천이 정말로 자신의 목숨을 달라고 하는 건 아니라 여겼다.

"화는 좀 풀렸나."

타천천이 그의 목숨을 거론한 건 천년비가 그를 데리고 온 게 화가 나서 그냥 한 말일 것이다. 월요가 느끼기엔 그랬다.

"화라니요."

"짐이 천빈과 나타나서 몹시 화나 보이던데."

"!"

예상대로 타천천은 월요가 천빈을 거론하자 반응을 보였다. 태연하게 미소 짓던 얼굴이 조금 흔들린 것이다.

월요는 그 모습을 물끄러미 내려다보았다.

천년비는 타천천이 왜 자신을 구한 건지 모르겠다고 했다. 그렇다면 답은 하나 아닌가. 타천천이 천년비를 사모하는 것.

월요는 타천천이 평온해 보이는 미소로 돌아가자 다시 입을 열었다.

"화가 좀 가라앉은 것 같으니 다시 묻지. 장공주를 치료한다면, 네가 한 일을 모두 덮어줄 것이다. 아예 없던 일로 해주지. 어떤가."

타천천은 씩 웃으며 대답했다.

"그럼 천빈 마마를 제게 주십시오. 그러면 장공주 전하를 말끔하게 고쳐드리겠습니다."

"헛소리."

월요는 생각할 것도 없다는 듯 바로 대답했다.

천빈도 누이도 모두 소중한 존재였다. 한쪽을 구하기 위해 한쪽을 달라니. 말도 안 되는 제안이었다.

"천빈 마마를 모셔간다고 제가 천빈 마마를 감히 가질 수 있는 건 아닙니다. 그분이 원치 않으시면 전 그분 곁에 갈 수도 없으니까요. 저는 천빈 마마를 후궁에서 풀어달라 요구하는 겁니다."

"!"

"천빈 마마를 풀어주지 않으시면 장공주 전하는 괴물이 되어 결국 돌아가실 겁니다. 게다가 전과 달리, 이번에는 명예까지 망가지겠지요. 하지만 천빈 마마를 풀어주신다고 해서 천빈 마마가 돌아가시진 않습니다. 명예가 잘못되지도 않고요."

타천천이 그럴듯하게 속삭이는 말에 월요의 미간이 점점 찌푸려졌다.

그래도 월요가 그의 제안을 받아들이지 않자, 타천천이 웃으면서 미묘한 말을 뱉었다.

"폐하께선 저번에도 이번에도 공주님을 지키지 못하시는군요."

"!"

"내 부하들이 아직도 수사청에 잡혀 있다고?"

천빈과 황제가 타천천을 찾아 몇 번 오가는 동안, 황후는 자신의 처소에서 초조하게 그녀의 심복 부하들을 기다리고 있었다.

그러나 누명을 쓰고 체포된 게 아닌 부하들은 시간이 지나도 나오기는커녕 소식조차 들려오지 않았다.

"폐하께서는?"

"어디에 나갔다 들어오신 후로 수사청엔 전혀 가지 않으셨답니다."

"기몽 장군은?"

"계속 수사청에서 일하고 있다 합니다, 마마."

황후는 쓰러지듯 긴 의자에 앉았다. 어의는 그녀에게 무조건 안정을 취해야 한다고 말했지만, 도무지 그럴 수가 없었다.

그 탓일까. 목덜미부터 뒤통수 부근이 강하게 욱신거려왔다.

두통을 앓기는 월요는 역시 마찬가지였다.

그가 타천천을 가두어 둔 데서 벗어나 자신의 처소로 돌아오자, 오원요는 그의 무거운 겉옷을 받아주다가 조심스럽게 물었다.

"폐하. 차라리 타천천 그자의 거래를 받아들이시는 게 어떨까요?"

월요가 서늘한 눈으로 바라보자 오원요는 황급히 무릎을 꿇으며 말을 이었다.

"절대로 천빈 마마를 포기하잔 뜻이 아니옵니다, 폐하. 천빈 마마는 강하지 않으십니까. 게다가 그자가 원하는 것도 천빈 마마를 죽여 달라거나 해쳐 달란 게 아니니까요. 타천천의 거래를 받아들이는 척해서 우선 장공주님을 구한 뒤, 천빈 마마를 다시 궁으로 들이시면 됩니다. 말을 잘 한다면 천빈 마마께서도 도와주실지도 모릅니다."

승언은 황제와 오원요를 번갈아 보았다.

오원요의 말도 일견 그럴듯했다. 하지만 승언은 오원요와 생각이 달랐다. 그는 주저하다가 오원요와 반대 의견을 냈다.

"폐하. 천빈 마마께서 먼저 제안하신다면 모를까, 그 일은 절대로 폐하께서 받아들여선 안 될 일입니다. 어쨌든 장공주님을 위해 천빈 마마를 포기하겠단 게 아닙니까. 천빈 마마께 몹시 불쾌할 일입니다. 게다가 그

섬뜩한 자가 천빈 마마가 궁전에서 나가게 되면 무슨 해코지를 하려 들지 모르지 않습니까."

그리고 모두가 각자의 생각에 잠기게 된 늦은 저녁 시간.

여전히 등 뒤에 손이 묶인 채 여유롭게 감옥에 앉아 있던 타천천의 입가에 마침내 만족스러운 미소가 피어올랐다.

"자네가 언제 오나 기다렸지. 용화노."

이윽고 그의 앞에 복면을 써서 얼굴을 가린 커다란 이가 나타났다. 하지만 타천천은 그를 용화노라 확신하는 듯 미소 짓고 있었다.

"아니, 고궐이라 해야 하나?"

복면 사이로 드러난 눈이 찌푸려졌다.

"내가 올 거란 걸 어떻게 알았지?"

"어떻게 안 게 아냐. 자네가 오길 바라고 잡혀 온 거지."

"!"

타천천의 여유로운 태도가 용화노를 어리둥절하게 만들었다.

"그게 무슨 소리지?"

타천천은 눈썹을 치켜올렸다가 용화노의 눈동자를 들여다보고는, 원래 그가 남에게 선을 그을 때 쓰는 말투로 돌아갔다.

"음. 못 알아들으면 됐습니다."

그 태도에 용화노는 기분이 상했지만, 지금은 그의 기분을 챙기러 온 게 아니었다. 그는 장공주에 대해 물어보러 온 것이었다. 그런데 뜻밖에도 타천천이 먼저 장공주에 대해 물었다.

"그래, 우리 장공주님 상태는 어떤가요? 폐하부터 천빈 마마, 그리고 그

쪽까지 이 난리인 걸 보니 좋진 않은 게 분명한데."

용화노의 눈동자가 어두워졌다.

"화내지 않나?"

타천천과 손을 잡기로 해놓고서 그의 비기라 할 수 있는 혼령술과 강시술 일부를 훔쳐내 달아났다. 훔쳤다고 해도 그저 눈으로 보고 필요한 것만 외운 정도이지만.

만약 시간이 조금이라도 넉넉했더라면 그러진 않았을 것이다. 장공주가 상대란 건 몰랐지만, 타천천이 부활을 직접 돕기로 하지 않았던가. 그러나 그렇게 오래 기다리기엔 그와 장공주에겐 시간이 많이 없었다.

타천천은 의외라는 듯 눈썹을 치켜 올리다가 웃음을 터트렸다.

"내가 왜 화를 내나요?"

"……안 난다고?"

"알아서 실험 재료가 되어 줬잖아요. 그런데 내가 왜?"

"!"

"솔직히 내가 만드는 강시들은 다 소중한 강시들이라. 이렇게 극단적으로 실험해 볼 염두도 안 나거든요."

타천천이 방긋 웃는 순간, 용화노는 눈이 뒤집혀 그의 멱살을 잡아챘다. 쾅 소리가 나며 타천천이 창살에 턱을 부딪쳤다.

용화노는 눈을 번뜩이며 그를 노려보았다.

"실험 재료? 실험 재료라고?"

타천천은 한숨을 내쉬었다.

"도둑질도 제가 해. 실험도 제가 해. 화도 제가 내. 이상한 사람이네."

용화노는 그 말에 손에서 힘을 풀었다.

타천천이 옳았다. 장공주를 실험 재료라 표현하는 그에게 화가 난 건 사실이지만, 어쨌든 그녀를 안전하지 못하게 부활시킨 건 자신이었다. 설령 시간이 없었다 해도.

대신 용화노는 창살을 타천천 멱살 쥐듯 꽉 틀어잡고서 장공주의 상태에 대해 자신이 아는 대로 다 이야기했다.

"처음엔 괜찮았다. 완벽했어. 오히려 강시 몸이라 그런가, 힘이 많이 세지기까지 했고. 하지만 시간이 지나자 안색이 창백해지고 자주 어지럼증을 호소했지. 나중엔 살짝 잡아당겨도 팔이 빠질 정도로 몸의 관절이 약해졌고, 쓰러지는 일이 많아졌어. 왜 그런가 이유를 찾아보려 했는데, 어느 날 밤 보았다. 그녀가…… 혼자서 처소를 빠져나가 사람의 심장을 빼먹는걸."

"어휴 무서워라."

타천천이 눈을 빛내며 추임새를 넣었다.

그 태도에 분노한 용화노는 그를 죽일 듯 노려보며 말을 이었다.

"공주는 무공을 익힌 적이 없어. 강시가 된 후 힘이 세졌지만 그뿐이었지. 그러나 처소를 빠져나갈 때 공주의 모습은 평범한 사람 같지 않았다."

"음."

"돌아온 뒤에는 곧장 잠에 빠지더군. 몇 시진을 연달아 자고 일어났을 땐 몸 상태가 처음으로 돌아가 있었어. 그리고…… 다시 되풀이되는 거다. 이게 계속."

"아하."

타천천은 필요 없는 추임새를 계속 넣다가, 용화노가 말을 멈추자 얼른 물었다.

"그거 말곤? 말할 게 없나요?"

"더 있어야 하나?"

"지금 공주 몸 안에 있는 영혼. 공주 영혼은 맞습니까?"

타천천의 질문에 용화노는 그가 왜 이런 질문을 하는지 모르겠다는 듯 인상을 구겼다.

"당연하다."

"진짜요? 아닐 수도 있지 않을까요?"

"일부러 날 모른 척하고 있지만 그녀가 확실해. 본인도 모르게 나오는 사소한 습관이나…… 날 죽이려 드는 것까지. 전부."

그 말에 타천천은 급격히 실망한 표정으로 중얼거렸다.

"이런, 녕녕. 정보 전달이 제대로 안 됐잖아. 다른 사람 영혼이라더니."

타천천은 장공주 몸속에 다른 영혼이 있길 바란 모양이었다. 용화노는 이를 눈치챘지만, 일단 그가 아쉬운 입장이기에 화내는 대신 요청했다.

"장공주를 고칠 방법을 알려다오. 너 외엔 제대로 아는 사람이 없다."

그러나 타천천은 깊게 생각하지도 않고 바로 부정했다.

"안 될걸요."

"안 된다니?"

"장공주 몸이 기본 토대 아닙니까. 그러면 어쩔 수 없답니다. 그 몸 자체가 무너지고 있는걸요."

"!"

"안 무너지려면 그냥 이대로 지내야죠. 시체 처리나 잘해 줘요."

타천천의 가벼운 말에 용화노의 안색이 창백해졌다. 분노 때문인지 심장이 철렁해서인지 스스로도 구별하기 어려웠다.

그 눈빛을 보며 타천천이 혀를 찼다.

"확실한 건 아니지만, 몸이 영혼의 영향을 받을 뿐 아니라 영혼도 몸의 영향을 받는단 사례가 지금 나오고 있답니다. 그러나……."

타천천의 말이 끝나기 전 용화노가 그를 붙잡았다.

"지금이라도! 지금이라도 공주 영혼을 다른 몸으로 옮길 수는 없나?"

"나도 불확실한 분야라서. 확신할 수 없는데요."

"그래도 시도해보면? 강시가 아니라 살아 있는 몸에?"

그 절박한 시선을 보며 타천천이 다시 혀를 찼다. 지금까지 그가 본 사례 중 강시가 되지 않은 '막 죽은' 사람의 몸에 다른 사람의 영혼이 들어간 경우는 딱 두 건이었다.

1번 사례는 이런 경우도 가능하단 걸 인지하게 된 사건이었고, 2번 사례인 천년비도 그가 의도한 건 아니었다. 실패가 만든 성공이지.

타천천은 장공주가 3번 사례가 되어줄 수 있을 거라 기대했다.

그런데 아니라니.

"죽은 자의 영혼을 처음 불러들이는 것도 실패할 확률이 높은데. 다른 몸에 옮기는 거라……. 원래 몸으로 옮기는 거라면 모를까, 원래 몸에서 다른 몸으로 옮기는 거라니 사실 자신 없군요."

"지금보단 낫지 않을까?"

"공주를 다른 몸에 옮기려다 영혼도 몸도 잃기보단, 그냥 공주가 자기가 무슨 짓을 하고 다니는지 모르도록 지켜주는 게 나을 겁니다. 공주가 사람을 공격할 때마다 이성을 잃는 건 스스로를 보호하기 위한 장치일지도 모르니까. 그게 깨지는 순간 어떤 일이 벌어질지 모르잖아요?"

무심하지만 진지해 보이는 말에 용화노의 표정이 일그러졌다.

그때, 문밖에서 무언가 소리가 났다. 간수가 이쪽으로 오는 듯했다.

용화노는 음울한 눈으로 타천천을 바라보다 어둠 속으로 스며들듯 사라졌다.

틈을 보아 감옥을 빠져나간 용화노는 장공주를 찾아갔다.

새로운 희생물을 먹은 그녀는 다시 건강하고 혈색 있는 모습으로 돌아와 있었다.

호숫가에 앉아 손으로 물을 찰랑이다가 이따금 공기를 느끼려는 듯 눈을 감고 얼굴을 든다.

그 모습을 바라보던 용화노의 눈앞에 과거의 기억이 흘러갔다.

"날…… 이용했느냐."

"용서하십시오."

"날 사랑하긴 했느냐?"

공주의 슬픔과 분노는 절제되어 있었다. 그녀의 눈동자는 깊게 가라앉아 있었으나, 그녀는 이성을 잃지도 흥분하지도 않았다. 오히려 조금 슬픈 사실을 대하듯 그렇게 물었다.

그는 주저하다가 같은 말을 반복했다.

"용서하십시오."

거짓 사랑을 한 번 더 속삭이는 건 쉽다. 그러나 어차피 의도가 들통난 판에 사랑을 속삭여 무얼 하겠는가. 차라리 냉정하게 말하고 정을 끊어내자, 그게 낫다고 여겼다.

그 말을 뱉고 그가 그때 뭘 했던가. 그는 자신이 공주에게 일부러 접근했단 게 새어나간 경위를 머릿속을 훑고 있었다.

진실을 아는 건 신뢰할 만한 동생들이었는데. 그중 누가 입을 함부로 열었을까.

머릿속엔 그 생각뿐이었다. 공들인 일이 깨졌다는 생각과 함께.

공주에게 조금 미안한 마음이 들긴 했으나, 그녀는 모든 걸 갖춘 고귀한 여인이 아닌가. 그에게 받은 찰나의 상처 정도는 얼마 가지 않아 잊어버릴 거라 여겼다.

주위에서 볼 수 없는 모습에 잠시 들뜬 마음은, 그녀와 걸맞는 상대가 나타나면 옛 추억으로 스러질 거라고.

사실 일이 새어나가지 않았을 때도 그는 공주의 마음이 언젠가는 다른 곳으로 향할 거라고 여겼다.

그는 저 바닥에 있는 사람, 남들보다 더 늦게 햇빛을 받는 사람이고, 그녀는 누구보다 높은 곳에 있는 사람. 하늘이, 태양이 가장 사랑하는 사람이니까.

그리고 한 시진 뒤. 떠날 준비를 하던 그는 공주가 호수에 뛰어들어 자결했단 이야기를 들었다.

공주를 위로하기 위해 동생이 곁에 있었는데, 공주는 멍하게 서 있다 그대로 물에 뛰어들었다고 했다. 주위에 사람들을 물린 상태라 곁에 있던 건 동생뿐이어서 결국 그녀를 구하지 못했다고.

그 순간. 용화노는 아무것도 생각할 수 없었다. 그는 머릿속이 텅 비어 버린단 느낌을 태어나 처음으로 받았다.

정신을 차렸을 때 그는 공주가 죽은 호숫가에 서 있었다. 호숫가에 비단보가 덮여 있었다. 그 아래로 한쪽 신발이 벗겨진 발이 보였다.

옆에서는 황태자가 혼절하듯 울고 있었고, 궁녀들이 넘어가고 있었다. 그를 본 황태자가 다가와 무어라 했던 것 같다. 무어라 했는진 아직도 기억나지 않는다. 그의 눈에 들어오는 건 그녀의 발뿐이었다.

물속에서 찰랑거릴 때마다 드러났던 발. 그가 두 손에 넣고 간지럽히듯 주물러주면 금세 치마 사이로 도망가던 발.

황태자가 그를 쥐고 흔들었다. 그의 머릿속에 그녀가 사람들을 물리고 동생만 곁에 두었다던 말이 떠올랐다.

그 순간, 그는 어린 황태자를 붙잡고 소리치고 말았다.

"왜 잡지 않았습니까!"

황태자의 표정이 상처로 일그러지는 걸 보았고, 소식을 듣고 온 황제가 붉어진 얼굴로 그를 잡으라 외치는 소리를 들었다.

그는 황태자를 뿌리치고 달아났다.

만약의 사태를 대비해 만들어 둔 피난처까지 왔을 때. 그는 눈물로 앞이 범벅이 되어 아무것도 볼 수가 없었다.

며칠을 그렇게 울고 흐느끼기만 했다. 믿을 수가 없었다. 덤덤하게 자신을 추궁하던 공주가 죽었다는 걸. 자신 때문에, 자신을 향해 환하게 웃던 그녀가 자신 때문에 죽었다는 걸.

그러다가 용화노는 깨달았다. 자신이 만약을 대비해 피난처에 들여놓은 짐 중엔 돈이 될 것이 하나도 없다는 걸.

모두 다 그녀의 손길이, 추억이 닿은 것들뿐이었다.

자신도…… 그녀를 사랑하고 있었다.

- *"날 사랑하긴 했느냐?"*

그녀가 마지막에 한 질문이, 어떤 대답을 해줄까 고르고 고르다 회피해버린 그 질문이 그의 가슴에 칼날처럼 박혀 들어왔다.

"사랑했나 봅니다."

손을 보니 물에 젖은 신발 한 짝이 있었다. 그새 그것만 가져온 게 분명했다. 용화노는 입술을 깨물고 신발을 끌어안았다. 소리 죽여 울어보지만 그녀는 이미 죽은 후였다. 그 때문에.

공주가 사랑 때문에 자결했단 이야기를 숨기기 위해 그녀는 병사로 꾸며졌다. 공주를 기만한 그의 짓거리는 그녀의 체면을 위해 묻혔다.

공주의 장례식 날, 그는 먼발치서 그녀의 장례식을 바라보며 맹세했다.

그녀가 그 때문에 잃은 것들. 그녀가 원래 누려야 했던 모든 삶. 그걸 되찾아줄 거라고. 그리고 그는 평생 그녀의 뒤에서 그녀를 위해 속죄하며 살리라고.

장공주가 고개를 돌리면서 빠르게 스쳐 지나간 용화노의 상념이 깨졌다. 눈이 마주치자 장공주는 이전처럼 맑게 웃었다.

용화노의 심장이 뒤틀렸다.

그녀는 괴물이 아니었다. 그녀를 이렇게 만든 자신이 괴물이었다. 그리고 자신은 그녀를 위해 평생 괴물이어도 괜찮았다.

계속 사람의 심장을 먹어야 한다고?

먹으면 된다. 그녀가 피를 보기 전에 자신이 피를 보면 된다.

그리고 그녀는 이렇게 건강한 모습으로, 더럽고 위험한 것따윈 모른 채 잃어버린 행복을 누려주기만 하면 된다.

하늘에서도 그녀를 탓하진 못할 것이다.

모든 악행은 그가 저지른 것이니.

"물가는 위험합니다. 다른 곳에서 노시지요, 전하."

거기에 장공주가 대답하기 전, 잠시 자리를 비웠던 궁녀들이 오는 소리가 났다.

용화노는 근처의 나무 위로 올라가 몸을 숨겼다.

궁녀들은 물가에 있는 장공주를 보자 반사적으로 흠칫하다가, 서둘러 다가와 그녀를 잡았다.

"이제 들어가시지요. 요즘 살인귀가 돌아다닌다고 해요. 무섭습니다."

"네. 안에서 노세요."

장공주가 궁녀들의 부축을 받아 멀어지는 모습을, 용화노는 눈을 떼지 않고 바라보다가 날카로운 시선으로 수사청을 보았다.

공주를 본 자들을…… 모두 죽이자.

떡돌이 상태를 보기 위해 그의 처소로 갔을 때였다. 문 앞에 오 공공이 보이지 않았다. 승언이도 없었다.

생각해보다가, 떡돌이 별채 뒤에 있는 후원이 생각났다. 떡돌이가 생각할 게 있으면 거기에 틀어박힌다 했지. 혹시 거기서 울고 있지 않을까?

위로해주어야지. 얼른 그쪽으로 가서 전처럼 담을 넘어 들어갔다. 그런데 은신해서 후원 안으로 들어가고 있자니, 나지막한 소리가 났다.

"타천천의 제안은 거절해야겠다."

"폐하!"

"천빈을 후궁에서 내보내면 장공주를 살려주겠다니. ……역시 이건 아니다. 하나를 구하기 위해 하나를 바치는 건 있을 수 없는 일이다."

'타천천이 그런 제안을 했다고?!'

타천천 그 새끼는 나랑 대체 뭔 원수를 졌나. 아니, 원수를 졌으면 날 살리지도 않았겠지. 원수를 진 건 아니야. 원수를 진 건 아닌데 왜 그딴 요구를 해?

걔는 대체 날 사랑하지도 않으면서 왜 사랑하는 척은 그렇게 해대는 거지? 그가 무언가를 연구하고 싶다면 시체가 아니라 자기 자신을 연구해야 한다. 그게 가장 미지의 세계일걸?

"후우……."

한숨이 나오네. 젠장. 이 상황에서 떡돌이가 날 위해 장공주를 포기하면 어떻게 되겠어?

'떡돌아, 감동이야!' 하는 마음은 오래 못 갈 거다. 떡돌이가 날 보면서 이전처럼 편하게 웃을 수 있을까? 내가 미워서가 아니라 장공주에 대한 죄책감 때문에.

날 보면 누이가 생각나니 이전처럼 편하게 올 수 없을 테고, 그런 날이 겹쳐지다 보면 결국 마음이 식어가겠지. 눈에서 멀어지면 마음에서도 멀어지잖아.

나도 뭐. 떡돌이가 그러고 있는데 혼자 가슴 아파하며 "떡돌아, 날 봐줘." 이러고 있을 성격은 아니다. 떡돌이가 날 멀리하면 나도 멀리하겠지.

"……."

좋아. 타천천이 원하는 게 내가 후궁에서 나가는 거야? 아, 좋아, 해주겠어. 나갔다가 다시 들어오면 되는 거 아냐. 아이가 있으니 돌아오기 어렵진 않겠지.

한…… 한 달. 어쩌면 두 달. 이 정도만 후궁 생활을 관두자.

결심이 서자마자 나는 머리 장신구 하나를 빼서 내가 서 있는 곳에 내려놓고 타천천이 있는 특수한 감옥으로 걸어갔다.

내 얼굴을 아는 간수들은 굳이 날 막지 않고 물러섰다.

나는 그들 사이를 지나가 계단을 내려갔다.

타천천이 갇힌 감옥 앞에 멈춰 서자, 그가 동그란 원형 의자에 긴 다리를 쭉 펼치고 앉아 있는 게 보였다.

그 상태로 고개를 숙이고 있던 타천천은, 내가 바로 앞에 서자 천천히 고개를 들더니 환하게 웃으며 나를 불렀다.

"넝녕. 나 보러 왔어?"

저러고 있으면 안 지겹나. 게다가 손이 뒤로 묶인 채 며칠을 보냈는데 어떻게 밥을 먹지? 나는 그의 헛소리를 무시하고 바로 본론을 꺼냈다.

"엿들었어."

"응? 무슨 소리야, 넝녕?"

"내가 후궁에서 나오면 장공주를 고쳐주겠다 했다며."

"응?"

타천천이 눈썹을 치켜 올리더니 히죽 웃으면서 고개를 기울였다.

"누가 그래?"

"네게 그 제안을 받은 사람이 그러겠지."

"그런가."

"그 제안. 내가 받아들일게."

나는 허리를 숙여서 그와 눈을 맞추었다.

"후궁에서 나갈 테니까. 장공주를 고쳐줘."

두 달 나가는 것도 나가는 건 맞지. 암.

타천천의 눈이 더욱 가느스름해졌다.

"승언아."

"예, 폐하."

"저 눈에 잘 보이는 장소에 반듯하게 놓여 있는 커다랗고 무거워 보이는 장신구가 무엇이냐."

월요의 질문에 승언은 눈치를 보다가 얼버무렸다.

"높은 귀족 여인의 장신구 같습니다."

"짐이 천빈에게 깜짝 선물한 장신구 같진 않으냐. 100년 단위로 한 움큼씩만 나오는 귀한 기하석으로 만든 보석 같은데."

하지만 황제가 이미 다 알면서 묻는 듯하자 승언은 결국 솔직하게 대답했다.

"제 눈에도 그리 보입니다."

월요는 보란 듯 바위 위에 놓여 있는 보석 앞으로 다가가 그걸 집었다.

떨어뜨리면 무슨 소리든 소리가 날 게 분명한 장신구. 크고 무게도 나간다. 그런 장신구가 이렇게 잘 보이는 곳에 있단 건, 이 보석의 주인이 일부러 내려두고 간 게 틀림없었다.

월요는 보석을 내려다보다가 흠칫했다.

"천빈이 우리 대화를 들었나 보다."

"대화라면……."

"타천천의 제안."

놀란 승언이 월요를 쳐다보았다. 부담을 느낄까 봐, 일부러 월요는 타천천의 제안에 관해 천빈에게 아예 알리지 않았다. 그런데 천빈이 담을 넘어와서 대화를 듣고 갔다니…….

"무공 고수가 연인으로 있으니 너무 번거롭구나. 틈만 나면 담을 넘으니. 내 그림자들은 그걸 또 못 잡고."

뼈 있는 월요의 중얼거림에 승언이 슬그머니 시선을 피했다.

월요는 장신구를 그대로 든 채 곧장 몸을 돌렸다.

"감옥으로 가자. 제안을 받아들이게 둘 순 없다."

승언과 오원요는 굳은 얼굴로 얼른 황제를 따라붙었다.

감옥 안에 도착하자 간수가 보자마자 바로 알려주었다.

"천빈 마마께서 안에 들어가 계십니다."

월요는 고개를 끄덕이고서 계단을 내려갔다. 그나마 안에 들어가서 아직 나오지 않았다니 다행이었다. 제안을 받아들이고서 일전에 개원과 떠난 것처럼 타천천과 둘이 훌쩍 떠났더라면 붙잡을 수조차 없지 않은가.

'정말 반숙이 너는…….'

월요는 보란 듯 천빈이 놓고 간 장신구를 움켜잡으며 입술을 깨물었다.

천빈은…… 그녀는…… 이걸 자신이 좋아할 거라 생각하나?

누군가를 희생시켜 누군가를 구하는 건 절대로 그가 원하는 선택이 아니었다. 그 자신이 하더라도 싫은 선택을, 천빈이 억지로 하게 만들려 하다니. 최악이지 않은가.

천빈은 배려라고 한 행동이지만 이건 절대로 배려가 아니었다. 월요는 화까지 났다. 처음에는 당혹스러웠지만 점차 당혹스러움이 가시자 그 사이를 분노가 채워갔다. 너무 화가 나서 환청이 들릴 지경이었다.

"이 개새끼!"

그리고 멀리서 보이는, 감옥 창살 사이로 손을 넣어서 누군가를 한 손으로 잡고 다른 한 손으로 뭔가를 잡아당기는 천빈의 환상…….

"?"

환상이 아닌가? 환상치고는 너무 거칠다.

"이 개새끼!"

환청 역시도 거칠다.

월요는 빠른 걸음으로 걷던 걸 멈추고서 눈을 비볐다. 눈을 비비고 내리자, 화가 나서 창살 사이로 누군가를 열심히 공격 중인 천빈이 분명하게 보였다. 그리고 희미하게 보이는 누군가의 머리카락…….

"아야! 넝넝! 내 머리! 내 머리카락!"

"천빈?"

당황한 월요는 총총걸음으로 다가가며 그녀를 불렀다. 그러자 천빈이 휙 고개를 돌렸다. 얼마나 화가 난 표정인지, 평소에는 순하게 축 처진 눈썹이 야차처럼 올라가 있었다.

"천빈? 뭐, 뭐 하는 게냐?"

당황한 월요가 묻자, 천빈은 그제야 손에 쥐고 있던 걸 놓더니 씩씩거리며 이를 갈았다. 그러고는 타천천을 매섭게 노려보며 말했다.

"장공주 고치는 법 모른대!"

월요는 바로 알아듣지 못하고 눈을 몇 번 깜빡이다 물었다.

"뭐?"

"저 자식이 내가 후궁에서 나가면 장공주 전하를 고쳐줄 거라 했다며! 받아들이겠다고 했더니, 모른대! 장공주 전하 고치는 법 모른대! 자기도 못 고친대!"

"!"

월요는 머리가 어지러워서 잠시 아무 생각도 할 수가 없었다.

천빈이 그 제안을 받아들이지 않아 다행이다 싶었지만, 어떤 조건으로도 누이를 고칠 수 없다는 건 충격이었다. 월요가 비틀거리자 승언이 얼른 그를 부축해주었다.

월요는 잠시 멍하게 있다가 곧 천빈보다 더 무서운 얼굴로 타천천을 노려보았다.

"너!"

타천천은 천빈에게 쥐어뜯기던 몸을 뒤로 빼며 난감한 척 웃었다.

"당연히 안 받아들일 줄 알고 한 말인데. 설마 두 분이 이렇게 심각하게 고민한 줄은 몰랐네요."

월요는 머릿속이 하얗게 질려서 타천천을 죽여버리고 싶어졌다. 천빈이 왜 타천천 이야기만 나오면 뚱한 표정이 되는지 이해가 될 정도였다.

저자는 매번 저런 식인가?

그 분노가 밖으로 나오기 전. 타천천은 생글 웃으면서 그들의 분노를 옆으로 돌려주었다.

"대신 공주 전하의 현재 상태를 유지하는 방법에 대해서 알려드리겠습니다. 몸이 허물어질 때마다 심장을 주면 됩니다. 지금처럼."

월요는 다른 충격에 다시 정신이 멍해졌다.

타천천은 그 반응을 즐겁게 지켜보면서 말을 이었다.

"단, 공주 전하가 절대 자신이 하는 끔찍한 일들을 알지 못하게 해야 합니다. 듣자 하니 공주 전하는 심장을 빼먹을 때 이성이 사라진다면서요? 그건 스스로를 지키기 위한 방어기제일 겁니다. 그게 무너지면 어떤 일이 벌어질지 몰라요."

휘몰아치는 충격에 월요는 이를 악물었다. 그러다가 그는 타천천의 말 중 이상한 부분을 알아챘다.

"듣다니? 누구에게 들었단 거냐?"

천빈에게 들었나 싶어 천년비를 보던 월요는 다시 타천천을 보았다.

타천천의 입꼬리가 앞으로 일어날 일을 기대하듯 실룩 올라갔다.

"고궐에게 들었습니다. 그쪽도 공주를 구해 달라고 절 찾아왔었거든요. 바로 여기로."

"!"

타천천이 장공주에게 도움이 안 된다 한들 떡돌이는 여전히 그를 해칠 수 없을 거다. 내가 있으니까. 내게는 도움이 될 테니까.

이 때문에 떡돌이는 그를 노려보기만 할 뿐 확 몸을 돌려 밖으로 나갔다. 나는 타천천을 한 번 쏘아보고서 얼른 그 뒤를 따라갔다.

밖으로 나가자마자 떡돌이가 내게 무어라 말을 할 거라 생각했지만, 그러지 않았다.

그는 내 손을 한 손으로 잡고서 오 공공에게 지시했다.

"오원요. 장공주 일을 비밀에 묻어야 하니, 고궐은 수사청에 잡아둔 목격자들을 다 죽이려 할 거다. 그곳에 사람들을 보내 고궐을 잡아 와라."

목격자들을 구하라……가 아니라 고궐을 잡으라고 지시를 내리네.

게다가 명령을 내리는 눈동자가 흉흉하다.

타천천 말에 분노할 때와는 비교도 되지 않을 정도로.

"대체 내 부하들은 언제 놓아주는 건지."

황후는 긴 의자에 앉아 쓴 탕약을 마시며 중얼거렸다.

어의는 제발 머리 아픈 생각은 더 하지 말고 계시라 말했지만, 그럴 수가 없었다. 그녀의 측근들 중 강한 자들이 통째로 사라졌는데 마음이 편안할 리가 없었다.

무슨 일로 잡혀간 건지, 뭘 목격한 건지 정도는 알아야 하지 않을까?

그들이 범인으로 잡혀간 게 아니라지만 시간이 지나자 불안해졌다.

궁궐에서는 '봐선 안 될 것'을 본 죄로 죽는 이들도 많았다. 혹시 그들도 그런 걸 본 거라면…….

그때. 문밖에서 우당탕탕 무언가 넘어지는 소리가 나더니, 곧 그녀의 장태감이 황급히 안으로 들어왔다.

장태감은 황후의 앞으로 달려와 무릎을 꿇었다.

"무슨 일이냐."

황후는 탕약을 내려놓는 것도 잊고 물었다. 그 표정만으로도 장태감이 전할 소식이 좋지 않단 걸 알 수 있었다.

장태감이 울먹이며 외쳤다.

"황후마마. 수사청에 수감된 이들이 모두 죽었다 합니다!"

손가락에 힘이 쭉 빠지며 들고 있던 탕약 그릇이 바닥에 굴러떨어졌다.

"황후마마!"

한 시진 정도를 기절했던 황후는 깨어나자마자 어의를 모두 무르고 장태감에게 지시했다.

"만약을 대비해서 그자들과의 사이에 정해둔 암호가 있다. 그들이 무언가…… 억울한 게 있다면 암호로 적어 숨겨두었을 거다. 감옥 안 어딘가에 숨기거나 믿을 만한 자에게 맡겼겠지. 수사청에 우리 사람이 하나 있으니, 그자에게 말해 그 쪽지를 찾아와라."

궁에서 일어나는 사건들은 소란스럽지만, 비연궁 내부는 평화롭다.

나 역시 밖에서는 여기저기 뛰어다녔지만, 이 안에서는 최대한 침착하게 시집을 읽으려 노력 중이다.

우리 계란이는 배 속에서부터 아주 온갖 일을 다 보는구나. 괜찮을까?

배 속에 아기가 있을 때는 보기 좋은 것만 보고 듣기 좋은 말만 들어야 한다 했는데. ……타천천한테 개새끼라 하지 말걸.

얼마나 그렇게 후회하고 있었을까.

"황제 폐하 납시오!"

오 공공의 목소리가 밖에서 들려오더니, 떡돌이가 안으로 들어왔다.

나는 침상에서 몸을 기댄 채 고개만 돌려 그를 보았다.

아까 감옥 앞에서 떡돌이는 표정이 별로 안 좋았어. 지금도…… 면사 때문에 입이 안 보이지만 눈은 찌푸리고 있다.

나는 떡돌이가, 내가 자기를 위해서 타천천과 거래한 걸 알면 몹시 감동받을 거라 생각했다.

그래서 일부러 머리 장식도 놓아두고 갔다. 혹시라도 그가 다른 오해를 할까 봐.

그런데 왜 저렇게 표정이 안 좋을까?

괜히 시집을 펼쳐서 그를 곁눈질하고 있자니, 떡돌이는 무거운 얼굴로 침상에 걸터앉아 입을 열었다.

"천빈. 반숙아. ……천년비."

"왜 삼 단계로 나눠서 불러?"

점점 가까워지는 순서냐. 멀뚱히 그를 쳐다보자, 떡돌이가 내 손에 들린 시집을 스윽 가져간다. 뭐야 내 시집은 왜 가져가.

시집을 보다가 다시 그를 보자, 떡돌이가 시집이 들려 있던 내 손에 자기 손을 놓아두며 중얼거렸다.

"네가…… 날 위해서 무언가, 네게 조금이라도 해가 될 행동은 하지 않았으면 좋겠다."

"내가 타변태랑 거래하러 간 거 때문에 그래?"

"그래."

떡돌이의 표정이 가라앉았다.

나는 밝게 웃으면서 당당하게 턱을 올렸다.

"나한테 고맙지 않아? 난 폐하를 위해 그런 행동도 했어."

하지만 떡돌이는 고맙단 말 대신, 나를 착잡하게 보기만 했다. 치켜들었던 턱이 점점 내려갔다. 안 고마운가 보네.

"왜 이렇게 표정이 무거워?"

"말하지 않았느냐. 네가 그런 행동, 하지 않았으면 좋겠다."

"그냥 고맙다 말하고 치우면 안 돼?"

"고맙지 않다."

"!"

뭐 이 자식아? 내가 험악한 표정으로 쳐다보자, 떡돌이는 내 눈썹 끄트머리를 잡고 아래로 꾹 내리며 인상을 찡그렸다.

"전혀 고맙지 않다."

"왜?"

"화가 났다."

"그러니까. 왜?"

"넌. 짐이 짐을 희생해 널 살려주면, 네 기분은 어떨 거 같으냐."

"네 몫까지 열심히 살 거야. 계란이도 잘 기를게."

"!"

왜 저렇게 충격받은 얼굴이지?

이해가 가지 않아 계속 쳐다보았더니, 떡돌이는 한참 만에 한숨을 내쉬고서 내 이마에 자기 이마를 기대었다.

"그래. 짐의 잘못이다. 너는 사상이 좀 유달랐지. 역지사지해보라 해선 안 됐어."

"무슨 소리야 자꾸. 계란이가 이해가 안 된대. 똑바로 말해줘."

"짐은 너와 다르다. 네가 짐을 위해 너 자신을 아프게 한다면, 짐은 고맙게 여기고 힘내서 살지 못해. 짐은…… 무너진다."

"정신머리가 약하구나."

"!"

떡돌이가 두 번째로 충격받은 표정을 짓고서 나를 바라보았다. 자신이 약하다는 걸 인정하고 싶지 않은 모습이었다.

하지만 떡돌이는 황제답게 순순히 인정했다.

"그래. 짐은 정신이 약해. 그래서 그런 걸 견디지 못한다. 그러니까 네가 그런 짓을 하는 건 절대로 짐을 위한 게 아니다. 알았느냐?"

"그럼 앞으로 어떻게 하란 거야?"

"짐을 위해, 아니, 그 누구를 위해서도 널 희생하진 마라."

"내가 하고 싶어도?"

"타천천이 아니라 네가 변태로구나."

"!"

나는 그를 째려보다가, 아까 그만큼 시원하게 인정했다.

"누구를 위해 희생하는 걸 좋아하진 않아. 그냥 폐하를 지켜주고 싶었을 뿐이야. 희생이라 할 것도 없었어. 한두 달 정도 궁 밖에 나가서 살다 오면 된다 여겼는걸."

"그자가 무슨 꿍꿍이를 꾸미는 줄 알고?"

"그런 식으로 생각하면 아무것도 못 해, 폐하."

떡돌이는 내 손을 꼭 잡고서 손등 위에 입을 가져다 대며 중얼거렸다.

"악적 천년비. 악접답게 그냥 네 안위만 신경 써다오. 응?"

"뭐래."

"약조해다오."

"뭐를."

"다음에 짐과 너 사이에서 결정을 내려야 한다면, 널 위해 행동하기로."

"……폐하는? 폐하도 그럴 거야?"

"?"

"폐하도 폐하와 나 사이에서 결정을 내려야 한다면, 폐하를 위해 행동할 거야? 난 그런 거 싫은데."

난 나도 떡돌이를 위해 행동하고, 떡돌이도 날 위해 행동해줬으면 좋겠는데. 떡돌이는 이런 거 싫은가. 하지만 연인이라면 그런 게 아닐까? 내가 너무 큰 기대를 하는 건가?

떡돌이는 나를 잠시 멍하게 보다가, 웃으면서 새끼손가락을 내밀었다.

"약조하마. 짐은, 널 위해 행동하겠다. 너는 짐이 없어도 잘 산다니까."

"떡돌아……."

말이랑 표정이 다른데?

왜 손가락에 힘이 이렇게 꽉 들어갔어?

황후는 이마에 대고 있던 물수건을 집어 꽉 틀어쥐었다. 깨끗한 피부 위로 파랗게 핏줄이 돋아났다.

그녀의 다른 쪽 손에는 수사청에 심어 놓은 사람이 가져다준 측근의 유서가 있었다. 비밀 암호문으로 적어둔 유서가.

황후는 소리를 죽인 채 눈물을 흘렸다.

범인은 장공주입니다.

누군가 우리 입을 막으려 합니다.

처자식을 부탁드립니다.

'범인은 장공주입니다'라는 필체와 뒤의 두 문장은 필체가 달랐다. 세 문장 모두 필체가 달랐다. 다른 때 적혔고, 적을 때마다 위급해지고 있단 뜻일 것이다.

황후는 입술을 깨물고서 어깨를 떨었다. 그들은 아무 죄도 짓지 않았다. 그런데도 살해당했다. 장공주가 살인귀라는 걸 봐버려서!

'황제다.'

황후의 호흡이 점점 무거워졌다.

'황제야. 그가 자기 누이를 지키기 위해 내 사람들을 죽인 거다.'

그녀는 들고 있던 물수건을 집어던졌다.

물수건은 값비싼 화병에 맞아 아래로 떨어지며 산산이 부서졌다.

오랫동안 욱신거리던 머리가 지나친 분노로 오히려 맑아졌다.

황후는 침상에서 일어나며 천천히 호흡을 골랐다.

'내 부하들은 천빈을 따라갔으니, 부하들이 본 건 천빈도 보았겠지. 그러나 죽은 건 내 부하들뿐. 천빈과 황제는 한패일 터.'

그녀의 눈이 차갑게 가라앉았다.

'절대로 가만히 두지 않을 거다. 둘 다.'

"요즘 너무 무서워요, 마마."

하품을 하면서 침상에 드러누워 시집을 읽다 졸다 하고 있는데, 부성이 차를 들고 들어오며 시무룩하게 중얼거린다.

"뭐가?"

안 그래도 지루했던 터라 시집을 얼른 내려놓고서 묻자, 부성은 찻잔을 침상 옆 탁상에 내려놓으며 말했다.

"수사청에서 또 사람들이 죽었대요."

"어이구."

고귈 짓이로구먼.

떡돌이가 고귈을 잡으러 보냈는데. 그전에 먼저 죽였나 보네.

하긴. 고귈이 타천천에게 그 얘길 듣고서도 시간이 좀 지나서 나와 떡돌이가 그쪽으로 갔으니. 고귈은 잡혔을까?

"그나마 마지막 시체는 우리 궁에서 안 나왔으니 다행이지요. 또 우리

궁에서 나왔으면 사람들이 수군거렸을 건데. 그렇죠?"

고켤은 잡혀야 해. 나쁜 놈!

"너무 나빠요."

개시시는 종이를 펼쳐놓고 글씨를 쓰다가 옆을 보았다. 궁녀가 먹을 갈면서 입술을 삐죽 내밀고 있었다.

"뭐가?"

개시시가 웃으며 묻자, 궁녀는 볼이 튀어나와서 또 툴툴댔다.

"천빈 마마요."

"!"

"전에는 우리 소주랑 그렇게 친하게 지내 놓고서. 잘 나갈수록 소주를 모른 체하잖아요."

궁녀의 날카로운 말에 개시시는 말 없이 미소 지었다. 하지만 이전과 달리 궁녀를 말리지 않는 거로 보아, 역시 맺힌 게 있는 듯했다.

천빈이 그녀의 이름을 기몽 장군에게 말하는 바람에 누명을 쓸 뻔했던 일이 아직도 앙금으로 남아 있는데, 그걸 풀지 못한 채 방치하자 응어리가 점점 쌓여간 탓이었다.

"소주는 천빈이 따돌림당할 때 같이 따돌림당하면서까지 편을 들어주었잖아요. 그러다가 가면 사건 때문에 촉비랑도 완전히 틀어졌고요. 그런데 천빈은 소주를 괴롭힌 촉비랑 친하게 지내고……."

"……."

"천빈 때문에 소주는 황후 쪽에도 끼지 못하고 촉비 쪽에도 끼지 못하고 있어요. 너무해요!"

"되었다. 내가 사람을 잘못 본 탓이지."

개시시는 중얼거리고서 다시 글씨를 쓰기 시작했다.

그런데 막 종이를 다 채우고서 붓을 내려놓는데, 밖이 약간 수선스럽더니 황후의 측근 궁녀인 영영이 나타났다.

"개 답응께 인사드립니다."

영영은 개시시에게 인사를 올렸고 개시시는 어리둥절해졌다. 그녀는 황후와 별 접점이 없는데, 왜 갑자기 황후의 궁녀가 찾아왔지?

"무슨 일인가?"

의아해서 묻자 영영이 아무것도 아니란 듯 대답했다.

"황후 마마께서 병상에 계속 있으셨더니 답답하다며, 오랫동안 개 답응을 보지 못했으니 보고 싶다 하십니다."

보고 싶을 사이가 아닐 텐데……?

개시시는 여전히 의아했지만, 황후가 부르는 데 거절할 수는 없었다.

"알았네."

개시시는 대답하고서 궁녀에게 겉옷을 가져오란 눈짓을 했다. 얇은 여름용 겉옷을 걸치고서 개시시는 영영을 따라 황후궁으로 걸어갔다.

황후는 침상에 조용히 앉아 있었다. 언제나 그렇듯 우아하고 조용한 모습으로.

"황후 마마. 소첩을 부르셨다 들었습니다."

개시시가 인사를 올리자, 황후는 웃으면서 고개를 끄덕이고서 영영에게 지시했다.

"개 답응에게 의자를 가져다주어라."

개시시는 영영이 준 동그란 의자에 앉아 황후의 눈치를 살폈다.

쓰러졌다더니. 황후는 아직 안색이 좋진 않았다.

하지만 여전히 모르겠다. 정말로 왜 부른 걸까?

"내가 왜 불렀나, 궁금한가 보구나."

"……황송합니다."

"아니. 궁금할 만도 하지. 우리는 그리 가깝게 지내진 않았으니."

"송구합니다, 마마."

"천빈과 촉비가 가까워지면서 중간에서 떠버렸다지?"

의아한 기분은 황후가 정곡을 찌르는 말을 하자, 놀라움으로 바뀌었다. 그녀는 비수에 찔린 표정으로 황후를 당황해 쳐다보았다.

황후는 아무렇지 않은 얼굴이었다.

친절하지도 쌀쌀맞지도 않은 그런 얼굴.

"저는……."

"그럴 수도 있지. 사람 사이는 다 그런 거 아니겠나."

"예……."

"하지만 처음부터 친하지 않았다면 모를까, 자네와 천빈처럼 친하다가 틀어지면 다시 돌아가기 어려워. 특히 중간에 촉비처럼 둘을 틀어지게 한 원인이 끼어 있다면. 그렇지?"

"네."

"천빈도 천빈의 입장이 있으니 마냥 탓할 수는 없겠지."

"……."

"하지만 이대로는 자네가 안 됐어. 자네는 천빈과 친하게 지내면서 다른 후궁들과는 그리 교류하지 않았잖나."

황후는 모든 걸 알고 있었다.

그녀가 정곡을 계속해 찔러대자, 개시시는 머쓱하게 웃었다.

그래도 황후가 이 틈을 타서 천빈을 욕하는 건 아니어서 마음이 불편하진 않았다. 그저 좀 씁쓸할 뿐.

황후는 그런 개시시를 물끄러미 보다가 본론을 꺼냈다.

"촉비도 있으니 다시 자네가 천빈과 친하게 지내긴 힘들 거야. 그렇지만 궁전에선 독불장군으로 살아남기 어려워. 그래서 자네를 불렀네."

"예?"

"자네가 날 따르겠다 약조한다면, 내가 자네를 지켜주지."

"!"

개시시는 눈을 깜빡거렸다. 이래서 부른 거구나. 하지만 그녀는 여기에 어떻게 대처해야 할지 알 수 없었다.

황후의 제안을 무작정 거절하자니 이젠 황후까지 적으로 돌리게 될 것 같고, 그렇다고 넙죽 받아들이자니 그래도 되는가 싶었다. 하지만 잘 생각해보니 안 될 것도 없다 싶어서, 개시시는 조용히 대답했다.

"따르겠습니다, 황후 마마."

"그래."

황후는 그럴 줄 알았다는 듯, 기쁜 내색 없이 덤덤하게 대답했다. 개시시는 오히려 그래서 마음이 더욱 편해졌다.

'필요에 따라 인맥을 만드는 것도 이곳에서 살아남는 방식이겠지.'

"하지만 개 답응. 내가 답응을 믿어도 좋다는 걸, 그 전에 먼저 보여주었으면 하는데."

"네?"

"심부름 하나만 해주겠나?"

"심부름……이라면……?"

황후가 눈짓하자, 영영이 개시시의 궁녀를 데리고 밖으로 나갔다. 황후는 천천히 상체를 일으켜 앉아 무서운 눈으로 개시시를 보았다.

"궁인들 시체가 대거 발견된 날. 그날은 천빈의 비연궁에 시체가 있지 않았지. 그럴 수밖에. 천빈이 비연궁에 있지 않았으니까."

"네?"

개시시는 놀라서 넘어질 뻔했다.

"혹시…… 설마…… 그 말씀은…… 마마께선 천빈을……."

"아니. 천빈은 범인이 아니야. 범인이라 의심했지만 아니었지. 천빈에게 사람을 붙여서 알게 되었네. 그녀도 오해를 산 거였어."

"아……."

개시시는 안도해서 황후를 보았다.

하지만 여전히 불안했다. 황후는 온수연에 대한 일로 천빈을 싫어할 텐데. 왜 갑자기 두둔하는 것처럼 말하지?

"범인은 장공주라네."

개시시는 벌떡 일어서서 두려운 눈으로 황후를 보았다.

"마마, 그건……!"

"천빈은 입을 다물었네. 자신의 안위를 위해서. 하지만 이대로 있으면 계속해서 장공주에 의한 희생자가 나오겠지."

개시시는 겁이 나서 손이 하얗게 질렸다. 황후는 뭘 원하는 거지? 뭘 시키고 싶어서 그녀에게 이런 이야기를 해준단 말인가.

개시시는 긴장해서 마른침을 삼켰다. 목구멍에 소금이 굴러가는 느낌이었다. 그녀가 천빈과 소원해진 건 맞다. 하지만 개시시는 천빈을 이상한 구렁텅이로 몰아넣고 싶은 마음은 없었다.

게다가 범인이 아니라면서. 범인이 아닌데도 수군거림을 들었으니, 천빈 역시 그동안 마음고생이 심했을 텐데. 아니, 그녀는 황후가 무엇을 원하는지도 짐작이 가지 않았다.

"그런 이야기를 왜 제게 해주시는 건지. 짐작이 가지 않습니다, 마마."

결국 개시시가 솔직하게 말하자 황후가 희미하게 미소 지었다.

"자넨 솔직해. 궁전 안엔 이리저리 돌려 말하는 이들이 많지. 나 역시 그렇고. 하지만 자넨 그러지 않아. 처음 보았을 때부터 자네의 그런 점이 마음에 들었네."

황후가 친척인 온 귀인보다 자신에게 잘 대해준 건 사실이었다. 천빈을 적대하는 분위기에 끼지 못해 결국 황후와 데면데면해지긴 했지만…….

"천빈도 자네처럼 시원스럽고 솔직하지. 폐하께선 천빈의 그런 성격을 좋아하시고. 자네가 천빈보다 먼저 입궁했다면, 폐하의 눈길을 사로잡은 건 자네였을지도 몰라."

"저는…… 아닙니다, 마마."

"예를 들자면 그렇단 거지. 이미 일어난 일 순서를 어찌 바꾸겠나."

"……."

"자네가 솔직하게 말했으니 나도 솔직하게 말해주겠네. 본궁은 폐하께서 묻고 싶어 하는 일을 나서서 들출 마음은 없네. 장공주의 허물을 들추면 폐하께 미운털이 박히겠지. 물론 자네에게 그런 짓을 시키지도 않을 거야. 자네가 내 사람이 될 거라면, 뭐 하러 그렇게 만들겠나?"

"그러면 무엇을 원하시는지요."

"장공주와 천빈은 친하지. 두 사람이 틀어지길 바라네. 자네는 장공주를 찾아가서, '천빈에게 이런이런 이야기를 들었다'며 몇 마디 해주기만 하면 되네. 천빈이, 시체가 여럿 발견된 날 입가에 피를 묻힌 장공주를 보았단 이야기를 했다던가. 그런 식으로."

"!"

"내가 나서면 안 되냐 묻고 싶겠지? 안 돼. 본궁은 장공주를 도우려다 상궁의 실수로 이미 사이가 틀어졌거든. 본궁이 나서면 천빈과 사이가 틀어지는 게 아니라 장공주를 협박하는 모양새가 나버려."

"그렇군요."

개시시는 멍하게 대답했다.

황후의 말이 그럴듯하다고 여기면서도, 여전히 혼란스러웠다.

그런 거라면 황후 아래의 다른 사람에게 시키면 되지 않을까?

아니, 이미 황후 파인 사람이 장공주에게 그런 이야기를 하면 누가 봐도 이간질 티가 난다.

'그렇지만 꼭 내가 이런 걸 해야 할까?'

"천빈과 한때 친하게 지내서 그러나?"

"······예, 마마. 자연스럽게 멀어지긴 했지만 혼자 조금 원망할 정도이지, 피해를 주고 싶진 않습니다."

"장공주와 사이가 틀어지는 정도로 천빈에게 큰일이 생기진 않을 거야. 천빈은 누가 뭐래도 폐하의 장손을 낳게 될 귀한 몸이 아닌가. 반면 장공주는 귀한 몸이지만 그것뿐이지."

황후의 말에 개시시는 제정신을 차리기 힘들었다. 그녀는 이런 모략이나 암계에 익숙하지 않았다.

"이 정도도 못 해준다면······ 우린 한배를 타기 어려우니 돌아가게."

"마마!"

"한배를 탔으면 그 배를 지키고 앞으로 나가기 위해 모두가 힘을 합쳐야 하지. 후궁들만이 아니야. 심지어 본궁도 마찬가지지. 본궁의 힘으로 본궁의 사람들을 지켜야 해. 그런데 자네는 손끝 하나 까딱하지 않고 배에 오르기만 하겠다고? 유감이지만 자네가 원하는 게 그런 거라면, 자네는 파벌 없이 지내는 게 낫겠군."

"마마, 저는······."

"이 정도도 못 해주는 동료를 우리가 믿을 수 있겠나?"

개시시는 얼굴이 하얗게 질려서 제 신발 끝을 쳐다보다가 가까스로 애원했다.

"생각할······ 시간을 주세요."

개시시는 홀로 멍하게 생각에 잠겼다. 어떻게 해야 할까.

황후는 '원하지 않으면 관두라'고 했다. 관둘 수는 있을 것이다. 하지만 이걸 계기로 개시시는 황후 측에게도 적으로 여겨질 것이다. 그런 은밀하고 사적인 이야기까지 다 들어 버렸지 않은가.

'천빈에게 이 이야기를 하면……'

그렇더라도 황후의 적이 되는 건 마찬가지겠지. 오히려 박쥐 취급을 받을지도 몰라.

사정을 다 아는 개시시의 측근 궁녀는 걱정스럽게 개시시를 바라보았다. 친정에서부터 따라온 시녀이기에, 이 측근 궁녀는 개시시가 이런 일을 불편해하는 걸 알고 있다 보니 지켜보는 것만으로도 마음이 아팠다.

"어떻게 해야 할까?"

결국 개시시가 묻자, 측근 궁녀가 어렵게 입을 열었다.

"일단 황후 마마가 시킨 일을 해야 합니다, 소주. 그대로 따르지 않으면 황후 마마께 밉보일 거예요. 천빈은 폐하께서 보호해주시지만, 소주께선 아니잖아요. 황후 마마께 밉보이면 궁전에서 생활하기 힘들어집니다."

"그러면 천빈은……."

"앞으로 황후 마마가 또 무슨 일을 시킬지 모르지만, 지금은 황후 마마 말씀이 맞아요. 이 일만으로 천빈이 곤란해지진 않을 거예요. 공주님과 틀어질 뿐이죠. 일단 이 일을 한 다음 적당히 상황을 보면서 황후 마마와 거리를 두던가 계속 곁에서 지내던가 판단해야 합니다."

"괴롭구나."

"소주, 천빈 마마께선 소주께서 누명을 쓸지도 모를 상황이었는데도 바로 수사청에서 소주 이름을 말했단 걸 잊지 마세요."

측근 궁녀의 말이 옳다고 여긴 개시시는 차분한 옷으로 바꿔 입고 장공주를 찾아갔다.

"개 답웅 아닌가."

장공주는 자신의 처소 연못가에 있다가 개시시를 반갑게 맞아 주었다.

"개 답웅이 날 찾아오다니 신기하군."

장공주는 얼른 들어오라며 개시시를 데리고 방 안으로 들어갔다.

"그래, 무슨 일로 날 찾아왔는가?"

개시시는 불안감에 자꾸 말려 들어가는 어깨를 가까스로 펴고서 침착하게 입을 열었다.

"실은 이상한 이야기를 들어서…… 공주님께도 말씀드려야 할 듯해 왔습니다. 그게 옳은 거 같아서요. 하지만 제가 이 이야기를 드렸단 건 비밀로 해주세요."

장공주는 웃음을 터트렸다.

"무슨 일인지도 말하지 않고 비밀로 해달라고?"

"무슨 말씀을 드리든 비밀로 해주세요."

"무슨 말을 하려고 그러는가. 무서운데."

장공주가 웃는 사이, 그녀의 궁녀인 치월이 찻잔을 가져와 두 사람에게 놓고 물러났다.

개시시는 따뜻한 찻잔을 두 손으로 꼭 쥐고 망설이다가 가까스로 입을 열었다.

"실은 시체가 많이 발견된 날에요."

시체 이야기에 장공주의 얼굴이 어두워졌다.

"아아. 그래. 그 날. 그 날이 왜 그러나."

"……천빈이 밖에서 장공주님을 보았다고 해서요."

"난 그날 밖에 나가지 않았는데."

"천빈 말론…… 공주님이 입가에 피를 묻히고 있었다 했습니다."

"내가?"

"예."

장공주는 웃음을 터트렸다.

"무슨 그런. 천빈이 뭔가 잘못 본 거겠지."

"네. 천빈도 어두워서 확신할 수는 없다 말했습니다. 그래서 누구에게
도 말할 수가 없다고요."

"하지만 자네에겐 얘기했군."

"!"

"둘이 친한 사이인가?"

"저는……."

"전에 보니 별로 안 친해 보이던데."

개시시가 입꼬리를 어색하게 올리자, 장공주는 무슨 일인지 알겠단 표
정으로 웃었다. 개시시가 이간질을 하는 거라 여기는 투여서, 개시시는
얼굴에 열이 올라왔다.

황후가 무서워 어쩔 수 없이 오긴 했지만 저런 시선을 받자 몹시 부끄
럽고 억울했다. 그녀도 이런 짓은 하고 싶지 않았다. 게다가 자신이야 그
렇다 쳐도, 장공주는 수많은 궁녀와 태감들을 죽인 살인귀가 아닌가!

"장공주님이 아니라고 하시니 아닌 거겠지요. 천빈에게도 그 이야기를
전해주겠습니다, 전하. 천빈도 안심할 거예요."

"그래. 꼭 전해주길 바라네. 몸이 불편해 배웅은 하지 않겠네."

개시시가 인사하고 나가자, 장공주는 혀를 찼다.

194

그녀는 후궁들의 일에 간섭하지 않았지만, 돌아가는 정황을 아예 모르진 않았다. 특히 천빈은 태후가 아끼는 후궁이기도 해서, 몇 가지 이야기는 태후에게도 들었다.

태후는 천빈이 원래는 개 답응과 친했는데, 좋지 못한 일에 같이 얽히면서 사이가 멀어졌다고 했다. 이후로 천빈은 다른 후궁들과 가깝게 지냈고 개 답응과는 데면데면하는 것 같다고, 둘이 오해 때문에 사이가 벌어져 안타깝다고 말했다.

'그런데 천빈에게 그런 이야기를 들었다고 내게 말해봐야……'

장공주는 고개를 젓고서 남은 차를 마시다가, 치월을 부르려 했다.

그러다 문득 장공주는 며칠 전, 자신이 잠들기 전에 입은 옷과 깨어난 후 입은 옷이 바뀌어 있었단 게 떠올랐다. 그날이 하필 그 시체 여럿이 발견된 날이었다.

"……설마."

혹시나 하면서도 장공주는 치월을 부르는 대신 찻잔을 들고 그녀를 찾아갔다. 그 생각을 하자 심장이 거세게 뛰어서, 걸으면서 잠시 마음을 달래기 위해서였다.

그런데 찻잎을 모아 두는 창고 쪽에서 치월과 유월이 소곤거리는 목소리가 들려왔다.

"천빈이 뭔가 봤다고?"

"그래, 개 답응이 분명 그런 이야기를 하는 거 같았어."

"설마…… 그럴 리가 없어. 천빈은 그때 자기 처소에 있었다 했는걸. 그래서 천빈이 그간 사건에 대한 누명을 벗었잖아."

"직접 보든 측근이 보든 누가 본 거 아니야? 장공주님이 온통 피범벅이되어서 방에 계시는 걸 보고 우리도 얼마나 놀랐어."

장공주의 눈이 커다래졌다. 이게 무슨 소리지?

"넌 장공주님이 정말 그 일과 관련이 있다고 생각해?"

"아니. 장공주님이 무슨 수로 그 수많은 사람들을 해치겠어? 목격자거나 그러시겠지."

"하지만 피가…… 입가에 묻어 있었잖아."

"입가에 묻은 게 아니라 입가에도 피가 튄 거야."

"어쨌든 천빈이 그런 이야기를 하고 다닌다면 조심해야 해."

장공주는 더 듣지 못하고 황급히 자신의 방으로 돌아왔다. 그녀는 찻잔을 아무 데나 내려놓고서 비틀거리며 긴 의자에 쓰러지듯 앉았다. 그러나 심장이 거세게 뛰어서 감당하기 어려웠다.

이게…… 이게 무슨 소리지? 사건이 있던 날, 자신이 피투성이가 되어 돌아왔다니? 게다가 정말로 입가에 피가 묻어 있었다고 한다.

그 생각을 하는데, 갑자기 머리가 지끈거리며 아파왔다. 그리고 욱신거리는 통증 사이로 무언가 사람들의 놀라는 표정이 나타났다 사라졌다.

다들 괴물을 보듯 이쪽을 바라보고 있었다. 그리고…….

'아아. 머리가 아파. 머리가 너무 아파.'

"타천천이 사라졌다고?"

월요는 상소문을 읽다가, 특수 감옥의 간수가 급히 보고한 일에 놀라 시선을 들었다.

"예, 폐하."

"어쩌다가?"

"창살도 그대로이고, 손을 묶어둔 줄도 그대로인데 대체 어떻게 된 영문인지 모르겠습니다. 누군가 빠져나가는 걸 본 사람도 없습니다."

"……잡혀 온 게 아니라 잡히러 온 거였나."

월요는 미간을 찡그리고 중얼거렸다.

"수배령을 내릴까요?"

타천천이 천빈의 몸 상태에 대한 열쇠를 쥐고 있을지도 모르기에, 월요는 쉬이 결정하기 어려웠다. 게다가 이쪽에서 타천천을 수감해 넣으려 하면, 무림인들은 관이 무림에 관여하려 든다 여겨 자기들끼리 똘똘 뭉칠지도 모른다.

타천천을 무력으로 잡아 온다면 그건 관이 아니라 또 다른 무림인이 해야 할 일이었다.

그런데 한참 월요가 이 일을 이야기하는 도중이었다. 또 다른 태감 하나가 다급히 안으로 달려오더니, 사색이 되어 외쳤다.

"폐하! 폐하! 장공주님께서 갑자기 미, 미!"

"똑바로 말하라."

"미치신 것 같습니다! 무차별로 사람들을 공격하며 다니십니다!"

"!"

무리하지 않는 선에서 무공 훈련을 하고 있을 때였다.

누군가 다가오는 소리가 나서 움직이던 걸 멈추고 소리 나는 쪽을 보자, 일부러 군데군데 세워 놓은 굵은 기둥 너머로 귀자가 나타났다. 다급한 얼굴로.

"무슨 일 있어?"

그 표정이 의외라 묻자, 귀자가 지척까지 다가와서는 떨리는 목소리로 말했다.

"마마. 지금 장공주 전하께서 미쳐 날뛰고 계신답니다."

"응?"

이게 뭔 소리야? 장공주가 미쳐서 날뛰다니. 아니 그보다 황족을 두고 미쳐 날뛴단 표현을 써도 되나?

멀뚱히 쳐다보다 "그렇게 말해도 돼?" 하고 묻자, 귀자가 울상을 지었다.

"욕하는 게 아니라 진짜로 날뛰고 계십니다. 뭔가 상태도 이상해요."

"상태가 이상하다니?"

"모르겠습니다. 돌아다니면서 무차별로 보이는 족족 사람들을 죄다 공격하고 계신답니다!"

"뭐?"

이게 무슨 소리야? 설명을 들었는데 오히려 더 놀랍다니.

"폐하는? 알아?"

"네, 그쪽에 갔다가 들은 얘깁니다."

"아니, 대체 어떻게 된 거야?"

"그걸 누가 알겠습니까!"

타천천이 한 말이 떠오른다. 장공주가 절대로 자기가 저지르는 짓을 알지 못하게 하라 했지. 그건 장공주가 스스로의 이성을 지키기 위한 방어 기제일지도 모른다고. 자신이 하는 짓을 알면 어떻게 될지 모른다고.

혹시 장공주가 뭔가 알아냈나? 어떻게? 떡돌이가 마음을 바꿔서? 떡돌이는 고궐을 잡아 치울 생각을 하면 했지, 장공주 건에 관해선 아직 결정을 못 내린 거 같았는데?

"미치겠네."

"마마까지 그러지 마세요, 무섭습니다!"

어떻게 된 건진 모르지만 일단 중요한 건 장공주가 진실을 알았고, 타천천이 경고한 일이 벌어졌단 거겠지.

대체 어느 정도로 이성이 사라진 건진 모르겠지만…… 무차별로 공격하며 다닐 정도면 아예 이성이 없다고 봐야 하지 않나.

"일단 나가보자. 옷부터 갈아입고, 아니, 그냥 이대로 나가야겠어."

"예?"

"장공주가 날뛰다가 나한테 올지도 모르잖아. 이 옷이 그나마 덜 치렁거린단 말이야."

"싸우시려고요?"

"위험하면 싸워야지 별수 있어?"

"마마, 마마께선 회임하셨습니다! 싸울 게 아니라 최대한 그 자리에서 벗어나셔야지요! 아니, 가지 마세요! 위험합니다!"

귀자는 단호하게 말렸지만 나는 그를 지나쳐 뛰어갔다.

장공주의 몸은 평범한 몸이 아니야. 몸이 약해질 땐 건드리기만 해도 팔이 빠질 정도로 약해지지만, 튼튼할 땐 그냥 강시 몸이라고.

물론 싸울 사람들이 많은데 내가 나서서 싸우진 않을 거다.

하지만 내가 나서면 진정시킬 수 있는 일을 나서지 않다가 피해를 키우기도 좀 그렇잖아?

"마마! 마마!"

귀자는 울상을 지으면서도 결국 나를 따라왔다.

"어디야? 위치가?"

"저도 모릅니다. 본궁 근처에서 소식을 들은 거니까요."

"금룡궁 주위일지도 몰라. 거기서 출발했을 거니까. 그쪽으로 가보자."

"마마!"

그곳에서 소란이 발생했으리란 예상은 그대로 맞아떨어졌다.

그쪽으로 다른 위병들 역시 우르르 달려가고 있던 것이다.

하지만 장공주는 이미 그 자리에서 벗어난 건지, 도착한 곳엔 장공주는 없고 부상을 입고 바닥을 구르는 이들뿐이었다.

게다가 위병들은 또다시 다른 쪽으로 뛰어가고 있어서, 나도 방향을 바꾸어 그곳으로 뛰었다.

"마마, 지금이라도 돌아가시지요!"

귀자가 외치자마자 멀지 않은 곳에서 짙은 피 냄새와 비명이 들려왔다. 우리는 얼른 골목길을 돌아 그곳으로 갔다.

"이런."

골목길과 골목길이 만나 넓은 공터가 조성된 그곳은 상황이 아주 가관도 아니었다.

장공주는 피투성이 옷을 입고 있었는데, 표정이며 눈빛부터가 평소의 따뜻한 눈빛이 아니었다. 그렇다고 차갑거나 서늘하지도 않아.

장공주는…… 아무 감정이 없어 보였다. 움직이는 바위처럼 말이다.

게다가 나쁜 상황은 장공주가 날뛰는 것뿐만이 아니었다.

"잡아!"

"무기를 뒤로 돌려라!"

"검날을 뒤로해!"

위병들이 장공주를 말리기 위해 달려들긴 하지만, 감히 장공주에게 검날을 들이밀지못하는 데 있었다. 문제는 저들이 검을 들고 장공주에게 달려들어도 장공주를 이길까 말까 한 상태란 거.

강시 몸인 장공주는 병사들이 검을 뒤집은 채 주춤주춤 달려오면 가차 없이 그들을 공격했다. 병사들은 점점 더 부상을 입었고, 바닥에 쓰러져 구르는 이들 숫자도 한없이 늘어갔다.

"마마, 뒤로 가 계십시오. 위험합니다."

상황을 본 귀자가 내 팔을 잡고 세지 않게 당겼다.

몹시 다급한 목소리였다.

"마마께 괜히 이 얘기를 해드렸습니다. 제발 들어가세요."

그때, 자기를 공격하는 이들과 다른 어조의 목소리를 눈치챈 듯 장공주가 힐끗 우리 쪽으로 고개를 돌렸다.

그러고는 바로 이쪽에 오려는 걸, 한 무리의 검은 복면인들이 달려들자 방향을 바꿔 다시 그들과 대치했다.

'떡돌이 그림자들이구나.'

나타난 복면인들이 모두 무공을 사용하는 걸 보니 승언이 같은 자들인 모양이었다.

복면인들이 장공주를 상대할 동안, 병사들은 쓰러진 동료들을 끌고 벽으로 붙었다. 몇몇은 부상이 심한 이들을 골목길 사이로 데려가 현장에서 떨어뜨렸다.

그림자들 중 앞으로 나선 이들은 검이나 다른 무기를 쓰지 않고 주로 권법을 익힌 이들이었는데, 그 덕택에 날붙이를 함부로 휘두를 수 없던 병사들보다 훨씬 효율적으로 장공주를 상대했다.

그러나 이조차 툭 튀어나온 누군가에 의해 가로막혔다. 나타난 이는 그림자들과 거의 구별이 되지 않을 정도로 흡사한 차림새였다. 심지어 얼굴에 입 쪽을 가린 복면을 쓴 점까지도.

이 탓에 그림자들은 툭 튀어나온 이가 자기들의 동료라고 여긴 게 틀림없다. 툭 튀어나온 이가 뒤에서 검을 찔러넣을 때까지도 등을 보이고 있던 걸 보면.

"큭!"

등을 찔린 이가 황급히 검을 뒤로 하는 사이, 그자가 상대하던 장공주가 무시무시하게 손을 휘둘러 그자를 공격했다.

다른 그림자들과 합세해 장공주의 시선을 돌리는 사이, 툭 튀어나온 이는 그 그림자들을 공격해댔다.

'고궐!'

그 가짜 그림자가 누구인지, 나는 그자의 무공을 보고 알아차렸다.

고궐이었다. 고궐과 세 번 겨루어 본 적이 있어서 안다.

내가 내 무공을 숨기고 싸우듯 그도 자기 무공을 감추고 싸울 수 있을 텐데. 상황이 급해서인 듯 고궐은 그러지 않고 자기 무공으로 그림자들이 장공주 공격하는 걸 막았다. 그러면서도 장공주가 자신을 공격하는 것도 막아야 했다.

귀자도 그걸 눈치챈 건지 작게 속삭였다.

"마마, 저자. 그림자와도 장공주님과도 한패가 아닌가 본데요?"

"장공주 전하는 지금 이성이 없어."

장공주가 이성을 잃을 때 곁에 있었으면 고궐이 뭔 수를 써서도 잡아 뒀을 듯한데. 아무래도 고궐이 자리를 비웠을 때 일이 터졌나 봐.

고궐이 끼면서, 가까스로 균형을 맞추는가 싶던 장공주와 그림자의 싸움은 그림자들에게 불리해지기 시작했다.

날붙이를 쓰지 않고도 장공주와 싸울 수 있긴 하지만, 그림자들 역시 장공주를 온 힘을 다해 상대하긴 어려운 모양이었다. 반면 장공주나 고궐은 전혀 봐주지 않고 그림자들을 잡아 죽이려 하니까.

"누이!"

그러다가 어느 길목에서 떡돌이가 뛰어나오며 외쳤다. 그도 소식을 듣고 장공주가 어디 있나 찾으러 돌아다니다 온 모양이었다.

"누이!"

월요는 장공주를 보더니 더욱 경악해 그쪽으로 달려갔다. 뜻밖에도 월요가 부르자 장공주가 처음으로 멈칫했다.

'목소리를…… 알아듣는 걸까?'

"누이."

월요도 눈치챘는지 멈춰 서서 아까보다 또렷한 목소리로 장공주를 불렀다. 장공주를 상대하던 그림자들도, 심지어 고궐까지도 행동을 멈추고 장공주와 월요를 지켜보았다.

면사 위로 드러난 월요의 눈가가 약간 반짝였다. 장공주 상태를 보고 눈물이 고인 듯했다.

"누이. 제발 그만 해요. 내가…… 내가 도와주겠습니다."

월요는 피투성이가 된 장공주를 보는 게 괴로운 듯 절박한 목소리로 중얼거렸다.

놀라운 건 장공주가 계속 움직이지 않고 있단 점이었다. 이성을 잃어도 동생의 목소리는 들리는 걸까?

나는 숨도 제대로 쉬지 못하고 장공주와 떡돌이를 번갈아 보았다. 장공주가 지금은 가만히 있지만, 혹시라도 다시 날뛸까 봐 걱정이었다.

그러나 장공주는 떡돌이가 앞으로 다가갈 때까지 움직이지 않았다.

"오오."

그걸 본 누군가가 작게 탄식했다. 장공주가 이성을 잃은 와중에도 자기 형제를 알아보는 게 감명 깊다는 듯.

그러나 누군가의 탄식이 섞이는 순간. 모든 동작을 멈추고 가만히 월요를 바라보던 장공주가 눈 깜짝할 사이 월요를 향해 손을 휘둘렀다.

"폐하!"

"폐하!"

승언과 다른 그림자가 거의 동시에 장공주의 양팔을 공격했다. 아까와 달리 조금도 손에 힘을 빼지 않고.

오 공공은 무공도 안 익혔으면서 용기를 짜내 월요의 허리를 안고 무작정 뒤로 당겼다.

그 모습을 보다가, 나는 골목길 반대편으로 돌아서 월요가 있는 곳으로 갔다. 장공주 앞을 가로질러 갔다간 대번에 시선이 집중될 테고, 장공주가 날 향해 달려들면 그림자들이 내 쪽까지 신경 써야 해서 상황이 기울어버리니까.

"폐하."

내가 다가오자 월요는 가슴 부근에 손을 대고 있다가 "천빈." 하고 힘없이 나를 불렀다.

스치듯 맞은 것 같았는데. 뜻밖에도 월요의 손바닥에는 피가 흥건했다. 생각보다 상처가 깊게 난 것 같았다.

나는 작게 외쳤다.

"폐하! 피가 많이 나요!"

"귀자야."

"네, 폐하!"

"천빈을 처소로 데려가 호위해라."

그러나 월요는 내게 말을 거는 대신 귀자에게 지시해버렸다.

"네, 폐하."

귀자도 이때다 싶은지 다시 나를 잡아당겼고.

"가시지요, 마마. 상황은 그림자들이 해결할 겁니다. 예?"

월요는 내게 왜 여기 있냐던가 하는 말을 하지 않았다. 귀자에게 날 데리고 돌아가란 말만 할 뿐이었다.

오 공공 역시 내게 청했다.

"돌아가시지요 마마. 상황이 좋지 않지만 곧 해결될 겁니다!"

월요의 부상 때문에 안색이 창백하게 질려 있으면서도, 다들 내게 왜 여기 있냐고 묻지도 않고 일단 돌아가라고들 한다.

나는 다시 앞을 보았다.

그림자들과 고궐, 장공주 사이의 대립은 여전히 계속되고 있었고, 그림자들은 여전히 밀리고 있었다.

그 모습을 보다 나는 월요를 보았다.

그는 입술을 꽉 깨물고 있었다. 뭘 해보기도 전에 다쳐서 나서지 못하기 때문인지, 아니면 뛰어난 무공 실력을 감추고 있지만 차마 누이에게 손을 댈 수가 없어서인진 모르겠다.

어쨌든 그는 이러지도 저러지도 못하는 것 같았다.

더불어 황제의 하나뿐인 동복 누이를 상대해야 할 그림자들도.

나는 귀자의 손을 뿌리쳤다.

"마마?"

그러고서 떡돌이에게 무어라 말하는 대신, 그를 건너뛰어 곧장 장공주와 고궐을 향해 뛰어들었다.

그림자들은 고궐의 공격을 피해 장공주를 잡으려다가, 허공에서 내가 날아오자 다급히 양옆으로 피했다.

그 덕택에 나는 장공주와 고궐의 사이에 완벽하게 착지했고, 망설임 없이 내 독문무공인 천수비로 고궐과 장공주의 옆구리를 내리쳤다.

내공을 진탕시키는 수법이라서인가. 강시인 장공주는 내공이 없어서인지 끄떡도 하지 않았다.

반면 무림인인 고궐은 피를 토하면서 바닥을 몇 바퀴 구르더니, 눈을 부릅뜨고 나를 쳐다보았다.

"너는……?!"

29장

이러고 사라지지 마

"말 잘하네. 아플 텐데."

"네가…… 너는……."

고궐이 뻥긋거리는 걸 보니, 내가 천년비라는 걸 알아본 모양이다.

하긴. 내 천수비에 저놈이 맞은 횟수만 벌써 네 번이다. 못 알아보면 저놈은 무림 고수 자리를 내놓아야 한다. 대신 무림 멍청이 자리를 내어줄 수 있다.

자기가 사랑하는 연인을 두 번이나 괴롭게 한 걸 보면 이미 그 자리에 발을 얹고 있는 것도 같지만.

"어떻게? 어떻게 네가 여기 있지?"

"어떻게 여기 있긴. 본궁은 마마니까 여기 있지."

"마마?"

자기도 부마가 될 뻔했으면서 되게 기막힌 표정을 짓네. 고궐은 나를 멍하게 바라보다가 어깨를 떨며 작게 웃었다.

"그래. 이제야 모든 수수께끼가 풀리는군. 그래서 강했던 거였어."

후궁인 천빈이 강한 걸 보고 이상하게 생각하긴 했나 보다. 그러니 경계한다고 내 처소에 시체도 가져다 두고 했겠지만.

어쨌건 지금은 고궐과 대화나 나누고 있을 때가 아니었다. 나는 그와 말을 더 섞는 대신, 장공주가 뒤에서 나를 향해 강시 팔을 휘두르는 순간 몸을 숙여 피하고서 자세를 낮게 잡아 그녀의 다리를 최대한으로 강하게 가격했다.

장공주는 살짝 휘청하다가 옆으로 무너지듯 휘청였다. 다행히 단번에 그녀의 다리를 부러뜨린 모양이다.

거의 같은 정도의 힘으로 나는 장공주의 다른 쪽 다리까지 부러뜨렸다. 미안해요, 장공주. 그런데 아마 시체 몸이니 복구는 될 거예요.

어쨌든 이러지 않고서는 장공주가 날뛰는 걸 말릴 수 없으니까. 아무리 장공주가 이성을 잃고 날뛰어도, 다리 두 개가 다 부러졌는데 뭘 어떻게 할 수는 없었다.

그녀가 바닥에 엎어지자 누군가 참담하게 "전하." 하고 중얼거렸다.

그림자들이 저 쪽수로 장공주를 해치지 못해서 당한 건 아니다. 최대한 피해를 적게 주고 잡으려니 저렇게들 당한 거지. 그런데 내가 다리부터 부러뜨려 버리자 다들 경악한 듯했다.

고궐은……

"죽이겠어!"

내가 장공주의 다리를 부러뜨리자, 눈동자에 핏줄이 새빨갛게 서서 덤벼들었다.

하지만 내 급습에 이미 내공이 한 번 전체적으로 진탕한 뒤라, 그는 원래의 실력을 다 발휘하지 못했다.

달려드는 그의 턱을 다리를 높게 들어 걷어차고, 다시 몸을 반 바퀴 돌리며 가슴을 차자 고궐이 한 번 더 피를 토했다.

그는 증오스럽단 눈으로 나를 노려보았으나, 이 상황에서 그가 할 수 있는 건 없었다.

고궐이 달아나자, 그림자들은 다리가 부러져 쓰러져 있는 장공주를 황급히 제압하기 시작했다.

장공주가 더 사람들을 해치지 못하게 손을 뒤로 해서 꽁꽁 묶고, 그러다가 또 풀렸지만. 하여튼 몇 번 시도한 끝에 가까스로 손을 묶은 다음 부상자들을 수습하기 시작했다.

그러다가 한 번씩 내 쪽을 묘한 시선으로 힐긋거렸다. 아무래도 다 무공을 익힌 이들이다 보니, 내가 한두 달 반짝 무공을 익힌 솜씨가 아닌 걸 알아차린 듯했다. 상당히 강하다는 것도.

월요 근처에도 이미 수많은 그림자들이 달라붙어 있었다. 그들도 내가 가까이 다가가자 호기심과 경탄이 섞인 시선으로 내게 꾸벅꾸벅 고개만 숙여 인사를 올렸다.

"정말 강하군 천빈."

그런데 황후는 대체 언제 와 있던 거야? 아깐 분명 없었는데.

"아주 강해. 언제부터 그리 강했을까."

구체적으로 대답하진 않아도 되겠지?

"태교를 열심히 받았어요, 마마."

"태교? 태교를 잘 받고 나오면 고강한 무인이 태어나나?"

"그럼요. 그래서 저도 열심히 태교하고 있어요, 마마. 조기……"

내가 조기 이야기를 습관적으로 꺼내려 하자, 지쳐서 쓰러져 있던 떡돌이가 갑자기 엄청난 소리로 기침하기 시작했다.

아, 그래. 떡돌이가 그 조기랑 이 조기가 다르다고 했지.

다행히 떡돌이가 기침해대자 황후도 내 태교엔 더 관심이 없는 듯, 떡돌이를 살피고 있었다.

"괜찮으십니까, 폐하?"

"괜찮소."

"상처가 심합니다."

하지만 떡돌이는 괜찮단 말을 하자마자 기절해 버렸다. 전혀 안 괜찮구나! 얼굴을 면사로 가려놔서 제대로 안 보였어!

"폐하!"

황후가 놀라서 황제를 부르고, 주위 그림자들도 소란스러워진다.

나도 황급히 그쪽으로 달려가 떡돌이를 부축하려 했으나, 내가 가까이 가기 전에 황후가 손을 젓더니 날 보며 말했다.

"천빈은 회임했으니 이런 부상을 보는 게 좋지 않아. 충분히 무리한 것 같으니 돌아가거라."

"이미 다 봤는데요?"

"그러니 지금이라도 덜 봐야지. 귀자."

"네, 마마."

"천빈을 비연궁으로 데려가 쉬게 해라."

어…… 떡돌이 상태가 괜찮은가 나도 보고 싶은데. 황후의 명령이 떨어진 상황에서 귀자가 지시를 안 따르는 것도 이상했다. 그랬다간 상명하복이 될 테니.

"천빈. 들어가라 했다."

재차 떡돌이 곁으로 가려 했지만, 황후는 단호하게 내게 선을 그었다.

"회임한 천빈이 여기 있으면 폐하께도 폐가 되는 걸 모르느냐."

귀자가 내 쪽을 보며 살짝 고개를 저었다.

오원요를 보자 그 역시 나를 향해 고개를 살짝 저어 보였다.

'물러서란 뜻인가?'

결국 나는 오원요에게 "나중에 폐하의 처소로 직접 가겠네." 말하고 돌아섰다.

뭐…… 그래. 데려가서 치료해주겠지.

떡돌이가 깨어나면 날 찾을 테니 그때 보자.

부성과 원웅은 내가 귀자와 함께 어슬렁어슬렁 들어가자 기겁해서 달려왔다.

"마마!"

"세상에 어디 가셨던 거예요!"

"밖에 난리가 났다는데 마마께선 없으시지 귀자도 없지, 소인들이 얼마나 놀랐는지 모릅니다."

"그 난리 난 데 다녀왔어."

"예?!"

부성과 원웅의 얼굴이 충격에 빠져들었다. 귀자는 두 사람에게 나중에 얘기해주겠단 신호를 보내고서 내게 물었다.

"일단 씻고 쉬시지요, 마마. 회임한 몸으로 너무 무리하셨습니다."

"폐하는……."

"본궁에서 사람이 오면 바로 깨워드리겠습니다."

황제를 근처의 가장 가까운 궁으로 옮긴 뒤, 오원요는 어의란 어의를 모두 불러모아 황제를 진료하게 했다.

어의가 황제를 진료한 뒤 상처를 소독하고 약을 바르고 붕대로 싸맬 동안, 황후는 초조하게 그 모습을 지켜보다 물었다.

"폐하께선 어떠신가?"

"외상을 입으셨으나 다행히 뼈나 장기에 문제가 생기진 않았습니다. 약을 잘 바르고 치료하면 괜찮으실 겁니다."

"다행이구나."

"예. 소인이 탕약을 조제해 드릴 터이니, 깨어나시면 세 시진마다 탕약을 드시게 하십시오, 마마."

어의가 물러나자, 오원요가 슬그머니 황후의 눈치를 보다 물었다.

"황후 마마. 천빈 마마께서도 많이 염려하고 있으실 텐데. 천빈 마마께도 폐하 상태를 알려드릴까요?"

"되었다. 걱정할 테니 깨어나서 폐하께서 찾으시면 그때 알려라. 회임하였는데 이런 일에까지 신경 쓰게 할 순 없지."

황후의 말은 천빈을 염려하는 것처럼 들려서, 그게 사실이 아니란 걸 알면서도 오원요는 재차 같은 질문을 하기 어려웠다.

무엇보다 잠시지만 황제가 의식이 없는 상황에서, 궁을 통솔할 사람은 황후와 태후가 아니던가.

"예, 마마."

오원요는 허리 숙여 인사하고서, 복도에 선 그림자 하나에게 슬쩍 눈짓하며 입 모양으로 '태후 마마'라고 말했다. 태후도 슬슬 소란을 듣고 상황을 알아내려 하고 있겠지만, 이쪽에서 먼저 제대로 알리는 게 나으니까.

"그대도 나가 보게."

황후는 오원요도 나가게 한 뒤. 황제와 둘만 남자 걱정스러운 표정을 지우고서 황제를 물끄러미 내려다보았다.

밖에서 장공주가 소란을 피운단 이야기에, 그녀는 측근들이 붙잡는 것도 뿌리치고 밖으로 달려 나와 보았다. 장공주가 소란을 피우는 게 혹시라도 개시시와 관련이 있는 건 아닌지, 대체 무슨 일인지 확인해야 했다.

만약 장공주가 개시시의 말을 듣고 난동을 부리는 거라면 이 일이 자신에게도 불똥이 튈 수 있으니까. 그렇게 해서 보게 된 광경은…… 상상 이상이었다.

수많은 병사와 그림자들이 쓰러져 있고, 황제 역시 가슴에 부상을 입은 상태였다. 장공주는 단순히 난동을 부리는 수준이 아니라 아예 이성이 없어 보였으며, 그녀와 싸우는 건 천빈이었다.

'천빈이 무공을 익힌 적이 있나?'

물론 황제가 천빈의 청으로 무림인 하나를 불러와 무공을 가르치게 한 일은 그녀도 알았다. 그렇지만 고작 몇 개월 배우고서 그렇게 강해질 수 있나? 그림자들이 달라붙어도 이기지 못하던 그 '복면 쓴 수상한 자'와 장공주를 대번에 제압할 정도로?

하지만 황제도 오원요도 그림자들도 그 모습을 그리 이상하게 보진 않은 걸 보면 가능한 일일지도 모른다. 그녀는 무공에 대해 아는 바가 없으니, 사실 이 부분은 단정 짓기 어려웠다.

그렇지만 천빈은 장공주의 다리를 부러뜨렸다. 이 일은 과연 어떨까.

'일단 장공주를 만나 봐야겠다. 그녀가 개 답응에 대한 이야기를 할 만한 상태인지 아닌지 확인해야겠어.'

"잘 자는구나. 넌 정말 짐이 없어도 잘 살려나 보다."

나지막한 목소리에 저절로 번쩍 눈이 떠졌다. 나는 상체를 일으키고서 주위를 둘러보았다. 아무도 없어. 하지만 떡돌이가 웃으면서 말 거는 소리가…… 들린 거 같았는데.

"원웅. 원웅."

"네, 마마."

장막을 들추며 부르자, 원웅이 당직을 서고 있다가 얼른 다가왔다.

"무슨 일이세요? 목이 마르세요? 따뜻한 물을 가져다드릴까요?"

"아니. 저기, 폐하 목소리가 들린 거 같아서."

"폐하요?"

"혹시 폐하가 오셨어?"

"아니요. 안 오셨어요, 마마."

"그래⋯⋯."

"네. 염려 말고 주무세요."

그런가. 하지만 정말로 떡돌이가 곁에서 말하는 것 같았는데. 게다가 그 목소리. 정말로 실감 넘쳤어.

나는 원웅을 내보내고서 정신을 집중해 주위에 인기척을 살폈다. 하지만 떡돌이로 여겨지는 인기척은 없었다. 숨어 있는 기척은 귀자 정도뿐.

"꿈인가."

떡돌이가 다치는 모습을 보고 제대로 상태를 확인하지 못해서 이런 꿈을 꾸나 봐.

⋯⋯아무래도 내일은 황후가 말려도 찾아가 봐야겠어. 오원요라도 내게 살짝 언질을 주겠지.

다음날. 나는 씻고 옷을 입은 다음, 대충 아침 식사를 끝내고서 밖으로 나섰다. 그런데 비연궁 밖으로 나가려고 보니, 문 앞에 수많은 병사들이 진을 치고 있는 게 아닌가.

"무슨 일이냐."

황당해서 묻자, 병사 중 하나가 꾸벅 인사하고서 말했다.

"어제 좋지 않은 일이 있어 궁 안이 어지럽고 위험하니, 천빈 마마를 지키란 명이 있었습니다."

"폐하가?"

"아니요. 황후 마마께서 내리신 명이십니다. 폐하께서는 어제 일로 부상을 입어 병상에 계십니다."

어제 일이 있긴 했지만 다 해결이 됐을 텐데?

"폐하를 보고 와야겠다."

나는 병사에게 비키라고 손을 내저었다. 그러나 웬걸. 병사들은 자기들끼리 시선을 주고받으면서도 비키지 않았다.

"안 비키네? 왜 안 비키지?"

내가 묻자, 그들은 당혹스러운 표정을 지었다. 아까 내게 대답한 병사가 다시 대답했다.

"죄송합니다, 마마. 황후 마마께서, 천빈 마마께서는 위험하다고 말려도 듣지 않고 돌아다니시니, 절대로 나가지 못하게 막으라 하셨습니다."

"그럼, 지키는 게 아니라 가둬두라 한 거네?"

"아닙니다, 마마. 절대로 그런 게 아닙니다. 황후 마마께선 천빈 마마를 위해……."

밤에 꿈인지 환상인지 모를 떡돌이의 목소리가 겹쳐지며 상황이 안 좋단 확신이 들었다. 떡돌이가 아직 의식을 못 찾았구나. 떡돌이가 깨어 있다면 황후가 이런 명령을 내릴 수 없어.

떡돌이 상태가 많이 안 좋은가? 판단을 내리자마자, 나는 내 주특기를 발휘해 피를 토해냈다.

"감히 나를 가두…… 허어억!"

"악! 마마!"

"감히 회임한 마마를 이렇게 만들다니!"

"마마! 마마!"

"마마나 아기씨가 잘못되면 다 당신들과 황후 마마 탓이야!"

내가 왈칵 피를 뱉으면서 비틀거리자, 원웅과 부성은 비명을 지르면서 병사들을 향해 비난을 퍼부었다.

이를 본 병사들도 사색이 되어 외쳤다.

"어의를 불러와라! 빨리!"

"이게…… 대체 왜 이럴지……."

"허어 참. 난감하군."

"으음. 대체 어쩐 연유로……."

어의들이 내 맥을 짚을 때마다 이런 소리만 하자, 나를 가로막던 병사는 사색이 되어 그들을 재촉했다.

"아니, 왜 자꾸 '어허 어허' 소리만 내십니까. 예? 천빈 마마께서 많이 안 좋으십니까?"

"그게 말일세. 참. 어허."

어의들로서는 당황스러울 것이다. 내 맥이 약하긴 하지만 그거야 늘 그랬으니까. 갑자기 피를 한 움큼 토해대는데, 원인이 없으니 의아하겠지.

뭘 마시고 피를 토했을 땐 뭘 마셔서 그런 거라 하면 되겠지만, 이번에는 가만히 있다 피를 토하지 않았던가.

그리고 날 가로막던 병사들은 그걸 보면서 더욱 곤혹스러울 거다. 덮어쓸까 봐 염려되고 그러겠지.

그 모습을 보다가, 적당할 때쯤 나는 부성의 팔을 잡고 거기에 이마를 기대며 힘없이 속삭였다.

"부성. 부성. 나 폐하를 뵙고 싶다. 아니면 죽을지도 몰라. 아까 너무 놀라서 그런가 봐."

"으흐흐흐, 마마!"

부성은 연기하는 게 아니다. 진짜로 내가 피를 토해서 놀란 거다. 몹시 당황한 부성은 날 보면서 울다가, 나중에는 병사에게 삿대질까지 했다.

"마마께서 잘못되시면 다 당신들 탓이야! 내가 폐하께 꼭 이걸 다 고할 거라고!"

이렇게 됐는데 뭘 어쩌겠는가.

결국 병사는 다른 병사에게 황급히 지시했다.

"얼른 상황을 알려라!"

"예!"

태후는 월요 황제의 이마를 따뜻한 천으로 닦아주며 연신 눈물을 흘렸다. 황후는 그 모습을 바라보며 초조하게 숨을 들썩였다.

월요 황제에게 복수할 마음이 있긴 했으나, 그가 이대로 죽는 건 그녀 역시 바라지 않았다.

그녀에겐 후사가 없었고, 천빈은 아직 아이를 낳지도 않았다. 이대로 황제가 붕어하기라도 한다면, 그녀는 아무 힘도 쓸 수 없었다.

아이가 태어난 상태라면 자신이 지금이라도 억지로 데려와 기르겠다고 하면 되지만, 아직 아이는 천빈의 배 속에 있지 않은가.

이 상황에 황제가 죽는다면, 천빈은 분명 태후가 데려가 꽁꽁 보호해 둘 것이다. 그러다 무사히 아이가 태어나면 그 아이는 여아든 남아든 단 하나뿐인 황손으로서 갓난아기라도 황제 자리에 오르겠지.

태후와 천빈이 교육시킬 테고, 아이가 클 때까진 태후가 수렴청정을 하겠지. 아이가 다 커서 수렴청정이 끝나면 천빈은 황제의 친모가 되어 극

진한 대접을 받을 것이다.

천빈은 정치에 별 관심이 없으니, 태후와 대립할 일도 없다. 그녀 역시 적모로서 태후가 되긴 하겠지만, 과연 태후와 천빈의 손에서 자라 그녀를 몇 번 보지도 못할 아이가 그녀를 태후로 대해 줄까?

게다가 온씨 가문과 천씨 가문은 사이도 좋지 않은데, 권력을 잡은 천씨 가문이 온씨 가문을 그대로 두고 보려 할까?

그때, 문이 열리며 오원요가 와서 알렸다.

"태후 마마. 황후 마마. 천빈 마마께서 지금 각혈까지 하시며 폐하를 뵙고 싶어 하신다 합니다."

"뭐라?"

황후는 놀라 물었다.

"각혈이라니?"

"폐하를 뵙고 싶다 했는데 병사들이 막자, 충격을 받아 토혈하셨답니다. 의원 말로는 걱정이 지나쳐 몸에 충격을 준 것 같다 합니다."

그 말에 황제의 이마를 닦던 태후가 깜짝 놀라 외쳤다.

"그러면 얼른 데려오너라! 아가가 얼마나 놀랐으면!"

그 놀란 아가가 당신 딸 다리를 부러뜨렸습니다. 황후는 속으로 생각했다. 천빈이 미친 장공주와 그 정체 모를 복면인 상대하는 모습을 태후가 보아야 했는데.

어쨌든 지금은 태후에게 '천빈은 무공 고수이니, 그렇게 연약한 병아리처럼 대할 필요가 없다' 알릴 때가 아니었다.

"태후 마마. 지금 천빈을 데려오는 건 안 될 일입니다."

황후는 침착하게 끼어들었다.

"무슨 말이냐. 천빈을 데려오면 안 된다니?"

"사람이 놀라서 토혈하다니요. 어쩌면 병이 있는 건지도 모릅니다. 폐하께선 깨어나지도 못하고 계시는데. 폐가 될 겁니다."

황후는 논리적으로 침착하게 말했으나, 태후는 대번에 되물었다.

"그러다 천빈까지 쓰러지면 어떻게 하려고."

"어의들이 곁에 있게 하면 될 겁니다. 침착하시지요, 태후 마마."

"아니, 천빈을 데려와야 한다. 어쩌면 폐하께서 지금 깨어나지 못하시는 건 소중한 사람의 목소리를 못 들어서일지도 몰라."

태후의 말에 황후의 표정이 굳었다. 그 말은, 황후 자신은 소중한 사람이 아니라 황제가 못 깨어난단 뜻 같지 않은가.

태후는 그렇게까지 생각하고 한 말이 아니었다. 그녀는 그저 황제가 천빈을 가장 총애하고 사랑하니, 데려와 목소리를 들려주면 사랑의 힘으로 깨어날 수 있을지도 모른다고 생각했을 뿐이다.

하지만 황후에겐 태후가 지나치게 편애하는 걸로 여겨져 섭섭했다.

"태후 마마께서 그리 말씀하시면 어쩔 수 없군요."

황후는 그렇게 중얼거리고서 오원요에게 지시했다.

"천빈을 데려와라."

"예, 황후 마마."

피를 몇 번 더 내는 건 일도 아니지만, 피가 모자라기라도 하면 정말로 계란이에게 문제가 생길지도 모르기에 이후로는 피를 더 토하지 않고 배위에 두 손만 올리고 침상에 기대어 앉아 있었다.

얼마나 그러고 있었을까. 마침내 문이 열리며 오원요가 나타났다.

"천빈 마마!"

오원요는 안으로 들어오다가 나를 보더니 심란한 표정으로 외쳤다.

"태후 마마와 황후 마마께서 천빈 마마를 모셔오라 하십니다."

표정을 보니 오원요도 떡돌이를 챙기느라 날 잊은 건 아니구나. 아무래도 오원요 역시 내게 누구를 보낼 수 없었나 보다.

짐작대로, 가마를 타고 이동하는 도중 오원요가 작게 알려주었다.

"폐하께서는 아직 의식을 찾지 못하셨습니다, 마마. 황태자가 없다 보니, 이런 상황에선 황후 마마께서 주위를 통솔하게 되십니다. 마마께 사정을 알리고 싶었지만……."

"아네. 못 나가게 막더라고. 말은 보호인데 감시였네. 오 공공도 비슷한 처지였겠지."

내 말에 무거운 표정의 오원요가 입술을 거의 움직이지 않고 말했다.

"폐하께서 깨어나시면 바로 해결될 겁니다. 너무 갑갑해 하지 말고 계셔야 합니다, 마마."

"폐하 상태는 어떤가?"

"외상은 심하지 않으신데 이상하게 못 깨어나십니다."

"독이라거나……."

"아니요. 그쪽도 몇 번이나 조사했지만 아닙니다."

대화를 나누는 사이, 어느새 가마가 어느 건물 앞에서 멈추었다. 평소 떡돌이가 쓰는 건물은 아니었다.

그 안으로 원웅의 부축을 받아 들어가자, 오원요가 얼른 안쪽으로 안내해주었다. 그렇게 해서 들어간 방 안에, 떡돌이는 침상에 누워 있었다.

그 곁에는 황후와 태후 마마가 앉아 있었는데, 내가 들어가자 태후 마마가 다가와 내 손을 붙잡으며 손등을 토닥거렸다.

"천빈, 이럴 때일수록 마음을 굳게 잡고 건강을 챙겨야지."

태후 마마는 나를 위로했지만, 그러는 태후 마마야말로 표정이 굉장히 어두웠다.

그렇겠지. 딸은 갑자기 미쳐서 감금되어 있고, 아들은 그 딸에게 맞아 의식을 못 차리고 있으니. 태후야말로 지금 사태에 가장 미칠 것 같은 처지겠지.

"폐하는 괜찮으실 거예요."

나는 태후 마마를 덩달아 위로하고서 침상 곁으로 갔다. 떡돌이는 정말로 잠든 것처럼 누워 있었다. 금방이라도 눈을 뜨고 장난스럽게 인사할 것처럼.

나는 손을 들어 그의 뺨을 쓸었다. 하지만 떡돌이는 눈꺼풀 하나 깜짝하지 않았다. 그러다가 이불 아래로 그의 까칠한 붕대가 스치듯 닿았다.

슬쩍 이불을 내리자 그의 가슴을 돌돌 싼 붕대가 드러났다. 어제 내가 본 부분, 그 자리에 붕대를 감아 놨구나.

그러고 있자니 문득 타천천이 떠오른다. 혹시 떡돌이. 부상이 커서가 아니라, 장공주에게 당할 때 뭐가 잘못되어서 이러고 있나?

"……."

"천빈?"

내가 황제의 부상 위에 손을 올리고 가만히 있자 태후 마마가 걱정스레 물었다.

"왜 그러느냐?"

나는 손을 내리고서 태후 마마에게 슬쩍 운을 떼 보았다.

"저, 실은 태후 마마. 폐하께서 살짝살짝 만나시던 어떤 그, 어의 아니고 외부 의원이 있어요."

의원이 아니라 강시술, 혼령술을 쓰는 찝찝한 놈이지만 일단 의원이라 하자. 솔직히 말씀드리면 태후 마마가 기겁하실 테니.

"의원?"

황후도 날 돌아보고 오원요도 날 돌아본다. 혹시 오원요가 눈치 없게 여기서 '그런 거 없습니다'라고 할까 봐 신경 쓰였지만, 다행히 오원요는 눈치가 아주 좋고 빨랐다.

"네, 그런 사람이 하나 있습니다, 태후 마마."

태후 마마는 놀라 외쳤다.

"오 공공, 그러면 진작 얘기했어야지!"

"송구하옵니다, 태후 마마. 하지만 그자의 행선지는 폐하와 천빈 마마 께서만 아셔서요. 그 행선지에서도 못 만나기 일쑤라 들었습니다. 소신이 뭘 알겠습니까."

오원요가 잘 둘러대 준 덕에 태후 마마는 다시 나를 쳐다보며 황급히 물었다.

"천빈, 그자가 어디 있지? 얼른 사람을 보내 그자를 데려오자. 그자에 게 부탁해 폐하를 보아달라 하자."

내가 무어라 말하려는데, 이번에도 오원요가 나서주었다.

"태후 마마. 그자는 변덕이 심하고 몹시 까다로워서, 다른 사람들이 찾 아오면 아예 도망가 버립니다. 게다가 자기 행선지가 알려지면 그때부턴 아예 연락을 끊고 다른 곳으로 가 버리지요. 폐하나 천빈 마마께서 직접 가지 않으면 가도 못 찾을 것입니다."

나는 얼른 고개를 끄덕였다.

어쩔 수 없었다. 사하비단이 황제의 골칫거리라는 건 이미 온 관리들 이 다 알걸. 그런 상황에서 사하비단의 수장을 찾아와야 한다고 했다간 난리가 나겠지.

내가 직접 가야 한단 이야기에 태후 마마는 쉬이 대답하지 못했다.

"천빈이 직접 가면 위험하지 않을까? 천빈은 오늘 각혈까지 했는데."

가만히 있던 황후 역시 끼어들었다.

"저도 반대입니다, 태후 마마. 어의가 아닌 자에게 폐하를 치료하게 하다니요. 그자가 누구인 줄 알고요. 그런 자가 있다면, 천빈 뿐만 아니라 다른 사람들도 함께 가서 신원을 확인하고 데려와야 합니다."

태후 마마가 날 보았지만 여기서 내가 할 말이 뭐가 있겠는가. 그냥 가만히 있자, 황후가 이번에는 나를 차갑게 질책했다.

"천빈. 마음이 급한 건 알겠지만 미신을 동원하고 그러면 안 되네."

미신 아닌데.

태후 마마도 내가 직접 수상쩍은 자를 데리러 가는 건 좀 아니다 싶은지, 슬퍼하며 중얼거렸다.

"우선 상태를 보면서 결정하자. 천빈, 너까지 위험하게 둘 순 없다."

이거 참. 곤란하네. 몰래 빠져나가야 하나.

황제가 의식을 못 찾는 상황에서 장공주에 대한 일은 자연스레 뒤로 미루어졌다. 하지만 그녀에 대한 두려움은 그대로 남아, 연신 주인 없는 자리로 상소문이 올라왔다.

특히 장공주의 괴력과 이성 잃은 면모를 직접 본 이들은, 장공주가 감옥을 부수고 나올 것까지 염려했다.

이를 지켜보던 황후는, 마침 잘 됐다 싶어서 직접 장공주를 보러 갔다. 하지만 장공주는 여전히 이성이 없었다.

이에 황후는 '장공주 입에서 개 답응에 관한 일이 나오진 않겠구나' 싶어서 안심하고 공표했다.

'장공주에 대한 처분은 폐하께서 정하실 터이지만, 장공주가 왜 저렇게 되었는지는 조사해야겠다. 장공주가 갑자기 이성을 잃은 이유를 안다면 찾아오라' 는 내용이었다.

그런데 일을 그렇게 마무리 짓고 마음을 놓으려는 찰나. 뜻밖에도 장공주의 궁녀 치월이 직접 그녀를 찾아와 보고했다.

"황후 마마. 장공주님이 왜 저렇게 변하신 건지는 소인도 확실히 모르지만, 변하시기 전 가장 마지막에 뵌 분은 개 답응이었습니다."

치월이 돌아간 후. 황후는 초조해졌다.

개 답응이 조사를 받으면서 '황후 마마가 시키는 대로 했다'고 하면 순식간에 그녀까지 연루될지도 몰랐다.

실제로 장공주는 그전부터 이미 살인귀였지만, 그걸 아는 사람은 쓰러진 황제와 이미 죽은 황후의 심복들, 그리고 황후 본인, 천빈 정도뿐이지 않은가.

사람들은 개 답응이 황후의 이름을 꺼내면, 그녀와 개 답응이 장공주를 미치게 만들었다고 무작정 의심할 터이고 불똥이 튈 게 뻔했다.

초조해하던 황후는 심복 둘을 불러 지시했다.

"개 답응이 조사받기 전에 죽여서 입을 막아라. 그녀는 분명히 이 일을 내 탓으로 돌리려 할 거다. 그리고 너는 천빈의 처소 근처에 있다가, 그녀가 무공으로 몰래 빠져나오거든 뒤를 쫓아라. 분명 폐하를 고칠 의원을 찾으러 가는 걸 테니. 찾거든 반드시 먼저 데려와야 한다. 천빈이 아니라 우리가 폐하를 구해야 한다. 알았느냐?"

"귀자야. 잘 들어. 난 지금 밖에 나갈 거야. 폐하를 깨울 약을 구해와야겠어."

이런 상황이 되어 보니 실감 나게 느껴진다. 내가 아무리 떡돌이랑 싸우고 할 때가 있더라도, 어쨌든 나랑 같이 계란이를 지켜줄 수 있는 건 떡돌이 뿐이란 걸. 계란이에겐 황후의 권력보다 더 큰 떡돌이의 권력이 필요했다.

"그러면 제가 망을……."

"어허. 무슨 소리. 아니야."

"예?"

"넌 비연궁에 남아. 남아서 누가 날 보러 오면 막아. 누가 날 보려 하거든 말해. 내가 지금 충격 때문에 몸 상태가 너무 안 좋아서 죽은 듯 자고 있다고."

귀자 표정이 안 좋네. 싫은가 봐. 싫어도 어쩔 수 없어. 해야 해.

"더 중요한 할 일도 있어, 귀자야."

"무엇입니까?"

"부성이랑 원웅이한테 말 좀 잘해줘."

"예?!"

놀란 귀자가 무어라 말하기도 전에 나는 얼른 담을 넘어 달아났다. 작게 귀자가 '마마!' 하고 괴로워하는 소리가 들렸지만 모른 척 계속 뛰었다.

응, 미안해 귀자야. 하지만 원웅이랑 부성이를 설득하고 몰래 나갔다 올 자신은 없어서 그래. 걔들은 내가 날씨만 궂어도 힘들어하는 연약한 후궁인 줄 아는걸.

'응?'

그런데 이게 뭔지 모르겠네. 열심히 뛰어가고 있자니, 누군가 나를 쫓아오는 게 느껴진다.

'귀자? 아니면……'

어느 쪽인진 모르겠지만 일단 확인해보면 되겠지.

귀자면 돌려보내고, 적이면 죽, 아냐, 여긴 궁궐이잖아.

적이면 묶어서 어디 던져 놓자.

황제의 부름을 받아 입궁해 흑합 장군을 찾아간 운호는 황당한 대답을 들었다.

"지금은 상황이 좀 그러니 나중에 오게."

운호는 반사적으로 인상이 구겨지려는 걸 참았다.

긴하고 중하고 은밀하게 보아야 한다며 사람을 보내 부르더니. 막상 오니까 뭐? 상황이 그러니 나중에 오라고?

권력자들은 아무리 대단한 가문의 무림인이라도 자기들보다 아래로 보고 대한다더니. 정말로 딱 그 꼴이 아닌가.

"자네에겐 미안하군. 일부러 이러는 게 아니라, 정말로 상황이 여의치 않네. 폐하께서 습격을 받아 쓰러지셨거든."

흑합 장군은 운호의 그 표정을 보자 사건을 축약해서 이 정도로만 알려주었다.

어쨌건 그들을 위해 어려운 일을 해주어야 하는 사람인데. 굳이 나쁜 사이로 남을 필요는 없으니까.

"이것도 자네가 개 답응의 오라비이니 해주는 말이야."

하지만 혹시나 싶어 '다른 데서 말을 전하고 다니지 말라'는 뜻을 돌려 표현하자, 운호는 눈을 가늘게 뜨고 고개를 끄덕였다.

"무슨 말씀이신지 알겠습니다."

"고맙군. 폐하의 상태가 좋아지면 다시 연락하겠네."

"예."

운호는 돌아서려다가, 잠시 생각하다가 물었다.

"이왕 여기까지 온 김에 개 답응을 보고 가도 괜찮겠습니까?"

허락을 받아 커다란 통행등을 손에 든 운호는 개시시가 머무는 궁전에 태감의 안내를 받아 찾아갔다.

"여기입니다, 대인."

"고맙소."

운호는 태감에게 감사를 전하고서 개시시의 처소 앞으로 가 그곳 태감을 불러 말했다.

"개 답응의 사촌 오라비요. 누이를 보러 왔소."

운호를 본 태감은 놀라서 눈을 동그랗게 떴다.

"어라, 개 대인이 아니십니까?"

개원이 몇 번 궁궐에 왔다 갔다 했다더니. 운호를 개원이라고 착각한 모양이었다.

운호는 자신도 개 대인이 맞긴 하기에, 부인하는 대신 그냥 물었다.

"개 답응께선?"

"잠시만 기다리시지요. 요즘 몸이 좋지 않으셔서요. 하지만 개 대인께서 오셨으니 보려 하실 겁니다."

태감은 얼른 안으로 들어갔다.

잠시 뒤. 태감은 다시 밖으로 나와 들어오시라 손짓했다.

안으로 들어가자, 침상에 힘없이 앉아 있는 개시시가 보였다.

"시시야."

운호가 이름을 부르며 다가가자, 개시시는 바로 알아보고서 힘없이 미소지었다.

"원 오라버니가 아니네."

"몸이 아프다니? 이게 무슨 소리야?"

운호는 개시시의 곁으로 다가가 침상에 걸터앉아 이마에 손을 올렸다.

그 격의 없는 모습에 궁녀 하나는 놀라서 눈을 휘둥그렇게 떴으나, 개시시가 사가에서 데려온 측근 궁녀는 놀라지 않았다. 개원과 개운호는 쌍둥이면서도 성격이 전혀 다르단 걸 이미 아는 탓이었다. 개운호는 개원보다 좀 더 격의 없고 사근사근한 성품이었다.

"별일 아니야 오라버니."

"폐하께서도 편찮으시다면서."

"어디서 들었어?"

"흑합 장군에게 들었어."

개시시는 잠시 생각하다가 측근 궁녀에게 다른 궁인들을 모두 내보내 달란 눈짓을 했다.

"자자, 나가자. 소주께선 친정 오라비와 편하게 말씀 나누고 싶어 하셔."

측근 궁녀가 눈치껏 다른 궁인들을 내보내고 문을 닫자, 개시시는 무겁게 한숨을 토해냈다.

개운호는 무언가 엄청난 일이 있었단 걸 눈치채고 표정이 서늘해졌다.

"무슨 일이냐. 누가 널 괴롭혀? 왜 얼굴이 죽을상이야?"

"내가 이 모든 일을 덮어쓰기라도 할까 봐 걱정되어서 그래."

"네가 덮어쓰다니? 무슨 일을?"

"……폐하께서 쓰러진 건 장공주 전하의 습격 때문이야."

"장공주?"

운호는 인상을 찡그렸다.

"그 공주는 죽지 않았나?"

"죽었는데 살아서 돌아왔어."

"!"

운호의 눈이 커다래졌다. 개시시는 어깨를 으쓱했다.

"알아. 믿기 힘들지? 다들 놀랐어. 그런데 정말 돌아왔어. 말하는 거나 기억하는 거, 행동, 몸, 얼굴, 표정, 키, 모든 게 다 공주 전하야."

"그게…… 가능한가? 이미 죽은 지 몇 해나 지났는데? 무덤에 묻히지 않았던 건가?"

"자세한 건 나도 모르겠어. 중요한 건 그게 아니니까."

운호는 여전히 얼떨떨했으나, 동생에게 계속 이야기하라 표현하며 자신의 입을 자기 손으로 가로막았다. 말 안 할 테니 계속 얘기해 봐.

개시시는 그 수신호를 보고서 처음부터 털어놓기 시작했다.

"황후 폐하께서 장공주와 천빈을 갈라놓고 싶다고, 나한테 부탁했어. 장공주에게 천빈이 한 말이라며 이상한 말을 전하게 하라고. 둘이 친했거든. 듣고 싶지 않은 부탁이었지만 당시엔 어쩔 수 없이 따라야 했어."

"황후가?"

"응. 그래서 어쩔 수 없이 황후가 시키는 대로 했는데…… 그날 밤, 바로 장공주가 미친 거야. 사람들을 마구 공격하고…… 결국 폐하도 공격했어. 그 후 폐하는 쓰러지셔서 아직까지 못 깨어나고 계셔."

개시시는 이불을 꼭 움켜쥐고서 운호를 간절히 바라보았다.

"어떻게 된 일 같아? 난 모르겠어. 하지만 장공주 전하가 갑자기 미친 게 나랑 만난 직후잖아. 혹시라도 나한테 불똥이 튈까 봐 걱정돼."

"이 얘기를 다른 사람들한텐 했어?"

"궁녀들은 알고 있지. 다른 사람에겐 말하지 못했어. 누명을 쓸까 봐."

운호는 문득 형이 천년비가 살아 있는 것처럼 말하던 걸 떠올렸다.

세간에 떠도는 천년비는 가짜라 확신하는 운호에게는 신경 쓰이던 장면이었다.

'죽은 사람이 살아 돌아온다…… 가능한 건가?'

"오라버니?"

운호의 표정이 흐트러지자 개시시가 다시 그를 불렀다. 운호는 우선 당장 중요한 일은 누이에 대한 일인 걸 떠올리고서 천년비 생각을 눌렀다.

개시시는 담요를 꽁꽁 온몸에 덮어쓰고 자신 없이 중얼거렸다.

"지금 내가 제일 염려하는 건 단순히 장공주 건이 아니야."

"그럼?"

"나와 같은 고민을 황후도 할지 모른단 거야. 이게 가장 무서워."

"!"

"황후도 무서워할 거잖아. 혹시 장공주 건을 조사하다가 내게 수사 차례가 돌아오면 내가 황후에 관해 말할지 아닐지. 혹시 황후가…… 내 입을 막고 나한테 덮어씌울까 봐 염려돼."

운호는 개시시 옆에서 누이가 안정을 찾을 때까지 보살펴 주고 싶어졌다. 하지만 개시시는 후궁이었고 그는 여기서 지내는 이가 아니었다. 그럴 수는 없었다.

그렇지만 개시시가 염려하는 것 역시 현실적인 고민이긴 해서, 운호는 생각하다 제안했다.

"태후 옆에 있도록 해, 시시야. 태후 옆에 있으면 안전하겠지."

개시시는 고개를 저었다.

"난 태후 마마와 친하지 않아서 옆에 붙어 있기 이상해."

"그럼 다른 후궁들은?"

"다른 후궁들은…… 친한 후궁이 없어."

개시시는 말을 하다 얼굴에 열이 올라왔다.

"아무도?"

한참만에야 개시시는 가까스로 하나를 생각해냈다.

"지금은 데면데면해졌지만. 아까 내가 말한 천빈과 예전에는 친했어."

"그래?"

"응. 원 오라버니랑 같이 본 적도 있고."

"그러면 천빈 옆에 있어. 민망하고 그래도 무조건. 절대로 혼자 있지마. 네 말을 듣고 나니 좀 신경 쓰여."

날 쫓아오던 사람은 모르는 사람이었다. 이에 나는 그 사람을 기절시킨 다음, 꽁꽁 묶어두고서 비원을 찾아갔다.

"타천천 위치를 알고 싶어."

비원은 일하다 뛰어나와서는 나를 황당하단 듯 쳐다보았다.

"단주님은 왜요?"

"만나야 해. 한두 시진 내로 볼 수 있어?"

"연락을 해서 만날 수는 있지만 한두 시진 내로는 무립니다. 어디 계신지 어찌 알고요."

"이런. 일단 연락해 봐."

나는 그에게 말하고서, 우선 궁궐 밖으로 나가 태안루로 달려갔다.

전에 타천천을 만날 때 늘 태안루에서 만났지. 이번에도 혹시나 해서였다. 타천천이 계속 그곳을 오간다면, 태안루에서 만날 수 있을지도 모르니까. 전에 꽃다발 받은 날에 보니 태안루주도 타천천을 아는 눈치였고.

"만날 사람은 한 명인데 만나고 싶어 하는 사람은 두 명이로군."

태안루주는 타천천을 만나고 싶단 내 말에 뜻밖에도 이상한 말을 중얼거렸다.

"그게 무슨 소리야?"

나 말고도 누가 타천천을 만나고 싶어 한단 건가?

태안루주는 구구절절 설명하는 대신 물었다.

"같이 기다렸다 볼지 따로 볼지 고르지."

그 말을 듣는데, 타천천을 만나고 싶어할 또 다른 사람 세 명이 떠올랐다. 태후, 황후, 고궐.

하지만 태후와 황후는 타천천의 존재를 의원으로만 알고 그 외엔 아무것도 모르니 아닐 거야. 그렇다면…… 고궐?

"같이 볼게."

내 대답에, 태안루주는 그럴 줄 알았다는 듯 방 위치를 알려주었다.

"꼭대기 층 가장 안쪽 방입니다."

타천천이 안내해 준 곳으로 가 방문을 열자마자 누군가 날 향해 엄청난 속도로 공격해댔다.

나는 방을 안내해 준 점소이에게서 쟁반을 뺏어서 그자의 머리통을 내리쳤다.

"윽."

전에 내가 정보호 머리통 치는 걸 본 적 있던 점소이는, 내가 또다시 쟁반을 휘두르자 '이 사람 이거 아주 선수네?' 하는 눈으로 날 쳐다보며 자기가 신음을 뱉었다.

나는 쟁반을 점소이에게 도로 준 다음 방으로 들어가 문을 닫았다. 턱을 거만하게 치켜들고 보자, 잠깐 쟁반에 맞고 찌그러들었던 고궐이 천천히 몸을 일으키고 있었다.

"천년비."

나를 본 그가 중얼거렸다.

"맞지? 천년비."

대답 대신 어깨를 으쓱하자, 그의 입꼬리가 올라갔다.

"그 빌어먹을 무공을 쓰는 게 너 외엔 있을 리가. 남들은 가짜를 보며 속아도 나는 속지 않아. 가짜는 네 무공을 전혀 사용하지 못하거든."

또다시 어깨를 으쓱하자, 그는 대답 대신 허리에 찬 검을 풀어 쥐었다.

"네 발로 온 걸 후회할 거다."

"타천천 기다리던 거 아니었어?"

"오기까지 시간이 있으니 여흥이나 즐기지."

"난 네가 신기해, 용화노."

"?"

"겨룰 때마다 졌으면서. 왜 겨룰 때마다 자기가 큰소리지? 누가 보면 제가 계속 이긴 줄."

"너……!"

"와보던가."

내 몸 상태도 별로지만 용화노의 몸 상태도 별로였다. 아주 다행한 일이었다. 용화노는 내가 무시하는 것만큼 약한 사람이 아니니까.

만약 내 몸 상태가 별로이고 그의 몸 상태가 아주 좋았다면, 나는 이렇게 쉽게 겨루자는 말을 하진 않았을 것이다. 몰래 공격을 하면 했지.

그렇지만 우리 둘 다 상태가 나빴고 그가 조금 더 나빴기에, 나는 기쁜 마음으로 그의 옆구리를 걷어찼다.

"이 비열한! 자꾸 옆구리만!"

"그대도 악적이고 나도 악적이고 우리는 다 비열하기로 소문난 악적인데. 이제 와서 뭘 기대해?"

용화노 이 튼튼하네. 으드득 이 가는 소리가 여기까지 들려.

이후 몇 수를 더 주고받자, 금세 승패가 드러났다. 매번 싸움을 걸고 매번 패배한 용화노는 이번에도 같은 길을 갔다. 아주 끈기 있어.

"그댄 매번 지는 게 좋은가 봐."

"좋겠냐!"

"그대는 일편단심 같아. 내게도 장공주에게도."

용화노가 또 이를 간다. 역시 이가 튼튼해.

그 모습을 보다가, 그나마 멀쩡한 자리에 걸터앉아 있자니 용화노는 내게서 대각선으로 가장 먼 자리에 털썩 주저앉으며 작게 욕설을 뱉었다.

"공주 전하 다리 부러뜨린 널 이대로 두고만 봐야 한다니."

말하는 게 꼭 내가 멀쩡히 잘 있는 장공주를 불러다가 다리를 부러뜨리기라도 한 태도였다.

그렇게 원한에 찬 용화노를 잠시 구경하다가, 나는 그의 맞은편 자리로 이동한 다음 눈을 맞추고 진지하게 물어보았다.

"뭐 하나 물어보자."

"뭘."

"공주 전하가 화를 낸다면, 아끼는 동생 죽이는 걸 막으려 다리 부러뜨린 내게 화낼까. 아니면 자신을 이상하게 부활시킨 네게 화를 낼까."

"……."

용화노는 바로 대답하지 못했다. 아. 안 하는 건가.

한쪽 손을 괴고 그 모습을 바라보자, 용화노는 한참 만에 내게 물었다.

"너도 부활했으면서. 왜 공주 전하는 그러면 안 된단 거지?"

"몰라서 물어? 알 텐데."

"몰라."

"장공주님을 부활시킨 게 문제가 아니야. 이상하게 부활시켰잖아. 그게 문제야."

"!"

"제대로 할 자신도 없으면서 일은 왜 진행했는데? 부작용이 나타날 거란 예상. 진짜 안 한 거 맞아?"

용화노가 가라앉은 시선으로 나를 쳐다보았다. 내 말에 상처 입은 게 분명했다. 하지만 그를 위로해주려 한 말은 아니었기에 나는 가만히 입을 다물고 있었다.

한참 만에야 용화노가 무어라 더 말하려 했으나, 누군가 근처로 다가오는 소리가 나자 입을 다물었다.

나 역시 입을 다물고서 벽에 붙어 섰다. 누구든 침입자가 온다면 대응하기 위해서.

그리고 문이 드르륵 열리며 들어온 사람은 타천천이었다.

"이런. 이게 무슨 일이야."

나와 용화노가 싸우느라 엉망이 된 방 안을 쳐다보며 혀를 차는.

"남의 방이라고 아주 난장판을 만들었군!"

타천천은 오자마자 방부터 둘러보고는 혀를 찼다. 나와 용화노를 번갈아 보는 건 그다음이었다. 그는 엉망이 된 방이 영 싫은 듯 인상을 찡그리고 있다가, 일단 아까 내가 앉았다가 일어난, 그 제일 멀쩡해 보이는 자리에 앉으며 물었다.

"왜 두 사람이 내 방에서 싸우고 있었을까. 방 주인에게 알려줄 사람?"

"네 방이었어?"

"내가 며칠째 계속 투숙 중인 방이지, 넝넝."

빙그레 웃은 타천천이 웃는 낯을 유지한 채 나와 용화노를 번갈아 보며 자기 손을 흔들었다.

"말할 사람. 없나?"

내 이야기는 용화노가 없는 데서 해야 하기에, 나는 용화노에게 '네가 먼저 말해'라는 신호를 냈다.

용화노는 군이 내가 없는 데서만 해야 할 이야기가 아닌 듯 바로 입을 열었다.

"공주를 치료하거나 다른 몸에 옮길 수 없나?"

"공주를 치료한다는 게 이성을 찾게 해 달란 걸까요? 아니면 몸을?"

"둘 다."

그것 때문에 온 건 아니지만 나도 궁금한 내용이다. 조용히 대답을 같이 기다리고 있으려니, 타천천이 어깨를 으쓱했다.

"보통 혼령술을 쓸 때 사용하는 문구가 '진쾌도래'랍니다. 영혼에게 얼른 돌아오라고 적어두는 문구이지요."

천년비진쾌도래. 생각난다. 비원이 후궁들에게 적게 한 종이에도 그렇게 쓰여 있었지.

"하지만 공주는 제가 알기로 지금 몸이 공주 전하 몸이라서요. 자기 몸에 돌아오란 영혼을 쓸 수는 없지요? 이미 돌아와 있으니까?"

용화노의 표정이 빠르게 굳었다. 그래도 그는 기대를 그치지 않고 타천천을 바라보았다. 하지만 타천천은 절대 빈말을 하지 않았다.

"지금 원래 몸에 있는 영혼을 다른 데로 옮길 방법은 없습니다."

"그건……!"

"영혼이 협조해준다면 다른 강시 몸에 담는 건 가능하지요. 처음부터 영혼을 거기에 담는다면요. 하지만 공주 전하는 그 기회도 놓치지 않았습니까. 바로 자기 몸에 들어가게 되었으니."

타천천의 흔쾌한 거절에 용화노의 표정이 새파랗게 질렸다. 방금 전까지 싸운 사람이 봐도 꽤 불쌍해 보이는 얼굴이었으나, 타천천은 절대로 돌려 말하지 않았다.

"처음부터 다른 몸을 구하던가. 아니면 내게 부탁해서 제대로 된 강시 몸을 구하던가. 왜 그렇게 했는지 모르겠습니다."

"제대로 된 강시 몸은 또 뭐야?"

"영혼을 넣을 강시 용도로 만든 강시 몸이지, 녕녕. 일반 강시들하고는 제조 방법이 달라. 나도 딱 하나 만드는 데 성공했고."

그게 내 몸이냐.

나는 용화노를, 용화노는 타천천을 간절히 보았다.

"그렇게 쳐다보아도 안 됩니다."

그래도 타천천이 우아하게 거절하자 용화노는 씁쓸한 미소를 띠었다.

"공주가 자기 신분을, 자기가 가져야 할 것들을 되찾게 해주고 싶었다."

이윽고 그는 입을 다물고 완전히 침묵에 잠겼다. 그러고서는 자리를 비킬 생각을 하지 않기에, 다가가서 툭툭 두드리자 그가 성질을 냈다.

"좀!"

"자리 비켜줘."

용화노는 또 성질을 내긴 했지만, 여기 더 있어 보아야 해결되는 게 없다 싶은지 결국 자리를 비켜주었다.

그러는 동안 타천천은 언제 가져온 건지 차를 홀짝였고, 마침내 용화노가 나가자 내게 웃으면서 물었다.

"나와 둘만 있고 싶었어, 녕녕?"

"나도 물어보고 싶은 게 있어서 왔어."

"우리 녕녕이 고민은 해결이 가능해야 할 텐데."

"폐하가 깨어나질 않아."

"복에 겨웠군. 난 네가 깨우면 바로바로 일어날 거야, 녕녕. 아니, 너보다 먼저 일어나서 깨워줄 수도 있어 녕녕."

배시시 웃으면서 타천천이 한쪽 눈을 찡긋한다.

그에게 '진심으로 하는 말이냐'는 마음을 담아 쳐다보자, 타천천은 머쓱하게 웃으며 물었다.

"이 얘기가 아닌가."

"폐하가 장공주에게 공격을 당했거든. 여기 심장 부근. 여기 어디지. 흉골이라 하나. 그쪽을 공격당했어. 장기나 뼈엔 문제없을 정도로 다쳤다는데 깨어나지 못하고 있어. 며칠째. 왜 그런지 알 거 같아?"

타천천은 별거 아니란 듯 바로 알려주었다.

"시독 때문일 거야."

"시독? 근데 다른 사람들은 공격받아도 폐하처럼 못 깨어나지 않던데?"

"제일 안 좋은 부위에 맞았겠지. 아니면 혈육이라 효과가 더 좋았거나."

"어의가 독에 당한 건 아니라던데."

"강시 시독은 보통 시독이 아니니까. 난 어의만큼 의술을 펼치진 못하지만, 어의도 나만큼 강시에 대해 알진 않아 넝넝."

맞다. 강시 문제에 관한 한 어쨌건 제일 전문가는 타천천이었다. 적어도 내가 아는 범위 내에서는 말이다.

"네 말이 맞아."

내가 고개를 끄덕이고 있자니 타천천은 품 안에서 작은 병을 꺼내 내쪽으로 던졌다. 받고서 보니 안에 몹시 수상쩍어 보이는 시꺼먼 액체가 들어 있었다.

"이게 뭐야?"

"해독제. 상처에 부으면 될 거야, 넝넝."

나는 아무리 봐도 독처럼 보이는 병을 두 손으로 꼭 쥐고서 타천천을 멍하게 바라보았다.

약을 얻으러 오긴 했지만 순순히 줄 줄은 몰랐는데. 그가 너무 순순히 해독제를 건네는 게 뜻밖이기도 하고 고맙기도 하고. 이래저래 복잡했다.

그 시선을 눈치챈 건지 타천천은 빙그레 웃고서 말했다.

"녕녕. 하나 말해줄까?"

"응?"

"그건 해독제인 동시에 독이야."

"그게 무슨 말이야?"

"이독치독이라 하지. 독으로 독을 낫게 한다."

타천천의 미소가 짙어졌다.

"내가 주는 건 어렵지 않아. 진짜 어려운 건 그걸 황제의 상처 부위에 들이붓는 걸걸, 녕녕."

"!"

내가 놀라서 까만 액체를 보고 있자니, 타천천이 작은 병을 하나 더 꺼내 내밀었다.

"자."

"그건 또 뭐야?"

"중화제. 처음 준 독이 시독을 누르고 나면 상처 부위가 까맣게 변할 거야. 그때 이걸 부어."

"죄송합니다, 개 답웅. 천빈 마마께서는 지금 완전히 지쳐 쓰러지셔서 누구도 만날 정신이 아니십니다."

"꼭 전해야 할 말이 있다고, 한 번만 얼굴만 보게 해주게. 이 이야기를 꼭 해야 해. 응?"

"저희도 웬만하면 그러고 싶지만 개 답웅. 정말로 어렵습니다." 비연궁에 찾아갔지만 개시시는 천빈을 만날 수 없었다. 아예 처소 안에 제대로 들어갈 수도 없었다.

이에 개시시의 표정이 처연해지자, 보다 못한 원웅이 그녀에게 가까이 다가가 소곤소곤 알려주었다.

"폐하께서 쓰러지신 후에 황후 마마께서 천빈 마마를 감금하려 하셨답니다. 천빈 마마께선 폐하가 쓰러지시는 것까지 본 터라 이미 놀란 상태였는데, 가둬두고 아예 나오지도 못하게 하시니 어찌 되겠어요. 천빈 마마께선 결국 피를 토하며 쓰러지셨지요."

"정말인가?"

"예. 다행히 태후 마마께서 황후 마마와 함께 계시던 터라 그 소식을 듣고 천빈 마마를 데려오라 하셔서 폐하의 얼굴은 뵈었지만…… 그 후로 완전히 지쳐서 지금은……."

원웅이 눈물을 글썽이자, 개시시는 정말로 상황이 안 좋구나 싶어서 시무룩하게 돌아섰다.

"알았네. 나중에 혹시라도 깨어나시거든 내가 다녀갔다 말해주게."

"예. 그러겠습니다, 소주."

개시시는 억지로 발걸음을 돌렸으나, 걸음은 무겁기만 했다.

이대로 돌아가도 괜찮을까? 수사가 시작되기 전에 황후가 자신의 입을 막으려 하진 않을까? 염치를 불고하고서라도 태후 마마 곁으로 갈까?

그러나 태후 마마는 개시시가 이제 와 그런 반응을 보이면 왜 그런지 이유를 알려 들 것이고, 개시시가 장공주가 미치기 전에 만난 사람인 걸 알면 좋게 여기지 않을 것이다.

개시시는 무거운 한숨을 내쉬며 힘없이 계속 걸어갔다.

'아니면 아예 수사청에 가서 기몽 장군에게 호위를…….'

그러다가 그녀는 골목길 틈에서 한 무리의 복면인들이 우르르 나오자 놀라 멈춰 섰다.

그들은 태감 복장에 얼굴만 복면으로 대충 가리고 있었는데, 손에 험악한 칼을 들고 있었다.

"아악!"

그걸 본 개시시의 궁녀가 놀라 비명을 지르자, 그자들은 궁녀를 단숨에 베어 버렸다.

"악!"

궁녀가 외마디 비명을 지르며 쓰러지자 개시시는 더욱 기겁했다.

"천빈 마마를 음해하려 해놓고 염치없이 찾아오다니!"

그런 개시시를 향해 한 복면인이 호통을 치자, 다른 복면인이 검을 쥐고 달려들었다.

개시시는 황급히 달아나려 했으나 등이 베어 쓰러지고 말았다.

"거기 누구요?"

그 소리를 들은 누군가 담벼락 너머에서 묻자, 복면인들은 서로 시선을 주고받고서 그 자리를 빠르게 벗어났다.

잠시 뒤 그곳에 나타난 태감들이 놀라 외쳤다.

"개 답응!"

"개 답응은?"

"송구하옵니다. 생각보다 상처가 깊어서 깨어나지 못하고 있습니다."

"가볍게 부상만 입히라니까."

"무림인 가문이라 들어서 어느 정도는 피할 줄 알았는데, 전혀 무공을 익히지 않은 모양이었습니다."

황후의 꾸짖음에 부하가 부복하며 사과했다. 황후는 손을 저었다.

"되었다. 죽으면 죽는 대로 입은 다물겠지."

"그래도 지나가던 사람이 저희가 천빈 이야기하는 걸 들었을 겁니다."

"천빈은? 돌아왔느냐?"

"예."

"혼자서?"

"네."

"해독제를 구해 왔을 거다. 찾아와라. 반드시 찾아서 가져와야 한다."

"마마, 마마! 어디 가셨던 거예요!"

처소로 돌아오자마자, 내 방 앞에 쪼그리고 있던 원웅과 부성이 울먹이면서 달려왔다.

어디 갔다 오긴! 나는 두 사람을 향해, 한 손에 약병을 하나씩 쥐고 만세 자세를 취해 보였다.

"폐하를 깨울 약 구해왔지! 못 들었어?"

"들었지만 무서웠다고요. 우아아!"

"회임하신 몸으로 왜 항상 위험한 행동만…… 까악!"

원웅과 부성은 그래도 흐느끼다가, 뒤늦게 내가 한 말을 알아듣고서 발을 동동 구르면서 날뛰었다.

"약을!"

"마마께서 약을!"

"잘하셨어요!"

두 사람은 신이 나서 내게 다가와 약병을 받아 들고서, 신기한지 자기들끼리 쳐다보다가 또다시 발을 굴러댔다.

"아, 하나는 독이니 조심해."

"!"

방 안으로 들어서면서 들려준 말에 바로 행동이 멈춰 버렸지만.

침실 안에 들어가서 겉옷을 벗으며 보니, 독약 병에 당첨된 원웅이 탁자 위에 병을 내려놓으며 손을 달달 떠는 게 보인다.

"들고 있는다고 죽고 그러진 않아."

"깨지면요?"

"죽겠지만."

"악! 마마!"

"괜찮아. 안 깨고 잘 들고 왔어. 아마."

"뒤에 아마가 붙잡아요!"

나는 웃으면서 그 약을 준 사람은 나한테 그 약병을 던져서 줬다고 알려주려다 굳어버렸다.

어라. 그리고 보니 타천천 그 자식? 나한테 저거 던지지 않았어? 물론 잘 받긴 했지만…….

"자, 얼른 옷 갈아입고 폐하 뵈러 가자."

"네!"

뭐, 지나간 일을 생각해봐야 무슨 소용이겠어. 중요한 건 타천천이 내게 떡돌이 고칠 약을 준 거지.

타천천은 떡돌이를 방해할 마음이 가득해 보이니까. 안 줄 가능성도 있다 생각했단 말이야.

……그리고 보면 진짜 그놈은 뭘 생각하며 사는 걸까.

"마마? 옷 다 갈아입으셨는데요?"

"아, 그래. 가자. 가야지."

옷을 갈아입고 가져온 약병에서 독이 안 새도록 종이로 잘 포장한 다음 보따리로 싸려는데, 창문 뒤에서 웬 손 하나가 슬며시 올라온다.

뭔가 싶어서 끝을 날카롭게 깎은 머리 장신구로 찔러버리자, 손은 쫘악 손바닥을 펼치더니 괴로운 듯 꿈틀거리다가 도로 밖으로 나갔다.

'뭐지?'

옆 창문으로 가서 보자, 복면을 쓴 사람이 손을 부여잡고 달아나는 모습이 보였다.

이상한 사람일세.

"마마?"

"어, 나갈게. 가자."

떡돌이가 임시로 쓰는 궁전 앞으로 가자, 많은 태감들이 빼곡하게 진을 치고 있는 게 보인다. 하지만 그냥 태감들이 아니고, 모두 다 무술을 익힌 태감들이다.

내가 가마에서 내려 안쪽으로 다가가자, 오 공공이 얼른 달려왔다.

"마마, 오셨습니까."

"폐하께서는?"

내가 작게 묻자, 오 공공은 이쪽으로 오시라 안내하면서 쓸쓸히 고개를 저었다.

"아직 의식이 없으십니다. 한데 어의는 괜찮다고만 하고. 참으로 곤란합니다."

그러다가 오 공공은, 내가 흐뭇하게 웃으며 보따리를 들어 보이자 어리둥절해 물었다.

"무엇이옵니까?"

"타천천을 보고 왔네."

"설마……!"

타천천이 유능한 의원은 아니지만, 이 상황에선 누구보다도 유용한 사람이란 걸 아는 오 공공은 내 말에 눈을 커다랗게 뜨고 날 보았다.

"그래. 몰래 밖에 다녀왔지."

"마마, 위험하십니다!"

"괜찮아. 이미 다녀왔는걸. 하지만 문제가 하나 있네."

"문제라니요?"

"병이 말이야……."

하나는 독이라서 사람들 앞에서 붓기 좀 그렇다고 말하려 할 때였다.

복도 안쪽에서 문이 열리더니, 어의가 험악한 인상의 태감 둘을 대동하고 나타나 꾸벅 허리 숙여 인사를 올렸다.

"천빈 마마께 인사 올립니다."

그러고는 내가 손에 든 보따리를 보더니 의아한 듯 물었다.

"천빈 마마. 그게 무엇이옵니까?"

그러고서 보따리를 수상쩍다는 듯 마구 쳐다보는데, 그 옆에 선 험악한 인상의 태감 중 하나가 손등에 붕대를 똘똘 감고 있는 게 아닌가.

"……."

그 손을 빤히 쳐다보고 있자니, 그 태감은 다른 손으로 자기 손을 가리며 고개를 숙였다. 하지만 일그러진 표정을 보니, 내 약을 훔치려다가 손을 찔린 그 복면인인가 보다.

내가 약을 구해왔다는 걸 내 궁인들보다 먼저 알아차린 사람들이 왜 이리 많을까.

혀를 차다가, 어차피 알고 온 듯해 그냥 말해버렸다.

"폐하를 구하기 위해 찾아온 약이라네."

그러자 어의는 내가 든 보따리를 자연스럽게 가져가며 말했다.

"감사합니다, 마마. 하지만 폐하께 약을 쓰기 전에 먼저 성분을 확인해야 합니다."

그 말에 오 공공이 인상을 찡그렸으나, 그 역시 떡돌이가 깨어 있을 때 권력을 쓸 수 있는 사람이었다.

"이게 무슨 짓입니까."

항의하긴 했으나, 떡돌이가 쓰러진 상황에서 그를 담당하는 어의 쪽 목소리가 더 큰 건 어쩔 수 없었다.

"죄송합니다. 하지만 폐하의 건강은 소신의 책임 아닙니까. 누군지도 모르는 의원에게서 받아온 약인데, 잘못 썼다가 폐하께서 상태가 더 나빠지신다면 회임하신 천빈 마마께선 무사하시겠지만 소인은 죽습니다."

틀린 말은 또 아닌지라 오 공공이 뭐라 말하려기에, 내가 먼저 말했다.

"가져가서 확인해도 되네. 근데 그거 독이야."

그 말에, 어의는 물론 오 공공까지 나를 놀라 쳐다보았다.

"예?"

"독이라니요?"

"폐하께서 못 일어나는 건 특수한 시독 때문이래. 그 시독을 이길 수 있는 게 그 독이라 하고."

"이독치독…… 말씀이십니까."

어의는 어의답게 바로 알아듣긴 했으나 표정은 심각했다.

"말이 이독치독이지, 그리 쉽지 않습니다."

나는 어깨를 으쓱하고서, 그가 원하는 말을 해주었다.

"그러니 가져가서 잘 살펴봐. 자네 말에 따르면, 자네 책임 아닌가."

"!"

"천빈이 멍청하단 것도 다 옛말이구나."

황후는 태감과 어의가 가져온 병들을 번갈아 보다가 헛웃음을 뱉었다.

"굉장히 머리를 썼어. 병이 두 개. 하나는 독이라."

태감이 어의를 툭 치고 물었다.

"독은 확실하던가?"

어의는 얼른 고개를 끄덕였다.

"확실합니다, 마마. 하나는 뭔진 모르겠지만 독이 아니었고, 저 까만 건 분명 독입니다."

황후는 "후우……" 하고 숨을 길게 내뱉었다. 떠올릴 수 있는 상황은 여러 개였다.

"이 두 개를 전부 다 사용하는지, 이 중 하나만 사용하는 건데 하나는 천빈이 일부러 넣은 건지 모른단 거로군. 하나를 쓴다면 이독치독으로 검은 약을 쓰는 건지, 평범하게 하얀 약을 쓰는 건지도."

"두 개를 다 사용한다면 순서가 뭔지도요."

"하하. 이거 참."

황후가 기가 차 중얼거리자 어의는 그녀의 눈치를 살피다 물었다.

"어찌할까요, 마마? 소신은 모험을 하고 싶진 않습니다. 약은 사용하는 순서도 중요합니다. 자칫 잘못했다 폐하께서 상태가 더 나빠지시면 약을 가져온 천빈이 아니라 중간에 가져간 소신과 마마께서 덮어쓰게 됩니다."

어의의 말에는 '내가 죽게 되면 마마 이름은 반드시 끌고 갈 겁니다'라는 의지가 가득했다.

황후는 기가 막혀서 어의를 쳐다보았다.

하지만…… 그녀 역시 모험은 하고 싶지 않았다. 황후는 침착하게 눈을 감고 여러 가지 가능성을 죄다 생각하기 시작했다.

'폐하는 구해야 한다. 무조건. 그러면 약을 써야 하는데…… 천빈도 직접 약을 구해왔으니, 안 좋은 약을 구해오진 않았을 거야. 안 좋게 효과가 나온 거라면 본인이 의도한 건 아니겠지.'

황후의 손가락이 그녀가 생각하는 속도에 맞추어 탁자를 빠르게 두드려댔다. 그녀의 머릿속에 천빈과 황제, 장공주, 개시시의 모습이 빙글빙글 빠르게 돌아갔다.

'이게 독이라면 천빈이 써야 한다. 만약 약효가 있는 진짜 약이라도, 이쯤에서 천빈과 더 대립하지 않아야 해. 이미 태후 마마께서 천빈이 피 토한 일로 심기가 상하셨어. 이게 독이라면 이걸 못 쓰게 막았다간 더욱 안 좋은 시선을 받는다. 하지만 천빈을 돕는다면, 내 공은 아니겠지만 비연궁에 잡아둔 게 고의가 아니란 걸 보일 순 있겠지.'

장공주 건에 관해 입을 열 개시시는 깨지 못하고 있고.

생각을 마친 황후는 손을 저었다.

"약을 천빈에게 가져다주어라. 그리고 천빈이 직접 쓰게 해라."

30장

깨어난 월요

태후 마마 곁에서 떡돌이를 바라보고 있으려니, 황후가 들어와 내게 안부를 물었다. 대답하고 있으려니, 잠시 뒤에는 내 보따리를 가져간 어의가 쟁반에 내 약병 두 개를 담아 들고 와 내게 내밀었다.

"살펴보았습니다, 천빈 마마. 마마께서 말씀하신 대로 하나는 독이고 하나는 독이 아니었습니다."

그 말에 태후 마마가 놀라 물었다.

"독이라니?"

태후 마마에게 타천천이 말한 이독치독에 대해 설명해주자, 태후 마마는 걱정스러운 눈으로 떡돌이와 나, 어의, 무시무시하게 생긴 까만 약병을 번갈아 보았다.

"괜찮겠느냐?"

어의는 내 눈치를 보며 고개를 저었다.

"소신도 잘 모르겠습니다, 태후 마마. 폐하의 증세를 소신이 모르고, 이걸 처방한 의원도 소신이 모르니까요. 하지만 천빈 마마께서 손수 구해오신 약을 두고 소신이……."

그 말이 끝나기 전에, 나는 약병 두 개를 한 손에 쥔 다음 약병 뚜껑을 엄지로 부숴 열고 떡돌이 앞으로 다가가 독부터 상처 부위에 부었다.

"천빈!"

"마마!"

"세상에!"

황후와 어의, 태후 마마가 동시에 뒤에서 외쳤지만 나는 그대로 독을 다 부었다. 그러고서 독병을 내려놓고 붕대를 벗기자, 타천천의 말처럼 상처 부위가 까맣게 변하고 있었다.

"아!"

그걸 본 사람들이 다시 뒤에서 외쳤지만, 개의치 않고 이번에는 해독제를 부었다.

해독제가 들어가자 잠시 뒤. 까맣게 변한 상처 부위에서 거품이 올라오기 시작했다.

거품이 사라지자 오 공공이 눈치껏 깨끗한 천을 가져왔다. 그걸로 떡돌이의 상처 부위를 닦자 붉은 상처 부위가 눈에 들어온다.

약을 붓기 전과 전혀 다를 바 없는 모습. 나는 약병을 어의가 든 쟁반에 도로 내려놓고서 떡돌이를 바라보았다.

그걸 본 태후 마마께서 "천빈!" 하고 화가 나 외치는 순간. 내내 감겨 있던 떡돌이가 눈을 뜨더니 내 손을 잡았다. 동시에 태후 마마의 뒷말도 경쾌하게 바뀌었다.

"잘했다!"

떡돌이는 눈을 몇 번 깜빡이다가 가까스로 상체를 들어 올리며 미간을 찡그렸다.

"무슨 말씀이십니까, 모후?"

"천빈이 약을 구해왔는데, 그 약이 독이었답니다. 그래서 나와 어의가 쓸지 말지 결정을 못 내리고 있었지요. 그런데 천빈이 나서서 그대로 약을 써버리지 뭡니까. 놀라서 소리치는데 아드님이 벌떡 일어났어요."

태후 마마는 얼른 떡돌이의 손을 잡아주며 머쓱하게 웃었다. 그러고는 내 팔을 두드리더니, 다른 한쪽 손도 떡돌이 손에 쥐어주었다.

얼결에 떡돌이와 두 손을 잡고 있으려니…… 쑥스럽군! 사람들 많은 데서 잡고 있으려니 참 쑥스러워.

그래도 태후 마마가 쥐어준 거라 놓지 못하고 어정쩡하게 있으려니, 떡돌이가 눈웃음을 지으면서 손을 가볍게 흔들다 말했다.

"꿈을 꾸었다 천빈."

"뭐가? 요?"

"심장이 아파 네게 찾아갔는데, 네가 누워서 코를 골며 자고 있었어. 그래서 내가 없어도 잘 살 거 같다고 농을 던졌지. 하지만 아니었어. 넌 짐을 구하기 위해 돌아다니고 있었다."

어라. 그거 나도 며칠 전에 꿈으로 꾼 거 같은데. 아니, 환청으로 들은 거 같은데. 꿈이 아니었나? 설마 떡돌이가 영혼 상태로 다녀가기라도 했던 걸까?

설마 싶어서 쳐다보고 있자니, 그가 나를 살짝 잡아당겨 품에 안고서 웃었다.

"네가 짐을 살렸구나."

"나야 늘 폐하를 살리지."

내 말에 떡돌이가 '말투 말투' 하고 입모양으로 알려주었다.

"요."

얼른 대외용 존댓말을 덧붙였다. 떡돌이는 바로 미소지으며 내 등을 가볍게 쓸었다.

"그렇지. 우리 반숙이가 늘 짐을 살리지."

"반숙이가 천빈의 별명인가?"

그 단어를 들은 태후 마마가 묻자, 떡돌이는 이번엔 내 배 위에 살며시 손을 없는 시늉을 하며 자랑했다.

"네, 모후. 그리고 여기 있는 우리 아기는 계란입니다."

"하하. 소꿉놀이도 아니고."

태후 마마는 웃음을 터트리며 타박했지만, 나와 떡돌이가 계란이니 반숙이니 하는 걸 귀엽게 여기시는 티가 목소리에 또렷이 나타났다.

황후는 그늘진 얼굴로 눈을 내리깔았다.

그걸 본 걸까? 태후 마마가 떡돌이를 다시 불러서 눈짓으로 황후를 가리키며 알려주었다.

"황후도 며칠 동안 제대로 한숨도 못 붙이고 간호하였답니다."

"당연한 일을 했을 뿐인걸요, 마마."

그제야 떡돌이도 웃는 얼굴로 황후를 보며 중얼거렸다.

"고생하셨소, 황후. 고맙소."

황후는 옅게 웃었다.

그렇게 얼마나 말을 주고받았을까. 처음에는 그저 기뻐하기만 하던 태후 마마의 표정이 어느 지점부터 흐릿해지더니, 떡돌이에게 물었다

"깨어나자마자 이런 질문을 하고 싶진 않지만…… 아드님. 대체 무슨 일이 벌어진 건지 물어도 괜찮겠습니까?"

다급한 얼굴이었다. 그럴 만도 하지. 태후 마마는 장공주 소식을 들었을 때부터 이미 궁금했을 텐데. 떡돌이가 갑자기 깨어나지 않게 된 바람에 제대로 뭘 물어볼 수도 없었을 테고.

떡돌이가 오 공공에게 눈짓하자, 오 공공이 얼른 주위 사람들을 내보냈다. 어의와 호위 태감들이 모두 나가자, 태후 마마가 기다렸다가 다시 입을 열었다.

"사람들은 화연이가 미쳐서 폐하를 공격했다 합니다. 이 어미는…… 대체 이게 무슨 일인지 모르겠습니다. 화연이가 갑자기 미치다니요?"

"누이를 만나보셨습니까, 모후?"

태후 마마의 입가에 쓸쓸한 미소가 떠올랐다.

"만났지요. 날 알아보지 못하더군요."

"죄송합니다, 모후."

"대체 무슨 일인가요?"

어째서인지 황후가 움찔한다. 힐긋 보니 태연해 보이지만 입술이 빈틈 없이 꽉 닫혀 있었다.

떡돌이는 잠시 고민하다가 설명을 시작했다.

"모후께 이 말씀을 드려도 좋을지 고민하였지만, 역시 모후께서도 아시는 게 낫겠지요. 누이를 살린 건 고궐입니다, 모후."

태후 마마와 황후가 둘 다 놀란 표정을 지었다.

"고궐이라니? 고궐은 화연이를 배반하고 달아났을 텐데?"

"네. 하지만 죽은 누이를 살린 것도 고궐입니다. 목적이 무엇인진 모르 겠지만요."

"미친 것도…… 고궐 때문인가?"

"처음에는 미쳤다 안 미쳤다 하고 있었지요. 자세히는 잘 모르겠습니 다. 어쨌든 고궐은 누이가 잠시 미쳤다 안 미쳤다 하는 걸 먼저 알고, 그 이야기가 새어 나가는 걸 막고자 수사청에 잡혀 있던 사람들을 다 죽이 기도 했습니다."

어째서지? 황후가 움찔한다.

"갑자기 완전히 미치게 된 이유는 저도 모르겠습니다. 이제 알아보아 야겠지요."

또 움찔했어.

태후 마마와 떡돌이는 얘기를 하느라 전혀 눈치채지 못한 듯했다.

"며칠 전에 일어난 그 태감과 궁녀들이 대거 죽은 사건 말인가? 수사청에 있다가 죽은 거기 목격자들? 고궐이 죽인 거였다고?"

"예."

태후가 힘없이 비틀거리자 황후가 얼른 부축했다.

"아니. 괜찮네."

태후는 손을 내젓고서 눈을 몇 번 세게 감았다 뜨고서 물었다.

"그래서. 그래서 어찌하고 싶습니까? 화연이는 계속 미친 상태로 있어야 합니까? 아니면 고칠 방법이 있는 겁니까?"

"폐하. 조금이라도 더 쉬셔야 하지 않을까요?"

월요가 붕대를 칭칭 감고 바로 집무실로 가자, 오원요는 서류를 들고와 책상에 내려놓으며 걱정스레 물었다.

"이제 막 일어나셨는데 벌써부터 이리 일하시면……."

"외상은 처음부터 심하지 않았다. 그런데다 며칠씩 누워 있었더니 거의 회복이 다 되었어."

"외상만 병입니까. 속병도 병입니다, 폐하."

"괜찮다니까."

월요는 웃으며 말하다가 서류를 내려다보고는 깊게 한숨을 내쉬었다.

"미치겠군."

"왜 그러시옵니까?"

"왜긴 왜겠나."

미간을 찡그린 월요는 손으로 수북이 쌓인 안건들을 두드렸다.

"이중 절반 이상이 누이에 대한 일이니 그러지. 내가 도장을 찍고 말고할 것도 없군."

"폐하……."

"다들 누이를 두려워하고 있어. 죽었다 살아났다 할 때부터 무서웠다가 이번에 또렷해진 거겠지."

"정말로 장공주 전하를 고칠 방도는 없는 걸까요?"

"아마도."

월요는 눈을 질끈 감았다. 태후 앞에서 차마 고칠 방도가 없다 대답할 수 없어 둘러댔지만, 그가 알아본 바에 의하면 장공주를 고칠 방도는 없다 했다. 물론 타천천 그자의 말을 완전히 신뢰할 수는 없지만, 그 외에 이런 문제에 대해 뭔가를 아는 사람이 더 없기도 했다.

"누이가 이성을 잃었단 건 분명 누군가 누이에게 진실을 이야기해 주었단 건데……."

"장공주 전하의 궁녀가 말하기로, 마지막에 개 답응이 공주 전하를 찾아왔다 했습니다."

"그랬지. 하지만 기몽이 알아낸 바로, 개 답응은 평소 누이와 사적인 교류가 없었어. 그런데 왜 찾아갔을까. 갑자기."

"개 답응이 공주 전하께 진실을 이야기한 걸까요?"

"그럴 수도 있지. 하지만 그렇더라도 그게 온전한 진실은 아닐 거야."

월요의 눈이 가늘게 변했다.

"누가 그런 이야기를 본인에게 쉬이 전하겠느냐. 친한 친구 간에도 '너 사실 미쳤더라'는 이야기는 하기 어려운데. 그걸 교류도 없는 개 답응이 누이에게?"

"이상한 일이지요."

오원요는 고개를 끄덕였다.

"게다가 기가 막히게 개 답응은 습격을 받아 의식을 잃었고요."

한참 생각하던 월요는 붓에서 새어 나온 먹물이 뚝뚝 흐르자, 벼루에 붓을 내려놓으며 물었다.

"천빈은?"

"약을 구하느라 많이 고생하셨답니다. 폐하께서 쓰러지셨을 때, 토혈도 하셨고요. 어의 말로는 회임한 몸으로 폐하를 너무 많이 걱정해서 그렇답니다."

천빈의 특기가 피 토하기라는 걸 아는 월요는 애매한 표정으로 입술 끝만 올려 웃었다.

"그렇군. 우리 반숙이가 많이 고생을 했어."

오원요는 밝은 얼굴로 월요의 눈치를 살피다 물었다.

"이번에 천빈 마마께서 폐하를 구하셨으니, 정말로 큰 공을 세운 겁니다. 그렇지 않습니까, 폐하?"

월요는 구석에 선 승언도 조용히 고개를 끄덕이는 걸 보다가 헛웃음을 터트렸다.

"짐이야 그렇다 쳐도. 너희는 둘 다 너무 편파적인 거 아니냐. 천빈이 내 곁에 자기 편을 만들어 놓았군."

떡돌이가 무사히 깨어나자마자 바로 대접이 바뀌었다.

궁전의 권력이란 정말. 반나절 만에도 왔다 갔다 하는구나. 떡돌이가 깨어나지 못하고 있을 때는 갇혀서 나가지 못하기도 했는데.

떡돌이가 깨어나마자 수많은 태감들이 온갖 선물이며 꽃화분을 줄줄이 들고 나타난 것이다.

그들은 안 그래도 가장 아름다운 비연궁 여기저기에 꽃화분을 놓아 장식해 주었고, 꽃 담당 궁녀는 작게 비명을 질렀다.

태감들이 각종 신기한 보석과 비단, 그 외 장신구들을 담은 장신구를 내려놓고 떠나자, 원웅은 심장 부근에 손을 얹고 한숨을 내쉬었다.

"폐하께서 무사히 깨어나셔서 정말 다행이에요. 이런 패물들보다 그게 제일 좋아요."

부성도 빠르게 고개를 끄덕였다.

나 역시 동감이었다. 이번 일로 확실하게 알게 됐어.

요 며칠 내내 고생한 계란이를 위해서 간만에 침상에 누운 채 시집을 읽고 있을 때였다.

"산은 높고…… 물은 흐르고…… 자연 만세다."

"시 내용이 정말로 그래요, 마마?"

"아니."

"그럼 혹시, 그거 마마께서 지은 시인가요?"

"아니. 그냥 아무 말이나 했어. 시집 재미없어서."

"읽고 싶은 책이 있으면 구해드릴게요, 마마. 재미없는 걸 억지로 하는 게 더 안 좋을 거 같아요."

"무공서라도 읽을까."

"!"

그런데 누운 채 포도를 먹으며 원웅과 대화를 나누고 있을 때였다. 문밖에서 "황제 폐하 납시오!" 하는, 오랜만에 듣는 아주 반가운 소리가 들려왔다.

원웅은 웃으면서 밖으로 달려나갔고, 나는 잠시 생각하다가 이불을 덮어쓰고 벽을 보고 누웠다.

그 상태로 있으려니, 잠시 뒤. 안쪽으로 걸어 들어오는 발소리가 났다.

"아이 참."

원웅이 내가 안 자면서 자는 척하는 걸 보고 당황해 중얼거리는 소리
도 났다.

그래도 나는 이불을 덮어쓰고 계속 벽을 보고 있었다.

얼마나 그러고 있었을까. 원웅이 나가는 소리가 들리고, 문을 닫는 소
리가 들리더니, 이불 위를 건드리는 손길이 느껴졌다.

"……."

그래도 가만히 있자니, 그 손길이 글씨를 쓰는 거란 걸 알 수 있었다.

뭐야. 그런데 글자가 왜 이리 복잡해? 뭐 이렇게 단어가 어려워? 무슨
말을 쓰는지 알아맞히려 했는데. 잘 모르겠다.

잠시 뒤. 내 옆에 떡돌이가 앉는 기척이 느껴진다. 그래도 가만히 있자
니, 그가 내 얼굴 부근을 용케도 알아내고는 그 위에서 속삭였다.

"짐이 무어라 썼는지 알겠느냐?"

"난 자고 있다."

"자는 사람이 대답을 잘 하는데?"

"……."

"반숙이는 바보라고 썼다."

"뭐야?!"

확 이불을 들치고 몸을 일으키자, 웃는 얼굴의 떡돌이가 보인다.

그는 면사도 벗고 웃는 얼굴로 앉아 있다가, 나와 눈이 마주치자 내가
튀어나올 줄 알았다는 듯 눈웃음을 지으며 놀렸다.

"이러면 일어날 줄 알았지."

"난 바보가 아니야. 본궁은 영민한 마마다."

"짐이 무어라 썼는지 전혀 알아차리지 못했구나."

"……."

"다시 써줄까?"

"됐어."

"다시 써도 모를 거 같아서?"

"그래."

단호하게 말하고서 손가락으로 시집을 가리켰다.

"난 이미 저걸 읽느라 머리가 복잡해. 그래서 다른 글자는 받아들일 수 없어."

"그렇군. 큰일인데. 아주 중요한 글자를 썼거든."

"무슨 글자?"

"말해도 받아들일 수 없다면서."

"그건 그래. 지금 내 머리가 아주 바빠서 그래. 난 폐하를 구하느라 너무 고생해서. 지금 상태가 좀 그래."

아니, 그보다 이렇게 오랜만에 내 방에 오자마자 꼭 글자 가지고 뭐 해야겠나? 내가 머리가 나쁘진 않지만 공부는 못한다는 걸 알면서!

생각하니 서러워서 입술을 내밀고 있자니, 떡돌이는 "이런." 하고 놀리면서 나를 끌어다 자기 무릎에 앉히고 허리를 감싸며 귀에 대고 물었다.

"그럼 짐이 써준 글자는 언제쯤 받아들일 수 있지?"

"내년쯤."

"너무 먼데. 일 년이나 머리가 바쁜 거냐."

"시간을 좀 넉넉하게 잡았어."

어떻게든 내 머리를 변호하기 위해 둘러대자, 떡돌이는 웃음을 터트리면서 중얼거렸다.

"아아, 그래. 그럼 '천비 책봉식'이란 글자는 짐이 도로 들고 갔다가 일 년 뒤에 가지고 오마. 넉넉하게."

나는 그의 허벅지를 찰싹찰싹 두드리면서 내 노여움을 표시하다가, 그가 뱉은 말에 놀라서 손을 멈추었다. 빤히 쳐다보자 떡돌이가 내 이마에 자기 이마를 대고 물었다.

"아직도 이 머리가 그리 바쁜가?"

"……새치기해서 넣어줄 수 있어."

"언제?"

"내일쯤."

고고하게 대답하자, 떡돌이는 환하게 웃고서 나를 꽉 끌어안았다.

나는 그의 은인이니 좀 거들먹거리고 싶었지만, 오랜만에 그에게서 나는 향이 좋기도 하고, 계란이도 기뻐하는 것 같아서 가만히 있었다.

그의 목덜미에 머리를 대고 있으려니 마음이 아주 편안해졌다.

"천빈이 너무 빨리 품계가 올라가고 있습니다."

"유례 없는 일이에요. 이렇게 빨리 품계가 올라간 후궁이 있던가요."

"군주의 총애는 한 사람이 차지해선 안 됩니다."

"맞습니다. 한 사람이 폐하의 총애를 차지하게 되면, 폐하는 균형을 잃으실 겁니다."

"고금을 따져봐도 그렇습니다. 한 사람이 총애를 독차지하게 되면 끝이 좋지 않았어요."

"폐하께서 정실인 황후 마마를 뒤로하고 첩인 후궁만 저리 끼고 지내시니, 이러다 천씨가문이 삿된 생각을 하는 건 아닐지……."

"웬걸요! 이미 하고 있을 겁니다. 아주 행복한 망상에 잠겨 있겠지요!"

황제가 장공주에 대한 일이 해결되는 즉시 천빈을 비로 책봉하겠단 발표를 하자, 황후 측 대신들은 난리가 났다.

빈 자리에 오른 지 얼마나 되었다고 또 비에 책봉한단 말인가!

하지만 반대를 하자니, 반대를 할 명분도 없었다.

"그럼 어찌합니까. 천빈이 약을 구해오지 못했다면 폐하께선 아직도 깨어나지 못하셨을 겁니다. 총애도 총애지만 천빈이 폐하의 목숨을 구했지 않습니까. 거기에 대고 반대하면, 우리가 뭐로 보이겠습니까? 천빈이 폐하 구한 일을 탐탁지 않게 여기는 꼴로만 보이지 않겠습니까?"

천빈이 이번에 약을 구해오지 못했더라면 황제는 아예 의식을 차리지 못하다 죽었을지도 몰랐다.

이에 황제를 구한 공으로 품계를 올리겠다고 하니, 천씨 가문을 싫어하는 이들도 감히 반대할 수가 없던 것이다.

"흥. 그냥 시기가 좋았는지도 모르지요. 어쩌면 폐하께선 가만히 둬도 알아서 일어나셨을지도 모릅니다. 다른 병세가 있는 것도 아니고, 그저 의식만 없으셨던 거 아닙니까?"

"그 시기에 약을 가져다 바친 것도 천빈뿐입니다. 어의조차 이게 뭔가 몰라 제대로 약을 못 쓰고 있었으니까요!"

"지금 천빈을 편드십니까? 천빈 편드실 거면 이 자리에 왜 있습니까?"

"아니 이 사람이 유치하게……?"

"그만들 하시오!"

말다툼이 건설적이지 않고 하소연으로만 흘러가자, 좌척승상 온원이 참지 못하고 쾅쾅 탁자를 내리쳤다. 황후의 부친이자 황후파의 핵심인 그가 진노하니 다들 더 할 말이 없어 입을 다물었다.

온원은 무겁게 한숨을 내쉬고서 이를 갈았다.

"이번 일은 어쩔 수 없소이다. 하지만 높은 곳에 떠 있으면 약점도 많이 보이기 마련이지. 천비 책봉식은 천씨 가문의 마지막 행사가 될 거요!"

천소여의 천비 책봉 소식을 기뻐하지 않는 건 중립에 가까운 대신들도 마찬가지였다. 그들은 천씨 가문이 딸 셋을 후궁에 집어넣을 정도로 욕심이 많단 걸 알았기에 천혜음의 야심을 경계하고 있었다. 연비나 영빈 둘 다 빠르게 품계가 올라간 편이었고, 머리도 좋지 않은가.

그런데 누구도 눈여겨보지 않았던 둘째가 갑자기 치고 나와 황제의 첫 아이를 회임할 뿐만 아니라 순식간에 귀인에서 비 자리까지 올라가다니.

"온 승상이 마음에 안 들지만, 어쨌건 황후 마마는 황후 마마신데. 이러다 천씨 가문에서 간악한 계략이라고 꾸미는 게 아닌가 염려되오."

"두 가문이 날 세워 싸워대면 조정은 또 얼마나 어지러울까."

"천씨 가문 사람들을 잘 보고 있어야 합니다. 천빈은 비 자리에서 이제 멈춰야 합니다."

황후파들과 중립 대신들은 짐작도 못 하고 있겠지만, 이 유례 없는 승진에 당혹스러워하는 건 천씨 가문 역시 마찬가지였다.

공오부인은 딸이 비가 될 거란 이야기를 듣자, 기쁜 마음과 염려하는 마음이 정확히 반씩을 차지했다.

"괜찮을까요? 너무 빠른 승진을 앞두고 있다 보니 걱정이 됩니다."

"나도 마찬가지입니다."

천혜음도 한숨을 내쉬었다.

"소여는 황후감은 아니지 않습니까."

"그러니까요. 그 애는 착하고 성실하지만, 착하고 성실한 사람이 황후가 되는 건 아니지요."

천혜음과 공오부인이 점찍은 황후감은 장녀인 천대여, 연비였다. 그녀는 감정에 휘둘리지 않았고, 늘 침착하고 이성적이었다. 화가 나도 웃을 수 있었고, 분노해도 침착했다. 게다가 가문이 자신들에게 얼마나 중요한지도 알고 있었다.

그런데 회임을 한 것도, 빠르게 품계가 올라가는 것도 천소여라니.

"걱정됩니다. 그 아이가 그 속도와 높이를 이겨낼 수 있을지……."

반면, 영빈의 모친이자 천혜음의 첩인 해운잠은 온씨 가문 사람들 이상으로 천소여의 책봉 소식에 화를 냈다.

"말도 안 돼! 그 멍청한 게!"

해운잠은 너무 화가 나서 욕이 나오려는 걸 가까스로 참아냈다.

화가 날 수밖에 없었다. 첩인 그녀가 이 집안에서 그나마 위안을 얻는 건, 적녀인 천소여가 모든 방면에서 서녀인 천우여보다 뒤떨어진다는 점이었다.

얼굴도 머리도, 성품도 천소여는 천우여보다 뒤떨어졌고, 입궁한 후에도 천소여는 천우여를 따라오지 못했다.

그녀는 늘 머리를 조아리고 있었지만, 공오부인을 볼 때마다 생각했다.

당신이 아무리 잘난 척해도 내 딸이 네 딸보다 훨씬 낫다! 내 딸이 적출인 네 딸만큼 뒷바라지를 받았다면 연비 이상으로 날아올랐을 거다!

그런데 결국 천소여, 그 멍청한 천소여가 천우여를 역전해 버렸다. 이제 우여는 빈인데, 천소여는 비가 되게 생겼다.

해운잠은 공들여 수놓은 비단을 가위로 마구 조각내 잘라 버렸다.

"아악! 정말 싫어!"

"고정하세요, 작은 마님."

시비가 다급히 말렸지만 해운잠은 그렇게 할 수 없었다. 이렇게 된다면 평생 그녀 모녀는 공오부인과 그 딸들에게 눌려 지내야 했다. 당당하게 어깨를 펼 수도 없이, 평생을 그렇게 지내야 하는 것이다.

해운잠은 울먹이며 비단보를 마구 걷어차다가, 눈물을 참느라 얼굴 근육이 욱신거리고 아프자 잠시 밖으로 나갔다. 후원을 걸으면서 이 서글픈 마음을 조금 달랠 생각이었다.

그런데 후원을 걷고 있자니 웬걸. 꼴 보기 싫은 공오부인이 이쪽으로 오지 않는가.

당장 돌아서서 가버리고 싶었으나, 해운잠은 억지로 서서 참다가 그녀가 곁에 오자 두 손을 모으고 인사했다.

"산책하시는지요, 부인."

공오부인은 거들먹거리며 걸어가다가, 해운잠의 앞에 멈추어 서서 힐긋 옆을 보았다.

공오부인의 시선이 느껴졌지만 해운잠은 두 손을 모으고서 고개도 들지 않았다. 공오부인은 그런 해운잠의 태도를 물끄러미 바라보다가 입을 열었다.

"자네도 우리 소여가 곧 비 자리에 책봉된단 이야기를 들었는가."

"예, 부인."

공오부인은 정수리만 보이는 해운잠의 머리를 빤히 내려다보다가 웃음을 터트렸다.

왜 갑자기 웃지? 의아해서 해운잠이 흠칫하고 있자니, 공오부인이 재차 웃으며 말했다.

"역시 세상엔 순리이자 질서라는 게 있어. 그렇지 않아?"

"소첩은 무슨 말씀이신지……."

"서출은 무슨 수를 써도 적출 아래로 간다는 뜻이라네. 물이 위에서 아래로 흐르는 것처럼?"

공오부인이 비틀린 웃음을 짓고 지나갔다.

공오부인이 지나가자, 해운잠은 주먹을 '부드득' 소리가 나게 꺾었다.

사람들을 떠들썩하게 한 천비 책봉식은 거행되지 못하고 있었다. 며칠이 지나도록 장공주에 대한 의혹이 처리되지 않은 상태이다 보니, 품계 책봉식을 떠들썩하게 할 수 없었던 것이다.

이런 상황에서, 해운잠은 영빈을 만날 기회를 얻게 되었다. 해운잠은 문을 닫고 딸과 둘만 있게 되자마자 다짜고짜 영빈을 다그쳤다.

"이게 어떻게 된 일입니까? 천빈이 비로 올라가다니요?"

"그렇게 되었습니다, 어머니."

영빈이 덤덤하게 하는 말에 해운잠은 더욱 기가 막혔다.

"일이 이렇게 되었는데 마마께선 그걸 그냥 보고만 계십니까?"

"천빈이 제 발로 뛰어서 폐하를 치료했는데 제가 뭘 어쩌겠어요."

"뭘 어쩌다니요! 천빈이 그런 약을 구한다면 마마도 같이 가고, 약을 구해서 오면 폐하께 전해드리러 같이 가고 했어야지요!"

영빈은 한숨을 내쉬었다.

"일이 이렇게 되었는데 천빈과 싸워서 뭘 하겠어요, 어머니."

"대여야 어릴 때부터 마마를 잘 챙겨주었으니 그렇다 쳐도. 소여는 마마와 말도 섞으려 들지 않았습니다. 그 애가 얼마나 마마를 무시했습니까? 말 한마디조차 웬만하면 안 나누려 했지요. 기억나지 않으십니까?"

기억이 안 날 리가. 하루 이틀 일이 아닌데 안 날 리가 없다.

하지만 영빈은 이번에도 여전히 떨떠름해 말했다.

"제가 천빈을 공격하면 대여 언니가 싫어할 거예요."

"마마!"

"게다가, 어머니. 저도 천빈이 얄밉지만, 궁전에서 의지할 수 있는 건 결국 피가 섞인 저희 자매 셋뿐이에요. 여기서 천빈과 싸워봐야 저만 손해인걸요."

영빈은 차분하게 말했지만, 해운잠은 그 말을 받아들일 수 없었다. 영빈이 하는 말은 서출이 뒤로 가는 이 순서에 따르겠단 말처럼 들렸다.

'순리대로 흘러간다'던 공오부인의 말이 귓가를 울려서, 해운잠은 머리가 다 아파왔다.

"공오부인과 똑같은 이야기를 하는구나."

"!"

"공오부인이 그러더라. 네가 서출이라 결국 천빈보다 못 되는 거라고."

"어머니."

"공오부인이 날 볼 때마다 얼마나 괴롭히는지 아느냐? 네가 빈자리에 있지 않았다면 사람을 시켜 몰래 날 죽이려고 했을 여자다. 그 여자는 날 볼 때마다 너와 내 욕을 해. 뒤에서도 하지 않아. 앞에서 하니까."

"……알아요, 어머니."

영빈은 차갑게 중얼거렸다. 그 집에서 지낼 적, 눈으로 보고 귀로 듣고 앞에서 몇 번이나 겪었는데 모를 리가 있겠는가. 그 모진 대우를 지금은 어머니가 혼자 겪고 있으리라는 걸, 그녀가 모를 리 없었다.

"네가 대여에게 인정받고 싶어 하는 건, 너는 서출이고 대여는 적출이기 때문이지 대여가 널 도와서가 아니야. 대여가 네 친언니였더라면 네가 이렇게 대여에게 빌빌 기면서 인정받으려 하겠니? 그냥 언니가 최고라는 말이나 하면서 잘 지냈겠지."

"!"

"네가 서출이 아니었다면 대여에게 매달릴 일도, 너보다 훨씬 못난 소여에게 밀릴 일도 없다. 우리 모녀가 공오부인에게 괄시당할 일도 없지."

영빈은 한숨을 내쉬었다. 어머니가 무슨 말을 하는지 알겠지만, 궁전에서는 모든 게 황제의 손에 쥐어져 있었다.

후궁들끼리 싸움을 한다고 해도 황제가 누군가를 보호하고 총애하면 그 사람이 최고로 잘 나가는 것이었다. 상황을 역전시키는 건 그리 쉬운 일이 아니었다.

게다가 이곳에는 이복자매 이상의 적들이 수두룩했다. 당장 황후부터가 그랬고. 여기서 제대로 자리를 잡고 살아남으려면 세 자매는 힘을 합쳐야 했다.

그녀가 천빈과 대립해봐야 이득을 얻는 건 딱 하나였다. 황후.

하지만 공오부인에게 괴롭힘을 당한 어머니에게 이런 이야기를 하는 것도 못 할 짓이었다.

"돌아가는 길에 패물이랑 귀한 먹을거리를 좀 싸 드릴게요. 가져가서 주위 사람들에게 나누어주고 좀 편히 계세요."

상대를 싫어하는 건 해운잠만이 아니었다. 그 시각. 연비 역시 친모인 공오부인에게서 온 서신을 보고 있었다.

해운잠 그것이 날 보는 눈길이 나날이 오만불손해지고 있다.

겉으로는 순종적인 척하지만, 뒤에서는 칼을 갈 사람이다.

제 딸과 무슨 꿍꿍이를 꾸미는지 몰라.

이제 네 친동생이 폐하의 총애를 받고 있으니,

둘이서 힘을 합치고 영빈과는 거리를 두도록 해라.

소여가 아이를 낳으면 영빈이 너희의 이복자매랍시고

서모이자 이모 흉내를 낼 텐데, 그게 말이나 될 일이냐.

그리고 비슷한 시각.

천년비 역시 공오부인이 보낸 서신을 받았다.

"마님께서 보내신 거예요? 뭐라고 쓰여 있어요, 마마?"

"밥 많이 먹으래. 꼭꼭 씹어서."

내가 서신을 보면서 중얼거리자, 원웅이 "정말요?" 하고 되묻는다.

"응."

서신을 직접 보여주기까지 하자, 원웅이 신기해하며 감탄했다.

"당부나 주의사항이 있을 줄 알았는데. 그런 소리는 안 하시네요."

"평소엔 그런 서신을 보내서?"

"아니요. 평소에도 별말씀을 안 하시긴 해요. 그냥 연비 마마를 잘 따르라고 하시지요."

"그럼 편지 내용이 더 줄어든 거네?"

"아마도요?"

원웅과 부성이 자기들끼리 눈짓을 주고받더니 히죽히죽 웃는다.

뭐야. 왜 둘이만 웃어.

"어쨌든 마마, 마님은 별말씀을 안 하셨지만 조심하는 게 좋겠어요."

"뭐를?"

"영빈이요. 아까 낮에 해운잠이 영빈 마마를 보고 갔나 봐요. 절차가 굉장히 복잡한데, 그걸 다 처리하고 보고 갔대요."

"내 잘못이다."

황후가 이마를 짚으며 중얼거리는 소리에, 궁녀들이 다급히 반대했다.

"아닙니다, 황후 마마."

"황후 마마께서 오해할 만한 상황이셨습니다."

"고궐이 돌아와 있을 거란 걸 황후 마마께서 어떻게 아셨겠어요."

황후는 눈을 감고 자책했다.

궁녀들이 뭐라 말하든, 제대로 알아보지 않고 황제가 부하들을 죽였으리라 여긴 건 자신이었다. 만약 고궐이 부하들을 죽였단 걸 알았다면, 그녀는 장공주에게 개시시를 보내지 않았을 것이다.

그러나 일은 이미 터졌고, 장공주는 미쳐버렸다. 황제는 장공주를 치료할 방법을 찾아보리라 했지만 움직이지 않고 있다. 아마 치료할 방법이 없는 거겠지. 게다가…….

'이미 나는 개시시를 움직였다. 이 상황에 개시시가 깨어나 나에 대해 말하기라도 한다면……!'

"사람들은 진짜 다 너무해요!"

날씨가 점점 더 더워지고 있어서, 다 같이 정자에 앉아 차가운 물에 발을 담그고 쉬고 있을 때였다. 옆에서 부성이 갑자기 툴툴대기 시작했다.

왜 저러나 싶어 쳐다보자, 부성은 울상을 지으며 말했다.

"그렇잖아요, 마마. 마마께서 품계가 올라가게 생겼는데 반대할 여지가 없으니까 이젠 엉뚱한 걸 가지고 따지다니요."

"아아."

어제 일 때문이구나.

어제 낮, 부성이 내무부에 물건을 가지러 갔다가 돌아와서는 얼굴이 붉어진 채 이를 갈며 말했지.

거기 태감과 궁녀들이, 개시시가 쓰러지기 전에 습격자들이 내 이름을 외친 걸 두고 수군거리고 있었다고.

내가 그 이야기를 처음 들었을 때 얼마나 놀랐는지 모른다. 난 개시시가 쓰러진 줄도 모르고 있었으니까.

"자기들도 마마가 관련 없단 걸 알면서 일부러 꼬투리 잡는 거예요. 그 외엔 꼬투리 잡을 게 없으니까요."

"그러니까. 신경 끄고 있어야 해."

"신경 껐다가 더 꼬투리를 잡으면?"

"마마께선 절대로 가만히 두지 않을 거야. 그렇죠, 마마?"

나는 당당하게 고개를 끄덕였다.

"그럼!"

하지만 그 일은 내가 나설 것도 없었다.

'떡돌이는? 장공주는? 어떻게 되는 걸까.'

장공주는 감옥에 계속 갇혀 있고, 이후 떡돌이는 내 방에 올 때마다 그 화제를 최대한 피하려 든다.

"장공주 전하는 어떻게 됐어?"

나중에는 아예 대놓고 얼굴을 딱 잡고 물었더니, 눈동자를 옆으로 피해 버렸지. 어떻게 해서든 대답하지 않겠단 의지를 가지고서!

그 때문에 나는 장공주에 대한 일이 궁금해 죽을 지경인데도 뒷일을 알지 못한 채 참고 지내야만 한다.

누가 장공주에게 진실을 이야기해 주어서 장공주가 미친 건지, 장공주가 제정신을 차릴 방법이 없는지 등등 말이다.

물론 장공주가 제정신을 차린 방법은 없겠지. 타천천이 없다고 그랬으니까. 없으니 절대로 진실을 알리지 말라 했는데……

개시시가 깨어났단 이야기를 들은 건, 그렇게 의문과 기대, 걱정 속에서 지내는 어느 날이었다.

"천빈, 들었어요?"

촉비가 찾아와서 내게 알려주었다.

"개 답웅이 깨어났다던데."

나는 침상에 드러누운 채 속으로 의미 없이 숫자를 세다가, 놀라서 일어났다.

"정말이에요?"

"아, 그럴 리가요. 당연히 농담이죠."

"네?"

"깨어났다고요. 내가 이런 일로 농담하겠어요?"

"방금 농담이라고 했잖아요."

"황당해서 비꼰 거예요."

"무슨 말인지 모르겠어요."

촉비는 혀를 차더니, 옆으로 다가와 배에 입을 가까이 대고 속삭였다.

"아가야. 너는 똑똑하게 나와야 한다. 엄마 머리는 닮지 말렴."

뒤통수가 딱 치기 좋게 자리 잡고 있네. 꽁 하고 때리고 싶다.

어쨌든 개시시가 일어났다니……

"보러 가도 되는 거예요?"

촉비는 숙였던 허리를 펴면서 물었다.

"보러 가려고요?"

"안 돼요?"

"가도 되긴 하겠죠. 근데 나라면 안 갈 텐데."

"왜요?"

"개 답웅이 쓰러지기 전에 천빈을 외치는 소리를 들었다면서요."

"아니에요. 난 그때 아예 궁전에 없었는걸요."

"나도 천빈이 했다고는 생각하지 않아요. 천빈은 영리하지 않지만, 천빈 아랫사람들까지 다 똑같진 않을 거잖아요?"

"촉비 마마, 머리통 예쁘네요."

"?"

어쨌든 둘이서 대화를 잠시 나누다가, 나는 촉비와 함께 개시시를 보러 가기로 했다. 마침 개시시는 연비가 머무는 오월궁에 있어서, 보러 가는 게 어렵지도 않고.

무엇보다 음. 개시시와 가면 사건으로 데면데면해지긴 했지만, 그래도 그 전에는 좀 친하게 지내기도 했고. 어쨌든 죽을 뻔하다 깨어난 거 아닌가. 습격받기 전에 날 찾아온 걸 보면 나름 나와의 관계를 회복하고 싶었던 걸지도 모르고.

이런저런 이유로, 나는 오월궁으로 갔다.

그런데 웬걸.

"천빈?"

그곳에는 떡돌이는 물론 황후와 태후 마마, 영빈 등 다른 후궁들도 여럿 도착해 있었다. 안 오면 더 이상할 뻔했네.

"촉비도 왔군."

떡돌이가 말하자, 촉비가 옆에서 우아하게 인사를 올렸다.

나도 얼른 따라서 인사하고 고개를 들어 보니, 황후가 나를 우울한 눈으로 보고 있다.

눈이 마주치자 그녀는 시선을 돌려버렸다.

평소에도 무뚝뚝하긴 하지만, 오늘은 유달리 기운이 없어 보이네?

"들어가지."

어쨌든 입구에서 서성이고만 있을 수는 없어서, 우리는 다 같이 개시시의 침실 안으로 들어갔다.

개시시는 눈을 뜨긴 했지만 아직 정신이 없는지 혼몽한 얼굴로 누워 있다가, 사람들이 여럿 동시에 들어오자 인상을 찌푸리고 어렵게 허리를 들려 했다.

"아니. 계속 누워 있어라."

떡돌이가 손을 휘젓자, 많이 힘들었는지 개시시는 거절하지 않고 다시 등을 붙이며 말했다.

"황공하옵니다, 폐하. 송구하옵니다, 태후 마마. 황후 마마. 상처 부위가 복부여서 아직 일어나기가 힘이 들어서요."

"이런."

그 소리에 태후 마마가 한숨을 내쉬었다.

개시시는 어두운 얼굴로 시선을 내리깔고 있다가, 잠시 눈동자를 들었을 때 나와 눈이 마주치자 흠칫해 도로 눈을 내렸다. 그 모습을 보았는지 옆에서 승빈이 풋 작게 웃으며 내게만 들리게 중얼거렸다.

"개 답응이 범인을 보니 무서운가 보네요, 천빈."

발을 밟아 버리자 바로 목소리가 커졌지만.

"아아! 발! 발! 발! 발!"

"시끄럽구나!"

그 소리에 태후 마마가 차갑게 일갈하자, 승빈은 입을 꾹 다물고 억울한 표정으로 바닥을 내려다보았다.

나는 모른 척 앞을 보았다.

떡돌이는 태후 마마가 옆구리를 찌르자 앞으로 걸어가, 개시시의 침상 머리맡에 앉아 물었다.

"몸은 좀 어떠냐."

"아직 정신이 없습니다, 폐하. 측근 궁녀도 다행히 살았다지만, 상처가 다 낫지 않아 걱정도 되고요."

"그래."

떡돌이는 걱정스럽게 고개를 끄덕이다가 몸을 일으키고서 물었다.

"당시 궁 안 분위기가 어수선해 널 공격한 자들을 아직 잡지 못했는데. 혹시 습격받기 전 일이 기억나느냐? 범인의 얼굴을 보았다거나?"

개시시를 습격한 자들이 뭐라고 외쳤는지는 이후 달려온 태감들이 다 진술해 주었는데. 떡돌이는 이상하게 둘러서 묻네. 저건 궁중 화법인가.

어쨌건 그 질문에 개시시는 움찔하고, 황후도 움찔하고, 태후 마마는 초조하게 치맛자락을 쥔다.

승빈을 나를 보면서 한쪽 입꼬리를 올렸지만, 내가 멀뚱히 쳐다보자 부담스러운지 다시 고개를 돌려버렸다.

나는 개시시를 보았다.

"그게……."

개시시는 말을 끌면서 눈을 내리깔고 있었다.

"괜찮으니 말하거라. 전후 사정을 말해주면 범인을 잡는 데 큰 도움이 될지도 모른다. 네 이야기는 짐이 기몽 장군에게 직접 전하마."

떡돌이가 재차 묻자, 개시시는 눈에 띌 정도로 불편하는 얼굴로 이불을 끌어당겼다.

왜 저러지? 난 개시시가 쓰러지기 전에 내 이름을 외쳤단 습격자들을 불 줄 알았는데? 그럴 때 쓰기 위해 나 자신을 방어할 말도 준비했다.

그러나 개시시는 주저하다가 예상치 못한 말을 했다.

"모르겠습니다. 그자들은 달려들어서 제 궁녀와 저를 바로 베었고, 이후 저는 바로 쓰러져서요."

그 말에, 승빈이 다급히 물었다.

"확실해요, 개 답응? 근처에 있던 태감들은 침입자들이 천빈 이름을 꺼내고 개 답응을 공격했다던데. 그 태감들 덕에 개 답응이 산 거예요."

다들 생각만 할 뿐 입 밖으로 꺼내지 못하던 말을 승빈이 꺼내자, 황후가 승빈을 보며 고개를 빠르게 저어 보였다. 가만히 있으란 신호 같다.

떡돌이도 개시시가 이렇게 나오는 게 의외라는 듯 고개를 갸웃했다.

개시시는 초조하게 이불을 움켜쥐고서 고개를 푹 숙이고 중얼거렸다.

"죄송합니다. 저는 못 들었어요."

승빈이 나를 힐긋 보더니 아주 작게 빈정거렸다.

"입막음 한 번 빠르게 해 놓았네요?"

이번에도 발을 밟았지만 승빈은 눈치 빠르게 발까지 싹 피해버렸다. 덕택에 밟힌 건 황후 마마였고…….

"승빈이 그랬어요."

나는 황후 마마가 나를 보자마자 알려주었다.

"아, 아니에요 마마!"

승빈은 황급히 부정했지만,

"좀 조용히 해라 승빈! 아까부터 자꾸 시끄럽구나!"

태후 마마에게 또 혼이 나고 말았다.

승빈은 얼굴이 붉어져서 나를 노려보았지만, 그래도 또 태후 마마에게 혼나긴 싫은지 이번에는 입을 놀리지 않았다.

다행이야. 나는 다시 개시시에게 집중했다.

개시시는 이곳에서 일어나는 소란을 모르는 듯 떡돌이와 계속 대화를 나누고 있었는데, 분위기를 보니 계속해서 자기는 아무것도 들은 것도 없고 아는 것도 없다고 하는 듯했다.

떡돌이는 개시시의 말을 들으며 얼굴을 굳히다가, 천천히 몸을 일으키며 물었다.

"피곤할 테니 하나만 더 묻고 나가지, 개 답응."

"네, 폐하."

"누가 그대를 공격한 건지. 짐작 가는 건 없나?"

"잘 모르겠어요."

떡돌이의 눈빛이 점점 차가워졌으나, 개시시는 그걸 알면서도 연이어 모르겠다고 주장했다.

마침내 떡돌이는 "그래." 하고 중얼거리고서 돌아섰다.

"일단 쉬거라. 몸이 나으면 생각나는 게 있을지도 모르지."

떡돌이는…… 개시시가 입을 다무는 게 별로 마음에 안 드나 보네?

"왜 개시시한테 화를 낸 거야? 개시시가 입을 다물면 나한테 좋은 거 아니야?"

결국 그날 밤. 나는 떡돌이에게 대놓고 묻고 말았다.

떡돌이는 내 손을 주물러주다가 한숨을 내쉬며 대답했다.

"너한테도 좋지."

"근데 왜 화를 내? 화를 안 냈다고는 하지 마. 내가 다른 건 몰라도 떡돌이 네 표정은 잘 읽는걸."

"너한테만 좋은 게 아니니까."

"그럼?"

"진범한테도 좋겠지. 아예 입을 다물고 있지 않으냐."

"그런가?"

"따지고 보면 진범한테 가장 좋겠지. 너는 그래도 이름이 한 번 거론되었지만, 그쪽은 아예 이름도 거론되지 않았으니. 머리 좋은 사람은 애초에 널 의심하지도 않았겠지만, 머리 나쁜 사람은 네가 개 답응을 협박해서 개 답응이 거짓말을 한다고 볼 거 아니냐."

"어…… 그런가?"

"그래. 하지만 이 모든 일에 진범은 아예 발을 빼고 있다. 그러니 화가 안 나겠느냐?"

내 손을 주무르는 떡돌이의 손길이 점점 거세진다. 아플 정도는 아니지만. 화가 많이 났구나. 떡돌이는 한참을 그러다가 내 손에서 손을 떼고 중얼거렸다.

"개 답응을 습격한 사람이, 개 답응을 장공주에게 보내 진실을 알려준 사람일 거다."

"어? 그럼? 어? 그걸 어떻게 알았어?"

"개 답응이 누이에게 다녀온 후에 누이가 미쳤으니까. 개 답응에게 진실을 들려 보낸 사람은…… 아마 황후겠지."

"왜 황후라 생각해?"

"개 답응이 누이에게 가기 전에 본 이가 황후니까."

"몰래 다른 사람을 봤을 수도 있잖아. 서신이 오갔다거나."

"황후 편을 드는 게냐?"

"아니, 이런 건 신중해야 하잖아? 공주를 미치게 만든 범인이면 아주…… 그, 큰 벌 받지 않아?"

내 말에 떡돌이는 쓸쓸하게 웃으며 고개를 저었다.

"신중한 건 좋지. 네 말이 옳아. 하지만 다 옳진 않아. 범인이 누구든 처벌할 순 없을 테거든."

"무슨 소리야?"

"진실을 알면 누이가 미칠 거란 건 타천천과 고궐, 너와 나, 승언이와 오원요 정도만 알던 거니까."

"무슨 소린지 모르겠어."

"황후가 개 답응을 누이에게 보냈다 한들, 그 의도가 누이를 미치게 만들려는 건 아니란 거다."

말은 차분한데. 떡돌이의 눈빛은 점점 가라앉았다.

"보통 누군가 자신과 대화를 나누다가 미쳐버릴거란 짐작은 하지 못하지. 그런 걸 염두에 두면 대화를 할 수도 없고."

"그러면……?"

"황후가 시켰단 게 밝혀져도 처벌은 못 할 거다. 누이 상태가 강시 상태여서 미치기 직전이었다 밝힐 수도 없으니 더더욱."

하지만 처벌을 못 한다고 해서 떡돌이의 원망이나 화까지 누그러드는 건 아닌 모양이다. 그는 말을 하다 보니 더운 분기가 치솟는 듯, 주먹을 꽉 쥐고 그 위에 미간을 올려두었다.

그 모습을 바라보다가 조심스럽게 등을 쓸자, 손 아래에서 등이 움찔하는 게 느껴졌다.

궁궐은 복잡하구나.

"소주. 왜 폐하께 사실대로 말씀드리지 않은 거예요?"

개시시의 배를 감싼 붕대를 풀고 약을 발라주며 궁녀가 겁먹은 목소리로 물었다. 개시시는 배에서 느껴지는 통증을 가까스로 참고 있다가, 짧게 신음하며 대답했다.

"우리 가문은 반은 무림인들이야."

"소신이 정언 소저처럼 소주를 사가에서부터 따르진 않았지만, 소주의 가문에 대해서는 들어서 알고 있어요, 소주."

"나는 무공을 익히지 않았고 내 직계 가족들은 무림인이 아니지만, 그래도 여기저기서 무림 이야기는 들어서 알아. 암살을 시도하는 사람은 자기 고용인에 대해 알리지 않아."

"하지만 복수하면서 일부러 자기가 누군지, 상대가 무슨 죄를 저질렀는지 알려주는 사람도 있잖아요?"

"그렇지. 그래도 고함치면서 알리진 않을 거잖아?"

"아. 그건 그렇네요."

"그런데 날 습격한 사람은 다 들으란 것처럼 천빈을 외쳐댔어."

"그럼 황후 마마에 대한 건 왜 비밀로 하신 거예요?"

"……."

붕대를 다 감은 궁녀가 조심스레 개시시의 상의를 아래로 내려주었다.

개시시는 무거운 한숨을 내쉬었다.

"난 가문도 품계도, 폐하의 총애조차 황후 마마와 비견할 수 없어. 날 보호해 줄 수 있는 후궁 친분도 없고. 내가 황후 마마 이야기를 해봐야 어떻게 되겠어. 미움을 사서 나만 힘들어질 뿐이야. 난 누구와도 적이 되고 싶지 않아."

"그나마 머리를 잘 쓰니 다행이로구나."

황후는 개시시 쪽에서 별다른 움직임을 보이지 않는단 걸 확인하자, 안도해서 중얼거렸다.

개시시가 황후에 대한 이야기를 꺼낸다고 해서 그녀가 어떤 구체적인 처벌을 받을 거란 생각은 하지 않았다. 그녀가 한 행동은 이간질이지, 공주를 미치게 한 게 아니니까.

하지만 별개로 황제와 태후에게 미움을 사긴 했을 텐데. 개시시가 입을 다문 덕에 그렇게 되진 않았다. 개시시는 일이 크게 번지는 걸 원치 않는 듯했다.

"나중에라도 생각이 바뀌진 않을까요?"

"주기적으로 살피고. 우선, 무사히 깨어나서 다행이라고, 적당한 선물을 가져다주어라."

"예, 마마."

태감이 물러나자 황후는 긴 의자에 팔을 괴고 앉아 멍하니 정면을 바라보았다.

대체 일이 왜 이렇게 꼬인 건지 알 수가 없었다.

천빈이 온수연을 죽인 게 화가 나서 진실을 밝히려 했는데, 나중에는 그게 황제가 천빈과 장공주를 보호하기 위해 자기 부하들을 죄다 죽여버린 데 대한 분노로 바뀌었다.

그 복수를 위해 천빈과 장공주를 갈라놓으려 했는데, 뜬금없이 장공주가 미쳐서 사람들을 죽이고 다닐 줄이야. 그리고 궁인들을 죽인 건 장공주였고, 부하들을 죽인 건 장공주를 배신한 고귈이라니!

그 사이사이의 연결 고리가 무엇인지 알 수 없다 보니, 황후는 이 모든 일을 이해할 수 없어 힘들었다. 죄책감과 두려움, 답답함이 동시에 어우러져서 가만히 앉아 있기만 해도 숨이 가빠질 지경이었다.

안 그래도 상궁녀가 잡혀간 일로 마음에 병이 나 약을 먹고 있는데, 이런 일이 연이어 일어나자 황후는 모든 일이 그저 괴롭게만 여겨졌다.

"술상을 차려오거라."

결국 황후는 술의 기운을 빌려야겠다 싶어 이렇게 지시했다.

"밖에서 마시겠다. 사람들이 다니지 않는 후원에 술상을 차리거라."

잠시 뒤. 술상이 마련되자 황후는 홀로 그곳에 가서 측근들까지 다 물린 후, 혼자 술을 따라가며 마시기 시작했다.

스스로에 대한 자부심이 넘치는 황후에게는, 자신이 오해로 인해 누군가를 미치게 만들고, 그걸 덮기 위해 누군가를 습격한 일 등이 깊은 죄책감으로 남고 말았다.

그렇게 얼마나 정신없이 술을 마셔댔을까. 술을 마시면 마실수록 고민이 흐려졌고, 황후는 거기에 계속해 매달렸다.

상궁녀까지 수사청에서 나오지 못하는 지금, 그녀에겐 마음을 터놓을 사람조차 한 단 한 명도 없었다.

가족? 그녀의 현재 상황도 아랑곳하지 않고 무조건 천씨 가문 세 자매를 쳐내라고 닦달하는 그 가족에게 고민을 털어놓아? 웃기지도 않은 일이었다.

그러다 그녀는 그를 보았다.

'폐하? 아니…… 아니, 연금?'

황제와 같은 차림을 했지만, 언제나 대번에 구분할 수 있는 사내. 황제의 대역인 연금이었다.

연금은 그녀를 먼발치에서 보며 우물쭈물하고 있었는데, 그녀가 술에 취해 어디에 목을 매달기라도 할까 봐 염려되는 눈치였다.

그 모습을 보고 있자니, 손이 저절로 움직였다. 그녀는 자신의 손을 보고서야, 자신이 그에게 이리 와보라 손짓하고 있단 걸 알았다.

연금은 주저하느라 오지 않았다.

하지만 황후가 계속 오라고 손짓하자, 주위를 둘러보다가 조심조심 다가왔다.

"폐하께서 그렇게 행동하시더냐."

황제로 보이지 않는 태도에 기가 차 묻자, 연금은 고개를 푹 숙였다.

"송구합니다."

"다른 사람 앞에서는 잘도 폐하 흉내를 내더니."

"다른 사람은…… 절 모르니까요."

"본궁도 널 모르는데."

"절 알아보십니다. 절 구분하시고요."

황후의 입꼬리가 슬프게 올라갔다.

"그렇구나."

"……왜 그리 슬프십니까."

"나도 누군가, 날 구분해 줄 수 있는 사람이 있었으면 좋겠다."

"!"

면사 위로 드러난 연금의 눈동자가 흔들렸다. 그 눈에 동정심이 차올랐다. 평소라면 그가 드러낸 동정심에 자존심이 상했을 터이지만, 술과 두려움에 취한 황후에겐 그 눈빛이 오늘은 그리 자존심 상하지 않았다.

연금은 그런 황후를 보며 마음이 괴로워졌다. 평소에도 황후는 늘 위태로워 보였다. 초연한 눈동자 아래로 풍랑처럼 휩쓸리는 감정을 황제가 알아보지 못하는 게 연금은 의아할 지경이었다.

황후가 아파하고 있을 때도, 황후가 슬픈 일이 있을 때도, 황후가 고민에 잠겨 있을 때도, 사람들은 아무도 그녀를 알아보지 못했다.

연금은 황후에게 말하고 싶었다. 자신은 그녀를 구분할 수 있다고. 하지만 그럴 수 없었다. 그 역시 모든 걸 숨기고 감추도록 훈련받아 왔다. 거기엔 감정도 포함되어 있었다.

게다가 상대는 황후였다. 후궁이나 궁녀가 아니라 황후. 어떻게 그녀에게 그런 말을 내뱉겠는가.

황후는 술을 마시고서 그 모습을 바라보다 손을 저었다.

"가보아라. 너는 내 옆에 있기도 싫은 모양이니."

"아닙니다, 마마. 저는……."

"……."

연금은 자신의 손등을 보았다. 전에 황후가 버린 꽃을 주우며 난 상처는 흉터로 변해 그의 손등에 옅게 남아 있었다.

그는 말없이 일어서 꾸벅 인사를 올리고 돌아섰다.

황후는 고개를 돌리지 않고 그 기척이 멀어지는 것만 보다가, 두 손으로 얼굴을 파묻었다.

"왜 그러세요, 마마?"

간식을 먹다가 내가 멍하니 허공을 쳐다보고 있자, 부성이 원웅과 둘이서 수를 놓다 말고 물었다. 두 사람은 며칠 전부터 아기 옷에 쓰겠다며 시간이 날 때마다 짬짬이 수를 놓고 있었다.

내가 젓가락을 입에 물고 대답하지 않자, 원웅까지도 내 쪽을 쳐다보며 "마마?" 하고 묻는다.

나는 젓가락을 입에서 빼고서 물었다.

"폐하께서 며칠째 안 오셨지?"

떡돌이가 황후와 장공주, 개시시에 대한 일을 털어놓고 간 날 이후. 이상하게 그가 오지 않고 있었다. 그렇다고 다른 후궁이나 황후를 찾아갔단 이야기도 없었다.

처음에는 그 일로 떡돌이가 마음이 상해서 방에 틀어박혔겠거니 생각했다. 속상하면 아무것도 필요 없이 혼자 웅크리고 싶을 때가 있으니까.

하지만 그 시간이…….

"육 일쯤 된 것 같아요, 마마."

그래. 이 정도쯤 되니 좀 걱정되는데?

"왜 그러세요, 마마?"

"폐하께서 안 오셔서."

"바쁘신 게 아닐까요? 요즘 일 때문에 완전히 정신없으시대요. 식사도 집무실 안에서 하신다 하고요."

"그런가."

"그럼요. 다른 후궁들을 찾아간 게 아니니 괜찮아요, 마마."

"네. 염려 마세요."

원웅과 부성은 내가 아이를 위해서라도 나쁜 생각을 하지 않는 게 좋다 여기는 듯, 웬일로 둘이 박자를 맞추어서 좋은 말만 해주었다.

잠시 생각하다가 나는 고개를 끄덕였다.

"그래. 그렇겠지."

싸운 일도 없고, 오히려 최근 들어 떡돌이와 내 사이는 아주 많이 좋았어. 떡돌이가 고민이 있긴 했지만.

그러니 나한테 화가 나서 안 오는 건 아닐 거야. 그냥 시간을 가지고 싶은 거겠지. 황후한테도 화가 난 것 같으니.

음. 그리고 생각해보니, 내가 찾아가도 되긴 했다. 하지만 그러지 않은 건 나도 무의식중에 떡돌이가 장공주 일로 심경이 복잡할 거란 걸 알아서겠지.

"좋아. 염려 끝. 걱정 안 하겠어."

정리하고 손을 휘젓자, 부성이 박수를 친다.

"마마는 정말 마음이 넓으세요!"

"그럼."

나는 흐뭇하게 웃고서, 얼른 마저 수를 놓으라고 둘에게 손짓했다.

그런데 몇 시진 뒤 밤.

기다리는 떡돌이는 오지 않고 기다리지 않은 인간이 나타났다.

"이게 누구야. 용씨 아냐."

당직인 원웅은 침실 밖에 있을 거고, 부성은 자기 방에서 자고 있을 거다. 귀자는 깨어 있을 텐데 오지 않는다. 용화노가 알아서 잘 숨어들어 왔겠지. 그럴 능력은 되는 인간이니.

그런데 웬걸? 막상 몰래 와 놓고서, 용화노는 공격을 하지도, 대답을 하지도 않고서 나를 멍하게 바라보기만 했다.

왜 저러나 싶어 같이 보고 있자니, 그가 무거운 목소리로 입을 열었다.

"공주 전하께서…… 돌아가셨다."

나는 용화노를 쫓아내는 게 좋을지, 아니면 말을 하라고 잡고 흔드는 게 좋을지 고민하다가 놀라서 눈에 힘이 들어갔다.

"뭐?"

누가 죽어?

"장공주가? 왜?"

감옥에 갇혀 있는 거 아니었나?

장공주가 사람을 여럿 잡긴 했지만 그 일로 사형…… 당한 거란 말은 없었는데. 왕족은 웬만해선 사형시키지도 않고.

용화노의 낯빛이 눈에 띄게 어두워졌다.

"몸이 무너졌다. 며칠에 걸쳐서."

"!"

그 말을 듣는 순간, 떡돌이가 엿새 동안 찾아오지 않은 일이 떠올랐다.

설마……!

용화노는 눈을 질끈 감았다가 떴다. 그 표정에는 감당하기 어려운 감정에 맞닥뜨린 절망이 어려 있었다.

싫은 놈이지만 저러고 있으니 뭘 어떻게 해야 할지 몰라서, 그리고 떡돌이가 누이가 죽어가는 모습을 엿새 동안 지켜보면서 얼마나 마음이 무너졌을지 상상이 가서 같이 멍하게 있기를 한참.

용화노가 천천히 입을 열었다.

"공주 전하를 모시고 도망치는 게 나을지, 아니면 내가 몰래 심장을 가져다드리는 게 나을지 고민했다. 하지만 네 말이 옳아. 공주 전하가 이성이 있다면 너보다 날 탓하셨겠지. 생명을 소중히 여기는 분이시니까."

"……"

"괴물이 된 모습으로 억지로 연명시켜 보았자 공주 전하의 영혼은 아파할 거라고 판단했다. 그래서 나설 수 없었어. 그냥 멀리서 지켜보았다."

뭐라고 해야 할지 몰라 멍하게 보고 있자니, 고귈이 씁쓸하게 웃었다.

"게다가 나도 공주 전하가 먹인 독 때문에 죽게 되겠지. 공주 전하를 모시고 달아나봤자 그분을 책임질 수도 없어."

"무슨 소리야? 독이라니?"

"공주 전하께서 내게 계속 독을 먹이셨다. 기억이 없는 척하면서."

"어?"

고귈은 어깨를 으쓱하고서 발로 바닥의 흙을 뭉갰다.

"내가 왜 네게 이런 얘길 하는지 모르겠군. 같은 악적 출신에, 왕족을 사랑하게 된 동질감이라도 느껴서인가."

"난 폐하를 배신하지 않아."

"한 사람은 다른 길을 가게 되어 다행이군. 넌 악적계의 별이다, 천년비."

저게 무슨 말이라고. 헛웃음이 나온다.

고퀄은 씁쓸하게 같이 웃더니, 주위를 둘러보고는 목소리를 낮추었다.

"내가 상처를 준 어린 황자에겐 사과할 길이 없으니 대신 네게 말하겠다. 이게 본론이야. 타천천 얘기다."

"?"

고퀄은 내 귀에 대고 무언가를 빠르게 속삭이고는, '어린 황자에게 전해달라 하고서 눈 깜짝할 사이 그 자리를 빠져나갔다.

잠시 뒤. 귀자가 나타나서 "마마! 혹시 누가 다녀갔습니까?" 하고 조급히 물었다.

나는 멍하게 그를 바라보다가 얼른 창문을 뛰어넘었다.

"마마!"

"떡, 폐하한테 가야겠다. 빨리!"

사하비단에서 혼령술 비법을 훔쳐내려 할 때,

거기서 선황제의 서신을 보았습니다.

그게 진짜 선황제 서신인진 저도 모릅니다.

하지만 같은 내용을 쓴 편지가

각기 다른 필체로 여러 개 있었습니다.

그걸 뭐에 쓰려는 진 모르겠지만......

보통 사람이 그런 걸 가지고 있진 않지요.

게다가 내용이 황태자를 바꾸란 내용이라면 더더욱.

타천천은 흐뭇하게 웃고서 금색 상자에 머리카락 몇 가닥을 넣었다.

"그게 무엇입니까?"

아유정이 그 모습을 지켜보다가 물었다.

타천천은 아유정을 보며 입꼬리를 짓궂게 올렸다.

"황제의 머리카락입니다."

"황제라면……."

아유정은 얼결에 따라 중얼거리다가 눈을 커다랗게 떴다. 황제?

"그거 때문에 궁궐에 잡혀가셨던 겁니까?"

난데없이 타천천이 황궁에 끌려가서, 남겨진 사람들이 얼마나 당황했는지 모른다.

타천천이 비원을 통해 '안심해도 좋다'는 말을 따로 남기지 않았더라면 다들 뭘 어떻게 해야 할지 몰라 허둥댔을 것이다.

그런데 타천천이 그 이상한 행보를 보인 게 황제의 머리카락을 가져오기 위해서였다고?

타천천은 만족스레 웃으며 상자 뚜껑을 덮었다.

"간 김에 녕녕도 보고, 돕고도 오고."

"오 공공. 폐하 계시나?"

심궁에 있는 어실 앞으로 가며 묻자, 오 공공이 마침 차를 타서 안으로 들고 들어가다가 깜짝 놀라 뛰었다. 얼마나 놀라던지 내가 받쳐주지 않았다면 들고 있던 찻잔을 옆으로 엎었을 것이다.

"왜 그러나?"

덩달아 의아해 묻자, 오 공공이 소리 죽인 목소리로 물었다.

"지금 폐하를 뵈시려는 겁니까, 마마?"

"응. 급히 드릴 말씀도 있고. 급히 보고도 싶고. 걱정도 되고."

"엿새나 못 보셨으니 그러시겠지요."

오 공공은 고개를 끄덕이다가 다시 빠르게 저었다.

"하지만 지금은 안 가시는 게 좋습니다, 마마."

"어? 왜 그러나?"

"제가 마마를 무척 응원하는 건 아시지요?"

"그럼!"

"예, 절대로 마마를 방해하려고 이러는 게 아닙니다. 마마를 위해 드리는 말씀이지요. 지금 폐하께서 그리 상태가 좋지 않으셔서요. 삐죽삐죽 예민해 계셔서, 지금 뵈면……."

"알아. 공주 전하 때문이지?"

오 공공이 눈을 커다랗게 떴다.

"마마께서 그걸 어찌……?"

그가 입을 뻐끔거리더니 내 뒤에 선 귀자를 보았다. '혹시 네가 말씀드렸냐'고 하는 눈빛.

"왜요. 전 아무것도 모릅니다, 공공. 공주 전하께서 어찌 되셨는데요?"

하지만 귀자는 모르는 일이었다.

귀자가 뚱하게 되묻자, 오 공공은 나를 희한하게 쳐다보았다. 그렇지만 차마 내게 '몰래 보고 가셨습니까?'라고 묻진 못하고, 입을 꾹 다물고 침울하게 서 있다가 허락했다.

"알겠습니다. 이미 알고 오셨다니…… 부디 폐하께서 평소처럼 다정하게 대하지 않으셔도 너무 언짢게 여기지 말아주십시오, 마마."

"난 대인의 풍모가 있네. 걱정 말게."

"잠시만 기다려 주십시오."

오 공공은 꾸벅 인사를 하고서 찻잔 담은 쟁반을 들고 어실 안으로 들어갔다. 그리고 얼마나 있었을까. 잠시 뒤, 오 공공이 쟁반 없이 나와서 내게 말했다.

"안으로 들어가시지요, 마마."

걱정되는 마음을 누르고서 안으로 들어가자, 평소보다 안색이 퀭해진 떡돌이가 보인다.

맑은 눈빛은 탁해져 있고, 깨끗한 눈 밑 역시 며칠을 못 잔 사람처럼 퀭하다. 입술도 까칠했고, 붓을 쥔 손에도 미약한 경련이 이어지고 있었다. 그러면서도 책상 앞에서 붓을 쥐고 있는 모습은 보는 것만으로도 마음이 아려왔다.

"떡돌아."

그 모습에 덩달아 울컥해 중얼거리자, 떡돌이는 힘없이 미소 지었다.

곁으로 다가가자 그가 내 손을 잡고서 내 팔에 이마를 대며 속삭였다.

"반숙아. 누이가…… 누이가 죽었다."

"……"

"누이가 두 번째로 죽었다. 두 번이나 죽었어. 난 누이가 죽는 걸 두 번이나 보게 되었구나."

"폐하……"

"괴롭다. 심장이 찢어지는 것 같아."

뭐라고 말해야 할지 모르겠다. 결국 아무 말도 할 수 없었다. 그저 손을 뻗어 떡돌이의 팔과 목덜미만 문지르는 수밖엔.

점점 팔 부근이 축축해졌다.

그는 내색하지 않았지만, 한 번씩 몸이 들썩이고 있었다.

얼마나 이러고 있었을까. 창밖으로 들어오는 햇빛이 붉게 변해갈 즈음에서야 떡돌이는 천천히 내 팔에서 머리를 들었다. 내내 그 상태로 있던 탓에 이마에 옷 자국이 깊게 나 있었다.

손을 들어 그 부분을 쓸자, 떡돌이는 민망한지 희미하게 웃고서 덩달아 이마에 자기 손을 올렸다.

"별로 이런 모습을 보이고 싶지 않았는데."

"아픈데 그런 걸 왜 신경 써."

"쓰게 된다."

"안 썼으면 좋겠어."

"……."

"나도 폐하 앞에서 그러는걸."

떡돌이의 입꼬리가 조금 더 올라갔다.

"넌 다른 사람 앞에서도 그러지 않던가?"

놀리는 목소리지만, 그 태도조차도 일부러 평소처럼 굴려 애쓰는 듯해, 나는 떡돌이의 손을 내 손 안에 넣고 문질렀다.

떡돌이는 그 모습을 내려다보다가 입을 열었다.

"오원요가, 네가 누이 죽은 걸 이미 알고 있었다던데."

"맞아. 듣고서 달려온 거야."

"듣다니?"

"용, 아, 고궐이 내게 다녀가서."

고궐 이야기에 기운 없던 눈동자가 매서워졌다.

"그자가 네게 왜?"

당장이라도 고궐을 찾아 그의 머리를 펑펑 두드리고 싶단 얼굴이었다.

"너한테 미안한데 미안하다고 할 수가 없대."

떡돌이의 입꼬리가 차갑게 올라갔다.

"그자의 사과 따위 원하지 않는다. 결국 누이는 그자 때문에 두 번이나 죽었어."

"본인도 아나 봐. 그래서 사과하러 못 오겠대. 대신에 전해달란 이야기가 있어."

"필요 없다."

떡돌이는 고궐에 관련된 내용은 다 싫은 듯 딱 잘라 말하고서 손수건을 꺼내 눈가를 닦았다.

"그자 이야기는 내게 전하지 않아도 돼."

"나도 웬만하면 안 전하겠는데. 꼭 전해야 할 이야기여서."

떡돌이는 손수건을 움켜쥐고서 무겁게 숨을 내뱉었다.

"그 꼭 전해야 할 이야기가 뭐지?"

"고궐이 사하비단에 들어가서 혼령술 비법을 훔치려 할 때, 선황제 폐하의 서신을 보았대."

떡돌이는 나 때문에 억지로 듣는 표정을 짓고 있다가, 선황제 폐하의 서신 이야기에 눈빛이 달라졌다.

"아바마마의 서신?"

"어."

이미 선황제 폐하의 서신을 두고서 떡돌이는 한 차례 고생한 적이 있었다. 나 역시도 그 일로 촉비와 나쁘게 얽힌 적이 있지.

떡돌이는 당혹스러운 듯 입을 삐끔거렸다.

"아바마마의 서신을 그자가 왜?"

"촉비가 가지고 있던 건 지금도 촉비가 가지고 있어?"

"아니. 다른 데 두었다. 하지만 그자에게 주진 않았는데."

떡돌이의 표정이 일그러졌다.

"그자가 일부러 그런 거짓말을 하는 건?"

"아닐 거야. 그게 가짜인지 진짜인진 모른다 했거든. 하지만 같은 내용을 여러 개의 필체로 적은 서신이 있었대. 전부 다 같은 내용이고."

"그건 확실히 이상하군."

떡돌이가 중얼거린다.

그렇지. 이상하지. 하지만 가장 이상한 건 하나 더 있지.

"그 내용이 뭔지 알아?"

"좋은 내용은 아닌가 보군."

이 말은 직접 말하기도 엄청나서, 나는 떡돌이의 귀에 대고 속삭였다.

"황태자를 바꾸란 내용이었대."

때로는 해야 할 일들이 가득 쌓여 있는 게 사람을 앞으로 밀어내기도 하나 보다. 장공주의 두 번째 죽음으로 충격에 빠진 떡돌이는, 사하비단과 타천천에 관한 일을 처리하느라 다시 열심히 일하고 움직이기 시작했다.

며칠이 지나자, 사람들 역시도 장공주가 또 죽은 걸 알게 되었다.

물론 정확하고 구체적인 죽음을 아는 건 아니고. 사람들에겐 장공주가 갑자기 죽음에서 돌아온 것처럼, 갑자기 모래처럼 변해 사라졌다고만 알려졌다.

떡돌이가 말을 이렇게 한 건 사실 거의 태후 마마 때문이었다. 아무리 장공주가 이성을 잃은 상태였다지만, 자식이 6일에 걸쳐 몸이 무너져내렸단 말을 듣고 제정신일 부모는 없다.

시체를 보아도 충격에 젖어 제정신을 차릴 수 없긴 마찬가지. 이에 그냥 모래처럼 변해 죽었다고 알린 것이다.

태후 마마는 그 소식만 전해 듣고도 사흘을 앓아누우셨지만, 어쨌든 태후 마마의 병세가 나아진 후, 떡돌이는 소박하게 가족들만 참석하는 장공주 장례식도 열었다.

말이 좋아 소박하다지, 참여하는 인물들을 보면 절대로 소박하지 않지만, 규모만 보면 소박하긴 했다. 장공주의 무덤이 있던 곳에는 다시 무덤이 생겨났고, 나는 무덤 앞에서 멍하니 시선을 던졌다.

가짜라 여겼던 장공주가 진짜인 것도 놀랍고, 그녀가 결국 고귈에게 복수를 하고 갔단 것도 놀랍고, 고귈이 자기가 먹는 게 독이란 걸 알면서도 다 받아먹은 것도 놀라웠다.

그리고…….

"흐흐흐흑."

"황후. 진정하거라. 이러다 네가 쓰러지겠다."

"하지만 태후 마마……."

장례식 날, 태후 마마를 제외하고 가장 많이 운 사람이 황후란 것도 놀라웠다.

내내 울던 황후가 아예 쓰러질 지경에 처하자, 태후 마마는 그래도 황후가 딸 가는 길을 슬퍼해 주는 게 고마운 듯 계속 황후를 챙겨주었다.

반면 밝히지 못한 사정을 아는 떡돌이는, 황후가 힘들어할 때마다 멀리서 그녀를 싸늘하게 지켜보았다.

"모후는?"

"약을 드시고 주무십니다."

장례식 후. 월요는 상소문을 읽다가 오원요에게 태후의 상태가 어떤지 묻더니, 갑자기 차갑게 빈정거렸다.

"황후는 연기도 잘해. 못하는 게 대체 무엇일까 궁금하군."

오원요는 월요 황제의 속내를 읽고서 민망하게 웃었다.

월요로서는 장공주가 미치는 데 일조한 황후가 그렇게 슬퍼하는 게 기가 막히겠지만, 오원요가 그렇기에 황후가 더욱 슬퍼하는지도 모른다고 생각했다.

물론 그는 이런 자신의 의견을 굳이 황제에게 알리지 않았다. 대신 다른 일을 물었다.

"개씨 집안 운호를 데려오는 일은 어찌할까요? 폐하께서 쓰러져 계실 적에 왔다가 돌아간 일이 있는데, 언제까지 기다려야 하는지 기몽 장군에게 물어왔답니다."

월요는 시간을 확인하고서 대답했다.

"먼 곳에서 기다리는 게 아니라면 오늘 데려오라."

드디어 입궐한 운호는, 황제가 깨어났는데도 궁 안이 우중충한 분위기이자 이상하게 여겼다. 전에야 황제가 쓰러져서 그랬다지만, 오늘은 왜 이렇게 전체적으로 분위기가 어두운 걸까?

"소인을 부르셨다 들었습니다."

나중에 개시시에게 물어보아야겠다, 생각하면서 운호는 황제 앞에 허리를 숙여 인사했다.

그러면서 운호는 황제가 면사를 써 얼굴의 반을 가리긴 했으나, 그가 생각한 그대로의 인상이라 생각했다. 위엄있고 잘생겼다고.

반면 황제는 운호를 내려다보면서 '혹시 저거 개원 아닌가?' 몹시 미심쩍게 여겼다. 쌍둥이란 보고를 받았지만, 쌍둥이치고도 너무 똑같은 얼굴 아닌가.

하지만 운호의 말투나 자신을 대하는 태도를 보자, 점차 그가 개원이 아니란 게 느껴졌다.

"사하비단을 공격해 체포하고 싶은데. 무림은 황실이 손을 대길 원치 않는 듯하더군."

"설마 그러겠습니까."

"알고 부른 것이니 굳이 돌려 겸양할 필요 없다. 그대도 무림인이지. 염려하지 않아도 좋다. 짐은 무림을 통제하려 드는 것이 아니라, 사하비단을 체포하고 싶은 거고, 이건 사하비단이 황실 종친들을 건드린 것에 대한 일이니."

"!"

"무림과 관부는 서로에게 관여하지 않는다. 이 법전에 없는 풍습이 그대로 지켜지길 원하겠지? 그렇다면 개씨 가문이 나서서 짐의 고민을 해결하라."

운호는 황제가 자신을 부른 이유가 무엇일지 오는 길에 여러 개 짚어보았으나, 그중에 맞는 게 하나도 없었다. 그렇지만 황제의 명령에 대고 누가 '생각 좀 해보겠습니다' 따위의 대답을 하겠는가.

운호는 알겠다고 순순히 대답하고 물러 나왔지만, 머리가 복잡해졌다.

사하비단이 무림 내에서 난동을 부리고 있단 건 알았지만 거기에 황실까지 얽혀 있었다고? 황실 종친들을 건드려?

'가문에 불똥이 튀진 않아야 할 텐데. 아니. 이미 튄 건가.'

생각에 잠겨 걸어가던 운호는 우선 동생에게 들러 이 일을 얘기하고 최대한 몸을 사리라 당부하기로 했다.

"개 답응을 만나러 가시겠다고요? 예."

다행히 일을 맡기기 때문인지 통행등을 쉽게 주어서, 그걸 들고 후궁들이 머무는 서쪽 구역으로 태감의 안내를 받아 갈 수 있게 되었다. 그런데 길을 걸어가다 보니, 가마를 든 행렬이 이쪽으로 가까워지고 있었다.

"저게 뭔가."

"천빈 마마시군요. 옆으로 물러서 지나가길 기다렸다 가야 합니다."

태감이 알려주는 대로 운호는 순순히 벽으로 붙어 섰다. 그리고서 행렬이 지나가기를 기다리고 있자니, 그리 높게 들지 않은 가마 위로 붉고 화려한 의상이 스치듯 시야의 위쪽을 지나갔다.

운호는 태감이 시키는 대로 눈을 내리깔고 있다가, 앞에서 구름처럼 떠가는 그 붉은 치맛자락을 느끼고 무의식중에 시선을 들어 올렸다.

'저 여자?!'

천년비만 쫓아다니던 형이 가까스로 상처를 누르고 만난 새로운 여자 천반숙. 이름이 괴상하지만, 천년비가 아니란 이유만으로도 부모님들의 환호를 받았던 성격 이상한 여자.

개씨 가문에서 좀 머무는가 싶더니 결국 떠나버려서 행방도 모르게 됐는데. 그 사람이 천빈이었다고?

개운호의 머리가 팽팽 돌아갔다.

"개 대인?"

곁에 선 태감이 의아한 듯 그를 불렀다.

"왜 그러십니까?"

"아아. 아니네."

개운호는 빙그레 웃고서 그쪽으로 가자며 손을 저었다. 하지만 그는 개시시와 마주하고 앉자마자, 바로 천빈에 대해 물어보았다.

"시시야. 전에 네가 그랬지. 천빈을 형과 함께 본 적 있다고."

"기억력 좋네. 그런 것도 다 기억해?"

"형과 천빈이 만났을 때 이야기를 해줄래?"

개시시는 개운호의 부탁에 떨떠름한 표정이었다.

"그걸 왜?"

"궁금해서."

개운호는 아무렇지 않게 대답했다. 그냥 장난치듯이. 조금 호기심이 돈 단 듯이.

개운호는 고지식한 개원보다 좀 더 가볍고 능글맞은 편이어서, 어르신들로부터 신뢰를 덜 받았고, 영웅다운 면모나 존경할 만한 인상도 없었다. 하지만 또래 청년들은 개운호와 어울려 놀기를 좋아했다.

그런 운호가 사람 좋게 웃으면서 시시를 조르자, 곁에 선 궁녀는 뜨악해서 입을 벌렸다. 궁궐 사내들 중 이런 사람은 보기 드물기에 더욱 놀란 것이다.

하지만 시시는 평소에 보던 게 있기에, 그냥 어처구니없어 웃어댔다.

"이상한 게 다 궁금하네. 별거 없어. 그냥 첫 만남에……."

"첫 만남에?"

"싸웠네. 생각해보니 별거 있었구나. 분위기 진짜 안 좋았어."

"싸우다니?"

"천빈, 당시엔 천 귀인이었는데, 음. 생각해보니 좀 이상했어."

"뭐가?"

"원래 천빈은 천년비에 대해 좋게 생각하는 편이었거든. 그런데 원이 오라버니가 천년비에 대해 좋게 말하니까 천빈이 불쾌해하더라고. 의견이

다르니 어떻게 됐겠어? 둘이 사이가 안 좋아졌지."

운호의 표정이 묘해졌다. 그러던 두 사람인데, 후궁이 개원과 둘이서 그렇게 오래 돌아다녔다고? 사이가 나쁜 사람이? 그럴 리가. 심지어 둘은 연인 행세도 했는데?

"혹시 천빈이 언제 입궁했는진 알아?"

"꽤 오래됐을걸? 내 입궁 몇 해 전에 왔다니까. 입궁한 시기로 따지면 승진을 빨리한 편은 아니래."

하지만 아지랑이처럼 흐릿하게 올라오던 의심은 천빈의 입궁 시기를 듣자 다시 흩어졌다.

천빈이 입궁한 지 오래되었다고?

천년비는 죽었는데 형은 천년비와 대화한 것처럼 말하는 거나, 천년비에게만 마음을 열던 형이 연인이 죽은 지 일 년도 안 되어서 다른 여인을 사랑하게 되었다 하는 거나, 장공주가 죽었다 살아났다는 이야기 등등이 합쳐져서 천빈에 대해 '혹시?' 하는 생각을 하게 만들었다.

그런데 천빈이 그 전부터 있던 사람이라면…… 그 생각 자체를 할 수가 없게 된다.

"왜 그래?"

얼굴이 들뜨는가 싶던 개운호가 갑자기 기가 죽어 시무룩해지자, 개시시는 의아해졌다.

"왜 그래? 뭐 때문에 그래?"

"아니. 아니야. 아마도."

"어휴, 장공주님 장례식 때문에 큰일이에요."

"그러니까. 우리 마마 책봉식이 점점 밀리고 있잖아."

책상 앞에 앉아 좀 더 쉬운 서책을 보고 있자니, 원웅과 부성이 한숨을 내쉬며 툴툴대는 소리가 들려왔다.

앞을 보자, 두 사람이 아기 옷에 수를 놓으면서 연신 주거니 받거니 걱정하고 있었다.

"뭘 그렇게 걱정해? 어차피 책봉식은 할 거잖아."

그 모습이 웃겨서 묻자, 둘은 그게 그렇지가 않다고 갑갑해하며 말했다.

"책봉식이 밀리고 밀리다가 나중까지 밀리면 어떡해요, 마마."

"아기님이 태어났을 때 또 품계를 올려주실지도 모르는데. 책봉식이 그 날까지 미뤄지면 품계가 한 번밖에 못 올라갈지도 모르잖아요, 마마."

나름대로 둘 다 계산을 했구나. 하지만······.

"지금 했다가 미운털 박히느니 편안할 때 하는 게 나아."

지금 책봉식을 해봐야 누가 기뻐한다고. 우리 비연궁 식구들이나 기뻐하려나?

태후 마마도 떡돌이도 아직 그 충격에서 헤어나오지 못했다. 그러니 지금 책봉식을 해 봐야 기쁜 마음이 아니라 의무감에서 이루어질 거다.

나는 궁녀들과 책봉식 이야기하기를 그만두고 상의를 걷어 내 배를 살폈다. 내가 배를 까자, 원웅과 부성도 수틀을 내려놓고 얼른 다가왔다.

두 사람은 곧 신기하다는 자기들끼리 속삭였다.

"와. 마마, 이제 조금씩 회임한 티가 나는 거 같아요."

"그래도 아직 생각만큼 부르진 않았어요."

나도 흐뭇하게 내 배를 문질렀다. 이 안에 든든한 먹을거리가 들어 있을 때와는 다른 기분으로 배가 불렀지만, 그래도 좋긴 좋았다.

하지만 기껏 우리 계란이에게로 향한 화제는 다시 떡돌이 이야기로 돌아왔다.

"폐하께서 공주 전하 장례식 이후로는 후궁들에게 아예 발길을 끊으셨는데. 괜찮을까?"

"천빈마마가 가면 들여보내 주긴 하시는데. 다른 사람들은 일절 거절하고 계신가 봐."

"우리 마마께도 밤에 찾아오진 않으시잖아."

"혹시 그사이에 다른 후궁이 폐하를 유혹하기라도 하면……."

궁녀들도 나름대로 걱정이 많구나. 이런저런 걸 다 신경 써야 한다니.

하지만 내 생각에, 장공주 다음으로 당장 떡돌이 머리를 차지하고 있는 건 후궁이 아니라 타천천일 거라고 본다.

타천천은 대체 선황제 서신을 모아다가 뭘 하려는 걸까? 그것도 진짜 서신이 아니라, 그렇게 여러 통의 글씨를 여러 건이나 고쳐 적은걸?

그런 서신을 가지고 있어서 득을 보는 건, 어느 정도 자리를 잡은 황손들뿐 아닌가?

타천천은 선황제의 친척도 아닐뿐더러, 맞다고 해도 갑자기 그런 서신을 한 통 가지고 나타난 사람을 대신들이 믿어주려 할까?

몰라. 사람들이 혹할 만큼 인기가 있는 건 사자친왕 정도인지도…….

떡돌이가 골치 아플 만하다. 장공주 일도 장공주 일이지만, 편안한 마음이 들지 않아 여기저기 다닐 수가 없겠지. 옆에서 들은 나도 이렇게 머리가 어지러운데. 본인은 얼마나 괴롭겠어?

이런저런 이유로, 나는 간만에 청적에 가게 되었다. 청적에 앉아 풀이나 보면서 우리 계란이에게 엄마와 아빠의 첫 만남에 대해 이야기해줄 생각이었다.

"어?"

그런데 청적에 가보니, 먼저 온 손님이 있었다.

"떡돌이?"

"……."

아니구나. 가짜인가 봐.

내가 눈썹을 치켜뜨고 쳐다보자, 가짜는 내 쪽을 향해 고개를 까딱해 보이고서 물러났다.

나는 가짜가 앉아 있던 곳으로 가보았다.

잘게 찢은 풀잎이 버려져 있었다.

'이걸 왜 이러고 있었지?'

그걸 들어 올리는데, 뒤에서 누군가 다가오는 인기척이 느껴졌다.

돌아보자, 뜻밖에도 그곳에 있는 건 여기에 있어서는 안 되는 어떤 인간이었다.

개운호. 개원이의 쌍둥이 동생.

순간 굳어서 입을 벌리고 있자니, 비틀비틀 다가오던 그가 "어라." 하고 눈썹을 치켜올렸다. 곧 그의 한쪽 입꼬리가 못되게 올라갔다.

"이게 누구야. 천씨 반숙 아니신가."

그 야비한 미소를 보는데, 저놈이 혹시 지금 나를 협박하는 건가 의심이 들었다.

내가 후궁이면서도 자기 형과 돌아다닌 걸 두 눈으로 봤다고, 그걸 둘러서 표현하는 건가? 흥. 해보라지. 그렇게 말해도 믿을 사람 하나도 없네. 개씨 집안은 황후 가문처럼 궁궐에서 세력이 강한 집안이 아니니, 저런 말을 해봐야 다들 '미쳤나?' 하고 말걸?

나는 대답 대신 휙 고개를 돌렸다.

근데 저놈은 대체 여기에 어떻게 온 거야?

"왜 무시하지?"

하지만 개운호란 놈은 굳이 내게 말을 걸더니, 조금 더 가까이 다가왔다. 나는 바위에 앉아 풀잎을 하나하나 찢다가, 그에게 명백하게 경고를 날려주었다.

"더 가까이 오면 후궁에게 멋대로 접근한 죄를 묻게 될 거다."

"왜. 감옥에라도 보내시려고?"

"저승에도 감옥이 있나? 모르겠는데."

개운호는 잠시 인상을 찡그리고 있다가, 씩 웃으면서 물었다.

"죽여버린단 뜻이지?"

대답 대신 나는 마마처럼 호통쳤다.

"무엄하군!"

일갈하고 나니 스스로의 위엄에 뿌듯한 마음까지 든다. 이렇게 깔끔한 호통이 있을까.

하지만 너무 뿌듯한 표정을 지으면 위엄이 없어 보일 거야.

나는 거만하게 턱을 치켜들고서, 개운호가 들고 있는 통행등을 보았다. 허락은 받고 왔네.

내 시선을 느꼈는지 개운호가 손에 든 통행등을 흔들며 설명했다.

"허락받고 왔어. 동생이 여기 후궁으로 있거든. 아마 아는 사람일 텐데."

"들어오는 건 허락을 받았는지 몰라도, 무엄하게 행동하는 건 허락받지 않았겠지."

거기에 대고 차갑게 말하자, 개운호가 조금 놀란 표정을 지으며 통행등을 내렸다.

나는 마마로 지낸 지 이제 몇 개월이 되어 가서, 멋진 위엄을 발휘하는 게 그리 어렵지 않다.

나는 그에게 차갑게 한쪽 입꼬리를 들어 보이고서 옆으로 돌아앉았다.

마음 같아서야 돌아가고 싶었지만, 개운호가 여기에 있는 걸 보니 저놈을 먼저 돌려보내야겠다는 오기가 들었다.

하지만 개운호는 무슨 생각을 하는 건지, 내게 가까이 오지도 않으면서 거리를 유지한 채 계속 날 쳐다보기만 했다.

그러다가 개운호가 물었다.

"형이랑은 무슨 사이지?"

"무엄하구나."

거기에 대고 한소리를 더하자, 개운호가 노골적으로 빈정거렸다.

"송구합니다, 어느 후궁 마마. 소신이 뵈었던 후궁 마마는 제 형님과 함께 제집에서 놀고 간 어느 무림인지 고귀한 분이 아니어서요."

나는 그를 무시하고서 아까 가짜 떡돌이가 조각내던 풀잎을 뜯어서 그자가 하던 것처럼 조각내기 시작했다.

개운호가 통행등을 고쳐 잡는 소리가 들렸지만 돌아보지 않았다.

개운호가 왜 여기에 온 건지? 개시시가 불렀나? 여러 가지로 의구심이 솟았지만, 그래도 철저하게 시선을 관리했다.

얼마나 그러고 있었을까. 무엄하게 나를 여러 번 부르기는 힘들었던 것인지, 개운호가 몸을 돌리는 게 느껴졌다. 힐긋 그쪽을 보니, 개운호가 통행등을 들고서 청적을 빠져나가고 있었다.

그 뒷모습을 보다가 한숨을 내쉬고 고개를 돌렸는데…….

나가는가 싶던 개운호가 갑자기 내 쪽으로 저벅저벅 걸어오더니, 어느 정도 거리를 두고서 물었다.

"역시 궁금한데요. 우리 형과 무슨 사입니까?"

난 이번에도 모른 척 대답했다.

"무엄하구나."

사실 지금 좀, 머리가 돌아가지 않는 상황이라 그렇다. 정말로 개운호를 여기서 만날 거라고는 상상도 못 한 상황이라.

대체 어떻게 대해야 할지 짐작이 가지 않아. 그나마 내가 개씨 집안에 머문 이야기를 떡돌이도 알아서 다행이지.

개운호는 내가 계속해서 자기를 모른 척하자 갑갑하기도 하고 짜증도 나는지 눈을 가늘게 떴다.

"그렇군요. 저도 형도 모르는 사이여야 하는 겁니까."

"무엄하다. 말 그만 시키고 가라."

하지만 이렇게까지 인내심을 발휘하고 나자, 우리 계란이가 속에서 외치기 시작했다. 엄마. 저 새낄 죽여줘요.

계란이의 목소리가 이렇게 생생하게 들린 적이 있을까? 없다. 어쨌든 나는 계란이를 위해 나서기로 결심했다.

계란아. 엄마가 널 위해 나서줄게.

결정을 내리자마자, 나는 부채를 펼쳐서 단면 부분으로 개운호의 얼굴을 위에서 아래로 쓱 긁었다.

"!"

개운호는 내가 그냥 부채로 찰싹 칠 거라 여겼던 듯 가만히 있다가, 작게 신음을 흘리며 뒤로 물러났다.

"미쳤습니까!"

그러고는 뭘 잘했다고 화를 냈다.

어깨를 으쓱하자, 그는 빨갛게 줄이 그어진 자기 얼굴을 감싸더니 갑자기 흠칫하면서 나를 쳐다보았다. 그러더니 '설마 설마' 하는 표정으로 나를 쳐다보는데. 표정이 마치 무언가 대단한 발견을 앞둔 사람 같지 않은가.

그 표정을 보자마자 좋지 못한 생각이 들어서, 나는 얼른 일어났다.

하지만 그보다 개운호의 무거운 목소리가 먼저였다.

"미친 소리인 거 아는데. 혹시 그쪽…… 천년비와 무슨 사이입니까?"

아니, 이게 대체 무슨 일이지?

청적에 갔다. 조용하니까. 조용한 곳에 가고 싶으니까. 그런데 거기에 가짜 황제가 있었다. 그쪽도 조용한 곳을 찾아왔던 듯, 가짜 황제는 내가 가니 돌아가 버렸지.

그런데 이젠 개운호가 왔어. 와서 시비를 걸다가, 가는 척하다가 돌아와서는 '천년비와 무슨 사이냐고 묻는다고? 대체 그가 어떤 계기로 그런 질문을 한 건지도 모르겠다. 뜬금없이 나와 천년비는 왜……?

차라리 개원이와 무슨 사이인지에 대해 캐물으면 몰라.

입을 벌리고 멍하게 쳐다보기를 한참.

개운호가 한쪽 눈썹만 씰룩였다.

"그렇군요."

그러더니, 나는 아무 말도 하지 않았는데 내가 무슨 대답이라도 한 것처럼 중얼거렸다.

"알겠습니다."

"아직 아무 대답도 안 했는데."

그 말에 황당해 되묻자. 개운호는 덤덤하게 말했다.

"아무 사이도 아니라 대답할 거 같아서요."

거기까지 말한 개운호는 나를 물끄러미 쳐다보았다.

그 시선을 받다가, 지금 나는 쟤랑 자존심 싸움을 할 게 아니라 그냥 비연궁에 가야 할 때란 걸 깨달았다.

개운호가 왜 나랑 천년비가 무슨 사이냐고 묻는진 모르겠지만, 속내도 속내거니와 어쨌든 저놈과 얽혀서 좋을 일은 하나도 없으니까.

개운호 저자는 나를 죽였을 가능성이 높은 범인 중 하나잖아?

개시시의 사촌 오라비라지만, 개시시를 만나러 와서 비연궁 안에 멋대로 들어오진 못할 테지.

판단을 마치자마자 나는 말 없이 일어서서 휙 몸을 돌렸다.

개운호는 나를 붙잡지 않았다.

시선은 계속해서 등에 따라붙어 있었지만.

"황궁에 다녀왔다며?"

개운호가 집에 도착하자, 개원이 차가운 물에서 수박을 꺼내며 물었다.

"무슨 일로 부른 거야? 곤란하면 말 안 해도 돼."

개원의 질문에, 개운호는 식탁 의자를 빼서 걸터앉았다. 하지만 무슨 일이 있었다고 설명하진 않았다.

"왜 그래? 시시한테 무슨 일이라도 있었어?"

기분이 나쁠 만 한데도 개원은 친절한 목소리로 물었다. 모든 사람들이 입을 모아 칭송하는 다정한 목소리로.

천년비 사건 이후로 형제간의 사이가 이전보다는 틀어졌으나, 그래도 개원은 거친 말을 쓰진 않았다.

운호는 수박을 쳐다보다가 입을 열었다.

"폐하께서, 황궁에서 나서기 전에 사하비단을 처리하라 하셔. 나한테 지시한 일이지만, 사실상 우리 가문에 내린 명령이라 봐도 되겠지."

"사하비단이 무림 내에서 문제가 되고 있긴 한데. 황궁에서 나서야 할 정도인가?"

"그쪽에서 황족들을 죽이고 있나 봐."

운호의 말에 개원이 놀란 표정을 지었다.

"이런. 정말인가?"

"뭐. 날 불러서 그런 농담을 하진 않으시겠지?"

"그자들이 정말로 미친 건가. 대체 뭘 원하는 건지 모르겠군."

개원은 혀를 차고 고개를 저었다. 운호는 그런 형의 옆모습을 물끄러미 바라보다가 떠보았다.

"굳이 형이 아니라 날 부른 데는 다른 뜻이 있을지도 모르지만."

"네 솜씨를 들었으니 널 부르신 거지."

그러나 개원은 조금도 넘어오지 않았다.

운호는 그가 수박을 딱 반으로 자르고서 먹기 좋게 조각내는 모습을 지켜보다가 좀 더 깊게 떠보았다.

"그럴 리가. 나는 무림에서 그리 이름이 알려져 있지 않아. 오로지 형의 명성만이 출중하지."

"그야 네가 나서는 걸 좋아하지 않으니까. 하지만 알 만한 사람들은 네 실력에 대해 다 알잖아."

"어쨌든 황제가 그 '알 만한 사람'에 속하진 않잖아? 그렇지만 황제는 영웅으로 이름난 형을 두고 날 불렀어. 이유가 뭘까? 내게 이 일을 맡기면 나뿐만 아니라 형까지 나서야 하는 걸 알면서, 굳이 왜 날 불렀을까?"

개원은 수박을 운호에게 건네다가 주춤했다.

그 미약한 떨림을 운호는 발견하고 웃었다.

"형님. 내가 황궁에 갔다가 누굴 보았는지 알아?"

"글쎄."

"형님이 우리 집에 데려왔던 그 여자. 천반숙이라던가, 그 이름 이상한 여자를 봤어."

"!"

"천빈 마마라던데."

312

"……."

"혹시 그 여자 때문에 폐하께서 날 부르신 걸까?"

운호는 형의 눈을 들여다보았지만 개원은 흔들림 없이 미소 지었다.

"설마. 비슷하게 생긴 사람이겠지."

운호 그놈은 대체 여기 왜 왔던 걸까?

이제는 내가 원래 아주 강한 무림이었단 걸 알았으니, 떡돌이가 또 내 무공 훈련을 위해 개씨 집안 사람을 불렀을 것 같진 않은데.

그러면 그냥 개시시를 보러 온 걸까? 아니면 따로 시킬 일이 있었나? 그런데 시킬 일이 있어서 불렀다면 왜 군이 운호를 불렀지? 개원이를 부르는 게 나을 텐데?

아아. 그래. 떡돌이는 개원이와 내 사이를 알지. 어쩌면 그래서 개원이를 안 부른 건지도 모르겠다.

그런데 역시 왜 부른 걸까? 생각이 꼬리물기를 하다 보면 자꾸만 같은 방향을 맴돌게 된다.

그러다가 문득 전에 읽던 일기장이 떠올랐다. 막 발견한 후에는 내 일기장에 자기 일기를 쓴 사람이 뭐라고 지껄였나 보려 노력했는데. 뭐든 책 종류는 펼치기만 하면 자꾸 졸린 데다, 막상 보니 별 내용이 없기에 그냥 때려치워 버렸지.

왜 갑자기 그 생각이 나는지 모르겠다. 하지만 그러면서도 내 손은 꼭꼭 숨겨 놓은 그 일기장을 꺼내고 있었다.

나는 일기장을 가지고 침상에 누우면서 문 너머를 향해 궁인들에게 지시를 내렸다.

"혼자 있고 싶으니 들어오지 마."

이렇게만 말해 두어도 궁녀나 태감들은 다 들어오지 않지.

나는 일기장을 펼쳤다.

시작은 셋이었으나 중간엔 둘이 되었고,

결국 아무것도 남지 못했다.

이 부분은 일기장 전체로 따지면 중간 즈음 지점이지만, 다른 사람이 쓴 일기 부분으로 따지면 첫 시작점이다. 전에 내가 보았던 부분이기도 하다. 나는 그 부분을 펼치고서 다음 장을 넘겼다.

모월 모일 모시.

네가 커다란 부채를 들고 왔다.

그게 무엇이냐 물었더니, 너는 그게 품격이라 대답했다.

무슨 소리냐고 묻자, 네가 부채를 세워서 나를 긁었다.

역시 악적이란 생각이 들었다.

모월 모일 모시.

네가 물장구를 치더니 내게 과일이 먹고 싶다고 했다.

무슨 과일을 먹고 싶냐고 묻자…….

전에 봐도 생각한 거지만 정말 잠이 오는 내용이야. 무슨 일기장이 이렇게 삭막할까. 역시 그냥 잠이나 잘까?

그러다가 나는 부채 부분에서 잠시 흠칫했다. 개운호가 내게 부채로 얻어맞고서 갑자기 천년비에 대해 묻던 게 떠올라서.

"……."

아니겠지? 순간 뜨악한 마음이 든다.

하지만…… 아닐 거야. 그럴 리가.

개운호가 내 일기를 이어서 쓰진 않았을 거야. 만약 개원이 날 죽인 게
아니라면 개운호 이 새끼가 날 죽인 건데.

잠시 미심쩍은 마음에 들지만 나는 고개를 젓고 일기를 마저 읽었다.

무슨 과일을 먹고 싶냐고 묻자,

너는 사과라고 대답했다.

일부러 수박으로 사다 주었다.

너는 그걸 받고서도 좋아했다.

문득 개운호가 일기를 쓴 사람이 맞는지도 모른다는 생각이 든다.

어떻게 이렇게 못돼먹었지?

그러다가 문득 앞에 어렴풋하게 내가 이 부분을 쓴 게 떠올라 일기를
펼쳤다.

날짜 : 모월 모일 모시.

날짜를 똑바로 쓰고 싶은데 동굴에서 계속 지냈더니,

시간관념이 사라졌다.

그래서 오늘 날짜가 뭐냐고 물었더니,

개원이가 내가 쓴 일기를 힐긋 보다가 "철학적이네." 하고 간다.

무슨 말이냐고 물었더니 웃기만 한다.

날짜 : 아까랑 같은 날

개원이가 너무 더워하는 것 같아서 커다란 부채를 만들었다.

부채를 주고 어떠냐고 자랑하자, 개원이가 이게 뭐냐고 묻는다.

개원이는 이게 부채란 걸 알아보지 못하는 것 같았다.

물론 이게 제갈세가 자식들의 부채와 다르게 생기긴 했다.

그 자식들 부채에 달린 깃털은 풍성하고 예쁜데,

내가 만든 부채에는 깃털이 그냥 다섯 개 붙어 있을 뿐이니까.

그조차도 각기 다른 새들이 떨어뜨리고 간 거라 제각각이다.

이게 부채라고 말하면 개원이가 내가 멍청하다 생각할까 봐,

나는 일부러 엉터리로 말했다.

"이건 품격이다."

개원이는 차갑게 웃으면서 물었다.

"네 품격은 빈약하군."

그 말을 듣는데 순간 너무 화가 나서

개원이를 부채 모서리로 그어 버렸다.

개원이는 놀라서 나를 멍하게 쳐다보았다.

안 되지 안 돼. 개원이는 소중히 대해야 해.

개원이는 정파놈이지만 내 소중한 사람이라고.

날짜 : 저번이랑 다른 날

갑자기 과일이 먹고 싶어져서 개원이에게 부탁했다.

"장터에 다녀오는 길에 나한테 과일 사다 주면 안 돼?"

나는 장터에 가기 쉽지 않다.

내가 장터에 가면 암살자들이 졸졸 따라붙으니까.

개원이는 흔쾌히 물었다.

"뭘 먹고 싶은데?"

"사과."

날짜 : 같은 날 점심

개원이가 오지 않네. 장터가 먼 곳에서 열리나?

날짜 : 저녁

드디어 개원이가 왔다.

게다가 사과가 없다면서 대신 수박을 가져다주었다.

무거웠을 텐데. 감동이다.

날 위해서 이렇게까지 해줄 수 있는 사람이

개원이 외에 세상에 또 있을까?

나는 내 일기장을 보다가 도로 덮었다.

뭐지? 단순히 착각이 아니었다. 내 일기장이랑 사건이 같은데? 그럼 이 뒤 내용을 이어서 쓴 사람이 개원이? 하지만 개원이는…… 내 일기장에 대해 모르는 것 같았는데.

의아해서 다시 살피기를 반복하고 있자니, 차이점이 눈에 들어왔다.

'어떤 날은 과거 시점으로 내 일기를 따라서 적었고. 어떤 날은 내가 죽은 후 시점으로 자기 일상을 적었고. 어떤 날은 아예 생략되어 있네.'

예를 들어, 개원이와 호수에서 수영을 하다가 물장구를 친 날이 있는데, 나는 그 날이 몹시 마음에 들어서 아주 구구절절 일기장에 적어두었다. 그러나 꽤 길게 적은 부분인데도 이 얘기는 뒷부분에 나와 있지 않다.

반면 개원이와 말다툼한 일은 생각도 하기 싫어서 짧게 적었는데, 그 일에 대한 소감은 아주 구구절절 장대하게도 적어놓았다.

차이가 뭘까? 의아해하며 일기를 팔랑팔랑 넘기는데, 꺼림칙한 구절이 눈에 들어왔다.

너는 죽는 순간까지 나와 형을 구분하지 못했고,

나는 네가 죽고 나서도 진짜 너와 사람들이 말하는 너를

구분하지 못했다.

나는 일기장을 들고서 그걸 빤히 내려다보았다. 그걸 보는 데 순간 등 골에서 식은땀이 주르륵 흘러내리는 기분이었다.

이게 무슨 소리야? 내가 죽는 순간까지 누구랑 누구를 구분하지 못해?

얼굴이 흡사하게 생긴 쌍둥이 둘이 떠오른다. 개운호랑 개원이. '형'이라고 했으니까 이 구절을 적은 건 동생 쪽일 거고. 그러면 이거, 개운호가 적은 글귀인가?

아니, 잠시만. 잠시만. 머리가 터질 거 같아.

어차피 날 죽인 사람이 개원이 아니면 개운호 둘 중 하나라 생각했으니, 개운호가 날 죽였든 개원이 날 죽였든 놀라운 부분은 없다.

하지만 '죽는 순간까지 구분하지 못했다' 이 부분.

이 부분은 대체 뭐야?

나는 일기장을 앞으로 넘겼다가 도로 뒤로 넘기기를 반복했다.

그러니까…… 동굴에서 내가 개원이랑 지낸 날의 일부. 그 일부는 개운호가 나랑 있었단 거야?

몰래? 아니, 몰래일 수가 없다. 나와 개원이가 동굴에서 지낸 날은 하루 이틀이 아니잖아?

개원이가 없을 때 개운호가 기가 막히게 찾아왔을 가능성도 있지. 하지만 그러면 말이 어긋나는 부분도 있고 할 텐데. 나는 개원이랑 지내면서 한 번도 그런 적이 없었어.

그 말은…… 이게 가능하려면…….

'개원이도 알고 있었어?'

개원이든 개운호든 누구라도 좋으니 불러다가 이게 무슨 일이냐고 묻고 싶다. 분노로 머리가 새하얗게 질렸다. 저절로 입에서 이 가는 소리가 튀어나왔다.

"젠장. 내가 등신이지!"

지금까지 나는 공부를 못하는 거지 머리가 나쁜 게 아니라 생각했는데. 혹시 나, 정말 머리가 나쁜 걸까. 어떻게 개원이랑 개운호 구분을 못하지? 물론…… 둘이 많이 닮긴 했지만.

"……."

아냐. 역시 내가 머리가 나쁜 게 아니야. 그 둘이 머리를 잘 굴려서 사기를 친 거지!

호흡을 골라야 하는데, 갑자기 배가 아파왔다. 배를 붙잡아 보지만 통증은 점점 강해지면서 식은땀이 흐를 지경이었다.

"원웅. 부성. 귀자야."

결국 끙끙 앓으면서 내 궁인들을 부르자, 바로 문이 열리면서 원웅과 귀자가 뛰어들어왔다.

"마마?"

"마마! 왜 그러세요?"

"배가…… 배가 아파."

"마마?"

"마마!"

잠시 정신을 잃었나보다. 깨어나 보니 나는 침상에 누워 있고, 원옹과 부성, 귀자와 탕 궁의가 보였다. 그리고 그 너머로 서 있는 태후 마마와 면사 쓴 떡돌이, 황후 마마, 연비, 촉비, 영빈, 기타 등등등.

뭐야. 왜 다 몰려왔어?

무슨 영문인가 싶어 눈을 끔뻑이고 있자니, 탕 궁의가 내 손목에서 손을 치우고 손목을 덮었던 천을 개면서 물었다.

"몸은 좀 어떠십니까, 마마?"

"내가 기절했는가?"

"예."

"아. 배가 좀 아파서. 지금은 괜찮네."

말하다 보니 갑자기 내 일기장 생각이 난다. 내 일기장. 어디 갔지? 분명 그걸 읽다가 배가 아팠던 거 같은데.

일기장을 꺼낸 기억도 본 기억도 있는데 치운 기억은 없다. 당황해서 열심히 눈을 굴리고 있자니, 책상 한편에, 다른 책들과 함께 있는 일기장이 보였다.

다급하게 궁의를 부르고 하느라 그냥 옆에 치워뒀나 봐. 다행히 안을 본 사람은 없는 모양이다. 안도가 된다.

하지만 한편으로는 얼른 여기 모인 사람들을 다 내보내고 저 일기장을 치우고 싶어졌다.

"마마."

"어. 으응? 왜 그러는가?"

"마마께서는 원래도 몸이 약한 편이십니다. 심장이 다른 사람들보다 약하고 느리게 뛰지요. 그런 데다 회임까지 하셨으니, 각별히 조심하셔야 합니다."

나는 일기장 치울 생각에 마음이 급해 죽겠는데, 궁의는 느릿하게 이런 충고를 해준다.

적당히 고개를 끄덕이고서, 나는 일부러 베개에 머리를 깊게 파묻으며 중얼거렸다.

"혹시 잠 오는 약을 먹였는가. 잠이 오는 거 같은데."

이러면 눈치껏 다들 나가주겠지.

하지만 탕 궁의만 물러서고, 궁의가 물러서자 떡돌이와 태후 마마, 황후 세 사람은 내 침상 곁으로 다가와 섰다.

속으로 꽥 비명을 뱉으며 쳐다보자, 떡돌이가 내 손을 자기 손 사이에 집으며 물었다.

"천빈. 몸은 좀 어떠하냐?"

"머리가 어지럽고 속이 울렁거리고……."

"탕 궁의!"

"할 줄 알았는데 괜찮아요."

몸이 안 좋다고 하면 나가줄 줄 알았는데 떡돌이가 궁의부터 불러오네. 탐탁지 않은 시선을 보내자, 떡돌이가 다시 내 손을 톡톡 두드리며 몹시 미심쩍어하는 시선을 보냈다. 내가 진짜로 아픈 건지 꾀병을 부리는 건지 확신하지 못하는 모양이다.

나는 이불을 두 손으로 감싸면서 조금 말을 바꿨다.

"피곤해서 자고 싶어요, 폐하."

떡돌이는 그제야 내 의도를 알아듣겠는지, "아아." 하고 탄식했다.

"막 깨어나서 아직 피곤한가 보군."

"네."

떡돌이가 눈치 좋게 알아들은 덕분에, 내 방 침소에서는 사람들이 우르르 빠져나갔다.

장공주를 잃은 태후 마마도 오랜만에 슬픔을 무릅쓰고 나와 주었다가, 내가 괜찮아 보이자 조심하라 당부하고는 돌아갔다.

나는 이불을 꼭 끌어안은 채 있다가, 사람들이 나가자마자 들고 있던 이불을 내려놓았다.

"괜찮으냐?"

떡돌이가 맞은편에 앉으며 묻는다.

"갑자기 네가 쓰러졌다고 해서 얼마나 놀랐는지 모르겠다."

"난 내가 쓰러진 걸 몰랐어."

"보통은 모르지?"

"내가 어쩌고 있었어?"

"궁녀들 말로는 배를 움켜잡고 있었다던데. 그러다가 부축하고 무슨 일이냐고 묻는데 배가 아프다 하고 쓰러졌다더라."

"다른 얘기는?"

떡돌이가 고개를 젓는 걸 보니, 역시 상황이 급해서 다들 내 일기장에는 시선도 안 준 게 맞나 보다. 또다시 그쪽으로 시선이 가려는 걸 억지로 참았다. 나중에 혼자 남았을 때 챙겨야지.

나는 일부러 그쪽을 쳐다보는 대신 떡돌이를 바라보다가, 두 손을 뻗어 그의 뺨을 눌렀다.

"이 낭군은 대체 누구 낭군이기에 이렇게 얼굴 보기가 힘들까."

"짐을 탓하는구나. 미안하다. 널 혼자 둘 때가 아닌데."

내 어깨에 기대서 울던 떡돌이가 떠오른다. 나는 고개를 저었다.

"괜찮아. 떡돌이 너 때문에 이런 거 아닌걸."

그러고서 온화하게 웃다가, 말실수를 깨닫고 고개를 돌려야 했지만.

이 멍청이 천년비! 여기서 '너 때문에 이런 거 아니야'라고 말하면…….

"그럼 누구 때문에 이런 건데?"

이렇게 묻는다고! 속으로 절규하며, 나는 대답 대신 배 위에 손을 올리고서 얼굴에 힘을 줬다.

"윽. 배가 아프다!"

떡돌이는 여전히 의혹에 찬 시선을 던졌지만, 그래도 반 시진 정도가 지나자 내 상태가 괜찮아졌다고 가까스로 안심했다.

하지만 다시 일하러 가진 않았다.

"요 며칠 미친 듯이 일만 했으니 괜찮다."

떡돌이는 이렇게 말하면서 내 손을 꼭 쥔 채 곁에 머물러 주었다.

내가 목이 마르다 하면 마실 걸 가져오라 하고, 배가 고프다 하면 간식을 가져오라 하고, 내 배를 문지르면서 노래도 불러주고, 다리가 부으면 안 된다고 발도 문질러주었다.

얼마나 친절하고 달콤하던지, 꿀에 찍어 먹어버리고 싶은 떡돌이였다.

안타깝게도 지금 내가 떡돌이에게 원하는 건 당장 다른 곳에 가줬으면 하는 거였지만. 젠장. 난 일기장을 숨겨야 한다고!

"태후 마마는 아까 왜 오셨던 거야?"

"네가 쓰러졌다고 하니 그렇지."

"다른 사람들도 다?"

"다."

"전에 진짜 천소여가 독 먹고 죽을 때는 아무도 안 왔던데."

"……."

떡돌이는 내 손을 여기저기 눌러가며 지압해주다가, 시선을 피하며 중얼거렸다.

"아무래도 지금은 회임한 몸이기도 하고. 그러니 다들 더 놀랐겠지. 우리 계란이가 황실의 첫 아이가 아니냐."

내 탄생은 누구에게도 기쁨이 아니었는데. 내 아이의 탄생은 만인의 기쁨이 되는구나.

기분이 이상하다. 기쁜 동시에 씁쓸하기도 하다. 한편으로는 다행이란 생각도 들고.

내가 가지지 못한 사랑을 우리 계란이는 듬뿍 받을 수 있겠어.

어색한 기분에 배를 쓸어보고 있자니 조금 겁이 난다. 나는 제대로 된 부모나 보호자 없이 혼자 컸는데. 우리 계란이를 다른 부모님들처럼 예뻐해 줄 수 있을까?

나와는 전혀 다른 환경에서 자라게 될 계란이를 보면서, 나는 내 어린 시절을 떠올리지 않을 수 있을까?

그 생각을 하고 있는데, 갑자기 커다란 손이 내 손을 잡아온다.

얼결에 같이 손을 깍지 껴 잡고서 쳐다보자, 떡돌이가 내 곁으로 오더니 내 뒤로 가 앉으면서 자연스럽게 나를 자기 다리 사이로 끌어안았다.

완전히 몸이 그에게 파묻힌 채 쳐다보자, 떡돌이가 다른 한 손은 내 배를 쓸면서 물었다.

"우리 계란이가, 아빠는 계란이보다 엄마가 더 좋다 하면 섭섭해할까?"

"!"

눈에 힘을 주고 올려다보자, 떡돌이가 내 손을 조물조물 문지르면서 물었다.

"계란이한테 물어봐라, 반숙아."

떡돌이가 내 속마음을 읽었나? 어떻게 딱 이때 저런 말을 하지?

수상해서 쳐다보다가 큼큼 헛기침을 하고서 배에 귀를 기울였다.

계란이는 자는지 아무 말도 하지 않았다. 하지만…….

"계란이가 상관없대."

괜찮아. 계란이가 자고 있단 건 나밖에 모르니까.

떡돌이는 활짝 웃더니 내 볼에 자기 입술을 누르고서, 내 머리에 자기 이마를 비볐다.

약을 먹고 나니 잠이 쏟아지려 했지만, 나는 필사적으로 버텼다. 어떻게 해서든 떡돌이를 내보내고 일기장을 감춰야 했으니까.

하지만 떡돌이는 자기가 충격에 빠진 동안 나를 챙기지 못해서 이런 일이 벌어졌다고 생각하는지, 내 옆에서 떠나려 들지를 않았다.

하필 황제라 떨구기도 힘들었다.

먹을 것도 궁인들이 가져다줘, 마실 것도 궁인들이 가져다줘, 세숫물도 궁인들이 가져다줘, 옷도 궁인들이 가져다줘. 나갈 일이 없잖아!

게다가 이 와중에도 떡돌이는 내가 스치듯 말한 '너 때문에 이런 거 아니다'는 걸 기억하는지, 한 번씩 눈을 가늘게 뜨고 물어왔다.

"반숙아. 아까 짐 때문에 배 아픈 게 아니라 했는데. 그러면 누구 때문이라 생각한 거였지?"

그럴 때면 나는 떡돌이의 허벅지를 찰싹 때리고서 그가 책임 회피를 하고 있다고 호통쳤다. 나는 떡돌이 때문에 배가 아픈 건데, 떡돌이가 자아 성찰을 하기 위해 자꾸 책임을 회피한다고 말이다.

너무 어려운 단어를 사용해서인지 떡돌이는 "자아 성찰?" 하고 되물었지만, 나는 심장이 조마조마해서 그냥 입을 꾹 다물어 버렸다.

내가 연애에 그리 능숙하지 않다지만, 전 연인의 일을 지금 연인에게 말해선 안 된단 건 안다. 그 전 연인 이야기가 된통 배반당한 거라 해도 그렇다. 물론 떡돌이는 내가 개원이랑 사귀었단 걸 알고 있지만…….

젠장. 그런데 정말 개운호나 개원이를 불러서 사정을 물어볼 방도는 없나? 예전이라면 개시시 도움을 받았겠지만, 지금은 개시시랑 사이도 안 좋으니.

다음날. 내가 재촉하자, 하루 더 옆에 있겠다던 떡돌이도 마지못해 일하러 갔다.

"내가 언제 또 갑자기 배가 아플지 알고? 아플 때 일이 바빠서 못 오면 그것도 그렇잖아? 안 아플 때 가서 일해 둬."

이렇게 논리적으로 설득한 덕이었다.

어쨌든 그 덕에 떡돌이는 일하러 갔고, 나는 일기장을 무사히 감춰둘 수 있었다. 다행이야. 하루가 지나는 동안 아무도 이걸 못 보다니!

그러고서 점심 식사를 한 뒤에는 혹시나 싶어 청적에 가보았다. 청적에서 개운호를 보았으니까. 혹시 또 그자가 거기로 왔나 싶어서.

개시시가 사경을 헤매다 일어났으니, 사촌 동생이 걱정되어서 또 왔을

지도 모르잖아?

하지만 청적에 가 보니 개운호는 없고 면사를 쓴 떡돌이가 있었다.

"일하러 간다더니. 여기서 땡땡이를 치고 있어?"

아침에 보고 또 봐도 반갑긴 했지만, 그래도 여기서 오랜만에 보니 반가워서 나는 다가가며 떡돌이를 놀렸다. 그런데 떡돌이는 내가 다가오는데도 멀뚱히 보기만 할 뿐 아무 반응도 하지 않았다.

아…… 혹시 연금인가? 그걸 보고 있자니 전에도 여기서 연금을 본 생각이 나서, 떡돌이와 만든 비밀 신호를 불러보았다.

"원앙."

뒤에도 뭐가 있긴 했지만 생각이 안 나.

가짜 황제는 나를 물끄러미 보다가 몸을 일으키더니, 어제처럼 고개만 까딱했다. 그래. 내가 저거 보고 가짜가 가짜란 거 알아차렸지.

오늘도 가짜구나. 떡돌이가 미리 뭐라 해 두었나? 굳이 내 앞에서 진짜 흉내를 내진 않네?

어쨌든 오늘도 그냥 지나쳐 가려는 듯, 그러고서 가짜 황제가 내 쪽으로 다가오는데, 뒤에서 부스럭 소리가 들려왔다.

뒤를 돌아보니, 모습을 드러낸 사람은 황후였다.

"천빈?"

황후는 나를 보고 중얼거리다가, 고개를 돌려 가짜 황제를 보았다.

나는 황후에게 얼른 인사를 올렸다. 그러고서 고개를 들어 보니, 황후는 조금 놀란 표정으로 가짜 황제를 보고 있었다. 그러더니 좀 미묘한 시간이 지난 후에야 "폐하를 뵙습니다." 하고 중얼거렸다.

그 말을 끝으로 황후는 휙 몸을 돌려 왔던 길을 돌아가 버렸다.

'뭐지?'

의아해하는 사이, 가짜 황제는 바로 그 뒤를 쫓았다.

'응?'

순식간에 청적에 남겨진 사람은 나뿐이었다.

뭐야. 왜 이래? 뭐. 나야 좋지만.

하지만 편하게 바위에 앉으려니 조금 불안한 마음이 든다.

황후는 가짜 황제가 있는 걸 아나? 얼핏 보니 가짜 황제가 황후를 쫓아가는 것 같았는데.

아니, 뭐 모르면 모르는 대로 상관없을 테고. 알면 아는 대로 상관이 없긴 하겠지만…… 아아! 몰라! 결국 바위에서 몸을 일으켜서 나는 가짜 황제와 황후의 뒤를 쫓았다.

가짜 황제가 황후 뒤를 바로 쫓아가는 모습이 신경 쓰여서 그렇다. 개원이랑 개운호한테 속아 넘어간 내 생각이 나기도 하고 그래서.

얼마나 그렇게 이동했을까. 청적에서 조금 떨어진 인적 드문 후원에서 마침내 인기척이 느껴졌다.

나는 은신술을 펼쳐 최대한 내 흔적을 지운 다음, 인기척이 느껴지는 쪽으로 슬금슬금 걸어갔다. 아. 저기 있네.

나는 사람이 팔을 완전히 뻗어도 안을 수 있을 둥 말 둥 할 굵은 나무 뒤에 몸을 숨기고서 슬그머니 고개를 내밀었다.

가짜 황제와 황후는 그 나무에서 스무 보 정도 떨어진 곳에서 이야기를 나누고 있었다.

그런데 대체 무슨 이야기를 나누나? 두 사람의 표정이 심상치 않았다.

뭐, 사실 가짜 황제는 면사로 얼굴을 가리고 눈만 내놓고 있어서 표정이 다 보이지 않긴 한데. 그래도 눈이 슬퍼 보인다.

황후 쪽도 표정 변화가 그리 크지는 않다. 평소와 흡사하게 무표정에 가깝다. 평소와 다른 것은 입이었다. 입이 굉장히 빠르게 움직이고 있었다. 말을 평상시보다 한 세 배는 빠르게 하는 것처럼.

'황후도 가짜 황제가 가짜란 걸 아나? 그래서 저러나?'

의구심을 품고 지켜보지만, 두 사람의 목소리가 낮은 데다 아주 가까운 곳에 숨어 있는 건 아닌지라 목소리는 들리지 않는다.

어쨌건 문제가 생길 것 같지는 않아서, 나는 조급하지 않게 그 자리를 벗어났다.

연금은 황후에게 변명하는 중이었다.

"천빈과 일부러 따로 만난 게 아닙니다, 황후 마마. 제가 그 자리에 있었는데, 천빈이 갑자기 나타나서……."

"변명할 필요 없다."

잠시 그 말을 들어주었으나, 황후는 곧 딱 잘라서 변명을 끊어냈다.

"천빈은 폐하께서 가장 아끼는 후궁이니, 만났다고 해서 이상할 건 하등 없지. 본궁에게 이런 식으로 변명하는 게 더 이상해."

말은 저렇지만 목소리 가득 불신이 가득했다.

연금은 다급하게 청했다.

"절 믿어주십시오, 황후 마마. 저는 폐하를 대신할 뿐, 폐하의 연애까지 대신할 수는 없습니다."

"하지만 폐하가 연모하는 여인을 함께 연모해야 하지."

"마마. 제가 연모하는 분은……."

"본궁에게 변명할 필요 없다. 따라올 필요도 없다."

단호하게 말한 황후가 휙 몸을 돌려 걸어갔다.

연금은 그 뒷모습을 초조하게 바라보았으나, 결국 따라갈 수 없었다.

'폐하의 손등에 상처가 왜 그리 빨리 사라졌을까.'

비원은 황제의 손등을 아주 빠르게 훑어보며 오늘도 이 생각을 했다.

몇 달 전. 그는 황제가 손등 다치는 걸 보았다. 그런데 얼마 뒤 황제의 손등은 깨끗하게 상처가 나아 있었고, 심지어 흉터도 없었다.

그 뒤로부터 비원은 황제의 손등을 볼 때마다 그 생각이 났다. 물론 지금은 황제의 손등에 난 흉터가 다 낫고도 남을 시간이긴 했지만.

'폐하가 설마 두 사람이라거나 그런 건 아닐 텐데. 아니, 두 사람일 수도 있지 않나? 매번 얼굴에 면사를 두르고 다니시니?'

그러다가 황후에게 가져다줄 책을 챙겨 황후궁에 들른 비원은, 황후에게 문안 온 후궁들이 줄지어 돌아가는 걸 보고 좋은 생각을 떠올렸다.

'그래. 그렇게 하면 알 수 있겠군.'

그날 저녁. 비원은 후궁들이 문안할 때 쓰는 지붕 위에 아주 납작한 물그릇을 올려두었다. 바람이 거세게 불지 않는 한 떨어지지 않도록 방향도 잘 조절했다.

'이러면 되겠지.'

'회임을 했으니 문안을 안 다녀도 된다'고는 하지만, 산책을 잘만 다니면서 문안만 안 다니면 너무 눈에 띄게 속내가 드러난다. 이 때문에 매일은 아니어도 나 역시 황후와 태후 마마에게 문안을 가고는 있었다.

태후 마마는 장공주 전하가 죽은 후로 몸이 안 좋아서, 태후 마마 쪽에서 문안을 거절하고 있다지만.

어쨌든 며칠째 황후에게 문안을 가지 않았지만, 슬슬 한 번 얼굴을 비칠 때가 되어서 나는 문안 갈 채비를 하고 가마에 올라탔다.

회임을 한 몸이란 걸 드러내기 위해 일부러 장식도 최소화하고 옷차림 역시 편안하게 입은 상태다. 덕택에 옷 안에 무기도 감추었지.

"천빈. 어서 와요."

"날씨가 점점 더 더워지는데 괜찮아요?"

문안에 가 보니, 다른 후궁들은 이미 대다수가 먼저 도착해 있었다. 안 도착한 건…… 영빈이네.

나는 인사를 걸어오는 친한 후궁들에게 대답하면서 내 자리로 가 앉았다. 황후는 힐긋 나를 보았지만 따로 말을 걸진 않았다. 그러고서 몇 마디 말을 주고받았을 때였다.

"황제 폐하 납시오!"

밖에서 이런 소리가 나더니, 문이 열리고 황제가 안으로 들어왔다.

후궁들은 다 같이 일어섰고, 나 역시 일어나야 했다.

안으로 들어온 황제는 "앉으라." 하고 명령을 내리고서 황후의 맞은편 상석으로 가 앉았다. 그러고서 이 각 정도 같이 이야기를 나누었는데, 나는 반 각 정도 되었을 즈음 그 황제가 가짜 황제란 걸 알아차렸다.

'가짜 황제는 황후한테서 시선을 못 떼네.'

가짜 황제의 시선만 보면 티가 났다.

가짜 황제도 이따금 날 보면서 따뜻하게 웃어주긴 하지만, 그 시선의 대부분은 황후에게 닿아 있었으니. 아주 노골적이었다.

"폐하랑 싸웠나요?"

눈치 좋은 촉비가 작게 물어볼 정도로.

"난 안 싸웠는데. 폐하는 싸웠을 수도 있죠."

나는 어깨를 으쓱하고서 그냥 내 몫으로 나온 차만 마셨다.

"그게 무슨 말이에요?"

"폐하는 혼자 잘 삐지시잖아요."

"고 주둥이는 폐하를 상대로도 멈추지 않는군요."

"난 남 눈치를 안 봐요, 촉비 마마."

"자랑이 아닙니다."

그렇게 문안이 끝나고 친한 후궁들끼리 뭉쳐서 밖으로 나갈 때였다.

태감들이 가마를 가져올 동안 잠시 지붕 아래 그늘에 다 같이 모여 햇빛을 피하고 있는데, 위에서 무언가 떨어지는 기척이 느껴졌다. 빠른 속도로 떨어지는 기척을 느끼자마자 나는 그것을 주먹으로 내리쳐 버렸다.

혹시 내공 실린 무기일지도 모른단 생각에 나도 내공을 실어 내리쳤더니, '그것'은 완전히 허공에서 부서져 박살 났다.

"악!"

"꺅!"

"뭐야!"

주위 후궁들은 뒤늦게 비명을 질러댔다. 나는 허리를 조금 숙여서 떨어진 게 뭔지 확인하고 알려주었다.

"그릇이네요. 물이 든 그릇."

뭐. 이 정도는 허리를 안 숙여도 알 수 있겠지만. 혹시 안에 독이 들었는지도 모르니까 냄새를 멀리 맡아보려 한 거다. 하지만 일단 이렇게는 별 냄새도 나지 않았다. 세상에는 무색무취 독도 있긴 하지만.

"그냥 물인 게 맞아요?"

"독 같은 거 아니에요?"

몇몇 눈치 좋은 후궁들이 내가 염려한 바를 바로 물어왔다.

"아, 독인지 아닌지는……."

따로 확인해야 한다고 말하기 위해서 고개를 돌리다가, 나는 의외의 장면을 발견하고 말을 멈췄다. 떨어진 그릇에 정신이 쏠렸던 다른 후궁들도 모두 내가 보는 방향을 똑같이 보았다.

황제가 황후를 보호하려는 듯 자신의 품으로 감쌌다가, 사태가 끝난 걸 알자 뒤늦게 놓아주는 중이었다.

뒤늦게 나와 눈이 마주치자 가짜 황제가 다급한 척 물었다.

"천빈. 괜찮으냐?"

"거 참 빨리도 물으시네요."

"!"

'역시 황제가 두 명이었나.'

비원은 의심에 확신이 생겨 흐뭇하게 웃었다.

그릇을 천빈의 머리 위로 떨어뜨린 건 그가 한 짓이었다. 물론 비원이 천빈을 공격하기 위해서 한 행동은 아니었다. 그는 뛰어난 고수인 천빈이 당연히 그릇을 피할 거란 걸 알고 있었다.

비원이 원한 건 다급한 상황에 황제가 보일 행동이었다.

위급한 상황에 처하면 사람은 본능적으로 행동하게 된다. 그 찰나의 순간 누구를 감쌀지는 마음먹는 대로 행동할 수 없는 것이다.

그리고 황제는 비원이 원하는 걸 보여주었다. 뭔가가 '퍽' 소리를 내면서 깨지는 순간. 본능적으로 황후를 감싼 것이다.

비원이 아는 황제라면 당연히 천빈을 감쌌을 텐데. 심지어 황제는 제정

신이 돌아온 후에도 황후가 괜찮은가 먼저 살피고, 그 후에야 천빈에게
괜찮은지 물었다.

비원은 히죽 웃고서 그 자리를 떠났다.

'단주님께 보고해야겠어. 이건 또 예상 못 한 일이로군. 아. 혜비에게도
말해주어야 하나?'

그로부터 이틀 뒤.

"난 폐하께서 정말 그러실 줄 몰랐어요. 사람들 다 그래요. 역시 폐하
께서 아무리 천빈을 아껴도 천빈은 첩이고 아내는 황후 마마라고요. 맞
는 말이긴 하지요."

"우리도 모두 후궁이니 천빈과 처지가 같죠. 슬픈 일이네요."

"뭐. 좀 씁쓸한 사실이긴 해요. 그렇게 천빈을 아끼던 폐하께서, 위급한
상황이 되자마자 바로 황후 마마를 챙기시는 건. 하지만 그게 올바른 거
잖아요?"

안비는 혜비를 만나 이틀 전 일에 대해 떠들다가, 그녀로부터 이상한
말을 듣게 되었다.

"실은 그 일 말인데, 안비. 내가 그와 관련해서 아주 이상한 걸 본 적이
있어요."

"이상한 거라니요?"

"천빈이 폐하와 함께 호숫가를 거니는 걸 보았는데, 황후 마마와 폐하
가 또 다른 곳에서 함께 있는 모습이죠."

"정말인가요?"

물론 혜비의 말은 거짓이었다. 황제가 가짜 황제와 그렇게 엉터리로 동

선을 짤 리가 없었다.

하지만 혜비는 고개를 끄덕이면서 계속 거짓말했다.

"그래요. 그런데 이번엔 천빈이라면 끔찍이 아끼는 폐하께서, 천빈 머리 위로 그릇이 떨어지는데 황후 마마를 감쌌잖아요? 그 두 개를 보고 나니 뭔가 이상해요."

"세상에. 난 그렇게는 생각하지 않았어요!"

안비는 놀라서 눈을 커다랗게 뜨다가 빠르게 깜빡였다. 황제가 천빈은 그냥 첩으로 아끼는 거고, 아내로 대하는 건 황후라서 그런 거라고만 여겼는데. 혜비의 말을 듣고 나니 꼭 황제가 둘인 것처럼 들리지 않는가!

안비의 눈이 공포로 하얘졌다.

"하지만 그 말이 맞는다면…… 정말 위험한 거잖아요? 이 일은……."

"그래서요. 실은 그걸 알게 된 후에, 어느 쪽이 가짜인가 확인하고 싶어서 약을 하나 구했어요."

"약이요?"

"한 방울은 자기 코에 묻히고, 다른 한 방울은 상대에게 묻히는 거예요. 각기는 무색무취지만, 두 개 향이 합쳐지면 목화향이 난다지요. 그걸 이용하면 어느 쪽이 진짜인지 알 수 있잖아요?"

"어떻게요?"

"그야, 국무회의에 참가하는 사람이 진짜일 테니까요. 어전에서 일하는 사람이나."

"그러네요. 두 사람 구분만 하면 가짜와 진짜 구분도 가능하겠어요."

"그렇죠. 하지만 무서워져서 그냥 관두려고요."

"왜요?"

"한쪽이 가짜라 해도, 어쨌든 폐하께서 묵인하셨으니 여기저기 돌아다니면서도 아무 추궁도 안 당하는 거잖아요. 구분해서 뭘 하겠어요."

안비는 마른침을 삼키고서 그 말을 듣다가 조심스럽게 물었다.

"혜비. 그 약…… 안 쓸 거면 나한테 줄래요?"

"위험할 텐데."

"뭐가 위험해요? 혼자 구분하겠다는 건데. 그냥 가짜 황제와는 얽히고 싶지 않아서 그래요."

혜비는 잠시 고민하다가 고개를 끄덕이고서 그녀에게 조그만 약병을 주었다.

약병을 받은 안비가 나가자, 혜비는 닫힌 문을 물끄러미 바라보다가 한숨을 내쉬었다.

"이렇게 친구들이 하나씩 사라지네."

31장

너의 내리사랑이 필요해

"대신들은 이 일이 마음에 드나 봅니다."

"어떤 이들은 그래도 회임한 천빈 마마를 챙기는 게 옳다고 그러고, 어떤 이들은 정실인 황후 마마를 챙긴 게 옳다 합니다."

"폐하께서 천빈 마마를 먼저 감쌌다간 대신들이 비난했을 테니, 결과적으로 나쁜 선택은 아니었습니다."

오원요와 승언, 다른 그림자들의 보고를 들으면서 월요 황제는 눈살을 찌푸렸다. 그는 현장에 있지도 않았는데. 순식간에 천빈보다 황후를 더 아끼는 사람이 되어 버렸다.

"천빈은?"

귀자가 대답했다.

"별로 신경 쓰지 않고 계십니다."

천빈이 가짜 황제의 행동을 신경 쓰지 않는다는 걸 들었는데도 월요의 표정은 여전히 펴지지 않았다. 그는 잠시 생각하다가 연금을 불러오라 지시했다.

잠시 뒤 연금이 불러오자, 월요는 차갑게 꾸짖었다.

"문안 자리에서 있던 일을 들었다."

"송구합니다."

"천빈은 회임한 몸이었는데, 너는 황후를 감쌌다. 물론 황후의 머리 위로 떨어졌다면 황후를 감싸야겠지. 하지만 그릇이 떨어진 것도 천빈의 머리 위였다 들었다."

연금은 깊숙이 머리를 숙였다.

"송구합니다, 폐하."

하지만 그리 송구하지 않은 표정이었다. 그 모습을 황제가 물끄러미 쳐다보자, 그는 더욱 깊게 고개를 숙이며 조심스럽게 덧붙였다.

"황후 마마를 두고 후궁을 감싸면 이상해 보일 거라 여겼습니다."

"그 짧은 시간에 그렇게까지 생각하고 판단을 내렸는가."

"!"

연금은 황제의 꾸짖음에 덤덤히 눈을 내리깔았다.

월요는 그를 내려다보다가 물러나라 손짓했다. 하지만 연금이 사라지자마자 월요의 표정은 몹시 애매모호하게 변했다.

그 변화를 눈치챈 오원요가 조심스레 물었다.

"폐하. 연금이 황후 마마를 구한 게 마음에 들지 않으십니까?"

"그가 황후를 구한 게 마음에 들지 않는 게 아니라. 자기의 생각을 감추지 못하게 된 게 마음에 들지 않는다."

"!"

"꽤 쓸모 있는 대역이었는데. 슬슬 대역을 없앨 때가 되었나."

월요의 중얼거림에 오원요와 승언이 시선을 주고 받았다.

황제가 대역을 만든 이유는 여러 가지가 있었지만, 가장 큰 이유는 대신들이 후사를 이어야 한다며 강제로 여러 후궁들과의 합방을 재촉했기 때문이었다. 하지만 이제 천빈이 회임을 했으니, 대신들의 그 동침 요구는 이전보다는 줄어들긴 할 터였다. 아직 아이가 하나이니 완전히 없어지진 않겠지만.

오원요는 조심스럽게 말문을 열었다.

"그 말씀은 연금을 죽이시려는……?"

"죽이고 할 것도 없다. 내가 면사를 벗고 다니고, 이제 면사를 쓰지 않겠다 한마디 말만 하면 될 일이니."

오원요는 조금 안심했다. 비밀을 지키기 가장 쉬운 방법은 죽여서 함구하는 거라지만, 그래도 오랫동안 대역을 맡아오며 이래저래 얼굴을 알고 지낸 사이가 아니던가. 이대로 죽는다면 꿈자리가 사나울 것이다.

그러나 승언은 월요의 안전이 우선이라 여기기에 냉정하게 물었다.

"입을 막지 않아도 되겠습니까?"

'입을 막으려 들지도…….'

황후는 꽃 줄기를 자르면서 생각했다. 연금이 본능적으로 자신을 감쌌을 때, 일순간 마음이 흔들리고 말았다. 위급한 순간, 누군가 그녀를 최우선으로 여기고 행동해준 건 난생처음 겪은 일이었다.

그의 품 안에서 황후는 시간이 이대로 멈추어도 좋겠다고, 아주 짧게 생각했다.

하지만 방으로 돌아오고 나니 걱정이 되었다. 연금은 대역이었다. 황제의 모습을 하고 있되 진짜 황제는 아니었다.

연금이 황제의 대역을 오래 할 수 있던 건 체형이나 목소리, 나이, 눈과 입이 흡사하고 성품 역시도 온순한 데다 입이 무거운 덕이었다.

그런 연금이 황제의 방향과 전혀 다른 행동을 저질러 버렸다. 황제가 가장 총애하는 천빈의 머리 위로 그릇이 떨어지는데, 생판 다른 곳에 있던 황후를 감싼 것.

황제가 과연 자신의 손바닥 위에서 흘러내리려 하는 대역을 이전만큼 가치 있게 여길까? 연금이 이 일로 혹시 '치워지는' 건 아닐까?

안비는 어떻게 이 '무색무취 목화향' 한 방울을 황제에게 묻히나 고민하다가, 곧 자신의 생일이란 사실을 떠올렸다.

'이걸 이용하면 되겠다.'

안비는 궁녀들에게 아름다운 꽃다발을 준비하게 한 다음, 꽃다발을 손으로 쥐는 부분에 교묘하게 무색무취 목화향을 한 방울 묻혀두었다. 그러고서 황제를 찾아가, 꽃다발을 건네며 말했다.

"곧 제 생일이오니, 부디 이걸 받아주십시오 폐하."

월요는 탐스럽게 피어난 꽃을 바라보다가 웃음을 터트렸다.

"네 생일인데. 가지고 싶은 걸 말하지 않고 이걸 짐에게 준다고?"

"폐하께서 이 꽃을 화병에 넣어 가까이 두시고, 이걸 보실 때마다 신첩을 생각해주시길 바랍니다."

곧 생일인 사람이 이렇게까지 말하는데 거절하기도 애매했던지라, 월요는 손을 뻗어 안비가 건네는 꽃다발을 직접 받아들었다.

"그러지."

안비는 그가 꽃다발을 쥐면서, 그녀가 묻혀둔 향 한 방울이 황제의 손에 닿는 걸 보았다.

잠시 뒤. 정말로 황제에게서 희미하게 목화향이 나기 시작하자, 안비는 뛸 듯이 기뻤다. 어쨌든 혜비의 말처럼 황제가 둘이라면, 이걸로 어느 쪽이 진짜인지 구분할 수 있게 되었다.

아직 진짜 황제와 가짜 황제를 구분하게 된다면 뭘 할지는 정하지 못했다. 하지만 일단, 모르는 것보단 아는 게 나을 것이다. 뭘 하더라도.

생각을 마친 안비는 흐뭇하게 웃고서 어전을 빠져나왔다.

"안비도 이제 여기 와?"

떡돌이를 만나러 어실로 가는데, 뜻밖에도 안비가 어실 앞에서 가마에 올라타는 게 보였다. 나는 안비가 탄 가마가 옆을 지나가자마자 슬쩍 귀자에게 물어보았다.

"그러게요. 제가 알기로는 처음 오셨습니다."

"그래?"

"마마께서 어실에 자주 찾아가면서 폐하와 정을 쌓으셨으니, 다른 후궁 마마들도 따라 하는 게 아닐까요?"

"그런가?"

그럴 수도 있지. 고개를 끄덕이는 사이, 어느새 내가 탄 마차가 어실 앞에 도착했다.

나는 가마에서 내려 남들 보란 듯이 별로 부풀지도 않은 배를 감싸고 위풍당당하게 안으로 들어갔다.

부성과 원웅은 자기들끼리 쳐다보며 키득키득 웃었지만 괜찮다. 나는 계란이가 자랑스러운걸. 나중에 계란이가 태어나면 계란이를 안고서 이러고 다녀야지. 계란이가 머리가 좀 굵어진 다음 부끄러우니 제 발로 다니겠다고 하면 충격이겠지만.

열 살 때까지는 들고 다니고 싶은데. 열 살이면 키가 어느 정도일까?

"폐하, 폐하."

"반숙아."

"열 살이면 키가 어느 정도예요? 못 들고 다녀요? 웬 꽃이에요?"

"질문 좀 끊어서 하거라."

어실 안에 들어가며 질문을 연거푸 던지자, 떡돌이가 웃으면서 고개를 젓더니 다른 사람들에게 나가라 손짓한다.

귀자와 원웅, 부성, 오원요가 나가자 나는 얼른 떡돌이의 옆으로 가 그를 반 정도 엉덩이로 밀어내고 앉았다.

"……."

떡돌이는 반쯤 밀려난 채 당황한 눈으로 날 쳐다보았지만, 웃음을 터트리기만 할 뿐 쫓아내진 않았다.

"차라리 짐의 무릎에 앉거라."

"3인분이라 무거울걸?"

"반숙이는 무겁지만 아직 계란이는 가벼워서 괜찮단다."

"뭐야?"

내가 째려보자, 떡돌이는 큼큼 헛기침을 하더니 골똘히 생각에 잠긴 척하다 말했다.

"열 살이면 아마 키가 이 정도쯤일걸."

"들고 다닐 만하네."

"……들고 다니긴 크지 않을까?"

떡돌이는 내 머리 높이를 한 번, 열 살배기 아이의 키 높이를 한 번 손으로 짚어 보더니 다시 중얼거렸다.

"역시 들고 다니긴 클 텐데. 갑자기 그건 왜 물은 게냐?"

"계란이가 태어나면 열 살 때까지 들고 다니고 싶어서."

"……계란이는 보따리가 아닌데."

"하지만 들고 다니면서 자랑하고 싶어."

"자랑하고 다니지 않아도 다들 네 자랑거리라 여길 거다."

"그래도. 들고 다니면서 자랑하고 싶어. 내가 가진 최초의 가족……."

최초의 가족이라고 말하려다 보니, 떡돌이가 나를 무섭게 쳐다보고 있어서 얼른 말을 바꿨다.

"은 떡돌이지만, 나랑 이어진 최초의 혈연이잖아. 게다가 생각해보니까, 널 닮으면 정말로 똑똑할 것 같아."

떡돌이는 잠시 미묘한 표정으로 날 바라보았다. 왜 그러나 싶어 같이 물끄러미 보고 있으려니, 떡돌이의 호위란 이유로 아직 안 나가고 우리랑 같이 있던 승언이가 말했다.

"마마. 열 살 때까지 아기씨를 안고 다니시면 역사서에 기록될 겁니다."

"상관없는데."

"특이하단 쪽으로요."

"아, 난 괜찮아."

"수달이십니까……."

"수달이 왜?"

승언이가 이마를 짚는 걸 보니 내가 뭐 말을 잘못했나? 열 살 때까지 안고 다니는 게 그리 이상한가?

어리둥절해서 떡돌이를 보자, 떡돌이는 애매한 표정으로 날 보더니, 갑자기 휙 몸을 돌리며 화병에 꽂힌 꽃다발을 가리켰다.

"이게 뭐냐고 물었지?"

말을 급하게 돌리는 거 같은데…….

"안비가 와서 주고 갔다. 자기 생일이라고."

"자기 생일인데 왜 떡돌이 너한테 꽃다발을 줘?"

"나야 모르지."

어깨를 으쓱하는 떡돌이를 보는데, 아주 아주 연하고 희미한 향이 느껴진다.

나는 떡돌이의 손을 잡아가 내 쪽으로 끌어당겼다. 그러고서 킁킁거리자, 승언이가 뭐라고 막 구시렁거리는 소리가 잡음처럼 들려왔다.

"천빈? 왜 그러느냐?"

"무슨 냄새가 나는 거 같아서."

"먹물 냄새인가?"

"모르겠어. 너무 희미해서."

"?"

혹시나 싶어 나는 떡돌이의 다른 손을 가져다 코에 대고 맡아보았다.

"이쪽에선 안 나."

하지만 그 희미한 향은 떡돌이의 다른 쪽 손에서는 나지 않았다. 얼굴에 대고 맡자, 얼굴에서도 안 난다. 딱 오른손에서만 나고 있다.

"짐은 모르겠는데."

떡돌이는 자기 손에 대고 날 따라서 냄새 맡는 시늉을 했지만, 결국 고개를 기웃거리며 손을 내려놓았다.

나도 뭔가…… 뭔가 냄새가 난단 느낌만 있을 뿐이라, 결국 더 설명하지 못하고 조언만 했다.

"혹시 모르니 어의를 불러서 괜찮은지 물어봐."

"독 같으냐?"

"아니, 독은 아닌 거 같은데. 이건 내 전공이 아니니까."

며칠 동안 안비는 문안도 열심히 다니고 황제가 출몰하는 곳에 한 번씩 가보았다.

그 결과 그녀는 정말로 황제가 둘인 걸 알게 되었다. 어떨 때는 목화향이 풍겼고, 어떨 때는 풍기지 않은 것이다. 씻어내도 열흘간 효과가 간다더니. 정말로 향은 계속해서 이어졌다.

그리고 엿새쯤 되었을 때. 안비는 '진짜 황제'와 '가짜 황제'의 행동에 대해서도 알게 되었다.

목화향이 나는 황제는 주로 천빈과 있거나 어실에 있었다. 목화향이 없는 황제는 문안 때 오거나, 가끔 후궁들이 머무는 구역에 찾아와 몇 마디 이야기를 나누고 갔다.

그중에서도 '목화향 없는 황제'가 가장 많이 만나는 상대는 황후였다.

8일째 되는 날. 안비는 진짜 황제가 천빈과 가까운 사이이고, 가짜 황제가 황후와 가까운 사이란 걸 알아차렸다.

결론을 내린 그녀는 실쭉 웃으며 홀로 생각에 잠겼다.

'이 어마어마한 정보를 어떻게 사용해야 유리할까.'

안비는 믿을 만한 측근 궁녀를 불러 놓고서 이 일에 대해 진지하게 의견을 나누었다. 측근 궁녀, 그중에서도 친정에서 데려온 궁녀들은 어차피 안비와 한배를 타고 운명을 같이할 이들이기에 이런 엄청난 이야기라도 할 수 있었다.

궁녀들은 처음에는 기겁했지만, 곧 정신을 차리고서 신중하게 의견을 주고받았다.

"천빈을 협박하는 건 안 돼요. 천빈 곁엔 진짜 폐하가 계시잖아요."

"게다가 회임 중이니, 자칫 잘못하다간 일이 꼬이는 수가 있어서요."

"마마. 가짜 황제를 협박하는 것도 안 돼요. 어차피 폐하께서 만든 사람일 거잖아요. 잘못 협박하면 폐하를 협박하는 꼴이 돼요."

안비는 고개를 끄덕거리다가 물었다.

"그럼 남는 건 황후인가. 황후는 가짜 황제와 만나고 있잖아. 이걸 이용하면 어때? 폐하가 아닌 다른 사내와 놀아난다거나 하는 식으로."

"그 다른 사내가 폐하께서 만든 가짜잖아요, 마마."

"다짜고짜 협박했다간 황후와 폐하, 온씨 가문까지 사방에서 공격할지도 몰라요."

"맞아요, 마마. 어쨌든 가짜 황제는 폐하의 비호를 받고 있는걸요."

안비는 끙끙 앓다가 탁자를 주먹으로 내리쳤다.

"그러면 이 중요한 정보를 그냥 묻고 가란 거야?"

측근 궁녀는 안비의 화난 표정을 보며 물었다.

"마마께선 이용하고 싶으신 거예요? 꼭?"

"당연하지."

안비는 코웃음을 치다가 주먹을 꽉 틀어쥐었다.

사실 안비는 천빈도 천빈이지만 황후도 싫었다. 천빈이 그녀가 준 독차를 마셨다는 누명을 썼을 때, 황후는 자신의 말을 듣지도 않고 범인으로 몰아갔다.

"차 사건 때 황후가 제대로 조사해주었으면 누명을 안 쓸 수도 있었어."

안비는 이를 으드득 갈았다.

"황후는 당시 본궁에게 화를 냈지만, 목소리는 화난 목소리가 아니었다. 자세히 조사해보면 내가 범인이 아닌 걸 알 수도 있었을 텐데, 일부러 넘어간 게 분명해. 그뿐이냐? 궁술 시합 때는 어떻고?"

궁녀들은 이번에는 또렷하게 기억하고 고개를 끄덕였다. 아까의 일이 안비의 심중뿐이라면, 이번 일은 궁녀들도 인정하는 일이었다.

"나는 황후를 대신해 화살에 맞았다. 누가 나 대신 화살을 맞았으면 미안해서라도 잘 챙겨주어야 하는 게 아니냐? 그런데도 다들 천빈 천빈!"

"다른 사람이야 그렇다 치더라도, 황후는 마마를 그렇게 대해서는 안 됐습니다!"

안비는 고개를 끄덕였다.

"맞다."

황후와 한패라고 해서 황후를 다 좋아하는 건 아니었다. 파벌이 나뉘다 보니 싫어도 이득이 되는 쪽에 붙었을 뿐.

황후를 진심으로 좋아하는 후궁도 있을지 모르겠지만, 어쨌든 안비는 아니었다. 그렇기에 안비는 이번에 잡은 이 비밀을 황후를 공격하는 데 쓰고 싶었다.

한참 머리를 굴린 끝에 마침내 안비의 입꼬리가 올라갔다.

"폐하께서 가짜 황제를 세우더라도, 그가 황후와 연애하라 세운 건 아니겠지."

"천빈. 있어요?"

평상에서 부채질을 받으며 쉬고 있는데 뜻밖의 사람이 나타났다.

"안비?"

안비였다. 반사적으로 똥 씹은 표정을 하고 보자, 안비는 웃으면서 들어왔다가 덩달아 표정을 구겼다.

"너무 대놓고 싫어하는 거 아니에요?"

"안비 마마는 나랑 안 친하잖아요. 찾아올 일이 없는데 오니까 이상해서요. 심지어 상냥하게 말했어……."

중얼거리자, 안비의 표정이 대번에 썩어들어갔다. 평소라면 이쯤에서 안비는 호통을 칠 거다.

하지만 그녀는 화를 내는 대신 억지로 미소를 짓더니, 내 곁으로 사뿐사뿐 다가와 앉으며 말했다.

"날도 더운데 회임해서 힘들 것 같아 왔죠. 줄 것도 있고."

말을 마친 안비가 손짓하자, 그녀의 궁녀가 바구니를 가져와 내밀었다.

"좋은 바구니네요."

멍하기 그걸 보고 중얼거리자, 안비는 웃더니 바구니를 받아 들고서 바구니를 덮어둔 하얀 천을 들췄다.

"어?"

안에 든 건 알록달록한 예쁜 아기용 옷들이었다.

아니, 이걸 옷이라 하나? 뭐라 하지? 포대기……치고는 작고. 하여튼 아기를 싸는 천 같은데. 어쨌든 아기용 물건은 확실하다. 용도는 태후 마마가 알 테니 나중에 가서 물어봐야지. 부성도 원웅도 아기를 낳은 적이 없으니 용도를 모를 거야.

"이거 선물이에요?"

어쨌든 날 주는 것 같기에 좋아서 묻자, 안비는 거들먹거리며 제일 위에 놓인 한 장을 내밀었다.

"자 봐요. 얼마나 멋지게 수를 놓았는지."

"이야, 안비 마마. 자수 잘 놓네요."

"그렇죠?"

"근데 나한테 왜 시켰던 거예요? 난 자수 잘 못 하는데."

"……."

뭐지? 그냥 질문했을 뿐인데, 안비가 얼굴이 붉어져서 괜히 평상 아래를 째려보고 있다.

"밑에 뭐 있어요?"

개미라도 지나가나 싶어서 같이 아래쪽을 보자, 안비는 이를 우드득 소리가 나게 갈더니 콧김을 뿜었다.

'왜 저러지?'

"마마를 괴롭혔는데 이제 와서 생색내려니 민망해서 그런 거죠, 뭐."

안비의 심경은 그녀가 돌아간 후 원웅이 해석해주었다.

"아, 그런 거야?"

"네."

그 사이. 부성은 안비가 주고 간 아기옷들을 하나하나 펼쳐보면서 매의 눈으로 살펴댔다.

귀자 역시 마찬가지로 옷의 바느질선을 한 땀 한 땀 살피는 건 물론 옷을 두 손으로 툭툭 털어대기까지 했다.

저건 또 뭔가 싶어서 보고 있자니, 원웅이 또 해석해주었다.

"안비는 마마를 싫어했잖아요. 그런데 선물을 주고 갔으니, 이게 잘 지내잔 뜻으로 주고 간 건지, 꿍꿍이를 부리는 게 아닌지 살피는 거예요."

"꿍꿍이?"

"저주를 쓴 부적을 넣는다거나, 실밥이 나오게 해서 아기씨가 입었을 때 느낌이 안 좋게 한다거나 하는 식으로요."

부성이 옆에서 유심히 들여다보던 노란 옷을 내려놓으며 말을 더했다.

"아니면 이상한 글귀나 그림을 수 놓을 수도 있지요. 하지만 오늘 준 물건 중엔 그런 게 없어요, 마마."

귀자도 열심히 살피던 옷을 내려놓고서 인정했다.

"제가 볼 때도 옷에는 별문제가 없습니다, 마마. 게다가 안비는 자수 솜씨가 대단합니다."

"그래?"

"네."

나는 사람이 아니라 거북이한테 입혀야 할 정도로 조그만 옷을 들어 보고 앞뒤를 확인하다 내려놓았다. 나는 이런 데 안목이 없으니 이게 좋은지 아닌지 모르겠어. 하지만……

"잘 보이고 싶으면 나도 굳이 싸울 마음은 없어. 내가 싸워댔다가 나중에 불똥이 계란이한테 튀면 어떡해?"

"그럴 리는 없어요, 마마. 계란 아기씨는 이 나라에서 가장 사랑받는 분이 되실 텐데요."

"맞아요. 다른 후궁들도 다 아이가 있으면 모를까, 현재로선 유일한 황손이신 걸요."

"계란 아기씨가 잘못되면 궁궐 전체에 피바람이 불 테니, 아기씨를 싫어하는 분은 차라리 곁에 오려고도 하지 않을걸요?"

그런가? 멀뚱히 배를 쳐다보고 있자니, 참. 이 아이는 나와 시작부터 다른 운명을 타고났구나 싶다.

음…… 하지만 떡돌이가 약속했어. 세상 모든 사람들이 계란이를 가장 중히 여겨도, 떡돌이한테 가장 중요한 건 나일 거라고.

"너는 나를 가장 사랑하고, 나는 계란이를 가장 사랑하고, 계란이는…… 계란이도 날 가장 사랑하면 되겠다."

사람의 마음은 하루 이틀 만에도 홀쩍홀쩍 바뀌나 보다. 계란이보다 날 더 소중히 여기겠던 떡돌이는, 내가 다짐을 이야기해 주자 당황해서 물었다.

"그럼 짐은 누가 가장 사랑해 주느냐?"

"태후 마마."

"!"

내 논리가 틀렸나? 아주 뛰어난데? 떡돌이는 그렇게 생각하지 않는 듯 입을 쩍 벌리고 나를 멍하게 쳐다본다.

"왜 그래?"

그게 어리둥절해 묻자, 떡돌이는 당혹스러운 듯 다시 물었다.

"짐이 너를 가장 사랑하면 너도 짐을 가장 사랑해주어야지. 왜 네 사랑은 계란이한테 가는 거지?"

"내리사랑이라잖아."

"그럼 짐도 계란이를 가장 사랑해야 하지 않나?"

"……내가 떡돌이 너보다 나이가 어려. 그러니 날 사랑하는 것도 내리사랑이야."

"그 내리사랑이 아닐 텐데. 그리고 나보다 어리다니? 확실한 게냐?"

"암!"

"몇 살인데?"

"……."

내가 멀뚱히 쳐다보자 떡돌이가 눈썹을 들어 올린다.

나는 주저하다가 말했다.

"난 폐하보다 한 살이 어려."

하지만 떡돌이는 여전히 불신하는 표정이었다.

"그게 몇 살인데?"

"계란이 볼래?"

내가 배를 보여주어도, 그는 한 손으로는 배를 만지면서도 눈은 가자미처럼 나를 따라다녔다.

결국 떡돌이의 손등을 찰싹 쳐서 치우게 한 다음 솔직하게 고백했다.

"부모도 모르는데 나이를 어찌 알아? 난 내 나이를 몰라."

"!"

"떡돌이 네가 연상이 좋으면 한 살 위라 생각하고 동갑이 좋으면 동갑이라 생각하고 연하가 좋으면 한 살 아래라 생각해."

"아. 짐이 골라도 되는 게냐."

떡돌이는 떨떠름하게 나를 보더니, 내 손을 가져다가 자기 두 손 사이에 넣고 조물조물했다. 한참을 그러다가 그가 조심스레 말했다.

"한 살 연상이라 하자."

"진짜 고르네."

"짐보다 네가 한 살 많은 거로 해라. 그리고 내리사랑으로 짐을 가장 사랑해다오."

"!"

내가 한 말을 그대로 돌려주다니. 입을 벌리고 쳐다보자, 떡돌이는 웃으면서 내 턱을 위로 올려 입을 닫아주었다.

어이가 없기도 하지만 좀 기분이 좋아졌다. 흠흠. 흠흠흠.

"떡돌이는 내 사랑이 그렇게 궁해?"

"표현을 참. 듣는 사람 묘하게 하는 재주가 있구나."

"고마워."

"칭찬한 건 아니었지만 기분이 좋다니 다행이다."

떡돌이는 내 양 뺨을 붕어처럼 만들고서 그 위에 가볍게 입을 맞추고는, 내 코에 자기 코를 문지르고서 웃었다.

"폐하는 날 너무 사랑해서 큰일이네."

"이 도도한 낭자가 대체 어느 집 낭자지?"

"난 부모를 모른다니까."

"……."

웃고 있던 떡돌이 표정이 일그러지자, 승언이가 뭐라 작게 구시렁거린다. 자세히 들어보니 '분위기가 좋아질 만하면 깬다'고 말하는 것 같았다.

내가 분위기를 깨는 건가 싶어 조금 후회가 된다. 나는 무거운 분위기로 한 말이 아니라, 그냥 사실을 말한 것뿐인데.

결국 떡돌이의 기운을 북돋아 주기 위해, 나는 얼른 화제를 돌렸다.

"그럼 계란이가 태어나기 전까지, 나는 폐하를 가장 사랑할게."

"계란이가 태어나면?"

"떡돌이랑 계란이를 똑같이 사랑할게."

"짐은?"

"나를 좀 더 사랑해줘. 손톱만큼이라도 더."

승언이가 또 뒤에서 편파적이라고 마구 구시렁거린다. 그 꼴을 보고 있자니 기분이 상해서, 나는 오랜만에 그를 끌어들여 주었다.

"하지만 괜찮잖아. 승언이가 폐하를 세상에서 가장 사랑하니까."

승언이와 떡돌이의 표정이 동시에 일그러진다.

둘 다 그건 싫은 모양이다.

물론 나도 승언이 얘기는 농담인 거다. 저놈이 하도 구시렁거려서.

그렇지만…… 정말로 떡돌이가 손톱만큼은 계란이보다 반숙이를 더 사랑해주었으면 좋겠다.

이러니저러니 해도 떡돌이는 자기를 가장 사랑해주는 태후 마마가 계시잖아. 계란이는 그야말로 만백성의 사랑을 받을 운명을 타고났고.

하지만 나한텐 정말 떡돌이 뿐인걸. 떡돌이가 아니면 이 세상에 나를 첫째라고 해주는 사람은 없단 말이야.

이런 마음은 가지면 안 되는 건가?

요즘 들어 안비가 자꾸 나한테 뭘 주려고 한다.

게다가 전에는 내가 무슨 말만 했다 하면 화가 나서 꽥꽥 오리처럼 변하더니. 요즘은 날파리처럼 파르르 떨면서도 애써 미소를 지으려 했다.

"재밌네요."

"그러게. 구경하는 재미가 있네."

그 모습이 은근히 내 친구들 사이에 인기가 많아져서, 촉비와 연비는 심심하면 찾아와 안비를 놀려대고는 그녀가 인내를 수양하는 모습을 구경했다.

물론 안비는 그때마다 더욱 열불이 나는 듯했지만, 놀랍게도 그조차 다 흘려 넘겼다.

"득도하려고 수행하는 거 아닐까요?"

"득도하려면 속세를 떠나야지."

그렇게 지내다 보니, 자연히 떡돌이가 내 방에 왔을 때 안비가 죽치고 있는 경우가 많아졌다.

승언과 오원요는 처음에는 안비가 날 이용해 총애를 나누어 받으려는 것이라 주장했지만, 안비는 또 그 정도로 오래 죽치고 있진 않았다. 일식경, 길어도 이식경을 넘기지 않고 돌아갔으니까.

그러던 어느 날. 어쩌다 보니 시기가 딱 맞아떨어져 안비와 떡돌이, 나 이렇게 셋이서 점심 식사를 함께하게 되었다.

"반숙아. 너무 차가운 것만 마시지 말고. 따뜻한 국물을 마셔야지."

"이렇게 더운 날엔 차가운 걸 마셔야 해요, 폐하."

"감기 걸리지 않느냐."

"차가운 거 조금 먹는다고 감기 걸리지 않아요."

"조금이 아니잖느냐. 벌써 다섯 잔째인데."

얼음을 띄운 냉수를 마시려는 나와 말리는 떡돌이가 티격태격하고 있을 때였다.

있는 듯 없는 듯 조용히 식사하던 안비가 돌연 "하아아아." 하고 길게 한숨을 뱉었다.

그 소리에 안비를 쳐다보자, 그녀는 젓가락을 툭 내려놓으면서 장난치듯 투정을 부렸다.

"정말로 부럽네요. 폐하는 황후 마마와 천빈, 이렇게 딱 둘만 어여삐 여기시는 것 같아요."

그 말을 들은 떡돌이가 물었다.

"왜 그리 생각하느냐?"

나는 그사이 떡돌이가 못 마시게 말리던 냉수를 가져다 황급히 입으로 가져갔다. 떡돌이는 뒤늦게 발견하긴 했지만 이미 입에 들어간 거라 말리진 못했다.

"천천히 마셔라."

이렇게 말할 뿐.

안비는 내가 냉수를 마시는 걸 지켜보며 아까 떡돌이가 한 질문에 대답했다.

"왜 그리 생각하긴요. 눈에 훤히 보이는걸요, 폐하."

"보인다고?"

"하하, 폐하. 일부러 그러시나요? 후궁전 사람 모두에게 물어도 다 같이 대답할 거예요. 폐하께선 늘 천빈 아니면 황후 마마 곁에 계시는걸요."

나는 냉수를 다 마시고서 탁자에 그릇을 내려놓았다. 그러고서 떡돌이를 보니, 면사 위로 보이는 그의 눈매가 평소보다 삐쭉했다.

"황후는 대역의 존재를 알면서도 그자와 가까이 지내지. 연금도, 짐이 일부러 황후와의 시침 때 그를 보내지 않는 걸 알면서도 후궁전에 갈 때마다 황후 곁에 있다 한다."

월요는 은밀하게 안비의 말이 정말인가 확인했다. 그 결과 안비가 조금 과장을 하긴 했으나, 아주 틀린 말은 아니란 걸 알게 되었다.

황후 옆에 딱 달라붙어 있는 정도는 아니었으나, 연금이 황후에게 가장 많이 찾아가는 건 맞았던 것이다. 한 방에 있진 않았으나 산책을 하거나 경치를 보거나 하는 등으로.

"이제 내보내야겠다."

어쨌든 대역을 내보내면 이전보다는 행동이 불편해지는 건 맞다. 이 때문에 대역을 그만 쓰기로 결정을 내리고서도 꾸물거리던 월요는, 완전히 마음을 다잡았다.

"연금을 불러오라."

"이제 대역은 그만 쓸 작정이다."

불려온 연금은 조용히 두 손을 모으고 서 있다가 놀라서 황제를 보았다. 하지만 곧 그는 다급히 무릎 꿇었다. 안색이 새파란 게, 최악의 상황을 상상한 듯했다.

월요는 고개를 젓고서 일어나라 손짓했다.

"뭘 상상하는지 훤히 보이는구나. 하지만 그건 아닐 거다."

연금은 그래도 일어나지 않고서 월요를 올려다보았다.

"너는 오랫동안 날 대신해 많은 일을 해주었다. 네가 궁전에서의 일을 함구한다면, 자유롭게 하고 싶은 일을 하며 살게 해줄 거다. 평생 즐겁게 먹고살 만한 재물과 도와줄 사람을 붙여주마."

월요가 웃으면서 말하고서야 연금은 안도하며 천천히 일어섰다. 하지만 얼떨떨한 얼굴이었다.

평생 이렇게 살 거란 예상은 하지 않았지만, 그래도 몇 년은 더 하게 될 줄 알았다. 혹은 몇십 년 정도. 그런데 이렇게 한순간에 자유를 얻게 되자 어리둥절했다.

황제가 붙여준다는 '도와줄 사람'이 감시자란 건 알았으나, 그 정도는 이미 각오했었기에 나쁘지 않았다. 죽어서 함구시킬 생각만 아니라면야.

"언제 떠나야 좋을지 말씀해주십시오, 폐하."

"준비할 게 필요하니 열흘 정도는 여기 더 머무르도록 해라."

"준비할 거라면……."

"예상보다 급히 보내게 되지 않았느냐. 지내기 좋은 집을 알아보마. 마음에 들지 않거든 이사 가도 좋다. 하지만 당장 지낼 곳은 구해야지."

"예."

"단, 금아."

"네, 폐하."

"앞으로 칠 일간은 네 방에서만 지내도록 해라. 답답하면 방 주위 마당은 산책해도 좋지만, 그 이상 나가진 마라."

"예."

연금은 반쯤 몽롱한 정신으로 자신의 방에 돌아갔다. 그는 의자에 앉아 면사를 벗고 거울에 자신의 모습을 비추어 보았다.

면사를 쓰면 황제와 흡사한 얼굴이지만, 면사를 벗으면 분위기가 많이 달랐다. 모르는 사람이 나란히 선 둘을 본다면 친척이나 형제로 여길 순 있겠지만, 동일인이라 헷갈리진 않을 정도였다.

그는 자신의 코를 손바닥으로 가려보다가, 손을 내리고서 어색하게 웃었다. 앞으로는 면사를 쓰지 않고 이 모습으로 살아갈 것이다.

- *아주 훤칠하네!*

연금은 자신이 면사 벗은 모습을 보고서 승언이 외치던 말이 떠오르자, 민망해져서 거울을 돌렸다.

하지만 곧 아쉬운 마음이 들었다. 이대로 궁전을 떠나면 평생 황후의 그림자조차 보지 못하고 살 것이다. 그는 궁궐 대문조차 넘지 못하고, 아주 먼 곳에서 황후의 소식 정도나 간간이 접할 터.

그 소식조차도 황후가 지금처럼 조용히 살아간다면 접하지 못할 확률이 높았다. 천빈이 아이를 낳으면 앞으로 수십 년은 아이와 천빈 이야기뿐일 테니.

연금은 초조하게 탁자를 두드리다가 하늘을 보았다. 생각에 잠긴 사이 어느새 몇 시진이 훌쩍 지나 있었다.

'딱 한 번만.'

연금은 문을 열고 밖으로 나갔다. 황제가 칠 일간 방에서 지내라 했지만, 그게 설마 오늘도 포함한 건 아닐 거다. 아마 내일부터겠지.

그러니 내일부터는 황후를 볼 수 없다. 내일부터 평생 동안. 오늘은 괜찮을 거다. 설마 오늘부터 셀 리야 있겠는가.

'딱 한 번만 뵙고 가자.'

떠나기 전, 황후에게 작별 인사를 하고 싶었다.

황후는 뿌연 먹구름을 바라보았다.

먹구름 사이의 하늘은 새파란데, 그 주위는 어두운 안개 같은 것들이 자기들끼리 뭉쳐 둥실둥실 떠다니고 있었다.

황후는 안비에 대해 생각하는 중이었다. 우정을 나눈 사이는 아니지만, 그래도 한배를 탔다고 여겼는데. 어느 순간부터 안비가 천빈의 처소에 문지방이 닳도록 다닌단 이야기를 들었다.

설마 설마 했지만, 문안 때에도 안비는 천빈의 옆에서 무어라 속삭이며 웃어대고 있었다. 촉비에 이어 안비까지 천빈에게 간 것이다.

안비를 마음에 들어 하고 말고를 떠나서, 이는 자존심 상하고 속상한 일이었다. 앞으로 몇 해, 아니 한 해만 지나도 이런 게 더 뚜렷해지겠지.

그때였다. 창밖에 보이는 나무 뒤에 황제가 서 있는 게 보였다.

'연금?'

아니, 연금이었다. 황후는 연금과 황제를 제대로 구분할 수 있었다. 저건 분명 연금이었다.

황후는 밖으로 나가 그쪽으로 걸어갔다. 역시나. 그녀가 가까이 가자 황제 복장을 한 이가 소심하게 인사를 건넸다.

"황후 폐하."

주위에는 아무도 없었고 그의 목소리는 곁에서도 잘 안 들릴 만큼 작았으나, 황후는 누가 들을세라 연금을 자신의 방에 끌어들였다.

"어? 마마, 폐하 아니십니까?"

"차를 가져와라."

황후는 소란스러운 궁인들에게 지시하고서, 연금을 긴 의자에 앉혀 놓고 물었다.

"무슨 일로 날 찾아온 게냐?"

방 안에 아무도 없게 되자 연금은 황후에게 절을 올렸다.

"폐하!"

황후는 놀라서 그를 일으켜 세우고 작게 항의했다.

"이런 행동을 하지 말라니까? 누가 보면 어쩌려고 그러느냐."

연금은 그제야 일어섰다.

황후는 연금을 일으켜 세우느라 닿았던 손을 내렸다.

손끝에서 열이 오르는 듯해서, 그녀는 오히려 평소보다 딱딱하고 무서운 어조로 말했다.

"얼른 돌아가라."

연금은 어렵게 입을 열었다.

"황후 마마. 저는 이제 여길 떠나게 되었습니다."

황후는 단호하게 돌아서다가 흠칫해서 그를 보았다.

"그게 무슨……."

"폐하께서 이제 대역이 필요 없으시다 하십니다. 앞으로 칠 일 후면, 저는 이곳에 없을 것입니다."

"이렇게 갑자기?"

황후는 당황해서 평소만큼 차갑게 묻지 못했다.

그녀는 놀란 눈으로 연금을 보았다. 어느 순간, 그가 이렇게 갑작스럽게 떠난다고 하자 갑자기 꿈에서 깨버린 느낌이었다.

"왜?"

황후는 아까 이유를 들었으면서도 얼결에 또 물어보다가, 자신이 바보 같은 질문을 했단 걸 깨닫고 입을 다물었다.

연금은 황후를 슬픈 눈으로 바라보다가 물었다.

"한 번만. 딱 한 번만 황후 마마께 제 얼굴을 보여드려도 괜찮을까요?"

"!"

"이젠 황후 마마를 평생 뵙지 못할 겁니다. 황후 마마께서는 모르셨겠지만, 저는……."

연금은 입을 뻐끔거리다가, 하고 싶은 말을 감추었다.

"황후 마마를 많이 존경했습니다."

황후가 고개를 끄덕이자, 연금은 천천히 면사를 벗어 자신의 모습을 드러냈다.

황후는 탁자를 손으로 잡고 거기에 기대선 채 아직도 혼란한 감정에서 빠져나오려 애썼다. 평생 그냥 거기에 있을 거라 여겼던 연금이 갑자기 사라진다고 하자 생각보다 상실감이 컸다.

연금이 천천히 면사를 다시 쓰고 허리를 숙여 인사하는 모습이 느리게 흘러갔다.

황후는 그 광경을 보며, 자신도 연금을 좋아하고 있었단 걸 깨달았다.

황제가 자신에게만 대역을 보내지 않는다고 했을 때 기쁘기보다는 '왜?'라는 생각만 들었던 일. 영영이 임신한 후궁이 없는 건 황제의 문제가 아니냐 했을 때 자기도 모르게 화를 낸 일. 온 귀인이 연금과 동침할 거란 이야기에 자신도 모르게 손에서 힘이 빠져나간 일. 연금이 자신의 뒤에서 거리를 두고 따라오자 술을 한 모금 마신 듯 기분이 좋던 일. 그에게 약한 모습을 보이고 싶지 않으면서도 그에게 자신의 약한 마음을 털어놓게 되는 일…… 같은 복색을 하고 있어도 면사를 쓰고 있어도 연금은 바로바로 구분이 가던 일까지.

"폐하."

황후는 자신도 모르게 연금을 붙잡고 말았다.

나가려던 연금이 고개를 돌리고 멈춰 섰다.

황후는 연금의 소맷자락을 잡고 그를 바라보다 천천히 끌어당겼다.

"마마?"

"언제 떠난다고?"

"떠나는 건 칠 일 후이지만, 내일부터는 처소 밖으로 나가지 말란 명을 들었습니다. 그래서 오늘 인사를 온 것입니다."

"……."

"마마?"

황후가 소매를 잡고 계속 쳐다보자, 연금이 조심스레 그녀를 불렀다.

황후는 손이 떨려와 그의 소매를 놓았다. 대신 다른 쪽 손으로 그의 면사를 벗기고 천천히 뒤꿈치를 들어올렸다.

"!"

처음이자 마지막이 될 사랑을 나눈 후. 연금은 황후의 이마 위에 자신을 새기듯 오랫동안 입을 맞추고서 천천히 옷을 주워입었다.

황후는 그의 모습을 무표정하게 바라보았으나 속은 미어지는 기분이었다. 떠날 수 있다면 그와 함께 떠나고 싶었다. 여기에 머물러봐야 뭘 한단 말인가.

천빈이 황제의 총애를 독차지한다고 해서, 다른 후궁들 사이에 암투가 없는 것도 아니다. 그녀는 가장 높은 자리에 있기에 가만히 있어도 사방에서 공격이 들어왔다. 존재도 몰랐던 먼 친척이 잘못해도 사람들은 황후를 탓했다.

황후는 차라리 연금과 함께 이곳을 떠나, 어린 시절처럼 자유롭게 살아보고 싶었다. 복잡한 권력을 계산할 필요도 없이…….

그러나 연금은 그녀를 빼낼 재주가 없었고, 그녀는 죄인이 되지 않고서 이곳을 나갈 방법을 몰랐다.

연금은 그녀의 앞에서 천천히 절을 올리고 떠났다.

문이 닫히자, 황후는 무거운 한숨을 내쉬고서 자신도 옷을 입었다.

그렇게 옷을 다 갈아입고 창문을 연 다음 멍하게 시간을 보내고 있자니, 밖에서 "황후 마마." 하는 소리가 들려왔다.

연금이 돌아왔나? 황후는 부푼 마음에 "그래." 하고 대답했다.

"안비 마마께서 오셨습니다."

그러나 찾아온 이는 연금이 아니었다.

황후는 실망스러움에 표정이 구겨졌다.

게다가 안비라니. 자신과 별문제 없이 지내다가 갑자기 천빈에게 붙어 버린 박쥐가 아닌가.

마음 같아서는 들이고 싶지 않았지만, 황후는 어쩔 수 없이 허락했다.

"들어오라 해라."

안비는 연금이 황후에게 들어가는 것도, 나오는 것도 다 보고 있었다.

그런데도 바로 들어오지 않은 건, 연금이 떠난 직후에 찾아가면 황후가 들여 보내줄 것 같지 않아서였다.

그래서 조금 시간을 두고 온 건데. 이럴 수가 있나.

안비는 황후의 붉어진 얼굴과 목덜미, 땀이 고였다 마른 흔적이 남은 잔머리 등을 보고서 입을 가리고 웃었다.

황후가 가짜 황제와 선을 넘었구나.

저녁이 되자 월요는 일을 멈추고 천빈에게 가기 위해 붓을 내려놓았다.

회임하기 전에도 잘 먹던 천빈은 회임을 한 후에도 아주 잘 먹었다. 문제는 찬 것을 너무 잘 먹다 보니, 옆에서 잔소리를 해야 한단 점이었다.

본인은 먹던 걸 못 먹게 하면 서러워했지만, 그래도 찬 음식을 마구 먹다 보면 배앓이를 하게 된다. 안 그래도 속이 안 좋을 텐데 거기에 배앓이까지 할까 염려되다 보니, 때마다 달려가게 되었다.

그런데 그림자 하나가 나타나 월요에게 믿기지 않는 보고를 했다.

"연금이 황후에게 다녀왔다?"

월요가 중얼거리자, 곁에 서 있던 오원요와 승언이 흠칫했다.

"예."

그림자는 그렇게 말하고서, 잠시 주저하다 다시 월요에게 속삭였다.

월요의 표정이 굳자 오원요와 승언이 서로 눈짓을 주고 받았다.

"……그래. 계속 살펴보아라."

그림자가 나가자, 월요는 한숨을 내쉬고서 의자에 몸을 완전히 기대어 앉았다. 이마에 손을 올린 채 월요가 멍하게 그 상태로 있자 오원요가 걱정되어 물었다.

"폐하. 괜찮으십니까?"

"두 사람이 함께한 시간이 길었다더라."

월요의 대답에 오원요는 딸꾹질이 나올 정도로 놀랐다.

승언은 인상을 구기고 험악하게 권했다.

"연금을 죽이고 황후를 처벌해야 합니다, 폐하."

"왜. 함께 바둑을 두었을 수도 있지 않으냐."

월요의 빈정거리는 소리에 승언은 대답하지 않았다.

오원요는 황제의 눈치를 살피면서 '이 일을 어쩌나' 하고 혀만 찼다.

연금은 늘 차분하고 조용조용하게 굴더니. 왜 떠나기 직전에 일을 치른단 말인가? 황제가 황후에게는 동침 때에도 그를 보내지 않았는데. 왜 멋대로……

"어찌하실 겁니까, 폐하?"

오원요는 조심스럽게 물었다.

"답은 하나지요."

승언이 차갑게 말했다. 그는 이 일로 아주 화가 난 눈치였다.

그러나 오원요는 황제가 매정한 답을 하지 않을지도 모른다고 생각했다. 이전에 온 귀인이 회임했을 때도, 황제는 자기 아이가 아니란 걸 알면서도 모른 척 넘어가 주었다.

물론 그 아이를 후계자로 삼거나 높은 직책을 주거나 하진 않을 거라 했지만, 그래도 다른 황제들이라면 이조차 참지 못할 것이다.

그러나 황제는 화난 내색도 하지 않았다.

그러니 이번에도 그러지 않을까?

"이번 '한 번'은 봐둘 생각이다."

역시나. 한참을 생각하던 월요가 뱉은 말에는 아량이 가득했다.

"폐하!"

승언이 말도 안 된다는 듯 놀라 외쳤다.

"연금은 폐하의 명을 어기고 감히 황후 마마를 넘보았습니다. 황후 마마께선 연금의 존재를 아시면서도 받아들이셨습니다. 그런데도 그냥 넘어가신다니요!"

월요는 짧게 한숨을 내쉬고 일어섰다.

"지금까지 연금은 날 대신해 후궁들에게 찾아갔지. 황후와 동침했단 이유로 연금을 처벌한다면, 연금을 대신 보낸 짐이 뭐가 되느냐."

"그건……."

"되었다. 짐은 평생 황후와 동침할 마음이 없고, 연금은 아직 대역 상태이다. 그러니 '이번 한 번'은 놔두어라."

딱 잘라 지시한 월요는 그대로 밖으로 나갔다.

오원요와 승언은 서로를 쳐다보다가 월요의 뒤를 따라 나갔다.

"왜 멀쩡하지?"

안비가 수를 놓다 말고서 중얼거리는 소리에, 다른 궁녀들이 의아해 물었다.

"뭐가요, 마마?"

"수에 문제가 생겼어요?"

"아니……."

안비는 다시 바늘을 잡고 움직이며 툴툴거렸다.

"그건 아니야."

그녀는 황후를 보고 온 후, 일부러 황후궁 근처에서 '황후마마께서 얼굴이 붉고 땀을 흘리시더라'면서 '이리 더운데도 폐하와 두 분이 꼭 붙어 있었나 보다, 부럽다' 하는 식으로 이야기를 했다.

궁궐에는 담벼락에도 귀가 있다고 하니, 황제의 그림자 중 누군가 이 이야기를 듣길 바라고 한 말이었다.

하지만 아무 일도 없었다. 그림자가 거기 없었나? 못 들을까 봐 일부러 황후궁 근처를 빙글빙글 돌면서 그 얘기를 떠들고 다녔는데?

아니, 들었을 거다. 황제가 다음날 조례 때 '이젠 면사를 쓰지 않으려 한다'고 밝히지 않았던가. 황후와 가짜 황제 이야기를 듣고 화가 나서 치운 게 분명하다.

그런데 왜 아무 반응이 없을까? 화가 나서 펄펄 뛰어야 하지 않나?

"왜 그냥 눈감아주신 걸까. 분명 일이 커져서 둘 다 머리가 날아갈 줄 알았는데."

무시무시한 말에 궁녀들이 겁을 먹고서 뒤로 물러났다.

안비는 씩씩거리면서 수틀을 옆에 쾅 소리가 나게 내려놓았다.

천빈 옆에서 일부러 붙어 다니며 만든 기회를 이렇게 넘겨야 한다니!

한 달은 순식간에 지나갔다.

떡돌이는 면사를 벗었고, 이제부터는 면사를 쓰지 않겠다고 했다.

무슨 핑계를 대려나 궁금했는데. 그는 이제 면사 없이도 대신들을 마주할 수 있다고 둘러댔단다. 이전에도 잘만 마주 보았으면서.

어쨌든 덕택에 면사에 가려진 황제의 얼굴이 빼어나게 아름답다는 걸 온 궁전 사람들이 알게 되었다.

일기장으로 충격을 주고 간 개운호는 무슨 명령을 받고 간 건지, 그날 이후 아직 등장하지 않았다.

나중에 떡돌이에게 슬그머니 물어보니, 사하비단을 없애란 명령을 받고 갔단다.

"그럼 몇 해가 걸릴지도 모르겠네?"

"그렇지."

대답을 하면서도 떡돌이는 나와 이 이야기 나누는 걸 썩 좋아하는 내색이 아니었다.

개운호가 개원과 흡사하게 생긴 걸 보아서 그런 걸까? 내가 개운호 애기 꺼내면 개원이 얘기 꺼내는 것처럼 여겨져서?

어쨌든 사하비단 일과 타천천 일, 개운호 일도 아무 문제 없이 흘러갔다. 연금은 떡돌이가 면사를 벗으면서 다른 곳에서 지내게 되었다 하고.

"그 다른 곳이 저승이야?"

"이승이다."

시간이 약이라고, 태후 마마 역시 이제 장공주의 여파에서 조금 벗어나서, 문안을 받거나 산책하러 다닐 정도로는 회복되었다. 물론 산책하다가도 어느 지점을 지날 때마다 눈시울이 붉어지셨지만.

나 같은 경우는, 한 달의 시간이 모두 다 배로 찾아왔다.

"배가 이제 조금씩 무게가 느껴지는 거 같아."

전에는 속이 안 좋다거나 배가 살살 아프다거나 하는 식으로 존재를 드러내던 계란이가 이제는 제법 존재감이 생긴 것이다.

딱 보아도 배가 동그랗게 나와 있어서 안에 아기가 든 티가 났다. 게다가 내 심장, 정확히는 천소여의 심장이 느리게 뛰는 외에는 몸 역시도 아무 문제 없이 잘 보존하는 중이었고.

"다섯 달째지요?"

"응."

"아기님은 겨울쯤에 태어나시겠네요."

"그러게. 추울 텐데. 봄이나 가을에 나오지."

초가을이라지만 아직도 더워서, 나는 오늘도 궁녀들을 데리고 평상으로 나와 앉았다.

배를 앞으로 내밀고 등을 뒤로 쭉 뻗어 편안하게 앉자, 궁녀 둘이 양옆에서 부채질을 해주었다.

나는 그에 맞춰 배를 문지르면서 계란이가 나와 떡돌이 중 누구를 닮는 게 좋은가 생각해보았다.

음…… 떡돌이가 머리도 좋고 얼굴도 예쁘고 손도 예쁘고 배도 예쁘지. 그렇지만 날 안 닮으면 좀 서운할 것도 같고.

그런데 또 이게 따지고 보면 내가 아니라 천소여를 닮는 거라 서운할 게 없는 것도 같고?

그 시각. 황후는 난감한 기분에 머리를 짚었다.

'월경이…….'

시기가 일주일이나 지났는데도 월경이 시작되지 않았다. 황후는 마른침을 삼키고서 배에 손을 얹었다.

배는 평소처럼 홀쭉했다. 물론 회임이라 추정될만한 증상도 없다. 그런데 내내 규칙적이던 월경이 갑자기 끊기다니.

식은땀이 흘렀다. 그녀는 침상에 앉아 두 손으로 얼굴을 묻었다. 기쁨보다 공포심이 몰려왔다.

그녀가 태어나서 단 한 번 사랑을 나눈 인물은 연금뿐이었다. 그리고 연금은 불임이 아니었나? 그런데 어떻게…….

'아니, 오해일 수도 있다. 그냥 요즘 몸이 좋지 않아서 그런 걸지도 몰라. 일단 어의를 불러서……'

아니. 안 된다. 어의를 불렀는데 만약에 정말로 회임한 거라면?

임신 초기에는 유산하기 쉬웠다. 황제가 온 귀인이 회임했을 때는 봐주었지만, 그건 그녀가 후궁이기 때문이었다.

온 귀인이 낳은 아이는 이름뿐인 황자나 황녀로 두는 것도, 낳자마자 다른 가문에 보내 다른 가문의 아이로 자라게 하는 것도 쉬우니까.

그러나 그녀는 황후였다. 그녀가 낳는 아이는 적자가 되는 거였고, 가장 정통성 있는 후계자가 되는 것이었다.

황제는 황후의 아이가 자신의 아이가 아니란 걸 아니, 자신이 아이를 가진 걸 알면 초기에 지우게 할 게 틀림없었다. 이미 치워버린 대역의 존재를 밖으로 끄집어올리는 것보단 그게 편할 테니까!

'어의에게 진단받아선 안 된다.'

황후는 마른침을 삼키고서 자신이 사가에서부터 데려온 궁녀 영영을 불렀다. 그녀는 장공주의 팔이 빠진 사건으로 수사방에 끌려갔지만, 지금은 다시 황후의 곁에서 지내고 있었다.

일반 궁녀로 강등되긴 했지만 말만 일반 궁녀일 뿐, 황후는 그녀를 상궁처럼 취급했고, 황후궁의 그 누구도 영영을 일반 궁녀로 대하진 못했다.

"영영. 영영."

"네, 마마. 왜 그러세요?"

황후가 창백해져서 부르자, 영영이 다급히 다가와 황후를 부축했다.

"또 머리가 아프세요?"

"영영. 궁녀를 하나 새로 들여야겠다."

"궁녀요?"

"의술을 할 줄 아는 궁녀로."

"네?"

영영은 어리둥절해서 황후를 보았다. 황후는 입을 뻐끔거렸으나, 자신이 회임했을지도 모른단 말은 꺼내지 못했다.

연금과 그녀가 딱 한 번의 사랑을 나누었을 때, 그녀는 곁에 없었다. 정말 회임이라면 영영에게 도움을 청해야겠지만, 확실치 않은 지금은 함구해야 했다.

그녀는 영영의 팔을 두드렸다.

"의방을 연 여인을 데려와선 안 된다. 가문 대대로 의원을 한 집안 여식들을 살펴보거라. 의방을 열지 않아도 의술을 배운 여식들이 있을 거다. 그중에서 궁녀로 들일 만한 아이를 찾아 데려와. 아무도 모르게 확인할 게 있다."

"회임이 맞습니다."

의가에서 새로 데려온 궁녀는 황후를 진맥하고 손을 떼며 기쁜 얼굴로 말했다.

하지만 황후가 기뻐하기는커녕 눈을 질끈 감아버리자, 궁녀는 어리둥절해졌다. 황궁에서는 회임하는 게 좋은 일 아닌가?

궁녀는 힐긋 다른 궁녀들을 보았다. 놀랍게도 다른 궁녀들 역시 안색이 새파랬다. 새로 온 궁녀는 영문도 모르고 덩달아 겁이 났다.

"나가보거라."

황후는 새로 온 궁녀를 내보내자 한 손을 배에 얹고 눈을 감았다.

설마 설마 했지만…….

영영은 창백한 얼굴로 목소리를 낮추어 물었다.

"황후 마마. 이게 무슨 일인가요? 회임이라니요?"

영영과 궁녀들은 황제가 이곳에서 황후와 동침한 적이 없단 걸 알았다. 그런데 황후가 회임했다니. 두려울 수밖에 없었다.

황후는 고개를 젓고서 측근 궁녀들도 내보냈다.

측근들이 나가자, 황후는 몸을 의자에 기대고 입술을 깨물었다.

그녀가 연금에 대해 계속 함구한다면, 황제 역시 이 아이의 부친이 자신이 아니란 걸 묻어줄 것이다.

그리고 죽이려 하겠지. 이 아이는 복중에서도 태어난 이후에도 언제든 죽음의 위험 속에서 살아갈 것이다.

아이가 장성해 궁전을 나와 살게 되면 가문에서 어떻게든 지켜 주겠지만, 그러기 전에 궁중에서 살해당할 확률이 높았다.

아니, 그녀가 낳으면 적장자가 되는데. 과연 아이가 궁전에서 나와 살 수 있긴 할까?

'어쩌지?'

황후인 그녀가 죄인의 몸이 되지 않고 황후를 그만둘 수도 없었다. 죄인의 몸이 되면 황후 자리에선 물러날 수 있겠지만, 이 아이에게도 지장이 간다. 아이뿐만 아니라 가문에도 흠이 생긴다.

기껏 자유를 찾더라도 아이와 자신, 그들을 지켜줄 가문이 쇠사슬에 얽매이게 된다면 그것 역시 끔찍했다.

'어쩌지? 아아. 어떻게 해야 하지?'

가장 복잡하지 않은 건 스스로 아이를 빨리 지우는 것이었다.

이제 막 회임했으니, 지금이라면 약을 한 사발 먹는 것만으로도 아이를 지울 수 있다.

하지만…… 이 아이는 연금과 그녀가 만든 아이였다.

어쩌면 그녀 인생에 마지막일 수도 있는 아이.

"여기, 알아보라 하신 자료들입니다."

승언이 품 안에서 종이 묶음을 꺼내 탁자에 내려놓았다.

월요는 그걸 받아 펼쳤다. 점점 그의 표정이 어두워졌다.

마침내 월요는 종이를 내려놓으며 중얼거렸다.

"회임이 맞군."

오원요가 깜짝 놀라 월요를 보았다.

"그럼 연금의……?"

"그런 모양이다."

월요는 골치가 아파 관자놀이를 엄지로 눌렀다.

연금과 황후가 선을 넘지 않았나 의심하게 된 이후, 월요는 황후에게 그림자를 이전보다 여럿 붙여두었다. 그 덕에 황후가 뜬금없이 궁녀 하나를 새로 들인 걸 알았고, 바로 그 궁녀에 대해 조사했다.

그 궁녀가 의원의 여식이며, 제 부친을 따라다니며 보조할 정도로 의술을 익혔단 걸 알아내는 건 어렵지 않았다.

어의가 여럿인데 군이 의술 익힌 궁녀를 데려온다? 이런 시기에?

이에 월요는 심상치 않다 여겨 황후가 내무부에서 찾아가는 물품들에 이상한 점은 없는지, 황후가 어의에게 제때 건강을 확인받는지를 알아보라 지시했다.

그게 승언이 조사해 가져온 종이들이었다.

종이에는 황후궁 궁녀들이 이전에는 좋아하는 음식 위주로만 식재료를 받아갔으나, 최근부터 다양한 식재료를 받아갔단 내용이 적혀 있었다. 반면 향료는 이전보다 훨씬 적게 받아갔으며, 옷감을 좀 더 많이 받아갔다.

이것들만으로 회임을 의심하자면 조금 모자란 감이 있으나, 월요는 연금이 황후와 마지막으로 오랜 시간을 보낸 날짜를 알았다. 그 날짜를 계산한 끝에 황후가 회임했다는 결론을 내리게 된 것이다.

"연금이 불임이라 확신했는데."

월요는 기가 막혀서 헛웃음을 뱉었다.

설마 마지막에 이렇게 거하게 사고를 치고 갈 줄이야.

월요뿐만 아니라 오원요도 난처해서 인상을 구겼다 펴기를 반복했다.

승언은 화가 난 목소리로 물었다.

"당장 처리하지 않아도 되겠습니까, 폐하?"

"처리?"

"황후든 아이든 연금이든 모두요."

철저하게 황제를 위해 사고하는 승언은 황후와 연금이 선을 넘었을 때부터 아주 화가 난 듯하더니. 이 일로 그 분노가 더욱 머리끝까지 치솟은 모양이었다.

하지만 월요는 심각한 표정으로 생각에 잠겨 있기만 할 뿐, 승언이 기대하는 말을 해주지 않았다.

답답해진 승언이 몸을 몇 번 뒤틀 즈음. 월요가 몸을 일으켰다.

"황후에게 간다."

"마마, 마마."

가을 과일을 먹으면서 멍하게 시간을 보내고 있을 때였다. 원웅이 급히 달려오더니 내게 알려주었다.

"폐하께서 황후궁에 가셨대요."

"그래?"

"네. 이 시간에요!"

이 시간이 무슨 시간이냐면 점심시간이다. 평소 떡돌이가 황후를 찾아가는 시간은 아니지.

떡돌이는 그래도 주기적으로 황후를 찾아가 식사를 하긴 했는데, 보통은 저녁 식사를 같이했다. 저녁 식사를 한 다음에는 내게 왔고. 점심때는 가끔 나한테 오긴 하지만, 보통 떡돌이도 자기 서재나 어실에서 식사하는 듯했다.

그런데 웬일로 이 시간에 황후에게 갔을까?

"뭐 별일이 있겠지."

궁금하긴 하지만 원웅처럼 허둥거릴 건 아닌 듯해서, 나는 적당히 대답하고서 침대에 늘어져 기댔다.

요즘 들어 배가 점점 무거워지고 잠이 늘어났다. 과일도 먹었겠다, 이대로 한숨 자고 싶었다.

하지만 원웅은 이불을 덮어 주면서도 여전히 급한 목소리로 말했다.

"그렇긴 한데요, 마마. 폐하의 표정이 심상치 않았대요."

"폐하 표정은 언제 봤는데?"

"어휴, 요즘은 보는 사람들마다 다 말해줘요. 이젠 다들 마마께서 가장 귀한 분이신 걸 아니까 얼마나 정보를 잘 물어다 주는데요."

그 말을 들으니 호기심이 들긴 하네. 떡돌이가 무슨 일로 무서운 표정을 하고 황후에게 갔을까?

"……."

음. 궁금하긴 해. 혹시라도 내게 불똥이 튀진 않으려나 걱정되기도 하고. 하지만…….

배를 바라보니 조금 나오긴 했지만 아직 움직이기 힘들 정도는 아니다. 훈련도 적당한 선에서 매일 계속하고 있으니, 몰래 황후궁에 가서 무슨 일인지 보고 오는 건 일도 아냐.

그런데 문안 때 보니, 황후궁 쪽엔 요즘 숨어 지내는 그림자들이 많은 거 같았는데. 떡돌이가 직접 찾아갔으니 그림자들 수가 더 늘었겠지. 그 자들을 다 피해서 대화를 들을 수 있나?

고민하다가 나는 귀자를 불러 지시했다.

"무슨 일인지 알아봐."

"마마. 폐하께서 오셨습니다!"

황후는 침상에 기대어 앉아 있다가, 영영이 알리는 소리에 얼른 몸을 일으켰다. 그녀는 순간 자신의 옷에서 혹시라도 배가 나온 부분은 없는지 살폈다. 다행히 그런 부분은 없었다.

황후는 월요가 들어오길 기다렸다 그에게 평소처럼 웃으며 인사했다.

"오셨습니까."

면사를 벗어던진 월요는 이젠 연금과 비슷한 구석이 전혀 없어 보였다.

궁녀들은 월요가 아름다운 외양을 드러내자 기쁜 듯했으나, 황후는 그의 잘생긴 얼굴이 연금의 부재를 떠올리게 해 마음이 아팠다.

그래도 애써 표정을 관리하며 황후는 상석을 비워주었다.

"앉으시지요. 오늘은 평소와 다른 시간에 오셨습니다."

월요는 그 자리에 앉자마자 물었다.

"황후는 야망을 바라시오, 평화를 바라시오?"

황후는 차를 타 오라고 영영을 부르려다가 흠칫해서 황제를 보았다.

"그게 무슨 말씀이신지……."

"말 그대로요. 그대가 아이를 높은 곳에 올리고 싶은 야망이 있는 건지, 아이를 데리고 연금에게 가고 싶은 건지 묻는 거요."

예상하지 못한 말에 황후의 눈꺼풀이 떨렸다.

아이라니. 아이라니! 마치 월요는 그녀가 회임한 걸 아는 것처럼 말하지 않는가.

"무슨 말씀이신지 모르겠습니다."

황후는 당황했지만 침착하고 태연하게 웃었다. 아주 재밌는 소리를 들은 것처럼.

그러나 황제의 표정에는 변화가 없었다.

황후의 표정 역시도 점차 굳어갔다.

"뭘 어떻게 알고 오신 겁니까."

황후는 월요가 이미 그녀의 회임 소식을 알고 왔단 걸 짐작했다. 굳이 입 밖으로 표현하지 않을 뿐.

"그대가 짐작하는 게 맞을 거요, 황후."

"!"

"연금의 아이겠군."

황후는 눈을 커다랗게 떴다가 다급히 시선을 내렸다. 그녀는 주먹을 꽉 쥐다가, 무언가를 각오한 듯한 눈으로 황제를 쳐다보았다.

"협박하러 오신 겁니까?"

황제에게, 약점을 쥐고 있는 건 자신만이 아니라는 것을 알릴 생각이었다. 그녀가 다른 사내와 아이를 가진 걸 황제가 들추려면, 후궁들에게 그 사내를 보낸 게 황제 본인이란 것도 들추어야 한다는 걸.

"짐은 오자마자 본론을 꺼냈는데."

월요가 덤덤하게 말했다.

"본론이라니요?"

"야망을 원하는지 평화를 원하는지."

"?"

황후는 미간을 찡그리고서 황제를 보았다.

"야망이라면, 제가 아이를 이용해 뭔가를 할 건지 물으시는 건지요?"

"맞소."

"글쎄요. 설령 그런 야망이 있다 해도 신첩이 대답할까요?"

"그렇군."

월요는 고개를 끄덕이고서 재차 물었다.

"그럼 평화를 원하는지만 대답하시오."

"제가 평화를 원한다면 뭘 어찌하시려는 겁니까."

"그 평화 속에, 아이가 살아 있소?"

"!"

황후의 눈이 커다래졌다.

아이를…… 보는 앞에서 없애라 하는 건가?

황후의 커다란 눈동자가 흔들렸다. 거기서 월요는 대답을 읽었다.

"있나 보군."

"……."

"황후가 원한다면, 병사로 위장해 내보내 줄 수 있소."

황후는 너무 놀라서 벌떡 일어나고 말았다.

"그게 무슨……."

"연금에게 보내주겠단 말이오. 아이와 함께."

황후는 황제 쪽에서 먼저 이렇게 나오리란 생각은 해보지도 못했다.

그녀는 떨리는 눈으로 황제를 멍하게 바라보았다.

이윽고 그녀는 황제가 품고 있는 한 여인을 떠올리고 허탈하게 웃었다.

"신첩을 조용히 내보내고, 그 자리에 천빈을 올리고자 하시는군요. 그걸 원하십니까? 제가 병사로 조용히 사라진다면 천빈은 온씨 가문의 반발 없이 황후 자리에 자연스레 오를 수 있으니까?"

"황후가 아이와 함께 밖으로 나가는 걸 선택한다면, 황실에 대한 일도 온씨 가문에 대한 일도 황후와 관련이 없어지지."

묻지 말란 뜻인가.

황후는 무거운 눈으로 황제를 바라보다 물었다.

"만약 싫다고 한다면……."

"우리는 서로 아픈 길을 가게 되겠지."

"!"

황제가 몸을 일으켰다.

"생각해보시오. 다시 대답을 들으러 오겠소."

그 말을 끝으로 나가려는 황제를, 황후는 자신도 모르게 붙들었다.

"폐하."

황제가 고개를 돌리자, 황후는 그리 궁금하지 않다 여기면서도 묻고 말았다.

"천빈의 어디가 그렇게 좋으십니까?"

그녀가 사랑하는 건 연금이었다. 그녀도 이젠 알고 있었다. 황제의 사랑을 새삼 원하지도 않았다.

하지만 궁금했다. 대체 어떤 점이, 이전에는 천 귀인을 거들떠보지도 않던 황제를 이렇게 만들었을까?

대체 얼마나 천빈을 연모하면, 이 남자는 자기 아내가 다른 사내의 아이를 가졌다는데 기분 나빠하지조차 않는 건가? 천빈에 대한 일이 아니라면 아예 관심이 없는 건가?

"그게 황후와 무슨 상관이지?"

"이상하니까요."

"천빈은 사랑받을 만한 사람이지. 거기에 이상한 점이 있나?"

당연히 이상했다. 용고를 먹고 죽었다 깨어난 후 천빈은 다른 사람이라도 된 것처럼 성격이 변했고 황제의 사랑을 독차지하게 되었다.

게다가 장공주 사건 때 보니, 그 무공 실력 역시 몹시 출중했다.

죽었다 깨어나서 성격이 변할 수도 있다지만, 죽었다 깨어나서 무공 실력이 그렇게 뛰어나질 수도 있나?

모든 변화가 그녀의 죽음을 기점으로 찾아왔는데. 이상하지 않을 수가 없었다.

"마마. 마마."

일기장을 시집 사이에 끼워 놓고서, 내 기억 속 개원이와 운호 새끼를 구분해보고 있을 때였다.

소란스럽게 나를 부르는 소리가 나더니, 황후궁에 보낸 귀자가 바삐 들어왔다. 무슨 일이 있던 건지 몹시 놀란 표정이었다.

"왜 그래?"

떡돌이가 심각한 표정으로 황후궁에 갔다더니. 정말로 뭔 일이 있나?

'아차, 일기장.'

나는 시집을 일기장째 덮어 책꽂이에 넣었다.

귀자는 주위를 두리번거리더니 내 귀에 대고서 작게 말했다.

"절대로 비밀로 하셔야 합니다."

"알았어. 무슨 일인데 그래?"

"황후 마마께서 연금의 아이를 가지셨답니다."

"뭐야?!"

귀자가 손가락을 입에 대고서 다급히 '쉿 쉿' 하고 신호했다.

나는 한 손으로 내 입을 막았다.

와. 이건 정말 놀라운 소식이잖아? 내가 웬만하면 이런 일엔 잘 안 놀라는데. 세상에. 황후와 연금이가 아이를 만들었다니.

"그럼 어떻게 되는 거야? 연금이는 공식적으로 폐하를 대리했잖아. 사통이라 하기도 애매하지 않아?"

"다른 후궁분들이 그러면 사통이 아니지요. 하지만 황후 마마는 연금에 대해 알고 있었으니 사통이 아니라 하기가 더 애매합니다."

"그런가? 그럼 어떻게 돼?"

황후가 연금의 존재를 알았다 해도, 다른 사람들은 모르잖아.

귀자의 표정이 미묘하게 비틀렸다.

"보통은 아이를 낳지 못하게 하겠지만……."

"만?"

"폐하께선 황후 마마께 병사로 위장해 내보내주겠다 제안하셨습니다."

"그래?"

"그래도 오랫동안 친구처럼 지내오셨으니까요."

귀자는 나를 곁눈질하며 중얼거렸다.

"그렇구나."

무슨 반응을 원하고 저러는 건지 몰라 일단 고개를 끄덕이자, 귀자는
나중에는 불편해하는 표정이 되더니 방긋 웃으며 갑자기 밝게 말했다.

"아, 또 있습니다."

"뭐가?"

"폐하께선 황후 자리가 공석이 되면요, 마마를 황후 자리에 올리고 싶
으신가 봐요."

그 말에는 나도 확실하게 반응할 수 있었다.

"와! 내가 황후가 된다고?"

"확실한 건 아니고요. 그냥 그런 얘기도 나왔더란 거지요. 하지만 비밀
로 해야 합니다. 아시겠죠?"

"그럼! 내가 입 하난 무겁지!"

그런데 확실한 거야?

"확실한 건 아니다."

어실로 돌아온 황제에게 오원요가 슬쩍 '천빈 황후설'에 대해 묻자, 월요는 애매하게 답했다.

"아니옵니까? 소인은 그 때문에 황후 마마를 내보내시려는 것인 줄 알았습니다."

"황후가 떠나면 누구를 황후로 올리긴 해야지. 하지만 연비를 황후로 올릴지, 천 귀인을 황후로 올릴지는 정하지 않았다."

뜬금없이 나온 연비의 이름에 오원요가 눈을 휘둥그렇게 떴다.

"연비 마마요?"

월요는 고개를 끄덕였다.

"연비를 황후로 둔다면 천빈을 황귀비로. 천빈을 황후로 둔다면 연비를 황귀비로 삼고 내명부를 통솔하게 해야겠지."

오원요는 부연설명을 듣고서야 황제의 의도를 알아차렸다. 황제는 천빈에게 내명부를 통솔하게 두고 싶진 않은 것이다.

평소 천빈의 말과 행동을 떠올린 오원요는 고개를 끄덕여 수긍했다. 확실히. 내명부를 통솔할만한 사람은 아니긴 했다.

"마음이야 천빈을 황후로 삼고 싶다. 좋아서 펄쩍펄쩍 뛰겠지. 좀 거들먹거릴 테고."

"그렇지요."

"하지만 황후 자리는 그저 즐기기만 하는 자리가 아니지 않으냐. 실수를 하나라도 했다간 온갖 대신들이 물어뜯으려 들 거다."

"그렇지요."

빈 자리에 있는 지금도 주기적으로 회의 시간이 되면 천빈에 대한 안건이 튀어나왔다. 그런데 황후가 되면 그 빈도가 대체 어떻게 될까.

월요는 무겁게 한숨을 내쉬었다.

"천빈은…… 내가 가장 사랑하는 사람이지만, 황후의 재목은 아니야."

오원요는 차마 천빈을 두둔할 수 없어 입을 다물었다.

승언은 아예 대놓고 맞다고 고개를 끄덕거렸다.

월요는 팔을 괴고 미간을 찌푸렸다. 선하고 무지한 권력자는 나라에 해가 될 수 있다. 수많은 역사서가 그 증거였고.

심지어 천빈은 어질고 선하지도 않았다. 구김 없고 사랑스러운 거지.

오원요는 그런 황제의 눈치를 살피며 말했다.

"어쨌든 연비 마마가 황후가 되든 황귀비가 되어 내명부를 통솔하든, 천빈 마마께는 좋은 의지가 되겠습니다, 폐하."

"연비라면 그렇겠지."

"네. 동복 언니시지 않습니까."

천빈이 아이를 낳으면, 연빈은 그 아이의 적모 혹은 서모가 되는 동시에 이모였다. 천빈의 아이가 잘 크면 연비와도 영광을 같이 할 테니, 그녀는 굳이 아이에게 해코지할 필요가 없었다.

월요가 연비의 품계를 같이 올리기로 한 건 좋은 결정이었다.

그러나 오원요는 영빈이 조금 걱정되었다.

"하면 영빈 마마는 어찌되는 겁니까, 폐하?"

"짐도 그게 걱정이다."

"아……."

"천씨 가문은 야심이 넘치지. 하나는 황후, 하나는 황귀비, 하나는 비 자리에 오르면 천씨 가문 위세는 온씨 가문을 누를 게 아니냐."

"그렇지요."

"그 위험함도 커질 테고."

오원요는 황제가 영빈에 관해서는 이미 결론을 확고히 내린 걸 알아차렸다. 품계를 더 올리지 않기로.

저녁 시간. 일기장을 원래 자리에 숨겨 두고서 간단하게 몸을 움직이고 있자니, 오늘도 떡돌이가 찾아왔다.

"부성. 천빈의 식사를 제대로 준비했겠지?"

떡돌이는 오자마자 내 궁녀에게 물었고, 원웅은 얼른 대답했다.

"그럼요, 폐하. 말씀하신 대로 하였습니다."

떡돌이가 내가 냉수를 연달아 마시는 걸 보고 기겁해서 이렇다. 떡돌이가 원웅과 부성에게, 낮까지는 더우니 그렇다 쳐도 밤에는 배앓이 할 것을 주지 말라고 해서.

"너무해."

"네가 한 잔씩만 마셨다면 짐도 안 이랬을 거다."

"내가 아니라 계란이가 마시고 싶다고 그러는 거야, 폐하."

떡돌이는 내 양 뺨을 잡고 늘리더니, 그 위에 입을 쿵 한 번 찍고서 툴툴거렸다.

"빨리 계란이가 나와야지 사실인가 물어볼 텐데."

"계란이는 내 편일걸?"

"왜. 계란이가 짐을 더 좋아할 수도 있지?"

"왜, 계란이는 나를……."

더 좋아할까? 떡돌이는 사랑을 많이 받고 자랐으니 사랑도 잘 주겠지만, 나는 그런 적이 없는데.

내가 말을 하다가 멈추자 떡돌이는 끙 소리를 내며 내 이마에 자기 이마를 비볐다.

"네가 이러면 짐이 난처해지는데. 왜 여기서 자신감이 사라지는 게냐."

뭐라고 대답을 하려 했는데. 떡돌이 눈을 보는 순간 귀자가 낮에 전해

준 말이 떠올랐다. 떡돌이가 나를 황후 자리에 올리려 한다고!

그 생각을 하자 코에서 저절로 콧김이 나온다. 세상에. 황후라니. 악적 천년비가 황후가 된다니!

황후가 된다면 나를 악적이라고 욕하던 이들에게 내 근황을 알려주고 싶다. 그러면 다들 배를 잡고서 '아이고 황후라니!' 하고 싫어하겠지.

이래도 나를 싫어하고 저래도 나를 싫어할 이들이라면, 배나 아파지라 하고 싶다.

"반숙아."

"응?"

"자꾸 입꼬리가 올라가는데."

"내가?"

"목소리도 올라갔다."

그야, 네가 나를 황후로 삼고 싶어 한다니까!

귀자가 이 얘기는 비밀로 하라 했지. 비밀로 하자. 그래야 나중에 떡돌이가 '반숙아, 짐은 너를 황후로 삼겠다!'라고 했을 때 제대로 놀라지.

"?"

'떠나자.'

천년비가 홀로 즐거운 상상에 젖은 시각. 황후는 배를 만지다가 굳게 다짐했다. 여기서 머리 아프게 버티느니. 그냥 홀홀 털고 가버리자.

평생 안락하게 먹고살 재물은 충분했다. 아이가 태어나면 연금과 셋이서 살아가는 거다. 아이는 연금이나 그녀와 달리, 하고 싶은 걸 마음껏 하며 살 수 있겠지.

게다가 연금도 온화하고 좋은 사내였다. 함께 여생을 보내기 나쁘지 않다. 자신 없는 게 있다면, 그녀나 연금 모두 궁궐 안에서만 살아와서 바깥일에 대해 모른단 건데……

이 점도 황제에게 부탁하면 신경 써 줄 것 같았다. 어차피 황제도 감시자 역할을 할 사람을 붙이고 싶어 할 테니.

결심을 내렸지만 한편으로 황후는 모든 걸 내려놓아선 안 된다고 생각했다. 황제가 지금은 그녀를 보내주지만, 나중에라도 마음이 변할지도 몰랐다. 온씨 가문과 황제는 사이가 나쁘지 않던가.

온씨 가문을 싫어하게 되면, 황제가 그녀를 약점으로 삼아 가문을 협박할지도 모른다.

그러니 사용하지 않더라도 황제의 약점을 하나 쥐고 가야 했다. 그녀와 연금, 아이를 차후에라도 건드리지 않도록.

"영영."

"네, 마마."

"수사청에 심어둔 심복에게, 천소여에 관련해 조사했던 사건 기록들을 모두 다 가져다 달라 해라."

"네?"

영영은 황후가 비장하게 부르자 아이와 관련된 내용이라 여겨 덩달아 무겁게 대답했다가 어리둥절해졌다.

"천빈은 왜요?"

"천빈은 죽었다 깨어나기 전엔 존재감이 아예 없었지."

"그렇지요."

"하지만 이후엔 성격도 완전히 달라지고, 폐하의 총애까지 얻었어."

"성격이 달라져서 그런 게 아닐까요?"

"개 담웅도 죽었다 깨어났지만 성격이 달라지진 않았다. 폐하도 며칠간 의식이 없었지만 성정은 변하지 않았고. 성격이 달라진 거. 그게 이상해."

"수사청에서 그걸 알진 않을 텐데요……. 차라리 어의에게 물어보면 어떨까요?"

"그래. 네 말이 맞다. 수사청에도 다녀오고 어의에게도 다녀오너라."

천소여는 죽었다 살아난 이후, 연이어 몇 가지 사건에 연루되어 수사청의 조사를 받았다.

즉, 수사청에는 천소여가 죽었다 깨어난 직후와 관련된 일들이 모두 기록으로 남아 있었다. 그걸 다 정리해보면 답이 나올지도 몰랐다.

"어서 가거라. 그리고 이 일은 비밀로 해야 한다. 꼭."

이후 황후는 부친인 좌칙승상 온원을 불러 아이 이야기를 털어놓았다.

"아버지. 제가 아이를 가졌습니다."

온원은 요즘 들어 영 마땅치 않던 황후가 자신을 부르자, 무슨 일인가 싶어 왔다가 기뻐서 함박웃음을 지었다.

"정말입니까? 회임하셨다고요? 이런 기쁜 일이! 경하드립니다, 마마!"

"폐하의 아이가 아닙니다."

그 미소는 황후의 덤덤한 말에 바로 사라지지도 못하고 굳어버렸다.

온원은 눈을 빠르게 몇 번 깜빡이다가 흠칫했다.

"그게 무슨 말입니까? 폐하의 아이가 아니라니요?"

"다른 사내의 아이입니다."

황후는 가짜 황제에 대한 이야기는 하지 않기로 했다. 가짜 황제에 대해 말하면, 아버지는 이 일을 가지고서 황제와 문제를 만들 사람이었다.

그녀는 황제가 온씨 가문을 증오하게 만들고 싶지도, 아버지가 이 일로 황제와 문제를 일으키게 하고 싶지도 않았다.

그 충돌이 어떻게 영향을 줄지 모르니까.

"거짓말이지? 거짓말이라고 해라. 제발!"

"폐하께서 절 용서해주는 대신, 둘 중 하나를 택하라 하셨습니다. 아이를 지우던가. 병사로 위장해 밖으로 나가던가."

온원은 너무 화가 나서 탁자 위 찻잔을 깨부술 뻔했다.

그는 탁자를 주먹으로 내려치고서 치를 떨었다.

"그래서 나가기로 했습니다."

"온후안! 네가 제정신이냐!"

"제정신입니다. 지금은요. 하지만 언제까지 제정신일진 모르겠습니다."

"온후안!"

황후는 온원이 집어던지려다 멈춘 찻잔을 빼앗아 벽으로 내던졌다.

쨍그랑 소리가 나며 찻잔이 부서지자 온원은 입을 쩍 벌리고 딸을 쳐다보았다.

"네가 정말…… 네가 진정 미쳤구나. 벌써 제정신이 아니야."

"하루하루 불안한 마음에 잠을 이룰 수가 없습니다."

황후는 입술을 꼭 깨물었다가 낮은 목소리로 입을 열었다.

"후궁들은 돌아가며 총애를 차지합니다. 거기에 익숙해질 즈음이면 새 후궁이 들어옵니다."

"모두 그렇게 산다. 다른 후궁들도 마찬가지다."

"내 편이어야 할 가족들은 내 동생을 내 연적으로 밀어 넣습니다. 한쪽에서는 '황후는 후궁들의 암계에 휩쓸리지 말고 중심을 지켜야 한다' 하고, 한쪽에서는 '황후가 후궁들을 통솔하지도 못하면서 황후냐'고 빈정거립니다."

"그 중심을 지켜야 하는 게 황후 자리다. 황후가 아니어도 그 중심을 찾기 위해 살아간다. 너만 그런 거 같으냐. 모두 마찬가지다."

"나는 총애 한 자락 받은 적이 없는데. 모든 후궁들은 총애를 받을 때마다 나와 비교됩니다. 나는 가만히 있어도 수시로 욕을 먹어요. 나는 잘하면 당연한 거고, 조금이라도 실수하면 황후 자격이 없는 겁니다."

"그조차 안 되고 잊혀, 산 채로 존재가 지워지는 이들도 많다."

"가문이 없으면 내가 흔들리는데, 가문이 있어서 온 황실 식구들이 절 경계합니다."

"네가 잘했더라면 태후 마마께서도 널 더 어여삐 여기셨겠지. 그건 네 성격이 차가운 탓이다."

"천빈의 아이가 태어나면 어쩔까요? 내가 그 아이를 신경 쓰면 다들 천빈 아이를 경계한다 할 겁니다. 내가 그 아이를 못 본 척하면 천빈 아이라 경계한다 할 겁니다."

"중요한 건 그 아이의 마음이지 사람들의 마음이 아니다. 친부모보다 다른 보호자를 좋아하는 아이도 많아."

"아이가 크면 절 경계할 겁니다. 내가 황후니까요. 그 아이는 언제가 날 밀어내겠지요. 제 어머니를 위해서."

"그렇게 되면 그 아이도 패륜 소리를 들을 거다. 쓸데없는 걱정을 미리 하지 마라."

"……늘 이런 식이시지요."

황후는 어이가 없어서 헛웃음을 뱉었다.

"다들 그렇다, 다들 힘들다, 그러니 참아라."

"그게 사실이다."

"다들 힘들면 내가 힘든 게 사라지나요? 다른 사람은 몰라도, 내 가문 사람들은 그렇게 말하면 안 됩니다, 아버지."

"……."

"어디 있는지 모르겠습니다. 대체 제가 어디에 있는지 모르겠다고요!"

황후의 눈가에 눈물이 고였지만 온원은 꿈쩍도 하지 않았다.

"배부른 소리 하지 마라. 넌 수많은 여인들이 흠모하는 자리에 올라갔다. 밥 한 끼 못 먹고 죽어가는 여인들이 수두룩해."

"하. 아버지는 승상 자리에 올라가서도 더 높이 올라가려고 딸을 팔아치우면서. 나는 힘들다는 소리조차 못 한다고요?"

"나도 네게 힘들다는 소리를 하지 않는데, 왜 너는 그렇게 매일 혼자 힘든 척 혼자 약한 척 혼자 처연한 척 구는 게냐."

"가장 높은 곳에 있으면 어떤 기분인지 아십니까? 여기서 보이는 게 뭔지 아십니까? 아래입니다, 아버지. 아래라고요!"

"그 자리가 좋은 자리다!"

"그럼 아버지가 오르세요!"

"할 수 있다면 했을 거다!"

황후는 눈을 질끈 감았다.

말이 통하지 않는다. 그녀의 아버지는, 애초에 그녀와 대화할 생각도 없는 것이다.

"그래요. 폐하께 말씀드려 보겠습니다. 아버지를 첩으로 받아달라고."

온원의 얼굴이 시뻘겋게 달아올랐다.

"온후안!"

"가세요. 더 이상 얼굴 마주하기 싫습니다. 태교에 방해됩니다."

"!"

"길 가다가 절 닮은 아이가 아버질 보며 침을 뱉거든 아버지 손주인 줄 아십시오!"

온원이 황후궁 밖으로 나가자 궁인들이 모두 다 허리를 숙이고 시선을 피했다. 고래고래 고함을 질러대다 보니 소리가 밖까지 들린 것이다.

아버지와 제대로 대화하지 못할 거란 예상을 한 황후가, 믿을 수 없는 이들은 훨씬 더 멀리 떨어뜨려 두긴 했지만, 측근들이라 해도 저런 대화를 들으면 민망해지기 마련이었다.

온원은 괜히 더 표정을 굳히고서 밖으로 나갔다.

온원이 나가자 영영이 안으로 들어와 다급히 황후를 부축했다.

"마마…… 울지 마세요."

"너도 내가 이상한 거 같으냐?"

"아닙니다. 저는 마마의 편입니다. 마마는 이상하지 않습니다. 나리가 나빠요. 나리가 무조건 나쁜 겁니다."

"……."

황후는 눈시울이 붉어져 눈가를 닦았다.

영영은 자기가 더 마음이 아파져 황후를 꼭 감싸고 훌쩍였다.

사가로 돌아온 온원은 생각하면 생각할수록 더욱 화가 나서 헛웃음을 뱉었다.

늘 순종적으로 '네, 네' 하던 자식이 그렇게 바락바락 고함을 지르는 걸 보고 나자 뒷머리가 울릴 지경이었다.

화가 났다. 대체 어느 놈팡이가 순진하던 그의 딸을 저렇게 만든 걸까.

그의 딸은 세상에서 가장 완벽하고 착한 딸이었다. 그의 딸이 저렇게 된 건 분명 지금 아이 아빠란 작자가 못된 술수를 써서일 터.

온원은 이를 바득바득 갈았다. 정말로 황후가 병사로 위장해 출궁하기 전에, 그 상대를 죽여버려야 했다.

거기까지 생각한 온원은 불현듯 떠오른 생각에 멈칫했다.

'아니지. 어쩌면…… 잘 이용할 수 있을지도 모른다.'

지금 상황에서 황제가 죽으면 황후의 아이는 자연스레 적자가 된다. 서장자는 천빈의 아이이지만, 황후의 아이는 적자였다.

그리고 황후의 아이가 황제의 아이가 아니란 건, 결국 황제가 입을 다물면 아무도 모르는 일 아닌가?

온원은 자기가 한 생각에 자기가 등골이 쭈뼛해졌다. 확실히. 이 일이 성공한다면, 대번에 모든 일이 잘 풀리게 된다.

황후는 태후가 될 테고, 황후의 아이는 황제가 될 테고, 자신은 황제의 할아버지가 될 테니까.

하지만 그만큼 위험한 일이었다. 자칫 잘못하면 모든 게 엎어질지도 모르는, 아니, 가문 자체가 몰락할지도 모를 위험한 일.

'좀 더 생각을 해보자. 신중해야 한다.'

한참을 고민하던 온원은 황제가 사하비단이란 무림인 집단 때문에 내내 골치 아파하던 걸 떠올렸다.

"쓸모없는 건가."

중얼거린 타천천이 머리카락을 내려놓자, 옆에 서 있던 아유정이 의아해서 그를 보았다.

"황제의 머리카락이 소용없는 겁니까?"

"그런가 봅니다."

타천천은 혀를 찼다.

황제의 영혼을 불러와보려 했는데. 아무래도 살아 있는 몸, 심지어 자기 몸 안에 있는 것이다 보니 되지 않았다. 천년비 때는 다른 몸에 가 있는 영혼을 자기 몸에 부르는 것이라 '원래 몸에 돌아오라'는 주문이 먹혔는데. 황제는 상황이 전혀 다른 탓이었다.

"쉽게 갈 수 있으리라 여겼는데."

타천천은 고개를 젓고서 황제의 머리카락을 도로 상자에 넣었다.

그때, 문밖에서 두드리는 소리가 났다.

"들어와."

상자를 서랍 안에 넣으며 말하자, 곧 문이 열리고 총관 상락이 안으로 들어왔다. 아유정은 그에게 꾸벅 인사하고서 벽 쪽으로 붙어 섰다.

상락이 타천천의 근처로 오자, 타천천이 힐긋 쳐다보며 물었다.

"무슨 일?"

"개원 말입니다, 단주님."

"그자가 왜."

"사하비단이 새로 이사한 데가 어디인가 찾아다니고 있답니다."

"개원 그자가?"

타천천은 입은 웃으면서 이마만 찡그렸다.

"예."

"그자가 왜? 아유정이 천년비가 아니란 걸 알고선 이쪽에 별 관심을 안 두더라니?"

"황제가 그자 동생을 입궁시켰다던데. 관련이 있을까요?"

"흐음……."

타천천은 눈을 가늘게 뜨고 생각에 잠겼다가, 아유정을 힐긋 보았다.

아유정은 개원의 이름이 나왔을 뿐인데 귀가 조금 붉어져 있었다. 무표정하게 시선을 내리깔고 있지만, 타천천이 그 차이를 모를 리 없었다.

'정말로 영혼이 몸의 영향을 받는 건가.'

천년비 몸 안에 들어가기 전에는 개원에게 관심도 없던 아유정이 저러다니. 하지만 타천천은 저런 증세가, 개원이 천년비의 껍데기를 쓴 아유정을 그 잘생긴 얼굴로 잘 대해 주어서 그런 건지, 아니면 그냥 영혼의 작용인지, 복합적인 건지 헷갈렸다.

잠시 생각하던 타천천은 히죽 웃고서 아유정에게 지시했다.

"아유정. 네가 가서 개원 그자를 만나 보아라."

"네? 제가요?"

아유정은 대화에 완전히 배제된 채 서 있다가 어리둥절해서 타천천을 보았다.

"따로 시키실 일이 있는 겁니까?"

"아니."

"?"

"그냥 만나보고 오거라."

"!"

늦은 밤이었다.

오늘도 떡돌이는 내 방에 왔고, 나는 그의 팔을 베고서 눈을 감았다.

그의 팔을 베고 그의 배에 손을 올리고 그의 품에 얼굴을 묻고 잠들면 좋은 꿈이 꿔진다. 요즘은 이게 내가 가장 좋아하는 자세였다.

그런데 푹 자고 있자니, 머리 위에서 시선이 느껴졌다. 뭔가 싶어 눈을 뜨자, 떡돌이가 자지 않고 나를 내려다보고 있는 게 아닌가.

"왜?"

그 부드러운 눈동자를 보자 기분이 좋아져서, 나는 손가락 끝으로 떡돌이의 배에 사랑한단 글자를 쓰며 물었다.

그런데 웬일로 떡돌이가 내 이마나 볼에 입을 맞추는 대신 어색하게 웃었다.

"왜?"

그 표정이 평소와 달라 재차 묻자, 떡돌이는 헛기침을 하더니 내 손 위에 자기 손을 겹쳤다.

"왜? 왜? 왜?"

그 태도가 이상해서 연달아 묻자, 떡돌이는 그제야 망설이다 물었다.

"음. 반숙아."

"응."

"혹시…… 황후가 되고 싶으냐?"

뭐지? 드디어 내게 황후가 되라 말하려는 건가!

순간 얼굴이 환해질 뻔했지만, 나는 모른 척 새침하게 물었다.

"그런 건 왜 묻지? 이유를 모르겠구면."

떡돌이는 아랫입술을 씹으면서 나를 보더니, 재차 물었다.

"솔직하게. 아무 생각이 없는 게냐?"

"암. 없어. 왜 그래?"

내가 큰 소리로 외치자, 떡돌이는 고개를 끄덕였다.

"그럼 다행이고."

그러고는 눈을 감는데…… 이번에는 내가 그 말에 신경 쓰여서 얼른 그의 눈꺼풀을 잡았다.

떡돌이는 눈을 감으려다 못 감게 되자, 나를 멍하니 쳐다보았다.

"이 무엄한 손은 대체 뭐지?"

"방금 그거 무슨 소리야?"

"그거라니?"

"내가 황후 자리에 관심 없는 게 왜 다행이야?"

떡돌이는 내 손을 밀어내 자기 배 위에 올리며 말했다.

"그야, 네가 자면서 계속 황후 황후 노래를 불렀으니까."

"!"

이럴 수가! 꿈속에서 황후가 되었는데 그게 입 밖으로 나간 건가!

입을 쩍 벌리고 보자, 떡돌이는 나를 힐긋 보고는 잠시 생각에 잠기더니, 갑자기 상체를 벌떡 일으켰다.

얼결에 덩달아 일어나자, 그는 내 눈치를 살피며 조심조심 물었다.

"반숙아. 혹시…… 정말로 황후가 되고 싶은 건 아니지?"

"그럼! 아니지!"

나는 재차 발뺌했다.

"꾸, 꿈속에서 황후랑 춤을 췄어. 그래서, 그래서 노래를 부른 거야."

떡돌이는 그 말에 눈에 띄게 안심하며 웃었다.

"그래, 다행이다."

또다시 다행이래! 나는 그가 누우려는 걸 막아냈다.

"떡돌이 너는 왜 자꾸 다행이라 하는데?"

귀자가 그랬는데. 떡돌이가 날 황후로 삼으려 한다고. 그런데 왜 내가 황후 자리에 관심 없는 게 다행이란 거야?

떡돌이는 당연하다는 듯 말했다.

"그야, 너는 황후 자리엔 맞지 않으니까."

"왜? 내가 머리가 나빠서?!"

"그리 직접적으로 물으면……."

"대답해줘! 내가 머리가 나빠서 그래?!"

"아니, 짐의 말은. 우리 반숙이는 황후가 되기엔 음. 너무 음. 자유로운 성격이 아닐까, 이런 뜻이지."

귀자! 이 자식! 말이 다르잖아!

지붕 위에서 누군가 달아나는 소리가 나는 걸 보니, 분명 귀자다.

나는 천장을 노려보다가 창문을 열고 귀자를 잡으러 뛰쳐나갔다.

"천빈!"

떡돌이 너는 왜 쫓아와?!

귀자를 잡으러 가며 떡돌이에게 저리로 가라 손짓해보지만, 그는 굴하지 않고 계속해 나를 쫓아왔다.

결국 귀자와 나, 떡돌이 이렇게 셋이서 쫓고 쫓기며 뛰어다녔다. 그나마 다행인 건 셋 다 비연궁 내에서만 뛰었단 거지.

그러기를 반 각여 분. 결국 귀자가 멈춰서서 내게 다가와 외쳤다.

"소인이 잘못했으니 제발 그만 뛰십시오, 마마. 무리하시다 큰일 날까 염려됩니다!"

떡돌이는 멈춰 서서 숨을 고르며 물었다.

"대체 무슨 일이냐. 왜 둘이 이 오밤중에 술래잡기하는 거냐."

나는 귀자를 노려보았으나, 차마 '쟤가 그랬어. 네가 나 황후 시켜 준다고. 그런데 아니잖아!'란 말을 할 수가 없어서 입을 뻥긋거렸다.

여기서 내가 황후 이야기를 꺼내면 너무 민망해지니까. 나는 내 체면을 지켜야 한다. 절대 그런 말은 하지 않을 거다.

그리고…… 너도! 하지 마!

눈을 부리부리하게 뜨고서 귀자를 노려보자, 귀자는 고개를 빠르게 끄덕이더니, 넙죽 떡돌이에게 절을 하며 말했다.

"송구하옵니다, 폐하. 소인이 마마께 낮에 노래를 부르고 춤을 춰 드렸습니다. 그래서 마마께서 이상한 꿈을 꾸셨나 봅니다."

떡돌이의 표정이 일그러졌다.

"고작 그런 이유로 천빈이 널 잡으러 뛰쳐나왔다고?"

"폐하께 잠꼬대 들킨 게 민망하셨겠지요. 소인이 그런 희한한 노래를 부른 탓입니다."

떡돌이는 전혀 믿지 않는 얼굴이었다. 사실 내가 들어도 믿기지 않았다. 귀자도 나만큼 머리가 잘 굴러가지 않는구나!

"그게 무슨 노래였지? 짐도 한번 보고 싶군."

떡돌이 얘도 너무해. 그냥 그러려니 넘어가 주면 안 되는 거야?

나는 헛기침을 하고서 귀자를 보았다. 귀자는 얼굴이 새파랗게 질려 있다가, 눈을 꼭 감더니 일어나 춤을 췄다.

아유정은 타천천의 명령으로 개원을 만나러 가긴 했으나, 머릿속이 복잡했다. 뭘 하라는 명령도 없이 그저 개원을 만나는 게 명령이라니. 대체 이게 뭘까.

하지만 그녀는 명령을 따랐고, 결국 개원과 마주쳤다. 개원은 사람들에게 탐문하고, 정보를 다루는 문파에 이것저것 물어보며 다니다가 아유정을 보자 흠칫하더니 재빨리 다가왔다.

그는 '천년비'의 얼굴이 워낙 알려진 탓인지, 인적 드문 곳으로 그녀를 데려가 물었다.

"물어볼 게 있소."

아유정이 자신을 일부러 찾아왔단 생각은 하지 않는 듯했다.

아유정은 뭐라고 대답해야 하나, 곤란해져서 고개만 끄덕였다.

아유정과 달리, 개원은 확실한 목적이 있었기에 지체 없이 물었다.

"사하비단 위치가 어디요?"

개원이 사하비단 위치를 찾아다니고 있단 건 그녀도 아는 바였다. 아유정은 고개를 저었다.

"모른다고?"

모를 리가 없었다. 알려주지 않을 뿐이지.

"압니다."

"어디요?"

"알려드리지 않을 겁니다."

개원은 아유정의 대답에 답답하단 표정으로 말했다.

"전에는 내게 한배를 타자, 손을 잡자, 그러지 않았소? 그쪽 단주가. 그런데 왜 이젠 위치도 알려주지 않소?"

"한배를 타지도 않았고 손을 잡지도 않았으니까요. 그쪽이요."

"지금이라도 잡으면 어떻소?"

"잡지 않으실 걸 압니다."

"왜 그리 생각하시오?"

"찾던 이를 찾으셨으니까요."

"!"

아유정은 마음이 불편해졌다. 타천천이 왜 개원을 보러 가라 한 건진 모르겠으나, 개원과 서서 이런 이야기를 하는 게 싫었다.

그가 자신을 따뜻함과 차가움이 공존하는 눈으로 바라보면 이상하게 기분이 아렸다.

이건 천년비의 몸이 기억하는 마음일까?

아유정은 결국 견디지 못하고 돌아섰다.

"전 아무것도 모릅니다."

"그럼 왜 온 거요!"

"저도 모릅니다!"

버럭 외친 아유정은 황급히 뛰기 시작했다.

그러나 개원이 쫓아왔다.

"왜 따라오십니까!"

"사하비단에 돌아가려는 거 아니오?"

"오지 마십시오!"

아유정은 최대한으로 속도를 내어 경공을 펼쳤으나, 상대 역시도 뛰어
난 경공 실력을 가지고 있었다. 그녀는 이를 깨물었다.

그 시각. 개운호는 다른 방향에서 사하비단의 흔적을 찾고 있었으나
역시나 여의치 않았다.

민신은 그런 개운호를 졸졸 따라다니다가, 산적 무리와 만나 한바탕 결
전을 치르고 나자 검에 묻은 피를 닦으며 질책했다.

"꼭 이렇게 어려운 일을 맡아서 해야겠어?"

"황명이야."

개운호는 바위에 걸터앉아 검을 휘둘러 피를 털어내며 대답했다.

"누구라도 거절할 수 없어."

"누가 거절하래? 적당히 따르는 척하면서 시간을 보내란 거지. 이렇게
열정적으로 따르진 않아도 되잖아."

"어차피 그자들은 정파의 골칫거리로 떠오르고 있었잖아. 이참에 없애는 것도 좋지."

"무림인들 싸움에 관부는 관여하지 않는 게 원칙이야."

"그런 법은 없어."

"하지만 다들 따르는 관례라고."

민신은 갑갑해서 연거푸 한숨을 내쉬었다.

"이렇게 열심히 황명을 따르는 게 발각되면 개씨 가문은 무림인들 사이에서 따돌림받아. 아무리 너나 개원이 강해도 다른 모든 무림인들이 적대하면 별수 없다고."

아무리 강해도 다른 모든 무림인들이 적대하면 별수 없다. 민신이 천년비를 가리키고 한 말은 아니었으나, 개운호는 그 말에 천년비를 떠올렸다.

이윽고 그는 황궁에서 본, 천년비일지도 모를 후궁을 떠올렸다. 물론 전혀 다른 두 사람을 두고 동일인이라 여기는 건 미친 짓이었다.

게다가 세간에서는 천년비가 살아 있어서 사하비단에 들어갔다고 하지 않던가. 실제로 돌아다니고 있고.

하지만 개운호는 그 천년비는 가짜라고 확신했다. 오히려 천년비 같은 건 그 '천반숙'이란 이름으로 잠시 다녀간 후궁 천빈 쪽이었다.

"미친 생각이겠지."

"무슨 소리야?"

개운호는 고개를 저었다.

"아니. 어쨌든 한 번이라도 도움을 주지 않으면 마음이 편하지 않아 잠을 잘 수가 없어. 그러니 하는 거야. 날 위해서."

"누굴 도와? 마음이 편해지다니?"

민신은 어리둥절해 물었으나 개운호는 대답 대신 바위에서 일어섰다.

"걱정되면 따라오지 마."

뛰어난 무림인들이 찾아 나서도 찾기 힘든 사하비단의 위치를, 무림과 연도 없는 온원이 찾는다고 찾아질 리가 없었다.

온원은 황제를 죽일지 말지 결정을 못 한 채로 우선 사하비단이라도 찾아보기로 했으나, 시일이 지나도 흔적조차 발견하지 못하자 점점 더 성이 났다.

"젠장! 조그만 문파라더니 대체 어디 처박혀 보이질 않아!"

"조그만 문파라 안 보이는 게 아닐까요?"

"누가 그게 궁금하다더냐!"

온원은 괜히 부하에게 버럭 화를 내며 서탁을 내려쳤다.

사하비단을 찾기만 하면 그자들이 그의 지시대로 할 것만 같은데. 그 위치를 찾지 못하자 너무 화가 났다.

가장 권세 높은 귀족가 사람답게 무림인들을 무시하는 그는, 사하비단에서 그를 피한단 생각은 하지도 못했다. 그러나 사하비단에서는 이미 온원이 자기들을 찾는다는 걸 알고 있었다.

온원 쪽에서도 나름대로 수면 아래에서 찾아다니긴 했으나, 익숙하지 않은 대상을 찾으려다 보니 탐문할 수밖에 없었고, 사람들에게 물으며 다니다 보니 그 정보가 사하비단에 흘러 들어갈 수밖에 없던 탓이었다.

사하비단의 총관 상락은 그 일을 두고 타천천에게 물었다.

"단주님, 어찌하실 겁니까? 좌칙승상이 은밀히 단주님을 찾는다고 하던데. 좌칙승상 정도면 단주님 하시는 일에 힘이 되지 않을까요?"

그러나 타천천은 온원 이야기를 들었을 때부터 이미 마음을 정해둔 바가 있었다.

"온원과는 손을 잡지 않아."

"그러십니까?"

"그래. 그자는 내가 선호하는 취향이 아니야."

손을 잡는 데도 취향이 중요한가. 상락은 고개를 기웃했으나, 타천천은 나름 진지했다.

"내가 원하는 그림에 꼭 맞는 건 사자친왕이지."

귀자의 희생으로 '왜 밤중에 술래잡기를 했는가'에 대한 의문을 덮고 며칠이 지났다.

하지만 나는 아직도 그 일을 생각하면 은근히 열이 오른다.

황후. 꼭 될 필요 없다. 사실 비 자리로도 충분하다. 상황이 정리되면 책봉식을 해서 비 자리에 올리기로 한 건 확실하니까.

그래. 꼭 황후가 되진 않아도 돼. 하지만 될 필요 없는 거랑 '너랑은 안 맞는 자리'란 건 다르잖아?

안다. 알아. 난 황후가 되기엔 공부를 못해. 그래, 안다고. 알지만 기분 나쁜 얘기도 있는 법이다.

그 얘기를 하는 게 남편이라면 더욱 그렇다. 부부가 뭔가. 늘 서로를 편들어야 부부 아닌가?

떡돌이가 '나는 노래를 못 불러?'라고 물어보면…….

떡돌이는 노래를 잘 부르지.

떡돌이가 '나는 무공을 못 해?'라고 물어보면…….

떡돌이는 무공 실력이 좋지.

떡돌이가 '나는 공부를 못 해?'라고 물어보면…….

떡돌이는 공부도 잘하는구나.

제기랄. 왜 이렇게 화가 나지?

결국 이 분노를 풀기 위해, 나는 떡을 싸 들고 청적으로 갔다. 연금이 떠났으니 청적에서 또 그자를 마주칠 일은 없겠지.

그런데 청적으로 가보니, 또 선객이 있지 뭔가.

이번에는 연금이 아니라 사자친왕이었다.

"전하?"

나는 그쪽으로 걸어가며 사자친왕을 불러보았다. 연금과 달리 그래도 사자친왕과는 친분이 좀 있으니까.

사자친왕은 멍하게 앞을 보고 있다가, 내 쪽으로 고개를 돌리더니 반갑게 웃으면서 손을 흔들었다.

"이게 누구야. 우리 비 마마가 아니십니까."

"비 마마?"

"비가 될 거란 소문이 돌던데요. 이미 확정이 된 거라면서요."

"그래도 아직 빈이에요."

나는 사자친왕의 맞은편에 앉고서 싸 온 떡을 하나 내밀었다.

"하나 줄까요?"

사자친왕은 좋다면서 제일 작은 떡을 집어갔다.

나로서는 나쁠 게 없기에 바꾸라 권하진 않았다.

"되게 오랜만에 뵙는 거 같아요, 전하."

"고민이 있어 여행을 좀 다녔지요."

"여행? 어디로요?"

"여기저기 다녔습니다. 어디를 가고 싶어서 간 건 아니어서."

"그렇구나."

나는 제일 큰 떡을 씹으면서 사자친왕을 보았다.

그는 못 보던 새에 좀 살이 빠진 거 같았다. 착각인진 모르겠지만 표정도 이전의 밝은 모습이 덜하다.

"무슨 고민인데요?"

그걸 보다가 묻자, 사자친왕이 나지막하게 웃었다.

"고민을 해결해 주시려고요?"

"해결은 못 하더라도 도움은 될지도 모르잖아요."

사자친왕은 고민을 털어놓는 대신 고개를 저었다.

"제 마음의 문제이니, 누군가 해결해 줄 일은 아닙니다."

"그럼 내 고민 상담 좀 해주세요."

"……"

"왜요?"

"아니. 참 오랜만에 뵈어도 여전하시구나 싶어서."

"내가 뭘요?"

"보통 고민 있던 상대에게 고민 상담을 하던가요?"

"누가 내게 고민 상담한 적이 드물어서 모르겠어요."

내 대답에 사자친왕은 입을 벌렸다가 웃음을 터트리더니, 부채를 꺼내 팔락팔락 부치며 흔쾌히 말했다.

"좋습니다. 그럼 이 사자가 마마의 고민 상담을 해 드리지요. 그래, 늘 즐거운 마마께서 무얼 그리 고민하십니까?"

"내가 황후가 되기에 뭐가 모자라요?"

"!"

내가 뭘 했다고 사자친왕이 발라당 넘어졌다.

그는 당황해서 주섬주섬 일어나더니 내게 물었다.

"혹시, 날 떠보는 겁니까?"

"황후가 되고 싶으세요?!"

"!"

누군가 사자친왕에게 '황제가 되고 싶냐'고 대놓고 묻더라도 이 정도로 놀라진 않았을 것이다. 그는 사례가 들려서 기침하다가, 뒤늦게 자신의 말실수를 깨달았다.

'혹시 날 떠보는 겁니까?'라고 말하다니!

그 말 탓에, 사자친왕이 여기서 '아니. 황후가 되고 싶지 않습니다'라고 하면 눈치 좋은 사람은 뒷말이 위험하단 걸 유추해 낼지도 몰랐다.

황후가 되고 싶은 게 아니라고? 그럼 황제가 되고 싶단 뜻인가?

그의 의도가 실제로 그런 게 아니어도, 누군가 악의를 가지고 말꼬투리를 잡고 늘어지면 골치 아파지지 않던가.

사자친왕은 억지로 미소지었다. 이를 어쩐다.

천빈이 보통 사람들과 상식이 다른 것 같긴 하지만, 그래도 혹시 모르지 않는가. 이런 데만 상식적일 수도.

아니어도, 다른 사람이 천빈에게 이 일을 전해 듣고서 그가 흑심을 품었다고 의심할지도 몰랐다.

그건 너무 억울한 일이었다. 그가 사하비단에게 위험한 제안을 받고 고민 중인 건 맞지만, 아직 결정을 내리지 않은 일 아니던가. 제안을 받아들인 뒤라면 모를까, 지금 오해를 사는 건 억울하다.

사자친왕은 어쩔 수 없이 대답했다.

"하하하하, 조금요."

'아니'라고 대답할 수 없으니 마지못해 단 대답이었으나, 사자친왕은 대답을 하면서도 피부가 간지러워졌다.

그는 오해를 살세라 황급히 덧붙였다.

"하지만 사정이 있습니다. 물론 내 동생이 황제이니, 지금의 황후가 되고 싶은 건 아니지요. 예전에 어릴 때 그냥 그렇게 생각했던 겁니다. 그러니까 정확히는……."

그러나 억지로 털털한 척 웃으며 고개를 든 사자친왕이 본 건, 텅 빈 주위였다.

변명을 들으며 고개를 끄덕여야 할 천빈은 그새 어디로 간 건지 보이지 않았다. 천빈은 사자친왕의 그 사정이 전혀 궁금하지 않았던 것이다,

수풀이 움직이는 소리가 나서 보니, 저만치 빠르게 멀어지는 천빈의 등이 보인다. 사자친왕은 사색이 되어 외쳤다.

"마마? 마마! 끝까지 듣고 가셔야지요! 그걸 거기서 끊고 가시면 어떡합니까!"

이 심장이 두근두근해. 이게 바로 금단의 사랑이란 건가!

사자친왕의 이야기를 듣고 있자니 마음이 싱숭생숭해서 그 자리에 버티고 있기 힘들었다.

사자친왕이. 이렇게 슬픈 마음을 품고 있을 줄이야!

'사자친왕은 내 연적이었구나. 언제부터였지? 처음 봤을 때부터? 시간이 흘러가며 자연스럽게?'

고래를 설레설레 젓고 있자니, 비밀을 쥔 자의 무게가 느껴진다.

내가 사자친왕의 이 비밀을 끝까지 보호해 줘야지!

하지만 사람 일이란 참 묘한 것으로, 사자친왕의 비밀을 비밀로 해주기

로 결심한 그 날 저녁 나는 사자친왕, 떡돌이와 함께 있게 되었다.

사자친왕이 직접 비연궁에 찾아와 내게 볼일이 있다고 했는데, 그 뒤로 떡돌이가 나타나 "무엇이지?"라고 물어본 탓에 이리된 거였다.

"아, 폐하. 저는 그게……."

당황한 사자친왕에게, 떡돌이는 친근하게 제안했다.

"사자. 식사하지 않았다면 오래간만에 함께 식사하자. 사자도 천빈과 친하였지?"

사자친왕은 나를 힐긋 보더니 그러겠다고 대답했다.

잠시 뒤. 우리는 동그란 탁자에 셋이 둘러앉아 식사하게 되었다.

음식은 맛있었으나, 사자친왕은 내게 비밀을 털어놓은 것 때문인지 떡돌이만큼도 먹지 못했다. 그는 식사를 하면서도 연신 나를 힐긋거렸다.

결국 보다 못한 내가 그를 향해 '난 전하 비밀을 아무에게나 말하지 않아요'라는 표시로 웃어주자, 그는 그제서야 안도해서 고개를 돌렸다.

사자친왕은 불안해서 시선을 돌리며 젓가락을 힘들게 움직였다. 그가 비연궁에 찾아온 건, 천빈에게 그녀가 듣지 않고 가버린 뒷말을 하기 위해서였다.

자신이 황후가 되고 싶던 건 맞지만 그건 오래전 아무것도 모를 때, 지금의 태후 마마, 즉 당시의 선황후 마마를 존경해서 한 생각이고, 이제는 황후가 무슨 자리인지 알기에 원하지 않는다고, 농담처럼 마저 말할 생각이었다.

딱 적당하게 둘러댈 말 아닌가? 그런데 설마 이 자리에 황제가 나타날

줄이야. 그 탓에 식사하는 내내, 사자친왕은 저 괴상한 천빈이 '아참 폐하, 내가 전하한테 들었는데요'라고 자기 이야기를 할까 봐 심장이 조마조마했다.

다행히 천빈은 황제에게 자신의 이야기를 할 생각은 없는 듯, 그런 쪽으로는 말도 꺼내지 않았다. 그러면서도 한 번씩 눈이 마주치면 그윽하거나 아련한 표정을 짓는데, 무슨 생각을 하는 건지 훤히 드러나는 얼굴이라 그럴 때마다 더욱 화가 났다. 당장 머릿속에서 그 상상을 꺼내 뱉으라 하고 싶었다.

반면 월요는 월요대로, 사자친왕은 자꾸만 천빈을 곁눈질하고, 천빈은 사자친왕을 향해 슬픈 표정을 보내는 게 마음에 들지 않았다. 둘이 시선을 주고받는 사이에서 자신만 혼자 방치되는 기분이었다.

결국 월요는 상황을 지켜보다가 은근슬쩍 비장의 무기를 꺼냈다.

"천빈. 슬슬 책봉식을 해야 하지 않을까 싶은데."

책봉식 이야기가 나오자 천빈이 또 그윽한 표정을 짓다 말고 반색했다.

"책봉식이요? 이제 할 거예요?"

"오히려 말이 나오고 너무 미뤘지."

사자친왕은 천빈의 관심이 완전히 책봉식으로 흘러가자 그제야 안심했다. 하지만 단시일 내로 천빈의 오해는 풀지 못할 듯했다.

'이를 어쩐다. 천빈이 이상한 말을 꺼내기 전에 오해를 풀어야 할 텐데.'

그 생각을 한순간. 좋아하던 천빈이 갑자기 사자친왕 쪽을 쳐다보더니 또 그 아련한 표정을 지으며 중얼거렸다.

"폐하. 우리 그런 얘긴 전하가 없는 데서 해요."

사자친왕이 자기를 부러워할 걸 염려하는 얼굴이었다.

'여기서 해도 상관없습니다!'

사자친왕은 속으로 외쳤다.

천빈은 꽤 노골적으로 동정심을 보였으나, 남들은 이 와중에 나오리라고 상상하기 어려운 감정인지라 월요는 어리둥절해서 물었다.

"웅? 왜? 왜 그래야 하느냐?"

사자친왕은 억지로 얼굴 근육을 올려 미소지었다.

"저는 아무 상관 없으니 그냥 얘기하시지요, 마마. 폐하."

그 시각. 황후는 영영이 의부와 수사청에서 가져다준 천빈 관련된 보고서를 샅샅이 살피고 있었다. 그녀는 모든 집중력을 발휘해, 보고서 내에서 이상한 점을 찾으려 애썼다.

그러다 '황후는 천빈의 심장이 느리게 뛰긴 하지만 그 점을 제외하면 건강한 편'이란 보고서를 보다가, 전에 장공주에 대한 일을 떠올렸다.

영영이 실수로 장공주의 팔을 뽑은 일 때문에 고초를 겪을 때, 황후는 수시로 장공주의 몸 상태를 점검했다. 그때 장공주도 심장이 느리게 뛴다고 들었다.

혹시라도 장공주가 죽을까 염려하느라, 아직도 황후는 그때 보고를 들으며 어떤 기분이었는지 생생히 기억났다.

그런데 천빈도 심장이 느리게 뛴다고?

'게다가 생사의 고비를 넘긴 후부터 심장이 느리게 뛴다. 장공주도 죽었다 돌아온 후에 심장이 느리게 뛰었는데.'

황후의 심장은 반대로 빠르게 뛰기 시작했다. 장공주는 죽었다 돌아온 후 성격이 변하다 못해 미쳐 날뛰게 되었고, 천빈은 성격이 완전히 달라져 황제의 총애를 얻게 되었다.

황후는 의방 보고서를 읽다가, 이번에는 아까 얼핏 보고 덮어둔 수사

412

청 보고서를 한 번 더 살폈다.

생사 고비를 넘기기 전 천 귀인은 존재감 없이 지냈기에 별다른 일에 얽힌 적이 없었다.

그러나 죽을 고비를 넘긴 후. 천 귀인은 성격도 변하고 온갖 일에 말려들어 수사청에도 한동안 들락날락하게 되었는데, 다른 보고서야 다 외부에서 일어난 일들에 천빈이 얽힌 거라고 쳐도, 보고서 하나는 유별나게 이상했다.

'천빈이 쓰러졌을 때. 수사청에선 왜 천년비란 자에 대해 조사한 걸까.'

황후는 뛰어난 무술 실력으로 장공주를 제압하던 천빈의 모습을 떠올렸다. 천빈은 황제의 그림자들도 제대로 대응하지 못하던 장공주를 가뿐하게 상대했다.

그림자들은 장공주가 공주의 몸인지라 조심하고 있었고, 천빈은 그런 걸 가리지 않고 뛰어든 탓도 있었겠지만, 그렇더라도 무술을 잠깐 배운 이가 보일 만한 실력은 분명 아니었다.

황후는 천천히 책상을 주먹으로 두드렸다. 뭔가…… 잡힐 듯 말 듯 하면서 잡히지 않아 간지러웠다.

'무언가 아주 중요한 단서가 이 사이에 흩어져 있는 듯한데.'

그때. 황후에게 영영이 다가오더니 작게 접은 서신을 내밀었다.

"황후 마마. 나리께서 마마께 은밀히 전하라 하셨습니다."

"아버지가?"

노발대발하며 가서 두 번 다시 얼굴도 안 볼 것처럼 굴더니 왜?

황후는 인상을 찡그리고 서신을 펼쳤다.

네 아이를 적자로 만들 방법이 있다면. 그래도 나갈 터이냐?

서신에 적힌 건 이 한 구절이었으나, 황후는 손에 힘이 쭉 빠져 서신을 떨어뜨릴 뻔했다.

"마마. 왜 그러십니까?"

서신을 전하긴 했으나 읽어보진 않은 영영이 걱정스레 물었다. 황후는 황급히 서신을 박박 찢은 다음 초에 태워버렸다.

서신이 다 타버린 뒤에도 황후는 심장이 두근두근 뛰어서 아무 소리도 내지 못했다. 돌려서 표현했으나, 아버지가 무슨 말을 하는 건지 그녀는 바로 알아들었다.

황제의 아이가 아닌 아이, 심지어 황제가 본인의 아이가 아닌 걸 인지하고 있는 아이를 적자로 만든다는 건······.

'폐하를 습격해 입을 막으려 하시는가!'

"마마?"

황후가 창백한 낯빛으로 주먹을 떨자 영영은 겁이 나서 황후를 재차 불렀다.

"마마, 왜 그러십니까. 네?"

황후는 주먹을 쥐었다 피면서 호흡을 빠르게 정리한 다음, 최대한 차분하게 사태를 정리했다.

아버지가 말하는 건 황제 시해나 다름없다. 일이 잘 되면 아버지 말처럼 이 아이는 황제의 적자가 될 것이다. 적자 신분이라면 천빈의 서장자와 거루어 볼 만도 하다. 그녀의 아이가 황제가 되고, 그녀가 황제의 친모가 되어 태후가 되는 것이다.

하지만 일이 잘못되면 일가 전체가 몰락할지도 모를 무시무시한 일 아닌가. 아이는 적자가 되기는커녕, 제대로 걸어 다니지도 못할 어린 나이에 죽을지도 몰랐다.

황제 시해 목적이 아이를 적자로 만들고자 하는 거라면, 이 아이가 중심이 되는 것이니 당연히 이 아이부터 죽이려 들 게 아니던가.

'폐하가 그렇게 호락호락하실 리 없다.'

황후는 아이를 안은 배를 끌어안았다. 자신이 아버지의 곁을 탈출하려 하자마자 바로 이런 일에 그녀와 아이를 이용하려 하다니. 절대로. 절대로 그렇게 둘 수는 없었다.

하지만 이 일은 황제에게 알릴 수도 없었다. 비록 그녀가 꾸민 일이 아니어도, 황제는 마음을 바꿔 불화의 씨가 될 아이를 죽이고자 할 테니.

"영영."

"네, 마마."

"폐하께 내가 급히 전할 말이 있으니 서둘러 오시라 해라."

"네?"

영영이 어리둥절해 황후를 바라보았다.

"어서!"

황후는 설명하는 대신 조급하게 영영을 내보냈다.

"네, 네!"

영영은 일단 다급히 밖으로 나갔다.

영영이 나가자, 황후는 긴 의자에 앉아 두 손으로 자신의 배를 덮었다.

'아버지가 이 아이를 이용하려 들기 전에 황궁에서 나가야 한다.'

"황후가? 짐을 찾아?"

황제는 뜻밖의 요청에 의아해졌다. 황후가 자신을 찾는다니. 평소 몹시 드문 일이었다. 게다가 지금이 어떤 상황인가. 황후가 연금의 아이를 회임해버린 상황. 모든 일을 비밀에 부쳐야 하는 상황이었다.

황후는 병사로 제대로 위장하기 위해 당분간 두문불출하며 여기저기 아프다고 해야 했다. 그녀가 갑자기 병사로 죽었다고 처리될 때 의심하는 사람이 없도록 말이다. 그런데 이런 시기에 갑자기 그를 부른다?

"가보지."

월요는 호기심을 느끼고 일어났다.

황후는 생명이 사라진 나무 그루터기처럼 멍하게 앉아 있다가, "황제 폐하 납시오!" 하는 소리를 듣고 턱을 괴었던 손을 내렸다.

잠시 뒤 문이 열리며 월요가 들어왔다. 황후는 영영에게 다른 이들을 모두 데리고 나가란 신호를 보냈다.

궁인들이 물러나자, 황후는 무거운 얼굴로 입을 열었다.

"또다시 청해 송구하옵니다, 폐하."

월요는 상석에 앉으며 괜찮다고 손을 저었다.

"황후가 아무 이유 없이 이러진 않겠지."

황후는 한숨을 내쉬고서 잠시 말을 고르다가 어렵게 입을 열었다.

"병사로 위장해 신첩을 내보내주겠다 하셨지요."

"그럴 거요. 약조는 지키겠소."

"좀 더 빨리 나가고 싶습니다."

"빨리 나가고 싶다니?"

"배가 부르기 전에 나가고 싶습니다. 시일이 지나면 티가 나니까요."

월요는 고개를 기웃했다.

난데없이 급히 부르더니 빨리 나가고 싶다고?

"두 달 정도 시일을 두고 나가기로 하지 않았나?"

너무 조급하게 나가면 이상한 티가 나기 마련이다. 이에 황후는 시간을 천천히 두고서 아픈 증세를 보이다가 나가기로 월요와 의논했다. 그런데 갑자기 빨리 나가겠다니?

"배가……."

"치마가 넓게 퍼지지 않소. 게다가 곧 겨울이니 옷을 두껍게 입지. 천빈을 보니 그 시기엔 배가 많이 나오지 않던데."

"배가 얼마나 나오는진 사람마다 다르다 알고 있습니다. 천빈과 신첩이 꼭 같진 않을 겁니다."

그래도 너무 갑작스럽지 않나? 월요가 의아해 바라보자, 황후는 수치스러움을 무릅쓰고 거짓말했다.

"곧 천빈의 책봉식이고, 책봉식의 열기가 가라앉을 즈음이면 천빈의 산달이겠지요. 그런 모습을 보고 싶지 않습니다, 폐하."

솔직해 보이는 말에 월요는 얼떨떨해 그녀를 보다가 고개를 끄덕였다.

"황후가 그렇다면…… 그러지."

"황송하옵니다."

황후궁 밖으로 나온 월요는 오원요가 가져오는 가마를 무르고서 생각에 잠긴 채 뒷짐을 지고 걸어갔다.

가을이라지만 아직 날씨는 춥지 않았다.

월요는 미간을 찡그린 채 느리게 걸어가며, 황후가 왜 갑자기 말을 바꾸었을지 생각했다.

황후는 천빈이 잘 나가는 꼴을 보기 싫어 그렇다지만, 월요는 그런 이유가 아닐 거라 생각했다.

물론 사람이니 보기 싫을 수는 있다. 하지만 그게 자연스럽게 궁을 떠날 기회를 무르고 일을 조급하게 다그칠 정도라고?

황후는 서두르다가 일을 망치는 사람이 아니었다.

"이유가 뭘까."

"이왕 나가기로 한 거 그냥 빨리 나가는 게 마음 편할 거라 여기시는 게 아닐까요?"

"신중한 사람이다. 좋은 쪽으로도 나쁜 쪽으로도."

승언이 작게 투덜거렸다.

"신중한 사람이 이렇게 회임을 합니까."

오원요는 승언에게 그러지 말라고 고개를 저었다.

그러나 승언은 계속 신경질적으로 반응했다.

"왜요, 오 공공. 내가 틀린 말 했습니까?"

월요가 웃음기를 섞어 대신 대답했다.

"황후는 연금이 불임이라 알고 있었다. 짐 역시도. 이 일은 황후가 신중한 것과 관련이 없지."

"……."

그러다 월요는 퍼뜩 무언가 떠올라 오원요에게 물었다.

"오원요. 며칠 전에 온원이 황후에게 다녀갔다 했지?"

"네, 폐하."

황후가 사람들을 다 물려두는 바람에, 그림자도 숨어서 대화를 엿듣지 못했다고 했다. 사람들이 자기 할 일을 하지 않고 황후궁만 바라보는 상황에서는 아무리 그림자가 대단하다 한들 숨어들긴 어려웠다.

하지만 이후 좌칙승상이 돌아갔을 때, 방 안은 엉망이었다고 했다. 그래서 월요는 황후가 아버지에게 떠나리란 이야기를 하고, 온원이 그에 화를 낸 건 아닐까 생각했다.

두 사람이 싸운 직후, 황후가 이렇게 갑자기 떠나려 한다면……

"승언아. 오원요."

"네, 폐하."

"예."

"온원이 황후의 회임 소식을 알고 이용하려는 건 아닐까."

"예?"

"이용하다니요?"

"좋은 방식은 아니겠지. 하지만 황후는 신중하니, 모험을 하기보다는 안전하게 나가고 싶은 걸 거야. 그러니 승상에게 이용당하기 전에 떠나고 싶어할테고."

"!"

요즘 들어 주위에서 일어나는 일은 온통 무서운 일들뿐이다.

영영은 한숨을 내쉬고서 궁녀들에게 이것저것 일을 지시하다가, 좌칙 승상이 심부름꾼으로 자주 사용하는 태감이 먼발치에 보이자 얼른 황후 궁을 나가 그쪽으로 갔다.

"너무 자주 오네. 그러다 괜히 걸리기라도 하면 황후 마마께 폐가 돼."

영영은 태감에게 짜증스럽게 말했다.

"넌 예전부터 후안에게 충성심이 높았지."

그러다 갑자기 옆에서 들려온 승상의 목소리에, 영영은 태감에게 짜증 내다 말고서 다급히 돌아섰다. 좌칙승상이 수풀 사이에 서서 몸을 감추 고 있다가 이쪽으로 나오고 있었다.

영영은 황급히 허리를 깊게 숙여 인사했다.

"나리."

평소 황후를 직접 찾지 않을 때, 승상은 태감을 통해 서신을 보내곤 했다. 아니면 영영을 불러 말을 전하게 하거나 서신을 전달하게 시켰다.

그런데 승상이 황후가 아니라 그녀를 보러 직접 나서다니. 평소와 다른 일에 영영은 등골이 오싹해졌다. 무슨 일이지?

승상이 눈짓하자, 태감이 망을 보러 물러났다. 태감이 거리를 벌리자 승상은 뒷짐을 지고서 영영에게 인자하게 말을 꺼냈다.

"너는 어릴 때부터 후안을 잘 따랐어. 지금도."

"저는 황후 마마의 사람이니까요."

영영이 떨면서 말하자, 승상은 흐뭇하게 고개를 끄덕였다.

"좋은 자세다."

"감사합니다, 나리."

"하지만 영영아. 좋은 충복은, 주인이 어긋난 결단을 내릴 때 이를 바로잡을 수도 있어야 한단다."

"!"

영영은 흠칫하고서 승상을 보았다.

승상이 짐짓 엄격한 표정을 지었다.

"너는 후안이 이대로 달아날 계획을 세운 걸 알고 있겠지. 하지만 수도나 큰 도시에는 그 애 얼굴을 아는 사람이 있을지도 모르니, 너희는 아마 작은 마을로 가서 살게 될 거다."

"예. 예에."

영영은 마른침을 삼켰다. 무슨 의도로 저런 말을 하시지……?

"후안은 어린 시절부터 손에 물 한 방울 묻히지 않고 컸다. 종이라곤 하지만 너 역시 마찬가지이지. 넌 후안의 말벗처럼 컸으니까. 그뿐이냐. 후안이 황후가 된 후엔 측근 궁녀로 있다가 상궁이 되었으니, 역시 고생하진 않았을 거다."

"늘 나리와 마님께 감사드리고 있습니다."

"하지만 후안이 밖으로 나가면 어찌 될지 생각해보아라. 온씨 가문의 비호와 황실의 비호 없이 너와 황후, 그리고 누군지 모를 놈팡이 셋이서 사는 모습을 생각해 보란 말이다."

"……."

"종이라지만 큰 고생 없이 큰 네가 과연 그 궂은일들을 다 감당할 수 있을까? 게다가 후안이 아이를 낳으면, 그 아이까지 총 셋을 네가 수발해야 하는 건데?"

"!"

"돈이 없진 않을 거다. 그러나 사람을 더 쓰진 않을 거야. 숨어 지내는 처지 아니냐. 한 십 년, 십오 년쯤 지나 안심하면 사람을 더 쓸 수도 있겠지. 하지만 그때까진 네가 고생이 많겠구나."

"저는…… 나리, 저는 마마를 위해 그 정도는 할 수 있습니다."

"네가 혼자 그렇게 애써봐야 후안이 편안하긴 할까? 마음만 불편하진 않을까?"

"!"

"하지만 궁에 남으면 이야기는 달라지지. 당장은 싫어할지도 모르지만, 어쨌든 미래에 그 애는 태후가 된다. 적자가 있건 없건 그 애는 여기 있기만 해도 태후가 돼. 친모이건 아니건, 결국 후안은 여기 있으면 황제의 적모가 된다 말이다. 너는 태후의 상궁이 될 테지. 지금 태후 마마의 상궁이 궁에서 어떤 위치인지, 너도 알지?"

부드러운 목소리가 사근사근 영영에게, 네가 하려는 일은 주인을 위한 게 아니라 아주 멍청한 짓임을 설득했다.

영영은 얼굴이 파랗게 질려갔다.

421

"넌 후안이 태후 마마가 되어 안락하게 살길 원하느냐, 아니면 쥐새끼
처럼 숨어 지내며 새끼쥐 하나 얻길 바라느냐."

가부좌를 틀고 앉아 운기조식을 하고 있자니, 누군가 조심조심 방 안
에 들어오는 게 느껴졌다.

천천히 호흡을 정리하고 눈을 뜨자, 떡돌이가 쪼그리고 앉아 나를 물
끄러미 바라보고 있었다.

'잘생겼어.'

반사적으로 미소가 나오려는 걸 막고서, 나는 새침하게 말했다.

"매일 보는데 매일 이뻐? 맨날 그리 보네."

떡돌이는 멍하게 있다가 흠칫하더니, 웃으면서 내 뺨을 문질렀다.

"그래. 너무 예쁘다."

하지만 나는 이미 떡돌이의 눈동자가 움직이는 걸 본 후였다.

참으로 화나게도, 떡돌이는 나를 멍하니 보던 게 아니라 그냥 멍을 때
리고 있던 것이다.

그가 나를 멍하게 바라본다고 착각한 걸 떠올리자 너무 화가 나서, 나
는 그의 허벅지를 찰싹찰싹 내리쳤다.

떡돌이는 자기 허벅지를 물끄러미 내려다보더니, 다시 시선을 들어 나
를 보며 물었다.

"짐이 방금 왜 맞은 거지?"

"넌 나를 모욕했어."

"……어떤 점에서?"

"그런 게 있어."

사실은 없다. 내가 오해한 게 부끄러워서 그냥 떡돌이를 친 거다. 나를 칠 수는 없으니까.

떡돌이는 좀 억울한 표정을 지었지만, 나는 곤란한 대답을 피하기 위해 화난 표정을 고수하고서 돌아섰다.

"내가 화가 풀릴 때까진 등만 보고 있어. 난 등도 이쁘니까 괜찮지?"

"내 반숙이는 도무지 머릿속을 읽을 수가 없구나."

"읽을 필요 없어. 내가 평소에 하는 생각은 딱 세 개니까."

"그것뿐……?"

왜 동정하는 표정이야 자식아! 세 개면 충분하지!

내가 도끼눈을 뜨자 떡돌이가 웃으면서 나를 끌어안으며 물었다.

"세 개가 무엇인데? 하나는 짐, 하나는 계란이, 하나는……?"

이 자식. 세 개 중 두 개를 맞히다니. 괘씸하다.

내가 충격에 젖어 쳐다보자, 떡돌이는 갑자기 나를 끌어안더니 뺨이며 이마, 관자놀이에 마구잡이로 입술을 가져다 대며 좋아했다.

떡돌이는 내 머릿속을 읽기 힘들다지만 나는 대체 얘 머릿속을 읽기가 힘들어. 무슨 생각을 하는 거야?

인상을 찡그리고서 뽀뽀 귀신이 된 떡돌이를 감당하고 있자니, 그는 나를 자기 무릎에 앉혀 놓고서 목덜미에 이마를 비비며 말했다.

"짐은 좀 고민 중이었다."

"무슨 고민?"

"음."

"왜. 말해봐 폐하. 나는 고민 상담을 아주 잘하는 듯해."

얼마 전에 사자친왕의 고민도 들어주었지.

"잘하는 것도 아니고. 잘하는 듯해……이냐."

"경험이 쌓이면 늘 거야. 말해봐."

떡돌이는 픽 웃더니 내 목덜미에서 입을 떼고 말했다.

"귀자가 듣고 갔으니 네게 말했을지도 모르겠지만, 황후가 연금의 아이를 회임해서. 병사로 위장해 내보내주기로 하였단다."

"응. 그런데?"

"온원이 황후의 회임을 이용하려는 것 같아서, 이대로 황후를 내보냈다가 괜히 문제가 생기진 않을지 좀 걱정이군."

"뭐? 겨우 그런 일로 고민이야?"

"겨우?"

"쉽잖아. 문제가 생기지 않게 할 방법."

"쉽다고?"

"그럼!"

오히려 이 쉬운 방법을 왜 떡돌이가 모르는지 모르겠는걸?

내가 당당하게 바라보는데, 떡돌이 표정이 그리 좋지 않다. 그리 미더워하는 기색이 아니었다. 그 표정을 보자 저절로 인상이 구겨졌다.

"뭐야. 나한테 신세 지는 게 그렇게 싫어?"

"음······."

떡돌이는 침묵했고, 옆에서 승언이 작게 구시렁거렸다.

"못 미더워하시는 겁니다."

베개를 그 방향으로 집어 던지자 바로 조용해졌지만.

나는 떡돌이의 허벅지를 찰싹찰싹 두드렸다. 날 봐라. 날 봐.

"우리는 부부잖아. 내 도움을 받는다고 자존심 상할 필요 없어."

"아니, 그래서는 아니지만. 그래, 그 쉬운 방법이 무엇이냐?"

"도움을 주십시오 마마, 라고 열 번 외치면······."

"자자, 계란아. 엄마가 안 졸린단다."

계란이한테 자자면서 끌어당기긴 왜 날 끌어당긴대? 어쨌건 떡돌이는 농담이 안 통하는구나. 그냥 한 말인데.

"황후가 직접 선택하게 해, 떡돌아."

떡돌이가 내게 팔베개를 해 주다가 흠칫했다.

"직접 선택하게 하라니?"

"회임을 했는데 네 아이가 아니란 걸 밝히게 하라고. 그러고서 위장해서 내보내. 그러면 나중에 황후가 마음이 바뀌어도 이용할 수 없잖아?"

"……."

"더 쉬운 방법도 있어."

"더 쉬운 방법?"

"쥐도 새도 모르게 온원을 죽여줄 수 있어."

"!"

하루 내내 깊게 생각한 월요는 다시 황후를 찾아갔다.

황후는 이틀 사이에 안색이 더욱 어두워져 있었다.

"폐하."

다급히 일어나는 황후에게, 월요는 편안히 앉으라 하고는 어렵게 입을 열었다.

"좌칙승상이 황후에게 뭘 요구하는지 알고 있소."

황후는 힘들게 숨을 쉬다가 놀라서 눈을 커다랗게 떴다.

"폐하! 신첩은……."

"황후가 그 제안을 받아들이지 않은 거. 황후는 그럴 사람은 아니지."

"!"

"하지만 황후를 이대로 병사로 위장해 보내려니 불안해졌소."

월요의 말에 황후의 눈동자가 떨렸다.

"불안해지다니요?"

월요는 천빈의 말을 깊게 생각했다.

온원을 죽일까. 아니면 황후의 아이가 자신의 아이가 아니란 걸 일찍이 밝히고, 폐위해 냉궁에 보낸 다음 빼내 줄까. 처음엔 전자가 끌렸다. 그러나 황후가 마음을 바꿀 가능성이 있으리란 걸 떠올리자, 온원을 죽이더라도 마음속 불안감을 어찌진 못하리란 걸 깨달았다.

병사로 위장해 나간 황후가 온원이 죽었단 소식을 듣고 원한에 차서 아이를 낳은 다음 '이 아이는 사실 폐하의 아이다'라고 주장하며 나타나면?

연금이 황제와 닮았으니, 아이도 월요를 닮았을 터였다. 황후가 그렇게 주장하며 나타나면 궁 전체가 시끄러워질 것이다. 그 아이를 적자로 만들지 않을 수도 있지만, 황후의 주장을 믿는 사람도 적지 않을 것이고, 황실의 체면은 바닥에 뚝 떨어질 터.

차라리 천빈의 말처럼, 그 아이가 자신의 아이가 아니란 걸 모두에게 지금 알려버리는 게 나았다. 온원도 처리를 해야겠지만, 그가 죽더라도 아무도 이상하게 여기지 않을 시기에 처리해야 하고.

"황후가 다른 사내의 아이를 회임했단 걸 밝히시오."

"!"

"그 일로 황후를 냉궁에 가두라 지시한 뒤 빼내 주겠소. 황후의 체면이 있으니 사람들 앞에서 심문을 받는 일은 없도록 하겠소. 다만 승상은 그 일로 책임을 지고 물러나야 할 거요. 다른 흉계를 꾸미지 못하도록."

황후는 창백해져서 눈을 내리깔았다.

다른 사내의 아이를 회임했단 걸 밝히고 나가라고? 이 경우 황후의 체면은 완전히 바닥에 내려갈 것이다. 병사로 조용히 나가는 것과는 차원이 달랐다.

황후는 눈을 질끈 감고 있다가 천천히 뜨며 말했다.

"연금과…… 의논하게 해주세요."

"그러지. 연금이 오면 황후를 내 서재로 부르겠소."

황제가 나가자 황후는 관자놀이를 짚고서 멍하게 탁자를 바라보았다.

겁이 났다. 그냥 이대로 사라지듯 여기서 떠나 자유롭게 살 수 있을 줄 알았는데. 여기에 이런 일 저런 일들이 얽히자 무서워졌다.

황제의 마음속엔 온원으로 인해 이미 불안이 싹텄다.

황제가 과연 그녀를 내보낸 뒤 자유롭게 살게 풀어줄까? 아버지는? 그녀 때문에 승상직에서 책임을 지고 물러나면, 그대로 순순히 조용히 살려 할까? 황제는 온원을 승상직에서 물리는 것만으로 용서할까? 이미 황제의 아이가 아닌 아이를 그의 적자로 둔갑시키려 계책한 아버지를?

그 어느 것도 확신할 수 없었고, 여기에 운명을 맡기는 건 폭풍우 치는 밤바다를 조각배만 타고 흘러가는 것과 다를 바 없었다.

그때. 영영이 조심스럽게 입을 열었다.

"마마. 저…… 아기씨를 꼭…… 낳아야 할까요?"

"!"

황후는 눈을 커다랗게 뜨고 영영을 보았다.

영영은 창백한 얼굴로 무릎을 꿇었다.

"죽을죄를 지었습니다. 하지만 마마, 이대로 가다가는 마마께서 위험하십니다. 저는, 저는 제가 고생하는 건 상관없습니다. 하지만 마마께서 위험해지는 건 싫습니다!"

아무리 생각해도 영영은 온원의 뜻대로 하는 것도, 황후의 뜻대로 하는 것도, 황제의 뜻대로 하는 것도 위험하게 여겨졌다. 그럴 바엔 차라리 아기씨를 지우는 게 나았다. 아직 회임한 지 얼마 되지 않았으니, 약 한 그릇으로 떨칠 수 있을 것이다.

이건 영영의 생각이었다. '나리'의 생각이 아니라.

영영은 덜덜 떨면서 그 자리에 계속 무릎을 꿇고 있었다. 이 일로 황후의 화를 사서 쫓겨나더라도, 그녀는 황후가 무사하길 원했다.

황제가 되면 이것저것 생각할 게 참 많구나. 떡돌이가 늘 떡 먹는 이유를 알았다. 생각하느라 떡을 먹는 거였어. 아무 생각 없이 뭘 씹고 있으면 머리가 잘 돌아가지 않던가.

나는 가엾은 떡돌이에게 속으로 위로를 보내며 열심히 산책했다. 요즘은 본격적으로 수련할 수 없으니, 이렇게 산책이라도 열심히 하면서 몸을 풀고 있었다.

그런데 열심히 걸어 다니고 있자니, 누군가 다급히 이쪽으로 다가오는 소리가 났다.

돌아보자, 사자친왕이 달려오고 있었다.

"드디어 만났군요."

사자친왕은 내 바로 앞까지 와서는 숨을 고르면서 입을 열었다.

원웅이 의아한 얼굴로 나와 사자친왕을 번갈아 보았다.

"원웅?"

"네, 마마."

내가 고개를 저어서 '잠시 거리 좀' 하고 신호를 보내자, 원웅은 얼른 몇 걸음 뒤로 물러났다.

사자친왕이 데리고 다니는 시종도 얼른 거리를 두고 물러났다.

주위에 다른 이들이 사라지자, 사자친왕은 안도의 한숨을 내쉬더니 입을 열었다.

"전에 일 때문에 계속 만날 기회를 찾았습니다."

"전에 일이 무슨 일인지는 모르겠지만, 비연궁에 오면 언제든 절 볼 수 있는데요, 전하."

"제가 너무 자주 비연궁에 찾아가면 남들이 이상하게 볼 거 아닙니까."

"난 남들 시선은 신경 쓰지 않아요."

"쓰셔야 합니다."

단호하게 말한 사자친왕은 목이 타는지 몇 번 가슴을 두드리다가 다시 말을 이었다.

"전에 제가 황후가 되고 싶다고 한 거 말입니다. 절대로 폐하의 옆자리가 탐난단 뜻이 아니라, 그냥 어릴 때 아무것도 모르고 태후마마를 존경해서 한 말입니다. 당시 태후마마가 황후 마마셨거든요."

말을 그렇게 빠르게 하니까 목이 타지! 하지만…….

"무슨 말인지 모르겠어요, 전하."

내가 멀뚱히 말하자, 사자친왕은 입을 벌리고 멍하게 눈을 깜빡거리다가 물었다.

"제 말이 이해가 안 가십니까?"

"태후마마를 존경한단 건 알았어요."

"그 앞에 건요?"

"?"

"제가 황후가 되고 싶었다고 한 말이 농담이란 말 말입니다."

"아아."

"그런 표정을 하지 마시란 뜻입니다."

"제 표정이 어떤데요?"

"전혀 믿지 않는 표정입니다."

그 말에 멍하게 사자친왕을 쳐다보았다.

사실 나는 사자친왕이 방금 저 말을 하기 전까지, 그에 대해 까맣게 잊어버리고 있었다. 그런데 지금 달려와서 저렇게 말하다니…….

"전 입이 무거워요, 전하."

그의 고민을 너무 가볍게 취급한 것 같아 속삭이자, 사자친왕은 자기 이마를 손으로 짚고 가만히 섰다가 괴로워하며 말했다.

"아니, 입이 무겁고 말고를 떠나서 그 말이 제 본심이 아니었단 이야기를 하는 겁니다."

알았으니까 그만하라 말하려는데, 뒤에서 차가운 목소리가 들려왔다.

"호오. 무슨 본심 말이냐."

사자친왕과 나 둘 다 황급히 같은 방향으로 돌아섰다.

언제 온 건지, 떡돌이가 뒷짐을 지고서 아주 불쾌하단 표정을 풀풀 드러내며 서 있었다.

"짐 빼고 둘이 뭐 재미난 이야기라도 나누었나 봐?"

내가 진짜…… 저 기척 없이 다니는 발 솜씨가 뭔 일을 낼 줄 알았지!

사자친왕은 절망적으로 한숨을 내쉬었다.

"미치겠군."

- ≪고수, 후궁으로 깨어나다≫ 6권에서 계속

고수, 후궁으로 깨어나다 5

초판 1쇄 인쇄 2023년 10월 16일
초판 1쇄 발행 2023년 11월 1일

지은이 코양희
펴낸이 김선식

경영총괄 김은영
제품개발 신효정, 윤세미
웹소설1팀 최수아, 김현진, 심미리, 여인우, 장기호
웹소설2팀 윤보라, 이연수, 주소영, 주은영
웹툰팀 이주연, 김호애, 변지호, 안은주, 임지은, 채수아
IP제품팀 윤세미, 신효정, 정예현, 정지혜
디지털마케팅팀 김국현, 김희정, 신혜인, 이소영
디자인팀 김선민, 김그린
해외사업파트 최하은
저작권팀 한승빈, 윤제희, 이슬
재무관리팀 하미선, 김재경, 윤이경, 이보람, 임혜정
제작관리팀 이소현, 김소영, 김진경, 박예찬, 이지우, 최완규
인사총무팀 강미숙, 김혜진, 지석배, 황종원
물류관리팀 김형기, 김선진, 양문현, 이민운, 전태연, 전태환, 최창우, 한유현
외부스태프 gnoey(디자인)

펴낸곳 다산북스 **출판등록** 2005년 12월 23일 제313-2005-00277호
주소 경기도 파주시 회동길 490
전화 02-704-1724 **팩스** 02-703-2219 **이메일** dasanbooks@dasanbooks.com
홈페이지 www.dasan.group **블로그** blog.naver.com/dasan_books
종이 아이피피 **출력·인쇄** 한영문화사 **코팅 및 후가공** 평창피앤지 **제본** 한영문화사

ISBN 979-11-306-4587-2(04810)
ISBN 979-11-306-4582-7(SET)